HADLEY & GRACE

SUZANNE
REDFEARN

HADLEY & GRACE

Uma emocionante montanha-russa de autodescoberta, no ritmo de *Thelma e Louise*.

Tradução
Úrsula Massula

Principis

Esta é uma publicação Principis, selo exclusivo da Ciranda Cultural

Traduzido do original em inglês
Hadley and Grace

Texto
Suzanne Redfearn

Editora
Michele de Souza Barbosa

Tradução
Úrsula Massula

Preparação
Walter Sagardoy

Produção editorial
Ciranda Cultural

Diagramação
Linea Editora

Revisão
Eliel Cunha e Mônica Glasser

Design de capa
Ana Dobón

Imagens
Vector_Up/shutterstock.com

Dados Internacionais de Catalogação na Publicação (CIP) de acordo com ISBD

R315h Redfearn, Suzanne.
Hadley e Grace / Charles Dickens ; traduzido por Úrsula Massula. - Jandira, SP : Principis, 2024.
384 p. ; 15,50cm x 22,60cm.

Título original: Hadley and Grace.
ISBN: 978-65-5552-879-4

1. Literatura americana. 2. Superação. 3. Família. 4. Amizade. 5. Mulheres fortes. 6. Violência. 7. Abuso. I. Massula, Úrsula. II. Título.

2023-1158 CDD 810
CDU 821.111(73)

Elaborado por Lucio Feitosa - CRB-8/8803

Índice para catálogo sistemático:
1. Literatura americana 823
2. Literatura americana 821.111(73)

1ª edição em 2024
www.cirandacultural.com.br

Esta obra reproduz costumes e comportamentos da época em que foi escrita.

Para Skipper Carrillo:
o Sr. Beisebol original

Hadley

O relógio marca 12h52, o que significa que restam oito minutos para pegar os cupcakes. Bastante tempo. Ainda assim, Hadley sente seu pulso disparar. Ela olha para as duas mulheres na frente dela, ansiando para que a fila ande mais rápido. Hadley não gosta de se atrasar.

A mulher em frente ao balcão está com dificuldades para se decidir.

– Humm, o especial de hoje é de cheesecake de morango, então? – ela pergunta pela terceira vez. É uma mulher mais velha, de cabelos grisalhos e postura curvada.

A atendente, uma garota de no máximo dezesseis anos, dá um sorriso paciente:

– Isso, mas, se sua neta quiser apenas de morango, temos dele também.

– Ela me disse morango – a senhora responde com a voz insegura, agarrando com mais força sua bolsa preta e puída, possivelmente tão antiga quanto Hadley.

A impaciência da outra mulher, que está logo em frente a Hadley, fica evidente. Na casa dos quarenta e vestida como uma executiva, ela cruza os braços e segura uma carteira Prada, batendo nela com a unha do dedo indicador, pintada de tom nude.

O telefone de Hadley vibra, e ela olha para baixo. Mensagem de Frank:

Tudo certo com a caminhonete? O Mercedes vai ser entregue hoje à tarde. Como estão as coisas por aí?

– Estou em dúvida. Realmente o de cheesecake é muito bonito – a vovó diz. – Ela tem seis anos. Eu disse a você que hoje é aniversário dela?

A senhora Prada revira os olhos. Sim, a vovó já havia dito que era o aniversário da neta. Também contou que ela está fazendo seis anos e que a família vai comemorar com um piquenique no parque ao lado do apartamento da filha. A filha levará pizza; ela, o cupcake da Sprinkles de sobremesa.

Hadley queria dizer à mulher para comprar o tradicional de morango mesmo, não o especial. Se é isso o que a neta pediu, então é isso que ela estará esperando, e qualquer coisa diferente de morango será decepcionante.

Morango sempre foi o favorito de Mattie também.

"*Molango*", ela costumava balbuciar ao responder sobre seu sabor preferido, não importasse se para cupcake, sorvete ou gelatina. E Mattie ficaria decepcionadíssima se ganhasse o cupcake de cheesecake de morango, principalmente se isso acontecesse justo no aniversário dela.

– O de cheesecake é muito bom mesmo – a atendente diz, tentando ser prestativa. Ela o exibe. A cobertura cor-de-rosa é decorada com granulado vermelho e coroada com uma bala no formato de morango. Ao lado dele, o cupcake simples de morango literalmente empalidece: cobertura creme, sem granulado, sem bala no topo, nada.

Hadley volta a atenção para o celular e envia uma resposta para o marido.

Tá tudo bem com a caminhonete, e eu tô ok, desde que eu não fique pensando muito nisso.

Hadley sente a mentira no peito ao apertar o botão de enviar mensagem. A resposta de Frank é imediata:

Aguenta firme. Amo vc.

A senhora Prada deixa escapar um suspiro alto, e a vovó vira o rosto, encontrando o olhar fulminante lançado contra ela. Voltando-se para a atendente, gagueja:

– Está b... Está bom. Vou ficar com o especial.

Ela segue para a caixa arrastando os pés, enquanto a senhora Prada balança a cabeça e para em frente ao balcão. Sucinta e num tom um tanto alto, ela recita de uma só vez o que vai levar, como se demonstrasse como um pedido de cupcakes realmente deve ser feito.

O telefone de Hadley vibra:

Amo vc!!!

– Como posso te ajudar? – a atendente pergunta.

Hadley sente que a senhora Prada está de olho nela, julgando suas habilidades em pedidos de cupcakes.

Ela enfia o telefone no bolso e diz rapidamente:

– Duas dúzias de marshmallows de chocolate, duas dúzias de morango, uma dúzia de *red velvet* e uma dúzia de baunilha.

E se segura para não olhar para a senhora Prada em busca de aprovação.

A vovó tira moeda por moeda da bolsa, e a moça da caixa sorri pacientemente. Hadley chega à conclusão de que gentileza deve ser o pré-requisito número um para quem se candidata a uma vaga de emprego naquele tipo de estabelecimento e quer elogiar o gerente pelas contratações. *Este seria um belo primeiro emprego para a Mattie*, ela pensa, no mesmo instante em que se dá conta de que não. Se Deus quiser, as duas vão estar bem longe dali quando Mattie tiver idade para trabalhar.

Hadley sussurra para a garota no balcão:

– Você pode pegar mais dois de morango, por favor? E colocar cada um em uma embalagem separada?

O telefone dela vibra de novo, mas Hadley o ignora. Ela não quer empacar a fila por não estar pronta para pagar quando sua vez chegar. Hadley consegue até imaginar Frank olhando para a tela do celular, segurando-o entre as mãos apertadas, polegares posicionados e sobrancelhas franzidas, esperando pela resposta.

A senhora Prada sai com seus cupcakes, nariz empinado, e Hadley sente uma pontada de prazer ao ver a mancha de batom no colarinho dela, sabendo que batons, especialmente os vermelhos, são muito difíceis de tirar.

Hadley faz o pagamento, olha para o relógio e sai correndo da loja. Ela está dois minutos atrasada, mas pode compensar se cortar caminho pela galeria de lojas, em vez de esperar no semáforo.

Passando os olhos por todo o estacionamento, ela finalmente avista a vovó, que acabou de entrar em seu carro.

– Com licença – Hadley diz, caminhando apressadamente na direção dela.

A senhora olha para cima, e Hadley se surpreende com os resquícios de beleza naquele velho rosto. Os vívidos olhos azuis da mulher são emoldurados por magníficas bochechas que ainda conservam seu rubor, e, por um instante, Hadley se lembra da própria mãe.

– A garota da loja pediu para eu entregar à senhora – Hadley diz, segurando um dos cupcakes de morango. – Ela queria ter certeza de que a sua netinha ganharia o cupcake que queria e se sentiu mal por a senhora precisar escolher.

Os belos olhos da vovó se alargam:

– Ela fez isso?

Hadley confirma. Ela sempre foi uma excelente mentirosa.

O alívio inunda o rosto da senhora, a ponto de seus olhos marejarem.

– Espero que sua netinha goste.

Depois disso, Hadley sai às pressas, com o coração repleto daquela maravilhosa sensação que se tem ao fazer uma boa ação.

O telefone vibra mais uma vez. Hadley o tira do bolso enquanto corre para a caminhonete de Frank, e as sacolas de cupcake batem em suas pernas.

AMO VC????
Mas que merda, onde você tá? Eu disse AMO VC.
AMO VC. AMO VC. AMO VC!!!

Hadley responde:

Amo vc também. É que tava pagando os cupcakes.

Frank responde com dois *emojis*, uma carinha feliz e um coração, e ela fecha os olhos, solta um suspiro profundo, depois entra na caminhonete rumo à escola de Skipper. É a festa de despedida dele.

GRACE

Isso. Isso, isso, isso!

Homem de palavra, Jerry prometeu que o contrato chegaria antes do fim do dia, e há três minutos, precisamente às 13h28, o fax despertou e começou a liberar suas preciosas páginas.

Grace beija o contrato, rodopia e o beija mais uma vez. Depois olha para a foto em sua mesa – um retrato de Jimmy, Miles e ela em frente ao Estádio dos Angels – e dá um joinha.

É até difícil acreditar que aquela foto foi tirada havia apenas dois meses. Miles era tão pequenininho que praticamente cabia na palma da larga mão de Jimmy, que veste sua farda do exército e sorri orgulhoso. Era o fim de semana do feriado do Dia dos Presidentes, e todas as famílias de militares ganharam ingressos para o jogo dos Angels. Jimmy estava em casa para o funeral da mãe, um evento tanto triste quanto confortador. A mãe de Jimmy estava sofrendo havia tempo demais e já não conseguia se lembrar nem dele nem de seu irmão, Brad.

Enquanto dança com o contrato em mãos rumo à sala de Frank, a sola do sapato de Grace, que se soltou havia uma semana, fica agarrada no carpete. Ela chegou a remendá-la com supercola, mas naquela manhã, mais uma vez, a sola descolou. Talvez à noite, depois de pegar Miles, ela pare no Walmart e compre um par novo de sapatos para comemorar. Talvez até se dê um mimo, comendo fora – quem sabe uma pizza ou tacos de peixe? Sua boca saliva só de pensar. A última coisa que Grace comeu foi o muffin inglês que enfiou na boca às pressas ao sair de casa pela manhã. Ela não queria arriscar deixar o escritório para almoçar e não estar lá quando o contrato chegasse.

A batida na porta faz Frank levantar a cabeça.

– Negócio fechado – Grace diz, ao entrar na sala e colocar o contrato sobre a mesa dele.

– O que é isso?

– O contrato de sublocação do estacionamento de Jerry Koch no centro – ela diz, esforçando-se para não deixar transparecer a alegria que sente. – Foi preciso um pouco de persuasão... quer dizer, muita persuasão, na verdade... Mas aqui está, assinado, selado, entregue.

Ela quase chega a parodiar o último verso do *hit* de Stevie Wonder, mas se segura para não acrescentar "*It's yours*".

Três meses. É esse o tempo que ela vem negociando, persuadindo e flertando com Jerry Koch, dono de um centro empresarial no centro de Laguna Beach.

A sublocação do estacionamento dele durante as noites e os fins de semana renderá de dois a três mil dólares semanais para a Aztec Parking, e dez por cento disso será de Grace – pelo menos mil por mês, doze mil por ano... a resposta às suas preces.

Frank pisca freneticamente diante da surpresa.

– Uau. Aquele velho filho da mãe finalmente foi convencido.

– Sim, o estacionamento todo. Aliás, noites, fins de semana e feriados.

Grace sente que seu coração está prestes a explodir. Quando ela propôs a ideia de sublocar o estacionamento de Jerry, Frank argumentou que seria perda de tempo. Ele mesmo já havia tentado, e o cara não demonstrara interesse. Grace disse que Frank provavelmente tinha razão quando afirmava ser perda de tempo, mas perguntou se, mesmo assim, poderia tentar. Frank disse para ela ficar à vontade e concordou com uma comissão de 10% se Grace conseguisse fechar o contrato.

E agora, aqui está ela, três meses depois, contrato em mãos. Um monte de ideias fervilha na cabeça de Grace com o que aquele dinheiro significará para ela e Jimmy: primeiro de tudo, pagar as dívidas de jogo de Jimmy para, finalmente, deixar de ter medo dos cobradores; segundo, comprar pneus novos para o carro dela; terceiro, tirar Miles daquela creche péssima em que ele está. E aí, talvez, em alguns meses, quando todas essas coisas tiverem sido resolvidas, eles possam pensar em um apartamento mais legal, um com uma banheira. Assim, Miles vai poder tomar banho nela, agora que já está com quatro meses e começando a se sentar.

Frank para na última página do contrato, e, ao observar os olhos dele subirem e descerem, toda a empolgação de Grace começa a ganhar contornos de nervosismo. Frank é o que a avó dela teria chamado de um moralista ardiloso – um duas caras sedutor que prega o evangelho, mas cuja própria palavra pode ir para uma direção ou outra. A avó dela não teria gostado muito de Frank Torelli, e menos ainda da ideia de Grace trabalhar para ele. Na verdade, ela não teria gostado muito de como a vida de Grace no geral se desenrolou depois de sua morte.

Frank abaixa o contrato e levanta a cabeça, encarando-a. Os olhos dele foram as primeiras coisas que Grace notou: de um castanho-escuro profundo, penetrantes e levemente desalinhados, como se estivesse olhando para você, só que não. Ele volta a colocar as costas no encosto da cadeira e cruza os dedos em frente ao rosto.

– Ótimo trabalho aqui, Grace. Mary disse mesmo que você era esperta.

Grace fica tensa com a menção à antiga chefe dela. Quando as dívidas de Jimmy os encurralaram e eles precisaram sair de Los Angeles às pressas, foi Mary quem ligou para Frank e perguntou se ele poderia contratar Grace depois que Miles nascesse. Aquela foi uma atitude extremamente generosa da parte dela, em especial por Grace precisar deixá-la assim tão de repente.

– Eu diria que as coisas se resolveram muito bem, não é? – Frank continua. – Bebê saudável. Marido indo bem.

Grace não diz nada, mas seu nervosismo só aumenta.

– O passado ficou para trás, e os tubarões não sabem nada sobre o paradeiro de vocês três agora.

Ela tenta não esboçar nenhuma reação, mas sabe que falhou pelo sorriso de Frank e pela ameaça não tão velada assim na declaração dele. O pessoal para quem Jimmy deve dinheiro é perigoso, e misturar-se com esses caras foi o maior erro da vida dele.

Frank arranca a última página do contrato, o acordo de comissão que promete a ela os dez por cento. Depois de dobrá-la precisamente ao meio, ele a desliza na direção de Grace.

– Fico feliz que as coisas estejam indo tão bem para você e sua família.

Grace não se move. Encará-lo é o único desafio que ela oferece, mas mesmo esse pequeno gesto é o suficiente para fazer o semblante de Frank fechar. Com os olhos também fixos nela, ele pega a folha e a amassa, atirando a bola de papel no cesto de lixo ao lado da mesa. Quando ele se vira, Grace baixa os olhos. Ela já foi ferrada vezes demais na vida e reconhece exatamente quando isso acontece.

Hadley

O alarme da caminhonete faz Hadley se dar conta de que a porta está entreaberta, com a chave ainda na ignição. Ela a tira, e o barulho para.

Hadley olha para os prédios baixos de tijolos à frente. É difícil acreditar que aquele é o último dia que ela virá dirigindo para cá, que parará neste estacionamento, que pegará uma de suas crianças depois da aula.

– Está vindo?

Ela se vira e vê Melissa Jenkins sorrindo da calçada e segurando uma bandeja de *cookies* com carinhas sorridentes.

Hadley pisca uma vez, depois várias vezes mais.

– Aham, claro – ela responde, sorrindo amarelo enquanto desce da caminhonete.

Melissa e Hadley se conhecem desde que Katie, a filha de Melissa, e Skipper eram bebês, e é a melhor amiga de Hadley.

Anos atrás, quando as duas se conheceram, tudo o que Hadley conseguiu ver foram as tatuagens de rosas nos braços de Melissa, suas unhas compridas e seus cabelos pretos góticos. Hoje, tudo o que Hadley vê ao olhar para a amiga é a mulher mais batalhadora e com o maior coração do mundo.

Melissa é uma viúva abastada, que herdou três concessionárias *Harley--Davidson* do marido. Ela comanda os negócios com punho de ferro e tem uma fraqueza por ex-detentos. Também cria três filhos adotivos, além da filha e do filho biológicos.

Melissa envolve os ombros de Hadley com o braço e dá um aperto encorajador na amiga.

– Aguenta firme, garota. O hoje não é para sempre. É apenas hoje.

Hadley esboça um sorriso. Mesmo tendo tido um mês para se acostumar com a ideia de Skipper ir embora, ela não está mais pronta para aceitar o fato hoje do que quando sua irmã ligou com a notícia de que se casaria e, portanto, estaria pronta para assumir a responsabilidade pela maternidade dele.

Elas são recebidas no pátio da escola com uma faixa pintada à mão onde se lê "Boa sorte, Skipper!!! Vamos sentir sua falta!".

Há um monte de mãozinhas de várias cores em volta dos dizeres, além da assinatura de quem deixou ali sua marca.

Hadley e Melissa ajeitam os doces na mesa que a escola disponibilizou para a festinha, e, logo depois, o sinal toca. As crianças saem aos montes e em disparada das salas do terceiro e quarto anos, e Hadley passa os olhos pelas cabeças delas, procurando por Skipper.

Ele é o último a sair da sala da senhora Baxter, caminhando devagar atrás dos outros, daquele jeitinho distraído e lento tão típico dele. O coração de Hadley se enche de alegria ao avistá-lo, como sempre acontece quando vê uma de suas crianças depois de um tempo longe delas.

– Ei, Blue – Skipper cumprimenta Hadley enquanto caminha na direção dela, com seus franzinos braços abertos, abraçando-lhe a cintura.

– Ei, Campeão – ela responde, beijando a cabeça dele. Ele cheira como sempre: a açúcar mascavo e suor, resultado de quando se come *Cream of Wheat* com açúcar de bordo no café da manhã e se é um garotinho de oito anos.

Por um tempo maior do que o de costume, ele continua abraçando Hadley, talvez por perceber a preciosidade daquele momento – ou talvez não. É difícil saber quanto das coisas Skipper entende. Embora o QI dele seja de apenas setenta e cinco, Hadley muitas vezes o acha a pessoa mais sábia que ela conhece, um ser abençoado, com uma visão e uma intuição muito além do seu quociente de inteligência.

Soltando-se dela, ele vai à mesa, pega um cupcake de marshmallow com chocolate, seu favorito, e vai se sentar em um banquinho ao lado do *playground*. Hoje ele está vestido com o uniforme do Dodgers – sempre com o número quarenta e quatro, independentemente do time, um tributo ao grande Hank Aaron, seu herói.

Enquanto come, sentado ali, ele repara nas crianças brincando. Um *playground* comum com crianças comuns, mas a forma como Skipper as olha é como se aquele fosse o lugar mais extraordinário do mundo. E, assim como ocorre com frequência quando o observa, Hadley o inveja, desejando ela mesma poder ver o mundo através daqueles olhos.

A calça do uniforme já está curta para ele, e Hadley faz uma nota mental para comprar uma nova. Então repensa. *Vanessa* precisará comprar uma nova. Sua garganta aperta, e as emoções afloram mais uma vez.

Assobiando e batendo palmas três vezes, a senhora Baxter reúne as crianças. Ela as conduz enquanto cantam "Ele é um bom companheiro" em homenagem a Skipper, depois as enfileira para que cada uma possa dar um abraço de despedida nele.

Skipper é imensamente amado. Algumas das garotas choram. Uma delas lhe beija a face, dá um sorrisinho e sai correndo. Já Katie lhe dá um soquinho enquanto rouba seu boné, colocando-o de volta logo depois, com a aba virada para trás. Ele sorri. Ela faz a mesma coisa desde que os dois frequentavam a pré-escola. Como Skipper vai sentir falta dela! Katie é a "melhor amiga de todas", como ele costuma dizer.

Grace

O *Honda* resmunga, mas felizmente dá a partida, e Grace sai do estacionamento rumo à rodovia Laguna Canyon. Sua dor de cabeça só aumenta quando ela se vê em meio a um engarrafamento.

Negocie com o diabo, e você vai se queimar. Ela até imagina a avó balançando a cabeça enquanto diz essas palavras. *Você sabia quem era esse homem. O que mais estava esperando?*

Ela ri sarcasticamente olhando para o céu nublado, desejando que a avó a deixasse em paz e ficasse fora disso. Mas é claro que ela sabia quem o Frank era. Ela apenas esperava que talvez, só dessa vez, as coisas fossem diferentes.

Grace olha para o marcador de combustível, depois para a fila de carros à frente, e seu estresse aumenta. A creche espera quinze minutos depois do horário antes de começar a cobrar taxas de atraso exorbitantes de dez em dez minutos. Ela ainda está dentro do período de carência, mas o ponteiro do marcador anda mais rápido que o trânsito.

Sem escolha, Grace vai para o acostamento e passa pelos carros para parar no posto da esquina. A bomba da esquerda está em manutenção, e a seguinte só aceita pagamento em dinheiro. Resta disponível, então, apenas a bomba de trás.

Grace manobra para voltar e está a apenas poucos metros da bomba quando uma moto acelera na frente dela e chega primeiro. Ela buzina, e o motociclista se vira ao descer, dando de ombros e sorrindo de um jeito que enfurece Grace, como se dissesse "não estou nem aí". Ela está prestes a buzinar de novo quando mais três motos estacionam ao lado dele.

O primeiro motociclista começa a abastecer enquanto o último vai para a loja de conveniência. Grace solta fogo pelas ventas, controlando-se para não pisar no acelerador e passar por cima dos três ali mesmo, junto das quatro Harleys.

Grace descansa a testa nas mãos, que seguram o volante, e seus olhos se enchem de lágrimas de frustração e raiva. *Chorar não ajuda em nada.* Ela levanta os olhos mais uma vez para o céu.

Na frente dela, os motociclistas fazem gracinhas, jogando lixo uns nos outros e fumando. Embora pareçam ter mais ou menos a mesma idade que ela, ao contrário de Grace, não parecem se importar com nada ao redor. Vestem roupas de couro e estão com as motos carregadas com alforjes e sacos de dormir. Provavelmente estão em uma viagem. Grace odeia admitir, mas a verdade é que eles lembram um pouco Jimmy.

Se Jimmy não a tivesse conhecido e logo depois se alistado no exército, essa poderia perfeitamente ter sido a vida dele, curtindo com os amigos sem grandes preocupações. Ele sempre foi mais feliz na estrada, vagando sem rumo pelo país. A lua de mel dos dois foi uma viagem de um mês a bordo da *Harley* dele pelo litoral, depois passando por Utah e Las Vegas, possivelmente a mesma rota que esses caras aqui estão fazendo. A lembrança diminui a ira de Grace por eles.

A bomba apita, mas eles não estão prestando atenção, então Grace dá uma leve buzinada, de um jeito amigável, só para avisá-los de que é hora de deixar de brincadeira para que, enfim, ela consiga abastecer antes que vá à falência com as taxas da creche que se acumulam a cada precioso minuto desperdiçado.

O primeiro motociclista olha para cima, aperta os olhos para vê-la melhor através do para-brisa e então chacoalha o quadril e faz um movimento de língua digno da Miley Cyrus. A raiva de Grace cresce, e ela chega à conclusão de que esses idiotas não têm nada a ver com Jimmy. Grace afunda a mão na buzina, apertando-a por tanto tempo, e com tanta força, que é arriscado que a bateria do carro descarregue.

O atendente a encara, assim como as pessoas na calçada. Já o motoqueiro ri da cara dela, e os amigos se juntam a ele, todos se divertindo demais com o quanto ela está irada.

O homem que havia saído para ir à loja de conveniência volta, trazendo um energético e *donuts* de chocolate. Ele tira a bomba de uma das motos, colocando-a na dele, e é provável que tenha sentido a raiva de Grace de longe, pois levanta os olhos e então inclina a cabeça ao ver o olhar fulminante dela. Achando tudo uma grande diversão, ele sorri e pisca. Aquele pequeno gesto é quase o suficiente para fazer Grace perder a cabeça. O pé dela pula para o acelerador, enquanto a mão ameaça ligar o carro, em um desejo quase incontrolável de jogá-lo no chão.

E então, um instante apenas antes de Grace dar a partida, sua mão e seu pé param, com a pequena voz da razão que ela quase sempre lamenta não ter ouvido gritando para ela que atropelar quatro motociclistas e suas motos provavelmente não é a melhor atitude na atual conjuntura da vida. Com um suspiro profundo e um estremecimento pelo corpo, ela tira a mão da chave e volta o pé para o tapete do carro.

Depois do que pareceu uma eternidade, a outra moto finalmente termina de abastecer. Seu dono então coloca a bomba de volta no lugar, e os quatro montam em suas motos e vão embora.

Grace puxa o carro para a frente, coloca o cartão na máquina e digita a senha.

CARTÃO RECUSADO.

Ela pisca. Encara a máquina. E pisca mais uma vez quando uma sensação de pavor a domina.

Grace volta a colocar o cartão na máquina, só que mais devagar desta vez, irracionalmente pensando ou rezando para que uma abordagem mais gentil tenha o poder de mudar as coisas. Com o queixo tremendo e a decepção superando todas as outras emoções do dia, ela sabe, mesmo antes de a máquina a rejeitar mais uma vez, que Jimmy a deixou... os deixou... deixou ele mesmo... na mão. De novo.

CARTÃO RECUSADO.

– Vai começar a abastecer ou não? – pergunta um impaciente homem de meia-idade da janela de seu BMW.

Grace engole em seco, pega sua bolsa e a vasculha, conseguindo juntar quatro dólares em moedas. Ela sai para entregá-las ao caixa e, ao voltar para o carro, pensa em como será que Jimmy perdeu o dinheiro deles: pôquer, dados, aposta de boxe?

Não que isso importe agora. O que já foi, já foi.

Hadley

Hadley pica cebolas e tenta não pensar no dia de amanhã e em todas as consequências que ele trará. Príncipe Charles está deitado junto dela, um cobertor em forma de cachorro pesado e quente que envolve seus pés.

Frank lhe deu esse nome para fazer piada. Ele adorava a ideia de dar ordens a um membro da realeza. "Pega, Príncipe Charles", "Senta, Príncipe Charles". "Para de soltar pum, Príncipe Charles", Skipper adora dizer quando o cachorro libera seus gases, e isso nunca perde a graça.

Até Mattie entra na onda. "Príncipe Charles fez xixi na caixa de correio do vizinho", ela declara, depois de levá-lo para passear. "Pega muito mal para o futuro rei."

Hadley mexe os dedos dos pés para acariciar a barriga do velho cão. *Desculpa, amigão. Queria tanto poder te levar com a gente.* Ela para de cortar, põe a faca de lado e esfrega o nó dos dedos no peito, massageando-o.

Olha para o cupcake de morango no balcão, que ainda está em sua bela caixa marrom com um adesivo colorido da Sprinkles, e sua determinação se fortalece. Não há outro jeito. Quinze anos esperando por isso... rezando por essa chance, e, agora, aqui está ela.

– É isso, Príncipe – ela diz.

Ele olha para cima.

– É agora ou nunca, e nunca não é uma opção.

Ela dá um suspiro profundo e separa as cebolas. Quando pega a massa da pizza na gaveta aquecida do fogão, a porta da frente se abre.

– Oi, meu amor – Hadley cumprimenta Mattie.

Silêncio. Só se ouvem os passos subindo as escadas. Príncipe Charles se esforça para levantar seu velho corpo e vai atrás de Mattie.

– Trouxe cupcake para você. De morango, o seu preferido.

A voz de Mattie é tão baixa que Hadley quase não a ouve, mas a audição dela sempre foi excepcional quando se trata de suas crianças.

– Não gosto mais do de morango desde quando eu tinha doze anos. Ela devia saber disso.

Hadley olha para o cupcake. Ela sabe disso, ou, pelo menos, costumava saber. *Doce demais*. O paladar da filha mudou depois de ela entrar para o ensino médio e tomar gosto pelo sabor do café: *chai latte* e café cubano agora são os únicos sabores de que ela gosta.

Depois de colocar o cupcake na geladeira, Hadley volta a preparar as pizzas, abrindo as massas e pondo a cobertura em cada uma: molho vermelho picante, calabresa e pepperoni para Frank; pimenta, cebola, tomate seco e molho vermelho para Mattie; molho barbecue da Sweet Baby Rays e abacaxi para Skipper.

Hadley sorri quando termina de montá-las, satisfeita por poder cozinhar para a família. É uma tradição que vem da mãe e uma das poucas coisas das quais se orgulha.

Ela vai para o quintal acender o forno de pizza. Assim, na hora em que Frank chegar, o forno já estará aquecido. Hadley congela ao passar pela porta, fixando os olhos no lugar onde a lenha é armazenada. Sua pulsação acelera e sua mente gira com a lembrança de Frank lhe dizendo que a lenha tinha acabado.

– Queria ver a temperatura máxima que esse forno aguenta – ele disse uma semana atrás. – O bicho queima que é uma beleza. A lenha foi toda embora, mas ele chegou a mais de quatrocentos graus.

Ela se esqueceu.

Como ela pôde ter se esquecido disso?

Com o coração batendo forte, Hadley volta para a cozinha, liga o forno de cima na temperatura mais alta e então coloca as pizzas no forno de baixo, para que fiquem fora de vista. Depois limpa os balcões até eles brilharem, diminui a iluminação para que o ambiente fique mais aconchegante e corre para o andar de cima para se trocar. Frank espera encontrá-la bem-arrumada quando chegar.

Frank espera coisas demais.

Grace

Miles está berrando, e Grace, quase enlouquecendo, com seu colapso mental por pouco sendo controlado, enquanto carrega o filho e a bolsa maternidade dele para o apartamento. A cabeça de Grace lateja ao subir as escadas, e ela está a ponto de desmaiar de fome.

A senhora McCreedy, a única vizinha do prédio que Grace conhece pelo nome, coloca a cabeça para fora da porta.

– Minha nossa. Você precisa de ajuda, querida?

Na fronteira do que se chamaria de excêntrico, a senhora McCreedy tem algo entre cinquenta e cem anos de idade e cabelos que variam do azul ao magenta, dependendo do alinhamento das estrelas. Dona de, no mínimo, quatro gatos, ela ganha a vida vendendo coisas na internet e se autodenomina senhora McCreedy, embora não haja nenhum sinal da presença de algum senhor McCreedy ou evidência de que alguma vez ele tenha existido. Jimmy fez amizade com ela assim que se mudaram. Mas é claro que sim, Jimmy faz amizade com todo mundo.

– Não precisa, senhora McCreedy. Obrigada, mas está tudo bem aqui.

Esta não é a primeira vez que a senhora McCreedy oferece ajuda, e Grace se pergunta se não foi Jimmy quem pediu que ela ficasse de olho nela e no Miles enquanto ele estivesse fora. Algumas semanas atrás, quando Grace estava prestes a perder o juízo, e temendo quebrar alguma coisa dentro de casa, provavelmente seu crânio contra a parede, chegou a cogitar pedir à senhora McCreedy que cuidasse de Miles só por alguns minutos. No fim, achou melhor não. Pela experiência de Grace, era melhor se virar sem a ajuda de ninguém.

O problema com essa linha de raciocínio é que a maternidade é a coisa mais difícil que Grace já enfrentou na vida, e fazer isso sozinha acabou sendo muito mais complicado do que ela jamais imaginou que seria. Antes de Miles chegar ao mundo, Grace se considerava durona. Sobreviveu anos em abrigos para menores, depois no reformatório e até na prisão, mas, no momento em que as enfermeiras colocaram aquele bebê chorão e indefeso de três quilos e meio em seus braços, toda aquela dureza foi embora, e ela se viu frágil como um galho seco, constantemente à beira de perder a cabeça e tão exausta a ponto de não conseguir raciocinar direito – uma condição desconcertante demais e que agora a faz ter certeza de que está estragando tudo e falhando miseravelmente com Miles.

– Está bem, querida – a senhora McCreedy responde, hesitante, claramente pensando que Grace não está nem perto de "bem". Miles grita e se debate, com certeza pensando o mesmo. – Estou aqui se precisar de mim.

Não é de admirar que criar um filho deva ser um trabalho para duas pessoas. Jimmy se mostrou preocupado quando os dois conversaram a respeito do realistamento dele, mas Grace ignorou. Na época, ela acreditava dar conta. Além disso, não havia muita escolha, na verdade. O realistamento deixaria Jimmy longe da confusão que parecia persegui-lo e da tentação que o levou a se meter em toda essa confusão, para começo de conversa.

Ou, pelo menos, foi assim que eles acharam.

Grace balança a cabeça, tentando não pensar mais na traição de Jimmy. Segura com dificuldade as lágrimas que estão prestes a rolar. Definitivamente, não vai dar certo ela e Miles chorarem ao mesmo tempo.

Engolindo o choro, ela abre a porta, coloca a bolsa de Miles no chão e o aperta contra o corpo.

– Shhh – ela diz, abraçando-o forte. – Você está bem, meu filho. Fica calminho. Chegamos em casa.

Ele continua a gritar; ela, a ranger os dentes. "Cólica", a pediatra explicara quando Grace o levara a uma consulta com três semanas de vida, aflita por seu bebê não parar de chorar.

"Não há nada a fazer senão resistir à tempestade" foi o que a médica disse, com um sorriso, como se ter um filho aos berros o tempo todo, inconsolável, não fosse grande coisa, nada mais que um encantador rito materno a ser abraçado e celebrado, assim como os primeiros passos do filho ou o momento em que ele aprende a andar de bicicleta. Grace saiu da consulta mais desolada do que quando chegou.

Ela desejava tão desesperadamente amar a maternidade, valorizar cada minuto e aproveitar o tempo junto do filho. Mas ela simplesmente não consegue. Desde que Miles chegou ao mundo, tem sido uma verdadeira luta, tão exaustiva e à custa de tanto esforço que tudo o que ela consegue fazer é sobreviver ao hoje para encarar o amanhã.

E Grace sente que Miles sabe disso, e é por isso que chora tanto. Ele percebe que ela está vivendo sem nenhuma alegria real, como quando vai buscá-lo no fim do dia e já está tão esgotada que não tem energia para brincar com ele, ler ou cantar para ele. Percebe que o que mais quer é que ele caia no sono para que ela possa fazer o mesmo ao seu lado.

– Isso, garotão, deixa sair – ela diz, andando de um lado para outro, enquanto dá tapinhas nas costas de Miles, e ele continua a chorar, gritando a plenos e pequeninos pulmões e agitando-se tanto, até os dois ficarem encharcados de suor.

Este é o padrão dele: assim que Grace o tira do carro, ele começa um resmungo, como se estivesse desconfortável, fazendo-a acreditar que está com fome ou com gases, ou que precisa que a fralda seja trocada. Grace tenta então remediar cada uma dessas coisas, apenas para descobrir no final que o sofrimento do filho nada tem a ver com alguma delas. E, quando ela termina, com os nervos já em frangalhos, Miles está aos prantos – soluços incontroláveis que nenhuma quantidade de carinho, arrulho ou passos para lá e para cá podem acalmar.

A médica garantiu que é assim mesmo que acontece por causa da cólica, uma condição frustrante em que bebês saudáveis choram sem razão, e disse a Grace repetidas vezes que ela não estava fazendo nada de errado. Só que saber disso não ajuda. Grace só quer que seu bebê seja feliz, mas, a cada choro dele, é como se o coração dela fosse se despedaçando.

Um de seus vizinhos soca a parede:

– Cala a boca dessa droga de criança!

O encosto de cento e quarenta quilos se mudou uma semana depois de Jimmy ter retornado para o Afeganistão, e Grace sabe que, quando ele voltar, esse homem vai pagar caro. Jimmy pode até ser quarenta quilos mais leve que o vizinho, mas é no mínimo noventa mais forte e não vai admitir que ninguém trate a família dele desse jeito.

Acontece que, no momento, Jimmy está a onze mil quilômetros de distância. Então, todas as noites, além de lidar com o choro inconsolável de Miles, Grace precisa suportar o vizinho estúpido gritando com ela através da parede. Ignorando-o, ela continua a tentar acalmar o filho o melhor que pode, acariciando as costas do bebê, balançando-o e dizendo-lhe que vai ficar tudo bem.

Grace não consegue acreditar que foi dela a ideia de ter um filho. Onde é que ela estava com a cabeça? Ela então se lembra de todo o processo, sonhando em como seria maravilhoso trazer algo inteiramente dela e de

Jimmy ao mundo. Eles já estavam casados havia cinco anos, e Jimmy ia bem. Ele concluíra a formação em atirador de elite e não tinha problemas com apostas desde que se alistara. Grace considerou ser um bom momento e que eles estavam prontos.

– Merda! – o vizinho grita. – Vou chamar o senhorio. Toda noite é isso. Cala a boca dessa praga!

Mas que erro de cálculo terrível foi o dela. Ela não estava pronta. Talvez jamais estivesse. E, agora, aqui está ele, este ser humano tão pequeno, totalmente dependente dela, e ela está ferrando com tudo.

Grace beija a testa de Miles, que está pegando fogo.

– Está tudo bem, meu filho. Está tudo bem, tudo bem, tudo bem.

Ela leva Miles para a cozinha e começa a procurar algo nos armários. Sente tanta fome que a sensação é de que vai desmaiar a qualquer momento. Grace abre todas as portas... sal, pimenta, extrato de baunilha, duas latas de molho de tomate vencidas. Chega a cogitar o molho de tomate, mas olha para Miles gritando e desiste.

Com um suspiro, volta para a sala e pega o telefone. Já são quase sete, e Jimmy ainda não ligou. Ele sempre liga às sextas.

Grace imagina Jimmy no quartel tentando juntar coragem e pensando no que vai dizer. Ele está de ressaca, isto é certo. Os deslizes dele sempre têm álcool no meio. Provavelmente, era aniversário de algum amigo e ele perdeu de vista a promessa de não beber. E aí então ficou bêbado e foi sugado para alguma aposta. A derrocada de Jimmy acontece sempre do mesmo jeito: ele bebe, ele aposta, ele perde – um padrão que o destrói, os destrói, mas que ele parece não conseguir interromper.

Grace olha em volta do apartamento, para o teto manchado e para as bancadas lascadas, para o futon surrado que serve de sofá, para o caixote que segura a velha televisão que o irmão de Jimmy deu para eles. Ela está mais pobre, mas nunca esteve tão quebrada, arrasada pela decepção com Jimmy e consigo mesma.

Seus olhos se fixam na foto, na bancada, em que está ao lado da avó, tirada seis meses antes de sua avó falecer. Elas estão sorrindo, a semelhança estampada nos traços das duas, embora a avó já estivesse perto dos setenta anos, e Grace com apenas catorze – os mesmos cachos acobreados e olhos verde-amendoados. Como ela ficaria decepcionada. *As pessoas não mudam, Tampinha, somente os tolos pensam que sim.*

Seu estômago vazio ronca.

E é então que as lágrimas que Grace segurava até aquele momento rolam, e ela as enxuga. Sua avó tinha razão. Ela é uma tola. Olha só no que deu acreditar nas pessoas: ter uma cobra de chefe como Frank e um marido perdedor de fala doce como Jimmy.

Outra constatação a acerta em cheio, e ela olha para Miles, depois para os armários sem comida, e um arrepio sobe em sua espinha. Na terça, ela vai perder o emprego. Certo como o nascer do sol: Frank vai despedi-la. Durante toda a vida, Grace lidou com homens como Frank Torelli, e homens como ele não mantêm pessoas iguais a ela por perto. Ele vai colocar a culpa da demissão em outra coisa, não no contrato de Jerry. Mas isso não mudará o fato de que, sim, é essa a razão, um reflexo desconcertante que Frank vê quando olha para ela, criando uma corrente de desconfiança.

E seu estômago vazio ronca mais uma vez.

Sem grana. E, na terça, *sem emprego.*

Grace sente a avó olhando para ela. *A única pessoa com quem você pode contar, Tampinha, é consigo mesma.*

Ela olha de novo para o filho, que ainda chora, e levanta o queixo, põe a bolsa maternidade no ombro, coloca a foto dela e da avó dentro e segue em direção à porta.

Hadley

Hadley para em frente ao espelho de corpo inteiro em seu quarto, emburrada. E lá se foram sua saia confortável, sua regata de algodão e suas sapatilhas. No lugar delas: calça de linho, blusa de seda e sapatos Jimmy Choo bege. E, por baixo de tudo, seu modelador Spanx, que vai da coxa até a cintura, entranhando-lhe a carne.

Mesmo com os dez centímetros a mais do salto e a supercinta, Hadley se sente gorda. Ela alisa a pochete da barriga, murchando-a. Depois a solta, com um suspiro de resignação, e sai da frente do espelho para arrumar o cabelo. Ela o prende em um coque frouxo na altura do pescoço, com uma presilha de ouro, um estilo de que Frank gosta porque o faz lembrar de Sophia Loren, uma comparação que Hadley considera lisonjeira, embora ela mesma nunca tenha percebido qualquer semelhança.

Em primeiro lugar, Sophia é italiana. Já Hadley tem ascendência francesa e alemã. Sophia tem suaves olhos cor de chocolate sobre um nariz longo, além de lábios carnudos, enquanto a característica mais marcante de Hadley está em seus olhos verdes, além de ter o nariz pequeno e os lábios largos, como os de Julia Roberts.

Mas Hadley supõe que, se você fizer uma comparação entre ela e Sophia apenas do queixo para baixo, as medidas e as curvas das duas realmente são parecidas. É claro, Sophia foi jovem no tempo em que curvas eram apreciadas. Já Hadley vive na era do padrão de beleza Jillian Michaels e Heidi Klum.

Ela olha para o relógio, e sua irritação aumenta com a fome. Jantar em família é uma das regras de Frank, algo que ela costumava achar doce, ingenuamente pensando que ficar um tempo juntos demonstrava o comprometimento dele com a família. No entanto, com o passar dos anos, começou a enxergar a situação como o que realmente era: outro jeito de Frank poder controlar todos eles, fazendo-os esperar por ele para comer e raramente demonstrando alguma consideração de avisar a que horas chegaria.

Hadley olha tristemente para a mesa de cabeceira, onde mantém um estoque de M&M's de amendoim, e, de estômago roncando, acaba escolhendo a opção menos calórica e indo atrás de um cigarro.

Ao acendê-lo, dá uma tragada profunda, fecha os olhos, enquanto a sensação inebriante da nicotina penetra em seu sangue. Ela ignora a pontada de culpa que acompanha o momento. Frank odeia que ela fume, e há quatro semanas Hadley deixou o cigarro pela sexta vez. Mas pensa que hoje é um dia de quebrar promessas.

A brisa é leve e cálida, trazendo em seu sopro uma lembrança do verão. Hadley observa a fumaça ser levada embora e pensa sobre o dia de amanhã. Frank planejou a viagem deles à casa da irmã dela em detalhes. Serão três dias para chegar a Wichita, três para ajeitar Skipper na nova casa e mais três para voltar. As reservas nos hotéis já foram feitas, e ele listou todos os lugares no caminho onde eles podem parar para comer e abastecer.

Tudo está planejado. Ou, pelo menos, estava.

Até três dias atrás, quando Vanessa perguntou se Hadley poderia levar Skipper para a cidade natal de Tom, Omaha, em vez de para Wichita.

Assim, ela e Tom poderiam esticar a lua de mel em Belize. Tom queria obter um certificado de mergulho, e, para isso, eles precisariam ficar alguns dias a mais.

Hadley nunca mencionou aquela ligação para Frank, e seu coração está descompassado desde então, com a menor janela de oportunidade se abrindo justamente no momento em que ela mais desesperadamente precisa.

O telefone toca, fazendo-a levar um susto.

– *Yoda-lay-ee-hoo* – a irmã de Hadley canta quando ela atende.

– É assim que você cumprimenta as pessoas? – Hadley diz, voltando ao papel de mãe e esposa bem ajustada, um teatro que ela performa para todos, exceto para Mattie, Skipper e Frank.

– Às vezes – Vanessa responde.

– E se eu fosse uma pessoa importante?

– Mas não é. Você é você.

Hadley balança a cabeça e, apesar do estado atual em que sua vida se encontra, ri da irmã. Embora Vanessa tenha vinte e seis anos, é difícil para Hadley imaginá-la com mais de seis, a idade que ela tinha quando as duas moraram juntas pela última vez.

– Era para você ter ligado ontem.

– Sim, sim, desculpa. Tom e eu nos distraímos. – Risadinhas. – Se é que você me entende...

Espertamente, Hadley não comentou com Skipper sobre a promessa da mãe de ligar para ele. Essa não é a primeira vez que Vanessa não cumpriu com uma ligação prometida ou com um presente prometido ou com uma visita prometida.

– Quando Skipper estiver com você, você não poderá simplesmente se *distrair*.

Hadley consegue até sentir Vanessa revirando os olhos do outro lado da linha.

– Sim, sim. Eu sei. Blá-blá-blá. Tenho de ficar de olho no Skipper. Ele não pode ficar sozinho. Eu entendi. Você já repetiu isso, tipo, dez bilhões de vezes. Pare de se preocupar tanto assim.

Mas Hadley não consegue parar de se preocupar tanto assim.

Por mais que ame a irmã, responsabilidade e confiança não são as qualidades mais fortes de Vanessa, e criar Skipper não é uma tarefa fácil. Requer cuidado e vigilância constantes. Entregá-lo a Vanessa é como entregar uma granada armada a uma pessoa que, sabidamente, sofre de convulsões. É uma péssima ideia, e o que Hadley mais queria era impedir que isso acontecesse.

– Liguei porque esqueci de avisar que o passaporte do Skipper chegou um dia antes de irmos viajar, então estamos prontos para ir. – Vanessa continua: – Ele é tão fofo. Parece comigo.

– Modesta ela.

– Modéstia é para as pessoas que não sabem quanto elas são incríveis.

A afirmação é Vanessa pura. O pai de Hadley costumava dizer que Vanessa era cinquenta por cento energia e cinquenta por cento atrevimento, uma combinação que caía bem para ela até por volta do ensino médio, quando energia e atrevimento já não eram mais características fofas e adoráveis; ao contrário, pareciam idiotas e mimadas e colocava-as no meio de um bando de babacas endinheirados, um dos quais a engravidou e nem mesmo soube disso.

– Ainda não entendo por que ir para Londres – Hadley comenta. – Vocês já estão passando a lua de mel aí em Belize, e tanta mudança assim vai ser demais para o Skipper.

– Ele vai ficar bem. Skipper adora esportes, e isso vai ajudar a criar um vínculo entre ele e o Tom. Tom vai para Wimbledon desde menino. Ele diz que lá é o máximo e que tem um monte de crianças correndo pra lá e pra cá.

Hadley range os dentes para se segurar e não acabar gritando com a irmã que Skipper não "corre pra lá e pra cá", e, se ela deixá-lo "correr pra lá e pra cá", ele vai acabar perdido ou, pior, amarrado a uma árvore por outras crianças que acham superdivertido torturar um garoto indefeso e inocente como ele.

– Had, Tom chegou. Tenho de ir. Só te liguei mesmo para falar sobre o passaporte.

– Nessa... – Hadley diz, mas o telefone já está mudo.

Ela aperta os olhos com força, mas logo os abre com o som de pneus se aproximando da casa. Pouco tempo depois, a silhueta do carro do irmão de Frank aparece, um veículo enorme e de vidros tão escuros que, mesmo em plena luz do dia, é impossível enxergar através deles. Hadley apaga o cigarro no vaso que fica ao lado da porta e entra correndo para avisar às crianças que Frank chegou e que é hora do jantar.

A placa na porta de Mattie diz: VÁ EMBORA. Hadley a ignora e entra. Mattie está na cama, fones nos ouvidos e uma música barulhenta como gatos se esgoelando saindo dos alto-falantes. No colo dela, um livro antigo de capa marrom, como daqueles que a gente vê em um escritório de advocacia ou em uma biblioteca em Harvard.

Espalhados por todas as outras superfícies do quarto, mais livros, as únicas coisas para as quais Mattie realmente dá bola. Cada minuto dela fora da escola é gasto com ela afundada nas páginas de alguma história. Cochilando ao lado dela na cama está Príncipe Charles. Mattie deve tê-lo ajudado a subir, já que os dias de pulos dele já se foram há muito tempo.

Mattie está tão absorta na música e no livro que não percebe a mãe ali, até Hadley parar em frente a ela, que leva um susto e depois se encolhe. Seu ódio é como uma mão puxando o ar dos pulmões de Hadley.

Príncipe Charles levanta e bate o rabo três vezes.

Hadley não contou o plano para Mattie, com medo de que Frank pegasse a filha na mentira ou, pior, que Hadley se acovardasse no fim e a filha a odiasse ainda mais do que já odeia.

Mattie continua a encará-la com seus olhos delineados e seu cabelo loiro claríssimo caído no rosto.

Ainda é difícil para Hadley se acostumar com o novo visual da filha. Quando o ano escolar começou, as madeixas de Mattie ainda estavam no tom natural, castanho-escuro, e desciam em longas camadas até o meio das costas. Agora, oito meses depois, o cabelo dela está branco de tão loiro e cortado acima da nuca, com pontas rosa, azuis ou verdes, dependendo do humor dela. Além de tudo isso, tem doze *piercings* nas orelhas. A última aquisição foi um de prata, personalizado no formato de serpente, que entra e sai de vários orifícios como se deslizasse pela pele.

Hadley admite que o brinco é bizarramente fascinante, mesmo não conseguindo entender por que uma garota iria querer uma cobra serpenteando por sua orelha.

Mattie aperta os olhos, esperando a mãe dizer alguma coisa, e Hadley está prestes a avisar que Frank chegou quando vê algo rastejando por baixo de um dos cadernos de Mattie que estão no chão.

Hadley se afasta, e Mattie se inclina para ver o que causou aquela reação. Ela então se ajoelha e, usando a ponta do livro, afasta o caderno. Mãe e filha recuam juntas quando uma aranha foge para debaixo da cama.

– Alô-ô, faz alguma coisa – Mattie diz, e esse foi o número máximo de palavras que ela falou com Hadley em uma semana.

Certo. Faz alguma coisa. O problema é que Hadley odeia coisas rastejantes. Hesitante, dá um passo à frente, se ajoelha no tapete e levanta a saia da cama. A aranha, reluzente, preta e inchada como uma azeitona madura demais, está imóvel e a apenas alguns centímetros de distância.

– Aqui, ó – Mattie diz, entregando uma revista que ela enrolou, transformando-a em um bastão esmagador de aranhas.

– Eu não quero *matar* essa aranha – Hadley diz.

– E eu não quero *morar* com uma aranha embaixo da minha cama.

Hadley espia mais uma vez por trás da saia da cama, onde a aranha permanece paralisada de medo. Ela então pega a revista e a enfia atrás do tecido, apertando os olhos e a revista na mão...

– Não consigo. Você faz – Hadley diz por fim, afastando-se e levantando-se. Ela entrega a revista de volta para Mattie.

Os olhos de Mattie se arregalam, sua arrogância agora dissolvida em uma expressão que espelha exatamente a de Hadley. Ela fecha a cara, e suas sobrancelhas se franzem em um V profundo:

– *Você é* a mãe aqui.

– E você é quem não quer uma aranha morando embaixo da sua cama.

Elas se encaram, um impasse de covardes. E é então que a porta se abre, e Skipper entra:

– O Treinador chegou – ele anuncia. – Hora de lotar as bases.

É a frase dele para o momento das refeições.

Aproximando-se, Skipper inclina a cabeça:

– O que está acontecendo?

– Tem uma aranha aqui – Mattie responde. – Debaixo da cama. Mas a Blue não quer matar.

– E a Primeira Base não quer matar também – Hadley retruca.

A cabeça dele se inclina um pouco mais, depois se endireita. Skipper caminha até a mesa de cabeceira de Mattie, pega um copo vazio da Starbucks jogado ali, leva para onde Hadley está, ajoelha-se no chão e levanta a saia da cama. E então, com um cuidado extraordinário, persuade a aranha a subir em um cartão de assinatura de revista que encontrou no chão. Depois de colocar o copo sobre o cartão, ele desliza ambos para fora da cama.

– Onde você aprendeu isso? – Hadley pergunta, impressionada.

– A senhora Baxter também não gosta de matar aranhas.

Mattie se junta a eles no chão, e agora os três olham para o copo de boca para baixo. Ela usa uma calça felpuda de pijama do Cookie Monster e uma camiseta do Maroon 5 de um *show* que foi há dois anos, quando tinha doze.

– Vou levar lá para fora – ela diz, passando a mão na cabeça de Skipper como se estivesse acariciando um cachorrinho. E, se fosse de fato um cachorro, ele estaria abanando o rabo e com uma carinha feliz, sentindo-se todo orgulhoso.

Mattie coloca o caderno embaixo do cartão para dar um suporte extra e sai do quarto levando a aranha.

– Hora de lotar as bases – Skipper repete.

– Pode ir descendo, Campeão – Hadley diz. – Já chego lá.

Skipper sai caminhando lentamente, e Hadley se senta no chão, enterrando o rosto nas mãos. Ela não consegue nem lidar com uma aranha. Como ela vai fazer aquilo?

Príncipe Charles grunhe quando sai da cama para se jogar ao lado dela. Ele coloca sua pesada cabeça no colo de Hadley, que lhe acaricia o pescoço.

– O que eu vou fazer? – ela se pergunta baixinho.

Ele levanta seus olhos cor de chocolate para ela.

Durante toda a vida, Hadley foi cuidada por outra pessoa, primeiro pelo pai, depois por Frank – todas as decisões difíceis são tomadas em seu lugar. E agora aqui está ela, aos trinta e oito anos, na encruzilhada mais importante da vida, e completamente apavorada.

Quando ouve Mattie voltando, ela respira fundo e se levanta.

Um passo de cada vez, ela diz para si mesma ao descer as escadas. *Repita quantas vezes for necessário para cruzar a linha de chegada.* Alguém famoso disse isso. Ela só não lembra quem.

Frank está sentado à mesa, mostrando a Skipper o novo pacote de cartões de beisebol que trouxe para ele. Pelo menos três vezes por semana, Frank para na Target para comprar um novo. Faz isso desde que Skipper era bem pequeno, e a coleção do garotinho hoje tem milhares de exemplares.

Ela se inclina e beija a bochecha do menino.

– Ei – Frank a cumprimenta, pegando em sua mão e olhando para ela com preocupação. – Como você está?

– Bem – ela responde.

– Aguenta firme.

Ele então se vira com um sorriso carinhoso para Skipper e bagunça o cabelo dele. – A Blue e eu vamos sentir sua falta, Campeão.

Skipper balança a cabeça, depois volta a examinar as cartas. Tem sido assim desde que Hadley explicou que ele moraria com a mãe: uma fuga inquietante do assunto que tanto a preocupa, incerta de como ele vai lidar com isso quando perceber que é real.

Hadley pega os ingredientes para a salada e, quando tem certeza de que a atenção de Frank está toda voltada para os cartões, cuidadosamente tira as pizzas do forno de baixo e as coloca no de cima.

Em segurança, ela volta para o balcão e começa a cortar a alface. Em seguida, pergunta:

– Como foi no trabalho?

– Um dia de *home run* – Frank diz, animado, e então dá um "toca aqui" em Skipper, quem cunhou a frase. – Aquele maldito do Jerry Koch finalmente sublocou o estacionamento dele para mim. Já era hora de ele dar o braço a torcer!

Hadley responde com um sorriso compassivo:

– Jerry? Aquele homem que a gente encontrou no ano passado, naquela campanha de arrecadação de fundos para o Clube de Meninos e Meninas?

– Isso. O velhote com a esposa baranga.

Hadley balança a cabeça como se concordasse. Frank não gosta de mulheres pouco atraentes. Mas ela se lembra de ter gostado do casal. O amor de Jerry pela esposa, Sandra, irradiava quando ele falava sobre as muitas conquistas dela, gabando-se como se ela fosse a mulher mais realizada do mundo e a admirando como se ela ainda fosse a mais linda do salão.

Frank se levanta da mesa, aproximando-se de Hadley e envolvendo-a pela cintura, o corpo robusto pressionando-lhe as costelas, enquanto a puxa para bem junto dele. Instintivamente, Hadley murcha a barriga, fazendo a cinta se contrair e depois se enterrar na sua carne.

– Vi que entregaram o Mercedes – ele sussurra. Hadley assente com a cabeça e continua a picar as verduras.

Ele se aproxima ainda mais, e agora seus lábios tocam a orelha dela:

– Fiquei pensando o dia inteiro em você dirigindo minha caminhonete – ele diz, esfregando-se nela. – Nossa, aquilo me deixou louco, sabia?

Hadley se vira e sorri como se aquilo a agradasse.

– Hummmm – ele diz, com outra esfregada, e então se afasta para se servir de uma taça de vinho. Quando volta para a mesa, Frank comenta: – Ah, a propósito, acho que vou ter de me livrar da garota nova.

– Sério? Achei que você gostasse dela.

– Acontece que ela é uma inútil. É isso que eu ganho fazendo favor para os outros.

– Mas você não disse que ela foi a sua primeira assistente que tinha pelo menos metade do cérebro?

Frank não diz nada. Ele faz muito isso: inicia o que parece ser um diálogo, apenas para ignorá-la quando ela participa.

Hadley volta a mexer na salada.

Meio minuto depois, Frank esbraveja:

– Mas que merda é essa?

Hadley vira a cabeça. Mattie está perto da porta com Príncipe Charles ao seu lado.

– Vai lavar essa cara agora – Frank diz. – Você está parecendo uma puta. E que merda é essa na sua orelha?

Cada fibra do corpo de Hadley tensiona, e ela vê o semblante de Mattie se fechar. A filha encara a mãe, desafiando-a a dizer alguma coisa. Ao perceber que Hadley não dirá nada, Mattie sai pisando duro.

– Mas o que foi aquilo? Como é que você deixa a menina andar por aí daquele jeito?

Hadley não diz nada, e ela sente o sangue bombear em seu corpo descontroladamente. Ela sempre avisa Mattie para tirar a maquiagem e os brincos antes de o pai chegar. Mas hoje ela se distraiu: primeiro, com o ódio da filha, depois, com a aranha, e por fim com Skipper. Ela sempre se lembra. "Mattie, seu pai chegou. Tira a maquiagem e as joias", sendo *joias* um eufemismo muito cortês para os *piercings* bizarros da filha.

Frank enlouqueceu quando Mattie pintou o cabelo. Xingou, pegou uma tesoura e ameaçou até raspar a cabeça dela como punição. A única coisa que o impediu foi Hadley implorar para que ele não fizesse aquilo. Ela literalmente ficou de joelhos no quarto deles, bloqueando a porta, com a boca na altura da virilha dele, e somente por causa disso Frank deixou passar. Aquela memória não lhe sai da cabeça. E é assim que ela protege a filha. Hadley chega a sentir a dor no couro cabeludo ao se lembrar de Frank puxando o cabelo dela enquanto ela fazia o que tinha de fazer, a dor lancinante de ter o cabelo puxado pela raiz e uma dor ainda mais profunda pelas coisas cruéis ditas por ele, palavras que Hadley rezou para Mattie nunca ouvir. Claro que Mattie não sabe nada dessas coisas. Ela acredita que Hadley é uma péssima mãe, que não faz nada para defendê-la. Ela tem razão com relação à primeira parte: nenhuma boa mãe teria permitido que as coisas chegassem a esse ponto. Hadley para de picar as verduras e se curva contra o balcão, segurando a faca e tremendo. *E agora Skipper vai embora.* Mattie não sabe disso, mas é Skipper quem a tem protegido.

Sim, Frank grita, diz coisas odiosas, tem mau temperamento e atira coisas contra a parede. Ele poderia até ter raspado mesmo o cabelo de Mattie. Mas ele jamais bateu nela – misericórdia concedida simplesmente por Skipper ser quem ele é.

Logo depois de Skipper entrar na pré-escola, a professora chamou Hadley e Frank para conversar, pois estava preocupada. Skipper havia contado uma história estranha sobre um Treinador que trancou alguém ou alguma coisa chamada Blue no banheiro e impediu a tal Blue de sair. O Treinador, claro, era Frank, e Hadley era Blue, mas não tinha como a professora saber disso.

Frank, com sua conversa mole, culpou um pesadelo e a imaginação hiperativa de uma criança de quatro anos, mas isso foi o suficiente para assustá-lo e fazê-lo perceber que, ao contrário de Mattie e Hadley, Skipper não poderia ser controlado – a honestidade era inerente a ele tanto quanto a cor de seu cabelo.

Daquele dia em diante, Frank restringiu seus atos de violência à suíte do casal, lugar onde a entrada das crianças não era permitida, o que poupou Mattie dos piores ataques de raiva do pai.

Quando Vanessa ligou, o primeiro pensamento de Hadley foi: *Não! Você não pode levar o Skipper! Quem vai proteger a Mattie?* Ela deixou o pensamento de lado imediatamente ao se dar conta de quão errada estava. Ela é quem deveria proteger Mattie. Ela só não fazia ideia de como fazer isso sem Skipper por perto.

Então, de repente, como se um anjo da guarda a tivesse ouvido, a chance pela qual ela sempre pediu estava ali diante dela, uma fresta de oportunidade que se abriu com a mudança de planos de Vanessa. O único ponto é: Hadley seria corajosa o bastante para aproveitá-la?

– Então, clássico do Angels contra o Dodgers amanhã? – Frank comenta, fazendo-a voltar a atenção para o presente.

O tom de voz dele é calmo, como se nada tivesse acontecido, mas Hadley sabe, pelo jeito como Frank está sentado, que ele se sente desconfortável, preocupado que tenha aborrecido Skipper.

– Wilson *versus* Kershaw – ele continua, quando Skipper não responde. – Um bom confronto, hein? Não vou perder por nada.

Skipper se vira, e seus grandes olhos não piscam.

Frank sorri amistosamente:

– A Blue pode colocar o jogo no *iPad* para você assistir no carro.

Skipper balança a cabeça, absorvendo as palavras com um pouco de demora, e então abre um sorriso, concordando. Frank relaxa, e Hadley, também.

Ela leva a salada para a mesa, enquanto Mattie se senta furtivamente na cadeira, de cara limpa e sem *piercings*. Ela cruza os braços e encara o prato.

Hadley senta-se ao lado dela, e Frank baixa a cabeça.

– Abençoai, Senhor, a nós e os alimentos que recebemos de Vossa bondade, por Cristo nosso Senhor. Amém.

– Amém – todos dizem em uníssono.

Frank pega a salada, e Hadley volta para a cozinha para trazer as pizzas. Ela as coloca na mesa e depois vai buscar as bebidas.

Hadley está servindo o leite de Skipper quando vê a taça de vinho de Frank passando por ela e se espatifando contra a parede.

– Está de brincadeira comigo?

Hadley olha para cima, e o leite espirra para fora do copo enquanto suas mãos voam na frente de seu rosto.

– Mas que merda é essa? – Frank segura uma fatia de pizza, que cai da mão dele como um pedaço de pano. – Eu me mato de trabalhar para a gente poder ter uma vida boa, uma casa boa, uma merda de um forno especial para pizza *top* de linha, e esse é o agradecimento, essa merda assada no forno da cozinha?

O coração de Hadley dispara, e ela se encolhe.

– Desculpa – ela gagueja.

Eu deveria ter me lembrado de comprar a lenha. Eu não deveria ter feito pizza.

Eu deveria... eu deveria... eu deveria...

Primeiro, Frank joga a fatia de volta na assadeira; depois, a pizza inteira na direção dela.

Hadley protege a cabeça com o braço, enquanto a pizza se despedaça nos armários às suas costas.

Príncipe Charles se levanta ao seu lado, e ela se lança para cima dele com sua mão livre e o agarra pela coleira quando ele vai atrás da pizza, preocupada com a possibilidade de que ele acabe engolindo algum caco de vidro. Hadley o puxa, cabeça a mil, sentindo-se arrependida... confusa. Frank nunca se comporta assim em frente às crianças. Não faz mais do que alguns minutos que ele estava preocupado por ter cruzado a linha com Skipper por perto.

Ela olha para ele, depois para Skipper, e com um choque percebe o que aconteceu. No intervalo entre se arrepender da explosão com Mattie porque isso poderia ter chateado Skipper e Hadley ter colocado a pizza na frente dele, a ficha de Frank caiu. *Skipper está indo embora*, e seu poder sobre ele também. E isso já começou, com o autocontrole que Frank manteve por mais de quatro anos desvanecendo, dando lugar à sua nova e inebriante liberdade.

– Peguei – Mattie diz com a voz trêmula, segurando Príncipe Charles.

Hadley olha para cima, os olhos das duas se encontram, e ela sabe que, enquanto viver, esse momento jamais será esquecido: o momento em que sua filha se dá conta de quão covarde ela é.

– Vou preparar outra coisa – ela consegue dizer, mesmo com o coração batendo tão forte a ponto de ecoar em seus ouvidos.

Ela se vira para os armários, apavorada com o que mais Frank poderia arremessar. Surpreendentemente, é a voz de Skipper, baixa mas firme, que surge para salvá-la.

– Ei, Treinador, sabe em quantos jogos Kershaw arremessou este ano?

Hadley olha para trás. O rosto de Skipper está branco como papel, e suas pupilas reduzidas a dois pontinhos, mas com esforço o garotinho prossegue:

– Ele arremessa, tipo, o tempo todo.

Frank continua a fuzilar Hadley com o olhar, e Skipper puxa a manga da camisa dele:

– Ei, Treinador, você está me ouvindo?

Frank então se volta para ele:

– Sim, Campeão, eu te ouvi. Kershaw? O tempo todo? E quanto é o tempo todo?

Hadley quase chora de alívio quando se vira para encher uma panela com água para cozinhar o espaguete.

Enquanto ela prepara a segunda refeição, Skipper continua a falar, tagarelando sobre o arremessador do Dodgers e conversando de uma maneira que ele nunca faz, as palavras praticamente tropeçando para sair de sua boca. Nem todas fazem sentido, mas ele segue, em um esforço heroico para distrair Frank. O coração de Hadley se enche de orgulho com o cavalheirismo dele, e lágrimas começam a rolar... lágrimas de alegria, misturadas às de terror e vergonha.

* * *

– Vou assistir ao jogo – Frank diz, empurrando o prato vazio.

As crianças fogem para seus quartos, e Hadley começa a arrumar a cozinha.

Quando termina, ela leva as malas para o carro.

Hadley fecha o porta-malas depois de dar a última viagem com as bagagens e se recosta nele, repassando o plano mais uma vez. Quando tem certeza de que não se esqueceu de nada, volta para dentro de casa e fica parada atrás da porta da sala de TV. Ela ouve o jogo e, durante um longo minuto, permanece ali, imóvel.

Finalmente, respirando fundo, entra.

Frank está afundado na poltrona reclinável da sala de cinema em casa. A TV pisca na frente dele, no mudo, enquanto o comercial passa. Ele olha para cima com os olhos vidrados, e Hadley observa de relance o uísque na mão dele.

– Ei – ela diz.

– Ei – ele estica o braço para pegar na mão dela.

Ela não faz objeção e senta-se ao lado dele. Frank dá um gole na bebida, depois olha para Hadley, com um profundo arrependimento estampado no rosto. É a parte da doença que ela nunca entendeu, como ele se sente verdadeiramente arrependido, como se não tivesse a intenção de fazer nada daquilo, como se tampouco tivesse ideia do que o levou a agir daquela forma. Ele diz ser por amor – como se sua fúria e sua devoção estivessem entrelaçadas como heras venenosas.

Ele coloca a mão dela em seu rosto, e por um longo tempo é assim que permanecem, em silêncio. Frank fecha os olhos, mantendo a mão de Hadley pressionada contra seu rosto, enquanto ela dá a aceitação e o perdão que ele espera.

– Vou sentir falta de vocês – ele diz, abrindo os olhos, olhando para ela e beijando-lhe o nó dos dedos antes de deixar as mãos dos dois cair sobre o braço da poltrona. – A casa vai ficar solitária sem vocês por aqui.

– Você ainda vai ter o cachorro.

– Ah, ótimo. Eu e o Príncipe.

– Então – Hadley começa, com cuidado para manter a voz firme –, eu estava pensando e acho que você tem razão. Melhor a gente sair hoje à noite do que amanhã de manhã.

Os olhos dele se estreitam, em busca de algum sinal de manipulação ou fingimento da parte dela. Nesse momento, Hadley baixa os olhos, rezando para ele acreditar nela e não farejar o medo que a domina.

– Mas só se você achar que é uma boa ideia.

Frank volta a olhar para a TV e a tira do mudo. Hadley continua ao lado dele, em silêncio.

O jogo voltou do intervalo. Astros *versus* A's, com o A's na frente por doze *runs* no final da oitava entrada.

No comercial seguinte, ele diz:

– O macarrão estava bom.

– Obrigada. Acho que eu o deveria ter feito desde o início.

Frank continua olhando para a TV por um tempo antes de finalmente dizer:

– Você pegou o itinerário?

Hadley faz um grande esforço para não demonstrar nenhuma reação diferente da esperada, mas seu coração pula forte contra o peito.

– Sim, eu imprimi e também salvei no celular.

– Não pega a 5. Tem obras lá.

– Não. Vou pegar a com pedágio.

– Se ficar cansada, para o carro em algum lugar.

– Claro.

– Preste atenção nas carretas. Os motoristas não conseguem te enxergar direito.

– Vou tomar cuidado.

Ele assente, termina seu uísque e então, com o mais devoto dos olhares, diz para Hadley:

– Nove dias. Não sei como vou viver sem vocês.

Ela se inclina e o beija de leve.

– Você vai dar um jeito, e, quando menos esperar, já estaremos de volta.

Ela para na porta.

– Você quer se despedir do Skipper?

Ele balança a cabeça:

– É melhor não, sinceramente. Acho que isso só vai deixar as coisas mais difíceis para ele.

Olhando para baixo, depois de volta para Hadley, Frank pergunta:

– Ele sabe que eu o amo, não sabe?

– Mas é claro.

– Será que ele não vai ficar com o que fiz hoje na cabeça?

– Ele vai se lembrar do excelente pai que você foi para ele.

* * *

Menos de cinco minutos depois, os três já estão a caminho. Hadley olha para Mattie no banco do passageiro e para Skipper, atrás dela, sem acreditar, surpresa que aquilo esteja mesmo acontecendo. Por quinze anos, Hadley procurou por uma saída, e agora, simples assim, ela a encontrou e está indo embora com as crianças. Seu coração acelera com a adrenalina, e um pouquinho de orgulho também.

– A gente não vai mais voltar? – Mattie pergunta, assustando Hadley e tirando-a de suas divagações. – Você trouxe o avental da sua mãe – ela diz para a mãe, que tem uma expressão de surpresa no rosto.

Hadley engole em seco, pensando se a decisão dela de última hora de enfiar aquela lembrança na mala também chamaria atenção de Frank. O avental tem margaridas bordadas à mão e pelo menos uma dúzia de manchas em vários lugares. A mãe de Hadley o usou quase todo santo dia durante a infância dela, e essa é uma das poucas recordações que ela ainda tem da mãe.

– Não liga – Mattie diz, percebendo o medo de Hadley. – O papai nunca mexe nas gavetas da cozinha mesmo.

E todo o orgulho que Hadley sentiu momentos antes se esvai, ao perceber quanto falhou com a filha durante todos esses anos.

Um minuto depois, Mattie pergunta:

– E quem vai cuidar do Príncipe Charles?

– Seu pai – Hadley responde, e Mattie vira o rosto. Essa não é uma boa resposta. Frank não o amará como Mattie o ama. Não cuidará dele como Hadley cuida. Não brincará com ele como Skipper brinca.

As lágrimas quase silenciosas de Mattie dilaceram o coração de Hadley. Ela não teve escolha. Não havia como ficar por ele.

* * *

Meia hora depois, eles param no estacionamento de um hotel ao lado da rodovia.

– Por que você está parando? – Mattie pergunta.

– Preciso fazer uma coisa antes de a gente ir. Hoje vamos dormir aqui e continuamos amanhã bem cedinho.

Hadley usa dinheiro para pagar por dois quartos, acomoda as crianças, entra no carro e dirige de volta pelo mesmo caminho por onde vieram.

Vinte minutos depois, da área de carga e descarga nos fundos da empresa de Frank, ela liga para o Hilton em Victorville, o hotel em que eles supostamente deveriam estar nesta noite, e reserva um quarto.

Após desligar, Hadley olha mais uma vez para o itinerário de Frank, verificando atentamente se não deixou nada passar. Para isso dar certo, ela precisa considerar cada detalhe e não cometer nenhum erro. Frank é paranoico, neurótico... e brilhante. Um passo em falso e será o fim. Certa de que ainda não ferrou com o plano, ela guarda o celular no bolso e volta para o carro.

O estacionamento está vazio, e os prédios ao redor estão com as luzes apagadas e fechados para o fim de semana prolongado. Uma bandeira americana tremula no mastro perto da rua em homenagem ao Memorial Day.

Usando as chaves sobressalentes de Frank que ela ainda tem por ter usado o carro dele, Hadley abre a porta dos fundos e entra furtivamente.

Grace

Grace desliga o carro e olha para Miles no banco de trás, que dorme profundamente em sua cadeirinha, com o peito movendo-se no ritmo constante da respiração. Ela o observa por um longo tempo. Já são quase dez da noite. Ele não vai acordar antes da meia-noite, pelo menos assim Grace espera.

Ela vira o pescoço de volta e olha para a entrada da Aztec Parking. Exceto pela luz acesa ao lado da porta, o prédio está todo escuro. Através da janela, Grace avista o brilho fraco do monitor de seu computador. Ela o encara até suas vistas começarem a embaçar e espera mais um tempo para repassar aquela decisão na cabeça.

Se ela fizer isso, não vai ter volta.

De novo e de novo, a resposta circula em sua cabeça. Se não fizer, onde ela estará nessa situação toda? Grace olha para Miles mais uma vez, pensa em Jimmy e no que ele fez, e aperta os olhos com força. Por mais que o ame, agora a história é outra. Ela não pode continuar arriscando seu futuro e o de Miles e viver na incerteza se terão dinheiro para pagar aluguel ou comprar comida.

O estômago de Grace revira-se ao pesar a decisão, e ela espera um pouco mais, já decidida sobre o que deve fazer, mas, ainda assim, com medo. Um daqueles momentos, ela pensa, em que você se depara com um ponto de bifurcação, sabendo que a escolha do caminho mudará sua vida irrevogavelmente.

Por fim, com um suspiro profundo, Grace abaixa um pouco o vidro do carro e sai. Ela então o tranca, olha em volta mais uma vez, caminha em direção à porta e entra.

O contrato para arrendamento do estacionamento de Jerry ainda está na mesa de Frank. Ela o enfia na bolsa maternidade vazia, pendurada no ombro. Se Frank quiser fazer um acordo com Jerry, que faça isso sozinho.

Grace abre a porta que liga o escritório de Frank ao corredor que dá para as áreas comuns do prédio – depósito, armários, banheiros e sala dos funcionários. A porta se fecha atrás de si, e Grace estreita os olhos para ajustá-los à escuridão, e as únicas fontes de iluminação ali são um fino halo de luar, que brilha através do vidro da porta que leva ao estacionamento dos fundos, e uma linha de fluorescência que cintila sob a porta do depósito, porque algum esquecido deixou a luz acesa.

Embora seu coração esteja disparado, ela não está com medo. Nos últimos três meses, Grace passou mais tempo entre essas quatro paredes do que na própria casa.

Assim que alcança o interruptor, um barulho a faz congelar.

Seu rosto se vira na direção da porta do depósito, e seus olhos se fixam na faixa de luz embaixo dela. Ela olha por tanto tempo e fixamente que seus olhos começam a tremer, mas, depois de um longo tempo e nada de diferente, Grace se pergunta se foi apenas imaginação.

Com um suspiro profundo, ela leva a mão mais uma vez ao interruptor, com seus dedos o encontrando no exato instante em que uma sombra atravessa a faixa de luz.

O coração de Grace vai à garganta. Ela se atrapalha com as chaves e, ao encontrar a certa, a enfia na fechadura. A chave fica presa. Com esforço, Grace consegue desprendê-la, mas o chaveiro se solta de sua mão, voa sobre sua cabeça e cai com um barulho assustadoramente alto no chão, em algum lugar atrás dela.

Hadley

Barulho. No corredor. Som de metal. Hadley fica petrificada, com uma caixa de papel-toalha nas mãos. Talvez o prédio tenha algum sistema de segurança, e ela acionou o alarme. Se for esse o caso, o tempo de resposta deles é pessimamente lento. Ela está ali há quase uma hora e já revistou cada sala duas vezes.

Nenhum outro barulho. Hadley suspira e volta a caixa para a prateleira.

Hadley se apoia na prateleira e fecha os olhos. Ela não serve para isso – enganações, conspirações e mentiras – e tinha certeza de que essa parte também já estava resolvida. Sabe que Frank tem dinheiro guardado e que é ali que o esconde. Ele pagou o carro dele com dinheiro vivo, e também por baixo dos panos os empreiteiros que trabalharam para ele. Antes de comprar o carro, ele parou no escritório. Nos dias em que pagou os empreiteiros, Frank veio com o dinheiro direto do escritório. Ele chegou a mencionar um cofre, então Hadley sabe da existência dele, mas já procurou em cada centímetro desse lugar e não o encontrou. Tudo o que a busca dela resultou foi em uma pequena gaveta de dinheiro na mesa de Frank com menos de cem dólares dentro.

Algo se move no corredor, e Hadley abre os olhos. O som é muito baixo, como um barulho de movimentação, mas a audição de Hadley sempre foi excepcional.

Escutando com mais atenção, ela se afasta da prateleira, abre a porta e põe a cabeça para fora. Ela olha para a esquerda em direção à porta dos fundos, depois para a direita. No fim do corredor, uma sombra se agacha, pequena, com uma cabeleira rebelde.

– Grace? – Hadley pergunta, apertando os olhos contra a escuridão e confirmando que ela está, sim, olhando para a assistente de Frank.

A figura nas sombras se levanta.

– Senhora Torelli?

As duas se entreolham com curiosidade. A última vez que Hadley viu Grace foi pela manhã, quando foi deixar Frank no trabalho, pois ficaria com a caminhonete do marido. Grace estava chegando ao escritório com exatamente a mesma roupa de agora: uma blusa branca lisa e uma calça cinza larga, folgada em seu magro quadril.

– O que você faz aqui? – as duas perguntam em uníssono, com vozes um tanto agudas.

Hadley encara Grace. Afinal, ela é a esposa de Frank, o que dá a ela o direito de estar ali. Há pelo menos uma dúzia de motivos para ela ter parado ali. Frank se esqueceu de algo de que necessita. Ela está levando um pouco do desinfetante profissional para usar em casa. Frank pediu que ela parasse e pegasse cones para um dos estacionamentos.

Enquanto isso, não consegue pensar em um motivo sequer para a assistente de Frank estar se esgueirando no escritório em plena sexta-feira à noite, no escuro.

Hadley olha para o interruptor de luz à direita de Grace, facilmente ao alcance, depois pensa no intervalo de tempo entre o primeiro e o segundo barulho que ouviu.

– O que você faz aqui? – ela repete.

– Queria checar os uniformes. Acho que o pedido veio errado.

Hadley olha para seu relógio:

– Às dez da noite, em uma sexta?

Grace muda de posição, e é quando Hadley percebe a bolsa sobre o ombro dela, uma coisa grande e listrada, murcha e puída.

Hadley inclina a cabeça e abre um sorriso.

– Você veio para roubar o Frank.

Grace

A esposa de Frank está sorrindo e acusando Grace de ser uma ladra.

As duas opções de como responder a isso lhe passam rapidamente pela cabeça: *Ou você nega e inventa uma desculpa aceitável ou sai correndo.*

A primeira opção é impossível. A senhora Torelli jamais acreditará no que quer que Grace conte, e ela não consegue pensar em absolutamente nenhuma explicação plausível para justificar o porquê de estar ali. A segunda é igualmente impossível. As chaves ainda estão perdidas em algum canto, e Miles está *trancado* no carro. Tudo é processado rapidamente na cabeça de Grace, enquanto a senhora Torelli continua a olhar para ela com aquele sorriso bizarro.

Finalmente, depois de um longo tempo, Grace se surpreende ao revelar a verdade:

– Vim pegar o que o Frank me deve.

A senhora Torelli inclina a cabeça.

Grace a encontrou apenas algumas poucas vezes. Ela não é do tipo que se envolve nos negócios do marido. Alta, elegante e incrivelmente linda, ela é do tipo que passa os dias na manicure e fazendo compras, não interferindo no funcionamento de estacionamentos. Até mesmo agora, às dez da noite de uma sexta-feira, no corredor sombrio de um prédio comercial, ela parece esplêndida: maquiagem recém-feita, cabelo preso em um elegante coque que a faz parecer uma rainha e roupas que devem valer mais do que um mês inteiro de salário de Grace: calça de alfaiataria, camisa de seda preta e salto agulha bege de bico fino.

– Ele te deve?

Grace explica o que aconteceu com o contrato de Jerry, constrangida ao confessar quão idiota se sentiu em acreditar que Frank honraria a palavra dele e que daria a ela a comissão prometida.

– Parece mesmo coisa do Frank – a senhora Torelli diz, quando Grace termina de falar. – Também explica por que ele ia despedir você.

Grace se encolhe. Mesmo suspeitando de que isso aconteceria, ter a confirmação ainda é um golpe duro. Por três meses, ela deu a vida trabalhando para Frank Torelli, fazendo o possível e o impossível por sentir que devia algo a Mary, pelo favor dela em lhe conseguir o emprego.

– Então você sabe onde o cofre fica? – a senhora Torelli pergunta.

A pergunta pega Grace desprevenida, e ela olha para a senhora Torelli com curiosidade, observando as roupas, a maquiagem e a intensidade com que a encara.

– É por isso que você veio? Pelo dinheiro?

– Que ironia, não é?

Grace sente um arrepio congelante na espinha. Ela nunca acreditou muito em coincidências. Sua avó costumava dizer que momentos como aquele eram Deus zombando dos meros mortais, exatamente o que aquela situação parecia refletir.

E Grace não quer ter nada a ver com isso.

– Bom, boa sorte, então – Grace diz e se abaixa para voltar a procurar pelas chaves.

Ela as encontra a poucos metros e as pega justamente quando a senhora Torelli para em frente, com as pontas dos saltos bem embaixo de seu nariz.

– Você sabe onde fica o cofre? – ela repete.

Grace se levanta bem devagar, enquanto repassa suas novas opções de resposta na cabeça: *Nego e saio sem nada* ou *Admito que sei e talvez consiga o que Frank me deve, mas fico presa à senhora Torelli para o resto da vida.* Grace desembucha a terceira opção, sem nem mesmo tê-la levado em consideração direito:

– Pode ser que eu saiba – ela responde, com o sangue aquecido diante do brilhantismo da saída encontrada.

– *Pode ser* que saiba?

– Pode ser que eu saiba – Grace repete, entusiasmada. – Em troca de uma taxa, posso mostrar onde o cofre fica.

– Taxa?

– Isso. Como uma comissão.

Uma jogada de mestre. Sem infringir a lei nem quebrar o voto que fez ao juiz que lhe mostrou clemência quando ela tinha dezenove anos, Grace pode sair dessa com dinheiro suficiente para dar a ela e a Miles uma nova vida.

– Quanto Frank te deve?

– Isso não é relevante – Grace responde, animada por dentro.

– Mas é claro que é. Você disse que Frank te devia, e essa é a razão para você ter vindo aqui.

– *Foi* a razão para eu ter vindo. Mas agora, com você aqui, eu não preciso mais *pegar* o que Frank me deve. Em vez disso, você e eu vamos fazer um acordo.

A senhora Torelli aperta os olhos, desconfiada:

– Que tipo de acordo?

– Como eu disse, uma taxa de intermediação. Mostro o cofre, e você me dá uma porcentagem do dinheiro.

– Uma porcentagem? De quanto?

– Cinquenta – Grace responde. Cinquenta/cinquenta é sempre um bom ponto para se começar.

– Cinquenta por cento? – a senhora Torelli indaga, gesticulando, enquanto as palavras saem de sua boca. – Isso não é uma taxa de intermediação. Isso é metade. Pode esquecer.

Ela continua a mexer as mãos para Grace, como se espantasse uma mosca.

Grace sorri, como se não fosse grande coisa, e levanta as chaves contra a luz tênue, passando uma por uma. De propósito, escolhe a errada e a coloca na fechadura. Ela a puxa, encarando-a com os olhos semicerrados, e continua procurando.

Dessa vez, pegando a chave certa, Grace a desliza suavemente no buraco da fechadura e está prestes a abrir a porta, quando a senhora Torelli fala:

– Está bom. Cinco por cento.

Grace comemora por dentro e se vira:

– Cinquenta.

– Esse dinheiro é *meu.*

– Tecnicamente, é só metade seu.

– Dez.

Grace se vira para a porta de novo.

– Boa sorte para achar o *seu* dinheiro.

A chave gira, e ela puxa a maçaneta.

– Vinte, mas é minha oferta final.

Grace considera. Ela não tem ideia de quanto Frank guarda no cofre. Poderia ser vinte mil ou poderia ser cem. Vinte por cento de vinte mil não é muita coisa, mas, pelo menos, seria o bastante para ela e Miles saírem de Orange County e, com sorte, o bastante para segurar as pontas até ela encontrar um emprego.

– Vinte e cinco – Grace diz.

A senhora Torelli a encara, claramente não concordando com aquilo.

– Está bem. Vinte e cinco.

Grace tira a chave da fechadura e passa pela senhora Torelli, indo em direção ao banheiro privativo de Frank.

– Já olhei lá. Foi o primeiro lugar em que procurei.

Grace a ignora, e os saltos da senhora Torelli estalam ruidosamente no chão enquanto a segue.

Ela descobriu onde o dinheiro estava escondido um mês depois de começar a trabalhar na empresa, quando Frank lhe pediu que chamasse um encanador para consertar uma pia entupida, e Grace disse que provavelmente conseguiria ela mesma consertar sozinha. Enquanto enfiava um cabide no ralo, Frank ficou empacado ao lado dela, deixando-a curiosa.

Naquele mesmo dia, mais tarde, quando Frank saiu para almoçar, ela voltou ao banheiro e, assim como está fazendo agora, simplesmente levantou a tampa da caixa do vaso sanitário.

– Nossa! – a senhora Torelli diz, olhando por cima do ombro de Grace.

Grace concorda. É impressionante: um cofre de ferro fundido maciço disfarçado de caixa de vaso sanitário e parafusado à parede, o que o torna impossível de ser roubado.

– Mas como é que Frank faz as coisas dele aí? – a senhora Torelli pergunta.

– Este aqui é um banheiro comercial. O abastecimento de água vem diretamente da rua. – Grace sorri para si mesma com a ironia: o fato de seu treinamento vocacional feito no reformatório ser usado justamente para roubar seu chefe.

A senhora Torelli olha para Grace com curiosidade, provavelmente se perguntando como é que ela saberia de uma coisa dessas, mas não pergunta nada. Em vez disso, volta a olhar para o cofre:

– Que droga.

– Algum problema?

– Achei que fosse ser um teclado – a senhora Torelli responde. – Sabe, daqueles que a gente digita os números? Igual nosso cofre em casa. Sei de todas as senhas do Frank, mas este aqui é um daqueles tipos antigos de girar.

– Então você não tem a combinação? – Grace pergunta, animando-se por dentro.

HADLEY

– Anda, abre – Hadley diz, perguntando-se o que Grace está esperando.

A garota encosta a tampa na parede e se endireita, exibindo um leve sorriso. Quando Hadley percebe o porquê do sorriso, seu sangue ferve, e ela começa a balançar a cabeça.

– Cinquenta por cento – Grace diz.

– De jeito nenhum.

Hadley não gosta mesmo dessa garota. Não é de estranhar o fato de Frank querer demiti-la. Ela não é nada além de uma ladra maquinadora.

– O acordo foi vinte e cinco, o que já é uma exploração.

– O acordo foi vinte e cinco para *mostrar* onde o cofre estava. Não para abrir o cofre.

– Vai se ferrar.

– Olha só, senhora Torelli, entendo que você esteja chateada. Eu também estaria. Mas o fato é que eu tenho a combinação do cofre, e você não, o que a coloca em uma grande desvantagem.

Hadley sente como se estivesse saindo fumaça de seus ouvidos. Ela não costuma sentir raiva. Mas aquela garota está brincando com o futuro dela e da filha.

– Vinte e cinco. Foi o acordo.

Grace olha para Hadley calmamente, com uma expressão tão relaxada quanto se as duas estivessem conversando sobre o tempo, talvez até um pouco simpática, como se dissesse "Parece que vai chover, hein?", e Hadley faz um grande esforço para não tirar aquela expressão da cara dela no tapa.

– Eu poderia chamar a polícia – Hadley diz, nervosa. – Falar que você tentou roubar a gente.

A risada de Grace não é alta, mas Hadley a ouve mesmo assim.

– Está bem – Hadley bufa. – Trinta por cento.

– A gente não vai fazer isso de novo, senhora Torelli – Grace diz, tirando o telefone do bolso para ver as horas. – Cinquenta. É pegar ou largar.

– Tem algum outro lugar onde você precisaria estar agora?

– Digamos que sim. Então, o que vai ser?

Hadley pensa em Mattie e Skipper no hotel. Pensa em Frank. Pensa no carro carregado com as coisas deles. Pensa em quão irada se sente. Tudo isso enquanto olha para Grace, que permanece tranquila em frente a ela, como se não tivesse nada com que se preocupar no mundo. O que é o caso. Se Hadley se recusar, Grace pode simplesmente voltar quando ela tiver ido embora.

– Está bem, está bem – Hadley bufa mais uma vez, embora tudo isso esteja passando longe de estar bem para ela.

Hadley sente a comemoração silenciosa de Grace, e nunca odiou tanto alguém na vida.

Grace gira o botão de um lado para outro. Logo depois, a fechadura se encaixa, e ela gira a alavanca, abrindo a porta do cofre.

– Mas que… – Hadley se surpreende.

Grace também olha, surpresa, com a mão congelada na porta do cofre e a boca aberta. Ela balança a cabeça e dá um passo para trás, recuando como se os maços de dinheiro cuidadosamente empilhados até a borda da caixa fossem uma bomba-relógio, não a resposta às suas orações.

– É muito dinheiro – Hadley diz, e Grace continua a se afastar.

Por cima das notas empilhadas, ligeiramente colocada mais à esquerda, há uma arma. Sem pensar, Hadley a pega e a aponta para Grace.

– Coloca o dinheiro na bolsa – ela diz, lembrando uma ladra de banco de algum filme B.

Os olhos de Grace vão do cofre para a arma, depois de volta para o cofre e de novo para a arma. Ela então levanta os olhos para Hadley e, sem protestar, começa a encher a bolsa. Hadley sente uma pontada de orgulho. Isso vai ensinar a essa garota uma lição por ter mexido com ela. Talvez Hadley até lhe dê um osso, atirando um maço com algumas centenas de dólares como gorjeta.

Ela tenta contar o dinheiro à medida que Grace o tira do cofre, mas é impossível. Em vez disso, então, começa a se perguntar de onde toda aquela fortuna veio. Fraude fiscal é uma coisa, mas aquilo é mais do que o negócio fatura em um ano, e não é como se Frank não fosse um gastador. Ele gasta, e muito.

Antes de Hadley chegar a uma resposta, Grace termina, e a bolsa está tão lotada que os últimos maços de dinheiro foram enfiados nos bolsos de fora.

– Agora passa para cá – Hadley diz, esticando o braço esquerdo enquanto segura a arma com a mão direita.

Grace revira os olhos e balança a cabeça como se Hadley fosse uma idiota, então coloca a bolsa no ombro e sai andando em direção à porta.

– Pode ir parando ou eu atiro – Hadley ameaça, seguindo Grace com a arma apontada. Grace se vira e, sem um pingo de medo, tira o revólver da mão de Hadley e o coloca na bolsa. O cabo fica à mostra entre os maços de dinheiro.

– Da próxima vez, dê uma olhada na trava de segurança – Grace diz, virando-se de novo em direção à porta.

Mas, antes mesmo que ela pudesse dar um passo, Hadley avança e segura uma das alças da bolsa, girando Grace com tanta força que quase a tira do chão. Com reflexos de um gato, Grace se equilibra e agarra a outra alça.

Notas saem voando enquanto as duas se engalfinham, e costuras da bolsa arrebentam com ela sendo puxada de um lado para outro.

Hadley queria tanto ter pensado em trocar os sapatos antes. Seus Jimmy Choos escorregam no piso, e é impossível para ela ter alguma tração com eles. A boa notícia é que Hadley pesa, no mínimo, uns vinte quilos a mais que Grace. Finalmente, uma vantagem em ser forte. Recarregando-se com todas as suas forças, ela coloca o seu peso em um puxão final colossal, só percebendo seu erro quando já é tarde demais e ela está desabando para trás, a bolsa desabando consigo e o dinheiro se espalhando por toda parte.

Seu ombro se choca contra a parede primeiro, e Hadley se desequilibra, cai no chão e torce o tornozelo com uma dor aguda.

Grace pega a arma e começa a juntar o dinheiro. E só o que resta a Hadley agora é ver seu futuro e o de Mattie sendo apanhado bem diante de seus olhos.

O queixo de Hadley treme ao se lembrar de Mattie no carro e da esperança na voz da filha ao perguntar se elas voltariam. E agora, apenas poucas horas depois, antes mesmo de terem começado sua nova jornada, Hadley já falhou. Quando Grace termina de pegar o dinheiro, ela fecha o cofre e recoloca a tampa da caixa no vaso.

Parando na porta, ela diz:

– Eu realmente tentei ser justa. Ofereci um acordo. Eu poderia simplesmente ter esperado você ir embora e voltado para pegar tudo.

– Esse dinheiro não é seu – Hadley esbraveja, com a voz trêmula, evidenciando toda a sua ira e tristeza.

Grace acaricia a bolsa:

– Agora é.

Ela abre a porta, mas para antes de sair. Então balança a cabeça e olha para o teto, como se estivesse refletindo sobre algo.

Ao se virar, Hadley percebe a expressão irritada no rosto dela.

– O que foi?

Hadley grita, com uma dor lancinante atravessando seu tornozelo.

Grace respira fundo, volta e agacha-se.

– Coloque seu braço em volta do meu ombro. Anda, vou ajudá-la a se levantar.

Grace

Grace ajuda a senhora Torelli a sair pela porta dos fundos e a tranca. Enquanto caminha na direção do carro da senhora Torelli, que está estacionado na área de carga e descarga, seus ouvidos buscam quaisquer sinais de que Miles esteja chorando, e Grace sente um grande alívio quando não ouve nada além dos barulhos da noite e do sibilar suave do vento.

A bolsa maternidade bate contra sua coxa, pesada e inchada, carregando uma quantia de dinheiro muito maior do que Grace jamais teria imaginado. Ela tenta não pensar nisso. Ela foi pegar o que Frank lhe devia, mas ele não lhe devia tanto assim – nem perto disso.

O problema é que ela não tem certeza do que fazer agora. *Deixar o dinheiro ali? Entregá-lo à senhora Torelli?*

Aquela mulher apontou uma arma para ela. Se a situação fosse inversa, Grace sabe que a senhora Torelli não teria hesitado nem um segundo em pegar todo o dinheiro e largá-la ali mesmo, sem nada.

A senhora Torelli manca, apoiada em Grace e segurando seus saltos com a mão livre.

Grace para.

– Que foi? Está planejando roubar meu carro agora, também?

Grace bufa. Ela não *roubou* nada. Ela fez um acordo, mas, assim como seu marido caloteiro, a senhora Torelli lhe faltou com a palavra. Mas isso aqui é dinheiro *demais*. A cabeça de Grace está a mil por hora, em busca de decidir a coisa certa a fazer.

Tirando o braço do ombro de Grace, a senhora Torelli diz:

– Eu me cuido daqui.

– Você não vai conseguir dirigir.

– Consigo, sim – e, para provar, a senhora Torelli dá um passo que quase a faz se curvar, e então dá mais um, que acaba fazendo-a se estatelar no chão. Seu rosto se contorce de dor enquanto ela abraça a perna machucada contra o peito.

– Como eu disse, você não vai conseguir dirigir.

A senhora Torelli lança um olhar fulminante para Grace:

– Eu odeio você!

– Está tudo bem. Tenha certeza de que você não está na minha listinha de presentes de Natal também.

A cabeça da senhora Torelli estava baixa. Embora seja ao menos dez anos mais velha que Grace, nesse exato momento, sentada descalça no asfalto e segurando uma perna, ela se parece mais com um bebê gigante, cujo brinquedo favorito acaba de se quebrar.

– Anda – Grace diz, agachando-se ao lado dela. – Vamos. A gente não tem o dia todo. Eu a levo aonde você precisa ir.

A senhora Torelli não se move. Em vez disso, continua segurando a perna, parecendo desesperançada.

– Olha, senhora Torelli, não há muita opção. Ou você me deixa ajudá-la, ou pode pedir um Uber, basicamente convidando alguém para buscá-la na cena do crime.

A senhora Torelli balança a cabeça, fechando os olhos, e logo depois os abre, arregalados, como se tivesse acabado de constatar o problema em que acabara de se meter. Olhando para o chão, ela começa a chorar.

Merda.

– Por quê? – ela começa a murmurar em meio às lágrimas, com a cabeça ainda balançando.

– Por que o quê? – Grace indaga, perdendo a paciência. Miles está no carro dela, e, agora que as coisas chegaram a esse ponto, ela deseja muito, mesmo, ficar o mais longe possível desse lugar.

– Por que você resolveu me ajudar?

– Não tenho ideia – Grace diz, pensando que o que ela deveria ter feito era ter deixado a senhora Torelli lá no chão do banheiro. Ela está prestes a falar para a senhora Torelli que esqueça, que ela está dando o fora, quando a mulher finalmente fica de cócoras e estende os braços. Com grande esforço, Grace a levanta e a leva pelo resto do caminho até o carro.

Um minuto depois, elas estacionam ao lado do Honda de Grace, que quase chora de alívio ao encontrar Miles exatamente como o deixou, dormindo tranquilamente.

Ela pega a cadeirinha e a coloca no carro da senhora Torelli.

– Você trouxe seu bebê para um assalto? – a senhora Torelli pergunta, enquanto Grace o afivela no banco de trás.

– E você colocou salto alto para um assalto? – Grace retruca. Ela então bate a porta com força e anda na direção do Honda.

HADLEY

Hadley olha fixamente para o bebê, observando-o respirar. Ela está sozinha no banco do passageiro do próprio carro, na cena de um roubo, com o bebê de uma estranha.

Ela balança a cabeça. De todas as maneiras que imaginou o desenrolar dessa noite, Hadley pode honestamente dizer que essa cena não estava entre elas.

Ao flexionar o tornozelo, uma nova torrente de lágrimas lhe enche os olhos. Ela não pode andar. Não pode dirigir. Não tem dinheiro. Não conseguiu nem ao menos sair de Orange County. E qualquer esperança que tinha de conseguir escapar foi anulada. A melhor opção que lhe resta agora é seguir o plano de Frank e esperar que ele jamais descubra que ela fez parte disso.

Ela morde o lábio para conter as emoções. Hadley sabe como os bebês são sensíveis às emoções dos outros, mesmo dormindo.

A porta se abre, e Grace entra no carro. Suas bochechas estão avermelhadas por voltar andando depressa de onde quer que ela tenha escondido seu carro e de carregar aquela bolsa lotada de dinheiro.

– Para onde?

– Hotel Ayres, em El Toro – Hadley murmura.

Grace olha para trás e vê o carro abarrotado de malas.

– A gente estava indo embora. Ou, pelo menos, era a intenção.

Sem dizer uma palavra, Grace liga o carro e pega a estrada.

Alguns minutos depois, Hadley comenta:

– É para isso que fui pegar o dinheiro. Para fugir.

– Não vou lhe dar meu dinheiro – Grace diz categoricamente.

– Eu não pedi – Hadley cruza os braços. – Só tentei explicar o que fiz esta noite, a razão para eu tentar pegar *meu* dinheiro.

O carro vira de repente, cortando para a direita com tanta brusquidão que Hadley tomba para o lado e precisa se segurar.

– Você quer alguma coisa? – Grace pergunta, ao parar no *drive-thru* do In-N-Out.

– Não tenho dinheiro – Hadley responde rispidamente.

– É por minha conta – Grace oferece, sem um pingo de pena.

– Não, obrigada.

Grace pede dois cheesebúrgueres, uma batata frita e um *milkshake* de chocolate, e Hadley a odeia ainda mais. Se ela comesse aquilo ali, ficaria do tamanho de uma morsa em uma semana. Ao passo que Grace não pesa mais que quarenta e cinco quilos.

Grace ajeita a comida no console entre elas, e o cheiro de gordura e sal passeia sedutoramente pelas narinas de Hadley.

– Tem certeza de que não quer nada?

Hadley balança a cabeça, e seu estômago ronca em protesto.

Grace pega a estrada de novo, mas um quarteirão depois reduz a velocidade e estaciona ao lado de um meio-fio. Suas mãos agarram o volante, e seus olhos estão fixos no céu escuro através do para-brisa. Seu olhar é tão atento que Hadley se pergunta o que ela está procurando.

Finalmente, soltando o ar pelo nariz, Grace se vira.

– A gente precisa dividir.

Hadley pisca.

– O dinheiro – Grace continua. – O acordo foi cinquenta/cinquenta. Então você precisa pegar sua metade.

Hadley aperta os olhos, sem acreditar.

– Por que isso agora?

– Carma. Eu acredito em carma. Isso faz de mim uma idiota? Talvez. Mas sinto que, se eu não lhe der sua metade, vou me arrepender, e isso vai voltar para me assombrar. Sendo assim, você precisa pegar sua metade.

Grace

Grace já está sem fôlego ao chegar ao quarto da senhora Torelli, carregando o filho na cadeirinha, a bolsa maternidade cheia de dinheiro, o lanche do In-N-Out e a sacola de compras com as fraldas, as mamadeiras e a fórmula de Miles.

A senhora Torelli senta-se na cadeira ao lado da cama e apoia o pé no colchão, com o tornozelo já inchado e azulado.

Grace coloca Miles na cama, senta-se ao lado dele e tira o dinheiro da bolsa, formando uma montanha de notas – maços de vinte, cinquenta e cem dólares. E a arma.

Seus olhos correm da arma para a senhora Torelli.

– Desculpe-me. Eu não ia atirar em você.

A senhora Torelli parece realmente chateada, e Grace sente-se mal por ela, que aparenta ser o tipo de mulher que teria dificuldade em esmagar um inseto. Antes dessa noite, é provável que nunca tenha sequer tocado em uma arma.

Grace coloca a arma de volta na bolsa, fora de vista, e volta-se para o dinheiro. Ela o encara com uma sensação incômoda no estômago. Por toda a vida, Grace nunca teve mais fundos na conta do que o suficiente para pagar o aluguel do mês, e agora, em tão pouco tempo, há dinheiro suficiente para comprar uma nova vida inteira para ela. Dinheiro que não lhe pertence.

Ela olha para Miles, que ainda dorme com a boca aberta, segurando as alças da cadeirinha. Grace então pega a sacola do In-N-Out, tira um hambúrguer, desembrulha o papel e crava os dentes nele. Seus olhos se fecham quando aquele sabor maravilhoso e salgado toca sua língua, e ela se sente como Scarlett O'Hara em *E o vento levou* ao declarar "Jamais passarei fome outra vez".

Ao sentir que a senhora Torelli a observava, Grace abre os olhos e lhe oferece comida, estendendo o pacote de batatas.

Hadley balança a cabeça, mas seus olhos seguem o pacote como um cachorro atrás de um osso, e Grace quase chega a rir da cena. A senhora Torelli é provavelmente uma daquelas mulheres que passam fome para não engordar, constantemente contando calorias e quantos passos é necessário dar para queimá-las. Mesmo que ela nunca vá ser magra. É curvilínea demais para isso. Uma mulher de seios fartos e quadris largos, algo que Grace não tem.

Quando metade do hambúrguer já se foi, Grace olha de novo para o dinheiro, respira fundo e começa a organizá-lo em pilhas de cem, cinquenta e vinte. Há apenas alguns maços de cinquenta e o dobro de vinte. Todo o resto é de cem.

Grace conta as notas em um dos maços de vinte, depois faz o mesmo com um de cem. Uma centena de notas por maço.

Ela aponta para cada uma das pilhas em ordem.

– Dois mil. Cinco mil. Dez mil.

– Cada? – a senhora Torelli pergunta, atordoada.

Grace confirma, olhando para o maço de cem que ainda está em sua mão. Ela testa o peso, que não pode ser maior que alguns gramas. *Dez mil,* ela pensa. Creche por um ano, carro novo, meio ano de aluguel. Parece impossível que tão pouco valha tanto.

Sentando-se sobre os calcanhares, ela agora come as batatas fritas e toma um gole do *milkshake*.

– Tem certeza de que não quer? – Grace pergunta mais uma vez, e parte dela se diverte com a tortura mental que está causando. Grace nunca conseguiu entender a mentalidade por trás de perder peso. Sua avó costumava dizer que algo que começa com *perder* não pode ser coisa boa, e Grace concorda. A avó não chegava a um metro e meio e morreu pesando mais de oitenta quilos. Mas, se ainda estivesse viva, ela diria que cada grama ganho deliciando-se com comidas sulistas, do tipo que fizeram Paula Deen famosa, valera a pena.

Quando as batatas acabam, Grace conta os maços em cada pilha, depois os reconta e, no final, solta um assobio longo.

– Então? – a senhora Torelli pergunta.

HADLEY

Hadley ouve o número, mas não consegue processá-lo. Ela o repete para si. *Um milhão, oitocentos e setenta e dois mil.* E tenta visualizar o número em sua mente: número um, um ponto, três dígitos, outro ponto, mais três dígitos. Ela arredonda. Um milhão e novecentos mil.

Hadley balança a cabeça:

– Não pode ser.

Não pode ser. A empresa tem um bom faturamento, mas não *esse* faturamento. Ela pensa em Frank, no estresse dele nos últimos tempos, nas ligações tarde da noite, nos gastos extravagantes dos últimos dois anos... e então afasta esses pensamentos com uma sensação ruim no estômago. Ela olha para a porta que liga o quarto dela ao das crianças.

Assim que chegou, Hadley foi ver como elas estavam. Em algum momento durante a noite, Skipper se amontoou em Mattie, e os dois dormiam enroscados como um par de gatinhos. A menina nem deve ter se dado conta disso, provavelmente pensando ser o Príncipe Charles quem estava ao seu lado.

Um milhão de dólares. As lágrimas descem quando Hadley pensa no que isso significa. Ela olha para Grace sugando seu *milkshake,* e a vontade que tem é de beijá-la, tacar-lhe um grande beijo na testa ou na bochecha. Ela quer gritar e rodopiar e jogar o dinheiro para o alto e dançar pelo quarto.

Em vez disso, sua voz falha de emoção ao dizer:

– Obrigada.

Grace olha para cima, mas logo desvia o olhar com o rosto enrubescido.

Ela termina a bebida e começa a dividir as pilhas de vinte: uma para Hadley, uma para si, uma para Hadley, uma para si...

Hadley tira a perna da cama e pega os maços de cem para fazer o mesmo.

Enquanto conta, pensa como aquilo parece inexpressivo. Quase dois milhões de dólares, mal ocupando um quarto da cama. Algumas pessoas trabalham uma vida inteira para ganhar essa quantia de dinheiro. Como ficariam desapontadas ao ver como é escasso o resultado de todo esse esforço.

Quando terminam, Grace começa a colocar a parte dela de volta na bolsa. Ela está quase terminando quando o bebê começa a se mexer. Primeiro, com um bocejo; ele então vira a cabeça e faz movimentos esperançosos de sucção.

Ao lado de Hadley, Grace congela, com o corpo rígido como se tivesse sido atingida por um Taser. Suas mãos estão suspensas e seguram com força um maço de dinheiro em cada uma.

O bebê solta um choramingo, e Hadley observa Grace fechar os olhos e respirar fundo, como se estivesse se preparando para uma batalha, e depois abri-los de novo. Jogando o dinheiro na cama, ela corre na direção da cadeirinha, desafivela-a e pega Miles no momento em que ele começa a chorar, abraçando-o com força e balançando-o para cima e para baixo.

O choro fica mais alto.

– Talvez ele esteja com fome – Hadley sugere.

Grace a fuzila com o olhar, e Hadley acha melhor guardar para si a sua próxima sugestão de que talvez o bebê estivesse precisando de uma troca de fralda.

Um uivo agudo estilhaça o ar, seguido por outro, e mais outro, até o bebê estar gritando a plenos pulmões, e a pele de Hadley pegando fogo. É um choro em um nível específico de decibéis, do tipo que implora que você tome uma atitude e faça tudo o que for necessário para pará-lo.

– Dê-me o bebê aqui – Hadley diz, estendendo os braços. – Deixe-o comigo enquanto você prepara a mamadeira.

Grace balança a cabeça, mais por uma reação natural do que por uma resposta refletida, tomada por um desespero quase tão intenso quanto o do filho. Sua tentativa de niná-lo é frenética, fazendo-o praticamente pular para cima e para baixo.

– Grace – Hadley diz, com voz firme, enquanto se levanta. A dor no tornozelo é aguda quando o sangue corre para ele. – Deixe o seu filho comigo.

Grace pisca, como se acabasse de se lembrar da presença de Hadley, e quase chega a balançar a cabeça negativamente, mas o olhar de Hadley a impede. – Grace, entregue-o para mim e vá fazer uma mamadeira.

O bebê berra ainda mais alto, e as narinas de Grace dilatam-se. Ela então praticamente o joga nos braços de Hadley, vasculha ansiosamente a sacola para pegar uma mamadeira e a fórmula e corre para o banheiro. Hadley coloca o bebê por cima do ombro, para que a barriga dele fique pressionada contra a protuberância redonda de seu músculo – uma posição que Skipper particularmente adorava. Voltando a se sentar na cadeira, balança-o suavemente.

– Shhh – ela o acalma, dando-lhe tapinhas nas costas.

Ele mastiga a mãozinha enquanto o choro diminui, logo se reduzindo a um leve choramingo.

– Isso, isso. Vai ficar tudo bem. Sua mamadeira já vem.

Hadley cantarola baixinho, nenhuma música em particular, apenas um som suave para que ele saiba que ela está ali, fazendo-o se acalmar. O menino é um bebê sadio, robusto e forte. Suas pernas rechonchudas escalam contra o peito de Hadley, e a mão que não está na boca puxa os cabelos dela. Hadley enterra o nariz nas dobras fofas dele, e seu cheiro a leva de volta aos tempos em que Mattie e Skipper eram bebês, aqueles tempos incríveis, em que precisavam tanto de Hadley que pareciam ser uma parte dela.

Grace volta correndo do banheiro. Ela empurra a mamadeira para Hadley e então para.

– Como é que você fez isso? – ela pergunta, olhando para o bebê, que ressona tranquilamente no ombro de Hadley.

– O quê?

– Fazer o Miles parar de chorar.

Hadley dá um leve sorriso. Ela sempre levou jeito com bebês.

– Por que você não descansa um pouco? Eu fico com ele. Deixe a mamadeira aqui.

Grace começa a tremer.

– Vá descansar. Você está exausta. Você me ajudou, agora é a minha vez de retribuir. Se não confia em mim, durma com o dinheiro. Mas acontece que você está cansada, ele está cansado, e não há nada que você possa fazer hoje que não possa ser feito amanhã.

É algo que a mãe de Hadley teria dito, e ela gosta da forma como as palavras saem de sua boca.

– Você é muito mandona – Grace diz.

– E você é um pé no saco.

Durante um bom tempo, Grace encara Hadley, procurando por algum sinal de mentira. Por fim, sem encontrar nenhum, ela diz:

– Está bem. Mas, caso ele acorde, você me chama?

– Vá dormir, vá!

Grace se deita na cama, a desconfiança ainda é evidente em seus olhos, enquanto ela luta para mantê-los abertos, mas uma hora a exaustão é mais forte, e ela cai em um sono profundo.

Hadley observa a bolsa listrada ao lado dela, carregando metade do dinheiro de Grace, e novamente pensa em Mattie e Skipper no quarto ao lado, no passado e no futuro e no que ela precisa fazer.

MARK

O Agente Especial Sênior Mark Wilkes acorda com um zumbido que pensa estar dentro de sua cabeça. Ele aperta os olhos contra a claridade que passa pelas persianas, depois contra o relógio ao seu lado: 7h32.

Sábado? Sim. Ontem foi sexta. A música "Yankee Doodle", do recital de primavera de Shelly, ainda está grudada em sua cabeça. A filha de seis anos de Mark foi um girassol, depois um esquilo e, no fim da peça, ela mesma. Ele quase chega a sorrir, mas o zumbido ainda vibra em algum lugar à sua direita. Mark tateia a cadeira dobrável que serve de mesa de cabeceira para procurar por seu telefone. O canhoto do ingresso do recital cai no chão, junto da embalagem do *taco* que ele comeu no jantar. Depois de finalmente desenterrar seu telefone, ele o leva ao ouvido e grunhe.

– Chefe – Kevin Fitzpatrick o cumprimenta, no seu jeito habitual.

– Oi, Fitz.

– Estamos com um problema.

A boca de Mark tem gosto de meia com micose, e ele estende o braço para pegar uma cerveja meio vazia que também está em cima da cadeira, dá um gole nela, enquanto espera Fitz continuar.

Fitz é o secretário de Mark no caso Torelli, uma ação de crime organizado sem muita relevância que Mark já vem coordenando há mais de um ano. Frank Torelli é um pequeno vigarista que dirige uma operação que envolve apostas e drogas, com sua empresa de estacionamentos como fachada, em Orange County, Califórnia. Deveria ser um caso regional investigado pela polícia de Los Angeles; no entanto, pelo fato de Torelli ter um primo que opera um negócio semelhante em Chicago, o caso passou a ser multijurisdicional. Além disso, por envolver agências diversas – FBI, DEA e leis locais –, Mark foi designado para coordenar a força-tarefa.

O caso em princípio era simples e já deveria ter sido concluído meses atrás, mas a situação se complicou quando o dinheiro marcado que colocaram em circulação jamais chegou a aparecer nas contas de Torelli. Nada de mais: apenas significa que ele tem guardado o dinheiro em outro lugar que não o banco.

Mark mandou instalar câmeras de vigilância nos arredores da empresa de Torelli, assim como nos estacionamentos, e agora estão esperando por um mandado de busca e apreensão. Assim que tiver o documento em mãos, a equipe de Mark entrará lá e encontrará o dinheiro, e Torelli, o irmão e o primo serão mandados para uma longa estada em alguma penitenciária federal, cortesia do governo dos Estados Unidos.

Mark esfrega o nariz quando Fitz diz:

– São as fitas da noite passada.

Fitz hesita, resmunga um "ah", depois um "humm" e para de novo. Ele é um cara legal, inteligente e esforçado, e Mark gosta dele de verdade. Mas acontece que o sonho de Fitz é se tornar agente de campo, e Mark tem suas dúvidas com relação a isso. Mesmo o garoto tendo uma excelente mente investigativa e bons instintos, trabalhar em campo significa fazer escolhas de vida ou morte e, ainda mais importante, conseguir viver com as consequências dessas escolhas assim que elas forem feitas. Não há espaço para dúvidas, mas, com Fitz, tudo o que ele diz parece vir com um questionamento.

– Fitz? – Mark diz, tentando esconder sua irritação. Ele sente uma dor de cabeça terrível, resultado de uma ressaca daquelas. Mark sente a pulsação ecoar dentro de seu cérebro e pressiona os dedos contra a cabeça, lamentando-se pelo porre de cerveja que tomou depois do recital.

– Talvez você pudesse dar uma olhada? – Fitz sugere.

Mark resmunga alguma coisa e desliga. Por um longo tempo, ele fica ali onde está, encarando o ventilador que vai e volta ao lado da janela. Mesmo ainda sendo sete da manhã, o calor que baixou na capital nessa semana está sufocante, e, mais uma vez, Mark se lembra de quanto sente falta de Boston.

Finalmente, ele se força a sair da cama e anda cambaleante até o banheiro, com o ombro esquerdo e o joelho direito estalando – o primeiro, resultado de seus dias de futebol americano; o segundo, dos estilhaços de uma granada que explodiu muito perto do Humvee de sua equipe durante a segunda passagem de Mark pelo Iraque.

Enquanto caminha, ele acende todas as luzes do pequeno apartamento e liga a TV, mas não presta atenção no que está passando. Mark faz isso apenas pelo barulho, para não ter a sensação de que o apartamento está tão vazio, e, assim, talvez sinta menos a falta dos filhos. Ele olha para o apartamento enquanto anda e diz a si mesmo, assim como tem feito nos últimos dois meses, que precisa mobiliar o lugar. Qualquer dia desses, as crianças vão vir para uma visita, e definitivamente esse não é um exemplo de como se deve viver.

Ao se barbear, Mark pensa em Shelly e na apresentação da filha. Ela estava bem no meio da primeira fila, com seu cabelo loiro encaracolado preso por um grande laço branco. A posição central no palco foi conseguida, segundo a própria Shelly, porque foi ela quem se apresentou com "mais *entusiasto*". E é verdade. Com a cabeça erguida e os ombros para trás, Shelly cantou a música com gosto. *Yankee Doodle foi para a cidade, montado no seu pônei...*

Mark enxágua o rosto e pega uma toalha da caixa que Marcia etiquetara, cuidadosamente, como *Coisas de Banho*, grafada com sua caligrafia precisa.

Pôs uma pena no chapéu, chamou de macarrão e...

Stan, o Cara dos Seguros, estava lá, no recital. Ele, Marcia e Ben, o filho de nove anos de Mark, sentados duas fileiras na frente de Mark. Uma bela família curtindo o espetáculo.

Mark chegou poucos minutos depois. É possível que isso tenha sido até bom. Se ele tivesse chegado pontualmente, talvez tivesse feito uma cena, mandando esse cara para o inferno, dizendo ao próprio Stan, o Cara dos Seguros, que sentasse duas fileiras atrás... que aquela era a família *dele* e que Ben era o filho *dele* e, portanto, deveria sentar-se ao lado *dele*.

Mas tinha sido um saco conseguir sair do centro da cidade, então Mark acabou chegando tarde e, furioso, sentou-se duas fileiras atrás deles, lançando um olhar fulminante para a parte de trás da cabeça grisalha e ligeiramente careca de Stan, o Cara dos Seguros.

Ele põe os pés na água escaldante.

Yankee Doodle, vamos lá, Yankee Doodle...

Shelly olhou para a plateia, avistou Mark e, por um instante, esqueceu-se de cantar, acenando entusiasmada para o pai. E foi quando Mark viu: a janelinha no sorriso dela, onde seus dois dentes de leite da frente ficavam.

Mark soca a parede, e seu ombro reclama.

Maldita. Maldita. Maldita.

Se Marcia tivesse ligado contando que Shelly havia perdido os dentes, ele teria dito o que ela precisava fazer, onde as moedas douradas, compradas especificamente para a Fada do Dente, estavam guardadas. Teria contado sobre a canetinha prateada que há dentro da escrivaninha dele e explicado que ela deveria ser usada para escrever um bilhete de rimas, deixando-o junto da moeda, e que as letras precisavam ser cursivas e alongadas, como se uma fada o tivesse redigido.

Mas sua ex-mulher não ligou para dizer que a filha deles havia perdido o primeiro dente. Ou o segundo. Provavelmente, nem se lembrou disso. Marcia tem andado muito ocupada, gerenciando seu negócio e "criando duas crianças sozinha", como ela gosta de dizer. Ela não tem tempo de atualizar o marido sobre detalhes insignificantes como a filha de seis anos perder dentes de leite.

Ele é a Fada do Dente… e também o Papai Noel, o Coelhinho da Páscoa e São Patrício. Ele deveria estar lá nesse momento, fazer parte disso.

Depois de sair do banho, Mark enrola a toalha na cintura e volta para a sala. Com uma golada só, acaba de beber a cerveja dormida e, soltando um suspiro profundo, abre o *notebook*. Fitz enviou quatro vídeos, dois de cada uma das câmeras de vigilância instaladas na parte externa da empresa de Torelli. Mark olha primeiro as da entrada, depois as do fundo, e então as repassa, dessa vez em sequência.

Ele liga para Fitz:

– Que merda é essa?

– Pois é.

Grace

Grace está sonhando com comida. Pão, principalmente aquele recém--saído do forno, com a casca crocante se abrindo em suas mãos e revelando o interior macio e úmido. A geleia, o mel e a manteiga só esperando para serem espalhados em camadas generosas sobre ele. Uvas e maçãs. *Muffins* de mirtilo em uma cesta. Um prato de generosos *waffles* ao lado. Grace segura o pão partido, e o calor dele se espalha por entre seus dedos enquanto ela pega a faca, com a boca salivando e as narinas sendo invadidas pelo aroma do fermento...

Seus olhos se abrem, e sua boca continua a salivar. O teto acima dela é liso, completamente diferente do teto rústico de seu quarto, e, por um segundo precioso, Grace se lembra do apartamento para onde ela e Jimmy se mudaram depois do casamento, da luminosidade entrando no quarto pela manhã. Como Grace amava aquela cama, aquele quarto, o jeito como a luz dourada o inundava todos os dias para despertá-los. Era uma maneira tão esperançosa de saudar o dia.

Grace quase chega a sentir o aroma das panquecas que Jimmy costumava preparar no café da manhã, tão aeradas, uma receita especial com ricota, raspas de limão e xarope de bordo morno por cima. Seu estômago ronca, e ela percebe que algo está assando por perto. Esticando os braços, Grace inala aquele cheiro inebriante, incapaz de se lembrar da última vez que dormira tão bem ou em um ambiente tão silencioso.

Silencioso!

Grace abre os olhos, assustada, ao se dar conta de onde está. Em um quarto de hotel. Sozinha.

Sem Miles. Sem dinheiro.

Ela pula da cama e sai correndo quarto afora.

– Bom dia – a senhora Torelli a cumprimenta quando Grace cruza a porta, esbaforida.

Grace se vira rápido e a vê sentada em uma cadeira de plástico ao lado da porta, com Miles aninhado nos braços. Ele olha para a mãe, bracinhos balançando.

Grace pisca.

– Dormiu bem?

Refreando seu pânico, ela olha para a bolsa maternidade nos pés da senhora Torelli, agora cuidadosamente organizada, com as fraldas, as mamadeiras e a fórmula nos bolsos externos, e o dinheiro enfiado no compartimento principal, fechado com zíper. A cadeirinha de Miles está ao lado da bolsa. Parece recém-limpa, o forro sem migalhas e várias de suas manchas anteriores.

– Cadê suas coisas? – Grace pergunta, notando a mudança de roupa da senhora Torelli, que agora veste uma saia de algodão em tom ameixa e uma regata marfim.

– No carro. Minha filha levou para mim.

Como se fosse uma deixa, nesse mesmo instante uma adolescente com cabelo loiríssimo e meia polegada de raízes escuras sai pela outra porta ao lado da senhora Torelli. Ela olha para Grace com seus olhos castanho-escuros, a exata cor dos de Frank, e então se vira para a senhora Torelli.

– A gente pode ir agora? – ela pergunta, com os braços cruzados, em um resmungo silencioso, marca registrada dos adolescentes.

A garota é superdescolada. Ela usa uma *legging* preta e uma camiseta de uma banda de *rock* da qual Grace nunca tinha ouvido falar, além de um sensacional brinco de cobra em espiral na orelha esquerda.

– Mattie, esta é a Grace – a senhora Torelli diz.

– Oi – Mattie responde, sem se dar ao trabalho de olhar para Grace outra vez. Grace quase chega a sorrir ao se lembrar de como ela mesma era parecida com Mattie quando adolescente, completamente presa em seu próprio mundo, enquanto tentava descobrir como se encaixaria no mundo maior.

A senhora Torelli suspira, levanta Miles para que ele fique de pé em seu colo e esfrega o nariz dela no dele, aparentemente sem pressa nenhuma em largá-lo.

– Ma-nhê – Mattie chama, revirando os olhos.

– Hã? – a senhora Torelli diz, acariciando Miles de novo, apaixonada por aquele bebê.

– Bom, acho que a gente devia ir – Grace murmura. – Obrigada por… sabe… cuidar dele.

Grace dá um passo para a frente para pegá-lo no exato momento em que a porta ao lado se abre de novo e um garoto vestido com o uniforme do Dodgers sai.

Ele para entre ela e a senhora Torelli, olha para Miles, coloca as mãos nas bochechas do bebê e as aperta, imitando uma boquinha de peixe com os lábios de Miles.

– Ei, Novato – o garoto o cumprimenta, e então começa a brincar com as bochechas de Miles como se elas fossem um acordeão, puxando-as para dentro e para fora.

Grace dá um passo à frente, um pouco preocupada. O garoto tem por volta de oito anos, franzino como uma boneca de pano, e há algo de diferente nele, como se visse tudo em câmera lenta.

Grace se aproxima e está prestes a pegar o filho, quando Miles solta um gritinho que a assusta. Ela para, se endireita, olha para o menino e depois para Miles, que balança os braços e as pernas rechonchudas no que só pode ser descrito como deleite.

O livro que Grace tem sobre desenvolvimento de bebês diz que eles começam a rir aos três meses; ela jamais o vira abrir um sorriso.

O garoto tira as mãos da bochecha de Miles e olha para a senhora Torelli.

– Hora de pegar a estrada, Blue – ele diz, e a senhora Torelli ri para o garotinho com tanto amor que o coração de Grace amolece.

Grace então pega Miles, e a senhora Torelli se levanta com um gemido.

– Você precisa olhar isso aí – Grace alerta.

O tornozelo parece pior esta manhã: inchado, azulado e deformado.

– Sim, vou olhar isso aqui – a senhora Torelli responde com um sorriso sarcástico. – Mattie, me dá uma mãozinha.

Mattie dá um passo à frente, e a senhora Torelli envolve o braço nos ombros da filha. A garota mal mede um metro e meio, e fica óbvio que aquele arranjo ali não vai funcionar. Elas tentam dar um passo, e Grace avança, pegando a senhora Torelli pelos bíceps quando ela tropeça e grita de dor. O movimento abrupto faz Miles praticamente cair dos braços da mãe, e ele grita, deixando escapar um gemido de gelar o sangue.

Grace solta a senhora Torelli e o abraça.

– Desculpe – ela diz, segurando-o mais forte. – Sinto muito.

Miles continua a gritar e a se debater. Seus bracinhos empurram Grace, e seu corpinho se inclina para trás, tentando se soltar. Ela estende a mão, procurando a cadeirinha no chão, mas ele está se debatendo com tanta força que Grace teme deixá-lo cair.

– Mattie, ajuda a Grace – a senhora Torelli pede.

– Estou bem – Grace responde, tentando ajeitar Miles nos braços, para que ele fique mais seguro, ao mesmo tempo que continua tentando pegar a cadeirinha.

– Mattie, agora! – a senhora Torelli praticamente grita.

– Obrigada – ela murmura com o coração acelerado.

Grace sente que a senhora Torelli está olhando para ela, e suas bochechas começam a pegar fogo.

Miles se debate, o rosto já roxo pela histeria. Ele chuta e grita, e o topo de sua cabeça está pressionado dolorosamente contra o encosto de cabeça.

– Pelo amor de Deus – a senhora Torelli diz, pulando de um pé só na direção de Grace. – Faça-me o favor! Dê o garoto para mim.

Grace hesita.

– Agora – a senhora Torelli diz rispidamente.

As mãos de Grace praticamente voam sobre o cinto da cadeirinha, liberando e levantando Miles em um único movimento de pânico, e a senhora Torelli o pega e o coloca por cima de seu ombro.

– Shhh – a senhora Torelli diz baixinho. – Você está bem.

Ela balança Miles com um pé só, enquanto sua mão esquerda o segura e a direita dá tapinhas em suas costas. Imediatamente, ele começa a se acalmar, engolindo ar e segurando o cabelo da senhora Torelli, buscando conforto.

Grace morde o lábio inferior e olha para o chão, com os olhos marejados. Ela é péssima nisso, tanto que chega a doer. Uma coisa é ser péssima em cozinhar, costurar ou bater papo, mas ser péssima mãe, essa deve ser a maior falha no mundo. E tão injusta com Miles. Ele merece coisa muito melhor.

Miles morde uma mão, e com a outra ainda segura firme o cabelo da senhora Torelli. Com as costas dele voltadas para Grace, a senhora Torelli diz:

– Grace, você não parece bem. Por que não se senta?

De fato, Grace não se sente bem, mas balança a cabeça, indicando o contrário. Já a senhora Torelli continua se equilibrando em um pé só.

– Pode deixar comigo agora – Grace diz, estendendo os braços enquanto engole o ácido que subiu em sua garganta e pensando que ela não deveria ter comido aquele segundo hambúrguer na noite anterior.

Com uma expressão preocupada, a senhora Torelli devolve Miles, e, misericordiosamente, ele não chora. O corpo de Miles se encosta mole no de Grace, suado e exausto.

– Quer uma carona de volta pro seu carro? – a senhora Torelli oferece.

– Como? Você não consegue nem dirigir.

– Pensei em tentar dirigir com o pé esquerdo.

– Você está brincando, não é? – Grace pergunta, certa de que a senhora Torelli não está falando sério.

– Será que é tão difícil?

– Muito difícil. Você vai se matar.

A expressão da senhora Torelli se fecha, insatisfeita com a opinião de Grace.

– Bom, acho que vamos ver isso agora.

Grace revira os olhos, e a senhora Torelli a encara. Levantando o queixo, ela estende a mão, dizendo:

– Acho que isso é um adeus.

Grace aperta a mão dela, surpresa com as emoções que sente ao fazer isso. Afinal, ela conhece aquela mulher há menos de um dia.

A senhora Torelli se afasta mancando, usando a parede como suporte, e Mattie se arrasta atrás. O garoto segue as duas, galopando com o rosto erguido em direção ao céu, como se examinasse as nuvens em busca de sinais de chuva.

E Grace, por realmente não estar se sentindo nada bem, senta-se na cadeira e fecha os olhos, esperando que aquela náusea passe logo.

Ela permanece de olhos fechados quando a porta do carro bate, mas, ao ouvi-lo dando marcha a ré com um som estridente, abre-os. Ela observa o Mercedes dar ré com dificuldade e as luzes de freio piscando como um sinal de alerta. E então, de repente, elas param de piscar e o carro dispara, atravessando o meio-fio e passando pela calçada antes de bater em um vaso ao lado da escada.

Grace dá um pulo, joga a bolsa maternidade no ombro e, segurando Miles com uma das mãos e a cadeirinha com a outra, desce correndo as escadas.

Ela se joga na porta do motorista e a abre.

– Vocês estão bem?

A senhora Torelli pisca os olhos freneticamente.

– Sim. Bem.

Ela então vira a cabeça para olhar para Mattie, depois para o garoto e, por fim, para Grace novamente.

– Não sei o que aconteceu.

Você é uma idiota. É isso o que aconteceu, Grace pensa, mas, em vez disso, se limita a dizer:

– Você pisou no acelerador em vez de no freio.

– Eu fiz isso?

Grace balança a cabeça.

– Sai.

– Por quê?

– Porque eu vou dirigir.

– Para onde?

– Para o hospital. Você precisa ver esse tornozelo, e não vou ter sua morte e a dos seus filhos pesando na minha consciência, não.

Mattie pula para o banco de trás, e a senhora Torelli sai mancando do assento do motorista e dá a volta para sentar-se no banco do passageiro. Grace coloca a cadeirinha de Miles entre as duas crianças e em seguida assume o volante.

Quando começa a dirigir, ela sente uma vibração estranha em suas veias, uma sensação que lhe lembra um pouco uma vertigem, como se estivesse em queda livre... despencando em direção a um destino sobre o qual não tem controle.

HADLEY

Grace concordou em levar as crianças à cafeteria do hospital, então Hadley está sozinha na sala de emergência aguardando as instruções de alta. O tornozelo sofreu uma torção feia, mas, felizmente, não está fraturado. Depois de envolvê-lo com uma bandagem elástica, o médico lhe deu instruções estritas para não mexer nela por várias semanas e manter o pé enfaixado e elevado, ou seja, nada de dirigir. Hadley considera as opções que tem enquanto espera. Ela poderia ignorar o médico e tentar dirigir. No entanto, ao flexionar o tornozelo para testar a teoria, seus olhos se enchem de lágrimas, uma evidência bem clara de que dirigir não é uma opção.

Talvez eles pudessem pegar um trem ou um ônibus, mas isso significaria ter de se desfazer do carro e da maioria de seus pertences, deixando um rastro para Frank seguir, o que seria perigoso demais.

Hadley olha para a mochila de Skipper no chão, que agora carrega sua parte do dinheiro, e se pergunta se seria possível pagar alguém para levá-los ao seu destino. *Quem sabe Grace?*, ela pensa, mas rapidamente descarta a ideia. Grace tem quase um milhão de dólares dela própria. Por que iria querer ser motorista deles?

O que significa que Hadley precisaria contratar um estranho, um plano que a deixa de cabelo em pé: uma mulher de muletas acompanhada de duas crianças e com uma mochila lotada de dinheiro pedindo a um completo estranho para atravessar o país com eles. Mesmo Hadley é inteligente o bastante para saber que esse definitivamente não é um bom plano.

Hadley odeia momentos de decisão capazes de mudar toda uma vida, assim como este. Ela nunca lidou bem com eles. Sempre apavorada, com medo de fazer a escolha errada, inevitavelmente acaba hesitando por tanto tempo que, no fim, a decisão é tomada por outra pessoa em seu lugar.

Ela precisa de um cigarro. Olha para a mochila mais uma vez. Além do dinheiro, a mochila de Skipper agora carrega os itens que estavam na bolsa de Hadley. Era a única bolsa com alças que tinham, o que deixa as mãos de Hadley livres para se agarrar às coisas, conseguindo, assim, se equilibrar.

Hadley jamais fuma na frente das crianças, então pode ser que essa seja sua única chance.

Ela ainda está pensando em um jeito de dar uma escapada quando, pela fresta das cortinas, avista dois homens chegando à enfermaria. Ambos estão usando ternos escuros e têm um porte rígido, como o de militares. Um é branco; o outro, negro. Eles parecem estar ali a trabalho, e Hadley se inclina para ouvir o que estão dizendo, perguntando-se quem está em apuros e por quê.

– Sim, Torelli. Hadley Torelli… – o homem branco diz, quase fazendo Hadley cair da maca.

Com o coração acelerado, Hadley desce da maca, põe a mochila nos ombros e pega suas novas muletas, saindo mancando rapidamente da baia de exames. Indo na direção dos elevadores, com a cabeça a mil, Hadley tenta imaginar como foi que Frank a descobriu tão rapidamente assim. Será que ele foi para o escritório? Não deveria. Era para ele ter ido jogar golfe. Hadley ligou para Frank logo antes de sair do hotel, que disse, animado, já estar se arrumando para ir jogar. Ele havia até comprado tacos novos.

Irracionalmente, ela começa a se apalpar depois de apertar o botão do elevador, verificando se há alguma escuta nela, um rastreador ou algum tipo de dispositivo de localização.

O elevador se abre. Hadley corre para dentro dele e aperta o botão do térreo, depois de novo e de novo, até as portas finalmente se fecharem.

Ao chegar à cafeteria, ela olha em volta e avista Grace e as crianças em um canto, com bandejas e pratos vazios na frente delas. Grace segura uma xícara de café, enquanto Mattie e Skipper brincam com seus PlayStations portáteis. O bebê está na cadeirinha em cima da mesa, e a bolsa listrada de Grace no chão, entre os pés dela.

Grace olha para cima e logo percebe a expressão de Hadley.

– O que aconteceu?

– Frank – Hadley gagueja. – Ele achou a gente.

Antes mesmo de Hadley acabar a frase, Grace já está de pé e se movimentando tão rápido que Hadley dá um passo para trás. O café nem está mais em suas mãos. Enquanto isso, a bolsa listrada já está pendurada em seus ombros, e o cinto da cadeirinha está sendo fechado. E ela então sai correndo rumo à porta.

– Espera! – Hadley chama, mas nesse momento Grace já atravessou metade do salão.

– Mattie, pega o Skipper e faz ele apertar o passo.

Hadley gira e sai o mais rápido que pode atrás de Grace, e é mais o instinto do que a reflexão que lhe diz quanto é importante não a perder de vista.

– Grace! – Hadley grita ao chegar ao corredor. Grace agora está uns dez metros à frente, com a cadeirinha e a bolsa batendo em suas pernas e fazendo com que ela desacelere.

– Por favor – Hadley pula mais rápido, jogando as muletas para a frente e se impulsionando. Ela alcança Grace bem no momento em que ela está empurrando um conjunto de portas duplas com uma placa acima delas que diz: SOMENTE FUNCIONÁRIOS.

– Você conhece aqueles caras? – Hadley pergunta, ofegante. Grace vira o rosto.

– Caras? Você disse que era o Frank.

– Sim. Os caras do Frank, mas... por favor, Grace, anda mais devagar.

Grace não anda mais devagar. Em vez disso, continua, carregando o bebê e a pesada bolsa o mais rápido que pode. Hadley se esforça muito para conseguir manter o ritmo das muletas em sincronia enquanto corre atrás. A sala em que entram é uma espécie de casa de máquinas, com equipamentos e computadores zumbindo. Um homem de uniforme levanta os olhos de uma prancheta e as observa passando rápido.

– Grace, talvez eles não sejam caras do Frank – Hadley chia.

Grace para tão subitamente que as duas quase se trombam.

– Você acabou de dizer que eram os caras do Frank.

– Sim, eu achei que fossem. Quer dizer, tinha de ser, né? Quem mais estaria atrás de mim? Mas sei lá... é que...

– Pelo amor de Deus, senhora Torelli, desembucha logo.

– Um deles era negro.

Os olhos de Grace se estreitam, depois vão de um lado para outro, e ela franze a testa.

– Exato – Hadley diz.

Grace sabe, assim como Hadley, que Frank não contrataria um funcionário negro.

– Blue? – Skipper chama enquanto vem correndo ao lado de Mattie e com o semblante preocupado.

– Está tudo bem, Campeão.

– Qual era a aparência deles? – Grace pergunta.

– Não lembro muito bem. Um negro. Um branco. Os dois grandes e fortes, de terno. Fortes, pareciam atletas, mas vestidos como homens de negócios, a não ser pelos sapatos.

– Sapatos?

– Sim, os sapatos deles eram... sei lá... práticos. Do tipo que um gerente de restaurante calçaria, sabe? Feito para ser confortável, não estiloso.

A cor se esvai do rosto de Grace.

– O que foi? – Hadley pergunta.

Grace não responde. Em vez disso, vira-se e sai correndo de novo, mas dessa vez mais acelerada do que antes.

Hadley aperta o passo atrás.

– Por favor, Grace – ela diz, enquanto Grace empurra outra porta, agora com o céu azul brilhando através do vidro. – Pelo menos me conta quem eles são.

A porta começa a voltar e está quase se fechando quando Mattie passa correndo para empurrá-la e segurá-la, deixando a mãe passar. Grace está parada, examinando o lugar. Elas estão nos fundos do hospital. A maioria das vagas está vazia, e algumas ambulâncias estão estacionadas ao lado.

Os olhos de Grace vão para a esquerda, depois para a direita, e Hadley observa quando ela tenta trocar a cadeirinha para a mão esquerda, mas a bolsa maternidade fica no caminho, e Grace a devolve para a mão direita.

– Por favor, Grace, quem eles são?

Grace vira a cabeça e encara Hadley.

– E como é que eu vou saber?

– Porque sabe. Você surtou quando eu comentei sobre os sapatos deles. De alguma coisa você sabe.

As narinas de Grace se dilatam, ela então expira e responde:

– Não tenho certeza, mas, se eu fosse chutar, diria que são federais. Ternos chiques com sapatos feios são a marca registrada deles. Eles provavelmente vigiavam o dinheiro.

– O dinheiro?

– Que dinheiro? – Mattie pergunta.

Hadley a ignora.

– Alguém estava vigiando o dinheiro?

Grace revira os olhos.

– Provavelmente é sujo. Roubamos dinheiro sujo, e agora estão atrás dele.

– Vocês roubaram? – Mattie pergunta, com os olhos indo de Hadley para Grace e de Grace para Hadley.

– Blue? – Skipper chama, não conseguindo acompanhar a conversa, mas igualmente confuso.

– Está tudo bem, amigão, aguenta um pouquinho aí.

Hadley olha de volta para Grace, tentando compreender o que aquilo significa. *Dinheiro sujo?* Ela jamais recebeu uma multa de trânsito nem sequer por excesso de velocidade, e agora o FBI está atrás dela por ter roubado grana suja?

– Mas como? Como eles acharam a gente?

Grace considera a questão, depois olha para sua bolsa. Ela então pega seu telefone no bolso externo, vai até a lixeira ao lado da porta e o joga nela. Depois volta para perto de Hadley.

– Não vai atrás de mim.

Ela se afasta, correndo o mais rápido que pode na direção do shopping do outro lado da rua.

Grace

A senhora Torelli, Mattie e o garoto estão correndo atrás de Grace e quase a alcançando. A cadeirinha de Miles, além da bolsa, torna impossível para Grace fugir deles. O braço dela está tremendo com o peso da cadeirinha, e a sensação é de que ele vai quebrar a qualquer momento. O sol está escaldante, deixando a mão de Grace escorregadia, e ela luta para se segurar enquanto corre em direção à loja da Nordstrom, do outro lado da rua.

– Deixa comigo – Mattie diz, apressando-se e pegando a cadeirinha antes que Grace possa reagir.

A vontade dela é pegar a cadeirinha de volta e gritar para aquela garota deixá-la em paz, mas Mattie já está correndo na frente, carregando a cadeirinha com força e velocidade surpreendentes.

Mattie olha para trás e diz para o garoto:

– Vamos lá, Campeão, continua correndo. Corra como se estivesse indo da terceira base pro *home plate*. Anda, anda, anda!

Sem jeito, o menino balança os braços e bate os pés para acelerar. Ele passa por Grace e deixa a senhora Torelli bufando com as muletas atrás.

O coração de Grace bate forte, desesperado, desejando tanto que tudo aquilo não estivesse acontecendo. Ela olha para Miles em sua cadeirinha e reza para não ter cometido o maior erro de toda a sua vida.

Hadley

É preciso todo o foco do mundo para Hadley não apoiar de maneira errada na muleta e acabar se espatifando no asfalto. Mattie já está quarenta metros à frente, carregando o bebê, com Skipper bem atrás de si.

Depois de Hadley ter atirado seu celular na mesma lixeira em que Grace jogou o dela, Mattie juntou as peças. Ela largou o próprio telefone para trás e saiu atrás de Grace, seja por intuição, seja por lógica, mas algo dizia a ela que ficar com Grace era a melhor opção.

Hadley não discorda. Grace parece estranhamente habilidosa nisso, o que quer que *nisso* signifique – sabe de banheiros que escondem cofres, sabe que você precisa soltar a trava da arma antes de atirar e sabe também que sapatos feios com ternos bonitos são típicos do FBI.

O ar fresco da loja atinge Hadley quando ela entra correndo. Grace retomou a liderança e agora passa pelo departamento de maquiagem.

O salto do sapato de Grace bate contra o pé esquerdo dela como um chinelo, por causa da sola descolada, e Hadley se vê olhando para aquela cena. O defeito causa um efeito profundo nela, deixando-a extremamente brava com Frank.

Eles passam rapidamente pelo departamento de calçados, depois pelo de bolsas e, finalmente, chegam ao banheiro familiar. Assim que Hadley passa pela porta, Grace o tranca.

Hadley se atira contra a parede, respiração ofegante, e silenciosamente jura que, se conseguir superar tudo o que está acontecendo, vai parar de fumar para sempre.

Ela tira a mochila do ombro e a coloca no chão.

Mattie põe a cadeirinha em cima do trocador e o PlayStation ao seu lado. Então se abaixa ao lado da mochila e abre o zíper. Seus olhos se arregalam ao ver os maços de dinheiro, e ela olha para a mãe.

– Vocês roubaram um banco?

Se aquela situação não fosse tão terrível, Hadley teria rido. Mas não tem nada de engraçado em tudo isso, assim como não há explicação, então ela se limita a balançar a cabeça em negativa.

Mattie se vira para Grace.

– Você é uma assaltante de banco?

Grace olha de relance para Mattie, mas a ignora. Seus olhos vão rapidamente de um lado para outro enquanto caminha. O banheiro é pequeno e está lotado com os cinco ali, mas Grace dá dois passos, vira-se, depois dá mais dois para trás, com o lábio inferior contraído como se estivesse pensando em algo.

O bebê está com os olhos esbugalhados e a boca inclinada para o lado. Hadley então se afasta da parede, desafivela o cinto e o pega, colocando-o sobre o ombro.

Desatentamente, Grace tira da bolsa listrada uma mamadeira que está pela metade e entrega a Hadley, que abaixa o bebê e lhe dá a mamadeira.

Ele a suga avidamente, satisfeito, e naquele momento Hadley sente que queria muito poder trocar de lugar com ele.

Skipper se agacha sobre os calcanhares no canto da parede e se balança para a frente e para trás. Seus olhos se estreitam e se fixam nos ladrilhos pretos e brancos a seus pés.

– E aí, Campeão – Hadley o chama.

O menino não olha para ela, mas Hadley sente o estresse dele. Lento e constante. É o único jeito de as coisas funcionarem bem para Skipper, e ela sabe que essa deve estar sendo uma experiência assustadora para ele. Sem jeito, tomando cuidado para não empurrar o bebê ou colocar peso no tornozelo, Hadley se abaixa ao lado dele. Os olhos de Skipper vão do chão para o bebê.

– Você quer dar mamadeira para ele? – Hadley pergunta, tentando disfarçar o tremor na voz.

Skipper arregala os olhos, e Hadley vê a tensão dele se transformar em surpresa com a perspectiva de ser encarregado de uma tarefa tão importante.

– Sente-se de pernas cruzadas.

Skipper se ajeita e olha maravilhado para o bebê colocado em seus braços.

O bebê olha para ele, ainda sugando, contente, sua mamadeira, e agora a expressão de Skipper é de puro amor. Hadley ajeita o braço esquerdo dele para apoiar bem a cabeça do bebê, e então lhe mostra o jeito certo de pegar na mamadeira para que não entre ar no bico.

– Entendeu como é?

Ele confirma, com os olhos ainda fixos no bebê, o cabelo dourado caindo-lhe na testa.

Mattie se agacha protetoramente ao lado deles, caso Skipper precise dela, mas Hadley sabe que isso não será necessário. Skipper é incrivelmente confiável quando se trata de assumir responsabilidades.

Grace continua andando para lá e para cá... dois passos, vira, dois passos... testa franzida. Na sexta volta, ela para a um centímetro da parede e grita:

– Mas que droga!

Todos congelam.

Grace se vira e encara Hadley:

– No que ele está metido? O Frank? Por que eles estavam seguindo você?

– Eu... eu... não sei.

– Papai? Esse dinheiro é dele? – Mattie pergunta, quase parecendo decepcionada ao descobrir que a mãe e Grace não eram assaltantes de banco.

Hadley balança a cabeça enquanto Grace passa as mãos pelos cabelos, frustrada.

– E agora? – Hadley pergunta.

– Acho que ele acabou, Blue – Skipper diz. Hadley se vira e vê o bebê sorrindo para o garoto, o leite escorrendo pela boca. Ela então coloca uma toalhinha no ombro e pega o bebê, colocando-o sobre seu ombro, para que ele possa arrotar.

– Agora – Grace responde, olhando para o filho –, *você* vai pegar as *suas* crianças e vai *me* deixar sozinha.

Hadley se espanta com a dureza daquelas palavras.

– Sim, claro – Hadley diz, e então, sem intenção de fazer isso, começa a chorar. Não foi de propósito. Hadley sempre foi assim, de choro fácil. Por qualquer emoção... tristeza, medo, alegria... estresse. Ela tenta enxugar as lágrimas com as mãos, mas elas caem mais rapidamente do que Hadley consegue secá-las.

– Ai, minha nossa – Grace diz.

– Des... desculpa – Hadley gagueja. Ela usa a ponta da toalhinha para enxugar o rosto. – Mas é claro que você deve ir. Aqui. – Hadley estende o bebê para ela.

Mas Grace não o pega. Em vez disso, olha para Hadley de canto de olho e cruza os braços. Hadley o puxa de volta, embalando-o contra o peito e engolindo as emoções.

– Blue? – Skipper a chama, incerto do que está acontecendo.

– Está tudo bem, Campeão. A gente está bem, viu?

– Pelo amor de Deus! – Grace diz e, com uma bufada de irritação, acrescenta: – Ok. Vou te ajudar a sair daqui, mas depois disso acabou. É por sua conta.

Grace

Choro sempre foi um ponto fraco para Grace. Seja vindo de Miles, seja de uma mulher adulta, lágrimas parecem ativar um alarme em seu cérebro, levando-a a uma necessidade louca de fazer o que for para interrompê-las. Agora, então, em vez de ela e Miles estarem a caminho da liberdade em segurança, com quase um milhão de dólares no bolso, Grace está no banheiro de uma loja, discutindo com a senhora Torelli, o que a faz se arrepender amargamente de sua oferta estúpida e impulsiva em ajudar.

– Não – a senhora Torelli balança a cabeça para um lado e para outro, enfatizando seu ponto, com os cabelos pretos agitando-se na frente do rosto.

– Nós *precisamos* de um carro – Grace diz, extremamente irritada com o fato de essa mulher, pela qual ela está arriscando a vida, estar dificultando tanto as coisas.

– Eu também preciso de uma bunda menor, mas não vou roubar uma por isso.

– A gente não vai *roubar* um carro, vai pegar emprestado. E aí vamos devolver em um dia ou dois.

Agora a senhora Torelli balança a cabeça com ainda mais veemência.

– Nós não vamos apontar uma arma para uma pessoa e pegar o carro dela *emprestado*. Nem por um dia nem por um minuto.

– Tem alguma ideia melhor, por acaso? – Grace questiona.

Os olhos verdes da senhora Torelli se alargam:

– Eu tenho, na verdade – ela responde, parecendo surpresa, enquanto alcança a mochila no chão e tira um maço de notas de cem. – Não é com vinagre que se apanham moscas – ela diz, enquanto balança o dinheiro.

Aquele ditado pega Grace desprevenida. Era um dos favoritos de sua avó.

– Está tudo bem com você? – a senhora Torelli pergunta, parando de acenar com as notas.

Grace assente, mas aquela sensação incômoda de queda livre volta.

– Uma ideia melhor do que usar uma arma, não é?

Grace pisca e assente mais uma vez, um pouco impressionada com o fato de a senhora Torelli, que não parece ter um pensamento sensato sequer, não apenas ter tido uma ideia como de fato uma boa ideia – muito óbvia, muito lógica. Elas têm dinheiro, algo de que Grace continua se esquecendo. Como besouros ricocheteando em para-brisas, a ideia simplesmente não se fixa na cabeça dela. Ela tem dinheiro. Muito, mas muito dinheiro. O que significa que elas podem *pagar* alguém para lhes emprestar o carro, o que é um grande alívio, já que Grace estava longe de querer apontar uma arma na cara de uma pobre pessoa inocente.

A senhora Torelli sorri, aquele sorriso do tipo *não-te-falei-que-eu--tinha-uma-boa-ideia?*, que Grace gostaria muito de poder tirar da cara dela no tapa.

– Vamos, pode falar que eu mandei bem – a senhora Torelli a provoca.

– Vou falar isso quando você realmente conseguir. A gente ainda precisa encontrar alguém disposto a emprestar o próprio carro em troca do dinheiro, algo muito mais fácil na teoria do que na prática.

Pela experiência de Grace, estranhos não costumam confiar muito em outros estranhos.

– Venham comigo – a senhora Torelli diz, pegando as muletas e saindo confiante do banheiro.

Grace a segue pela loja, e elas saem pelo lado oposto de onde entraram. Mattie carrega a cadeirinha e a bolsa maternidade, e Grace segura Miles, que dorme profundamente encostado em seu ombro.

– Vocês me esperem aqui – a senhora Torelli diz, quando eles chegam do lado de fora, mas ainda estão debaixo da área coberta da entrada. Ela coloca a mochila no chão, aos pés de Grace, pega um maço de cem e o enfia no bolso da saia. Depois segue pulando de muletas até o estacionamento e para ao lado das vagas especiais, que estão vazias.

Por vários minutos, nada acontece. O calor está de matar, e poças de suor se formam sob a camisa de Grace. Ela não toma banho desde o dia anterior e ainda veste as mesmas roupas que usou para trabalhar. Ciente de que seu cheiro não é dos melhores, ela dá um passo para o lado, afastando-se de Mattie.

Alguns compradores vêm e vão, e Grace observa a senhora Torelli sorrir gentilmente para eles, mas os deixa passar sem dizer uma palavra.

Mas o que ela está esperando?, Grace pensa. Se era mesmo o FBI no hospital, eles com certeza estão verificando as fitas de vigilância neste exato momento. Ela os imagina examinando os vídeos quadro a quadro, até finalmente encontrarem os cinco saindo pelo estacionamento dos fundos do hospital e indo em direção ao centro comercial. Um carro, com idade por volta de antes de Grace nascer, faz uma curva larga, entrando no estacionamento, e uma ainda maior para colocar o carro na vaga especial mais próxima à entrada. Parece demorar uma eternidade, mas finalmente a porta do lado do motorista se abre, e uma senhora com cabelos de algodão, uma blusa de cores vivas e óculos de sol pretos gigantes sai.

A senhora tem aparência frágil e a pele branca pontilhada por manchas hepáticas. Grace fica tensa, preocupada que, caso a senhora Torelli se aproxime demais, ou ela lhe causará um ataque cardíaco ou a mulher começará a berrar, pensando estar sendo assaltada.

Ao lado dela, Mattie apoia o peso do corpo de um lado, depois do outro, igualmente nervosa. Juntas, as duas assistem à senhora Torelli ir em direção à mulher, mancando e com um sorriso como se tivesse cruzado com uma vizinha ou uma velha amiga. Ela tira a mão direita da muleta e acena para a mulher, que para. A senhora levanta os olhos e inclina a cabeça, curiosa, como se talvez a senhora Torelli fosse alguém que ela conhecesse, mas tivesse esquecido quem.

A senhora Torelli diz, então, algo que a faz sorrir, e Grace relaxa. Pelo menos ela não pensa estar sendo assaltada.

– O que você acha que ela está falando? – Mattie sussurra.

– Não tenho nem ideia.

As mãos da senhora Torelli se movem, assim como sua boca, e ela continua a falar, bastante animada, como se estivesse contando alguma grande história. A senhora a ouve com atenção e em vários momentos reage com surpresa. Ela se vira na direção da entrada, seus óculos apontando para Grace e as crianças.

Grace, sem saber mais o que fazer, acena, e Mattie a imita. E, então, antes de Grace perceber o que está acontecendo, o garoto sai correndo do lado dela. Ele atravessa a rua e abraça o quadril da senhora Torelli. A senhora olha para ele. O garoto se afasta da senhora Torelli e inclina a cabeça para um lado, depois para outro e estende a mão para tocar a camisa da mulher.

É um gesto estranho que, vindo de qualquer outra pessoa, poderia soar ofensivo, mas desse curioso garotinho no uniforme do Dodgers não é nada além de fofo.

A mulher aponta para o lugar onde ele está tocando. Grace aperta os olhos e consegue enxergar que a blusa dela tem uma estampa de pássaros, com papagaios e tucanos supercoloridos. Ela diz algo, e sua expressão se suaviza em um sorriso. Colocando o dedo em outro ponto de sua blusa, ela diz algo mais.

O menino balança a cabeça, arregala os olhos e sorri, assim como ela. Ao observar toda essa singular troca, Grace percebe quão notável aquele garotinho é. Há algo de quase etéreo nele. Embora desajeitado, é também lindo – olhos enormes e de uma cor suave, como *jeans* surrados; lábios rosados, pequenos e perfeitamente formados; e a pele tão pálida que chega a brilhar.

Quando a mulher volta a olhar para a senhora Torelli, a expressão dela está transformada. Ainda séria, mas mais acolhedora. A senhora Torelli diz algo enquanto toca o cabelo do garoto, depois aponta para Grace e Mattie, e as duas acenam mais uma vez.

– Você acha que ela vai conseguir? – Mattie pergunta.

– Não tenho ideia – Grace repete, incrédula que a senhora Torelli já tenha progredido tanto e que a mulher esteja até cogitando aceitar.

A conversa continua por mais uns três ou quatro minutos, com as duas mulheres agora falando e sorrindo como se fossem velhas amigas, e Grace sente sua pulsação aumentar a cada segundo, certa de que, a qualquer momento, os federais vão chegar com tudo em cima delas. Ela considera até arremessar alguma coisa na senhora Torelli para chamar a atenção, um sapato, sei lá, mas por fim acha melhor não. *Só pede logo esse carro emprestado, e vamos dar o fora daqui.*

E a senhora Torelli deve tê-la ouvido, pois, subitamente, o dinheiro aparece, e, no segundo seguinte, a mulher está segurando a chave do carro.

Mattie cutuca o ombro de Grace, empolgada. Grace faz o mesmo, repleta de alívio e incrédula que a senhora Torelli tenha mesmo conseguido convencer a mulher a emprestar o carro dela.

Grace pega a mochila e vai caminhando com Mattie na direção do carro. Ao passar por elas, a senhora ergue seu velho rosto para Grace e diz:

– Espero que consigam chegar a tempo.

Grace não tem a menor noção do que ela está falando e, honestamente, não tem o menor interesse também. Ela só quer sair dali.

Mark

– Você não está falando sério, né? – Mark pergunta, puxando a camisa de algodão da pele, encharcada de suor.

Essa é uma daquelas semanas em que a umidade sufoca, e cada respiração é tão nauseante como inalar mofo. Embora já esteja em Washington há quase dois anos, Mark ainda pensa na cidade como um lar temporário, como se ele fosse um organismo estranho sobrevivendo em um ambiente inadequado. O clima ali ou é muito quente ou muito frio, mas sempre muito úmido. Em Boston há uma diferenciação mais nítida entre as estações do ano, todas muito claras, e de tirar o fôlego.

– Desculpa, chefe – Fitz diz.

Mark fecha os olhos e aperta os lábios, contendo os palavrões que ameaçam escapar. Em frente a ele, Shelly se segura na borda da piscina. Ao lado dela, mais meia dúzia de crianças entre seis e sete anos fazem o mesmo, todas observando o instrutor de natação, que as ensina a soprar bolhas debaixo da água.

Se Mark fosse um personagem de desenho, nesse exato momento haveria fumaça saindo de suas orelhas.

– Então quer dizer que duas mulheres, uma delas de muletas, viajando com um bebê e duas crianças, primeiro conseguiram fugir de dois agentes do FBI altamente treinados, em um hospital, que deve ter umas mil câmeras de vigilância, e agora passaram despercebidas por toda a polícia de Barstow e metade dos agentes da divisão de Los Angeles, é isso mesmo?

– Elas escaparam por pouco – Fitz diz.

– E agora vocês não têm ideia para onde elas foram?

– Há imagens delas passando pelo McDonald's, onde deixaram o carro da senhora no estacionamento, mas nada depois disso. Agentes estão fazendo buscas na área, mas até agora não deu em nada. Ninguém viu o grupo. O bloqueio na 40 é eficiente: sem ter como ver que ele está próximo e sem lugar para se esconder. A polícia rodoviária verificou todos os carros nas últimas três horas, e nada, também.

Mark sente que sua cabeça está prestes a explodir.

– Então você está me dizendo que elas simplesmente desapareceram? Assim, num passe de mágica?

Sabiamente, Fitz permanece em silêncio.

Após inspirar e expirar três vezes, longamente, Mark por fim diz:

– E qual é a conexão entre elas? Herrick e Torelli?

– É estranho, chefe. Não parece ter nenhuma, na verdade. Do que descobri, elas mal se conhecem. Verifiquei os registros telefônicos das duas e até olhei as filmagens antigas. Torelli raramente ia ao escritório, enquanto Herrick raramente saía de lá.

– O que a irmã disse?

– Ainda não retornou minhas ligações. Ela está em Belize, em lua de mel. Entrei em contato com a polícia local, e alguns oficiais vão até o hotel falar com ela.

– E o marido da Herrick?

– Eu me sinto até mal pelo cara. Ele nem sabia que a esposa tinha ido embora. A notícia o deixou arrasado. Ele não parava de falar como aquilo era culpa dele. Acho que ele tem uns problemas aí com apostas, e na semana passada perdeu o dinheiro do aluguel apostando nos Marlins.

– Nos Marlins?

– Sim. O cara obviamente não é lá muito brilhante.

Mark fecha os olhos. Então, o motivo de Herrick fugir e roubar do chefe está claro: o marido idiota dela apostou nos Marlins, um time que a própria equipe de softbol de Mark poderia ter batido este ano, deixando Herrick e o bebê dela à míngua. Já o motivo da senhora Torelli é o da maioria das mulheres: Frank Torelli é um grande de um babaca. Mark o tem investigado por quase um ano e, durante todo esse tempo, vem se perguntando como um cara como aquele conseguiu se casar com uma mulher como Hadley Torelli.

Mas por que as duas se juntaram? Não faz sentido, e alguma coisa nisso tudo parece não se encaixar. Torelli chegou primeiro; Herrick, uma hora depois. Torelli estacionou nos fundos; Herrick, na frente. Herrick deixou o filho no carro; Torelli, em algum outro lugar. Talvez Torelli tenha tido algum problema para abrir o cofre, então chamou Herrick, e as duas entraram em um acordo. Não há registro de ligações entre as duas, mas nada as impede de ter usado telefones descartáveis, o que significaria que tudo foi planejado.

E em algum lugar, no meio do caminho, Torelli se machucou. Então, talvez tenha sido por isso que chamou Herrick. O plano seria para Torelli levar o dinheiro para Herrick, mas ela torceu o tornozelo e não conseguiria dirigir. Ou, ainda, pode ter sido uma situação envolvendo reféns. Teria Herrick sequestrado as crianças de Torelli?

Certo, mas, se foi o caso, por que as duas continuaram juntas? Torelli e as crianças dela estavam correndo atrás de Herrick no estacionamento do hospital, e Herrick parecia não querer nada com eles.

Qual é a conexão, afinal?

Mark franze o cenho.

– O bilhete foi meio que legal, não foi? – Fitz comenta, quebrando o silêncio.

– Bilhete?

– O bilhete que elas deixaram para a senhora que emprestou o carro. Foi legal da parte delas.

Mais uma vez, Mark contrai a mandíbula. Shelly ri para ele de dentro da piscina, e Mark devolve o sorriso. Aquele bilhete não foi *legal*. Foi enfurecedor. Essas duas mulheres se transformaram em uma pedra gigante no sapato de Mark. Elas não apenas tomaram o caso dele e envergonharam metade dos agentes a oeste do Grand Canyon como tiveram tempo de escrever um bilhetinho fofo de agradecimento e deixar no volante do carro da senhora.

– Falando nisso – Fitz diz –, ela ficou indignada.

– Quem?

– A senhora que emprestou o carro. Ela está dizendo que violamos os direitos constitucionais dela.

– Que direito constitucional? Ser estúpida e emprestar o carro dela para criminosas? Ajudar fugitivas?

– Tecnicamente, Hadley e Grace não são fugitivas. Elas estão sendo procuradas apenas para interrogatório. O que significa que ela na verdade não teria ajudado fugitivas.

– Hadley e Grace? – Mark pergunta rispidamente, e suas palavras saem num tom tão elevado que o instrutor de natação o encara.

– Herrick e Torelli, digo – Fitz corrige, mas Mark tem certeza de que não, não foi isso que ele quis dizer. Até o garoto já está torcendo para elas, confirmando, mais uma vez, por que não é adequado para trabalhar em campo. Um agente não pode se envolver emocionalmente nos casos. Seja o suspeito um gângster ou uma doce vovó de cabelos grisalhos, esse trabalho é preto no branco: reunir evidências e prender suspeitos, independentemente das circunstâncias, dos crimes ou das vítimas. Fica a cargo da justiça encontrar a área cinzenta.

– Ela disse que vai processar a agência – Fitz continua. – E tenho de admitir: o que ela diz meio que faz sentido. Aquela senhora já deve ter uns noventa anos e fez um acordo justo. Ao tirar o dinheiro dela, é como se a gente estivesse roubando da Betty White.

– Não estamos roubando ninguém. Aquele dinheiro é pura evidência.

– Está certo, chefe.

Mark expira lentamente pelo nariz e se lembra de que isso não tem nada a ver com Fitz. Não foi ele quem ferrou com tudo.

– O arquivo foi atualizado? – Mark pergunta.

– Sim, está tudo lá.

– Certo, obrigado, Fitz. Agora vá para casa e descanse um pouco. Obrigado por ficar até mais tarde.

– Sem problemas, chefe.

Mark coloca o telefone no bolso, e Shelly abre um sorriso largo, agora que ele terminou a ligação, o que a faz se esquecer de bater as pernas e os braços, e o instrutor precisar se lançar para pegá-la um segundo antes de Shelly afundar.

Do outro lado da piscina, nos bancos do lado oposto, o mais distante de toda aquela movimentação possível, Ben está sentado, lendo. Com um suspiro profundo, Mark vai até lá se juntar ao filho.

– E aí, amigão?

Ben o ignora, com os olhos fixos na página à sua frente.

– O que você está lendo?

Ben levanta a capa para Mark poder ver: *O ladrão de raios.*

– Nós não lemos este mesmo livro juntos no ano passado?

Há um ano, antes de a vida de Mark ser arrancada dele, ele e Ben costumavam ler livros juntos, e *O ladrão de raios* era um de seus favoritos.

Ben faz um aceno quase imperceptível com a cabeça, e sua mandíbula se contrai.

– Sabe, Ben? Iria ajudar se você me contasse por que anda tão bravo.

Ben não diz nada, apenas continua com os olhos fixos no livro.

Desde que Mark saiu de casa, Ben tem se recusado a falar com ele. Em princípio, Mark pensou ser apenas raiva, no geral devido ao divórcio, mas então Ben deixou bastante claro que a raiva era direcionada especificamente ao pai. E, não importava quantas vezes Mark perguntasse, Ben simplesmente o ignorava.

Mark continua ao lado do filho por mais um tempo, sentindo a importância do momento, como uma daquelas conjunturas críticas da paternidade em que, supostamente, você deveria fazer ou dizer algo profundo. Mas a verdade é que Mark não tem ideia do que esse algo seja. A paternidade frequentemente o faz se sentir assim: como se estivesse flutuando no meio do oceano sem bússola nem remo. O pai de Mark era tão brilhante nisso, fazendo tudo parecer tão fácil. Sempre sabia exatamente o que fazer e dizer para Mark e o irmão dele. Claro, o pai, Mark e o irmão eram farinha do mesmo saco, duros na queda, enquanto Ben é um ser completamente diferente: sensível e atencioso, introspectivo de uma forma que, para Mark, é difícil compreender.

Suspirando, Mark se levanta e caminha por alguns metros para abrir os arquivos atualizados, que incluem as fitas de vigilância do McDonald's, a entrevista com a senhora que emprestou o carro para Torelli e Herrick e o bilhete que as duas deixaram no carro dela.

Mark clica no bilhete. A primeira página é a parte exterior, digitalizada. Ela diz "Obrigada", com desenho de borboletas voando em volta das letras. A segunda imagem é do conteúdo. Em letra cursiva, lê-se:

Querida Nancy,

O seu carro foi simplesmente maravilhoso para nós. Skipper o chamou de Pujols (em homenagem a Albert Pujols, jogador dos Angels), porque, mesmo não sendo veloz, ele é confiável e faz muito bem seu trabalho. Obrigada por emprestá-lo para nós. Confiança é algo difícil de se encontrar, mas ainda mais de se dar. Que felicidade nossos caminhos terem se cruzado, ainda que brevemente.

Continue sendo essa pessoa gentil.

Tudo de bom para você!

Hadley, Skipper, Mattie, Grace e Miles

Mark praticamente resmunga. Fitz tem razão, aquele bilhete é mesmo *legal*. E nesse instante um pensamento terrível o atinge. Imagina só se essa história vazar, e a mídia se apoderar dela: duas mulheres fugindo com seus filhos, escapando do FBI e deixando bilhetinhos de agradecimento com referências a jogadores idolatrados de beisebol. Se a imprensa põe as mãos nisso, o FBI será crucificado.

– Pai?

Mark se assusta ao ouvir Ben o chamar.

– Sim? – ele responde, tentando não parecer muito ansioso ao se sentar novamente ao lado do filho.

A cabeça de Ben continua baixa, olhos fixos no livro, que ainda está aberto na mesma página de cinco minutos atrás.

– Você prometeu – ele diz com dificuldade, as palavras saindo quase como um sussurro.

Os pensamentos de Mark começam a girar em sua mente, buscando a promessa feita, mas não cumprida. Mark se orgulha de ser um homem de palavra e está se odiando por ter quebrado uma promessa, especialmente uma feita ao filho.

Será que a promessa foi que ele e Marcia nunca se divorciariam? Mark abandona a ideia antes mesmo de ela ter se formado por completo, sabendo que jamais teria prometido isso ao filho. Desde o dia em que se casou com Marcia, ele já sabia que as possibilidades de o casamento terminar exatamente assim eram grandes.

Talvez então ele tenha prometido que jamais iria embora e seja isso que Ben pensa que o pai fez: foi embora.

– Você disse... – Ben murmura.

Mark olha para ele, tentando desesperadamente decodificar o enigma. A pele de Ben está rosada, as orelhas, vermelhas, sinais de quão difícil isso é para ele.

– Você disse que, assim que a gente se ajeitasse... e a mamãe não estivesse tão estressada.

Mark volta dois anos, logo quando eles se mudaram para Washington, e um pensamento despenca em sua cabeça, lembrando-se daquele período, daquele meio em que viviam. A garganta de Mark se fecha ao perceber por que Ben está tão chateado. Não raiva, mas sim decepção: o persistente silêncio de Ben é o resultado de uma decepção profunda que ele tem mantido guardada pelos últimos dois meses, e o rosto de Mark começa a pegar fogo, assim como o do filho, e a raiva que sente é tão grande que sua vontade é de arremessar o banco em que estão sentados ou dar um murro na parede.

É isso o que acontece quando o divórcio entra na jogada, algo que ele tentou explicar repetidamente para Marcia: isso não diz respeito somente a eles. Diz também ao dano que causa às crianças, à unidade, à base e ao futuro deles. À merda toda.

– O cachorro – Mark murmura para si em voz alta. – Eu prometi um cachorro.

Ben confirma e enruga o rosto na tentativa de conter suas emoções.

Eles brincavam sobre isso, como iriam ao abrigo e escolheriam o vira--lata mais feio de todos, um que ninguém mais quisesse. Desde que Ben aprendeu a falar, ele tem pedido um cachorro. Mark lhe prometeu um de presente de aniversário, depois do Natal. Mas o *timing* foi errado nas duas vezes. Marcia estava ameaçando pedir o divórcio, tornando as coisas tensas demais para, ainda por cima, colocar um cachorro no meio.

Ben completou nove anos, o Natal chegou e passou, e, três meses depois, Mark já não estava mais dentro de casa.

– Sei que não é importante – Ben diz, com suas palavras trêmulas –, é só que… você disse…

Mark se aproxima do filho e envolve o braço em volta do ombro dele.

– É importante sim, Ben. Muito importante. E eu realmente deveria ter me lembrado.

Shelly vem pulando na direção deles, pingando.

– *Qualé?* – ela diz, brincalhona.

Ben se endireita e se afasta de Mark, para que sua irmã não veja aquele seu momento de sensibilidade.

– Nada, não – ele murmura.

Mark tira uma toalha da bolsa que Marcia preparou e a abre para Shelly se enrolar. Enquanto a enxuga, Mark faz cócegas na filha por cima do tecido atoalhado, até Shelly implorar a ele que pare e ela possa ir ao vestiário se trocar.

Ele então olha para Ben:

– Vou procurar um lugar novo. Um que permita animais.

Ben olha para o pai:

– Sério?

Mark não tem a menor ideia de como arranjará dinheiro para pagar por um lugar com quintal, mas dará um jeito. Ele não tem tido muito do que se orgulhar ultimamente, mas sempre foi um homem de palavra, e isso não vai mudar.

– Sério.

Shelly volta, e os três caminham juntos em direção à saída. A postura de Ben é até diferente agora, fazendo o próprio Mark se sentir um pouco melhor.

Marcia e Stan, o Cara dos Seguros, já os esperam dentro do carro. Mark coloca as crianças no banco de trás do *Volvo* de Stan, o Cara dos Seguros, e, quando o veículo está fora de vista, Mark pressiona a palma das mãos contra os olhos.

Quando manchas brancas surgem em sua frente, Mark ergue o rosto, tira o telefone do bolso e abre o arquivo sobre Torelli. Ele encara a pequena tela e rola as páginas até as palavras se transmutarem em manchas pretas em um fundo branco pulsante.

Mark está deixando algo passar. Ele sente isso. Sempre há algo, um fio solto que, quando puxado do jeito certo, desvenda todo o maldito mistério.

Inclinando-se para trás, Mark fecha os olhos, e o sorriso com falhas de dentes de Shelly surge, fazendo-o sorrir. Ele então pensa no bilhete que Torelli e Herrick deixaram e no amor que sentiu naquelas palavras direcionadas ao garoto, Skipper. Torelli o tem criado desde que ele nasceu, uma criança com deficiência que não é nem dela. Somente um tipo distinto de pessoa faria uma coisa dessas. Ela com certeza não se encaixa no típico padrão criminosa ou esposa de gângster.

Já Herrick é outro caso. O histórico dela de problemas com a lei vem se estendendo desde a adolescência.

Mark volta ao arquivo dela e o abre, passando página por página daquela difícil história.

Lê-la faz seu sangue ferver. O sistema falhou com Herrick de tantas maneiras diferentes que faz Mark querer estrangular cada pessoa com participação nisso.

Vendo-se órfã aos catorze, Herrick foi jogada de um abrigo a outro no primeiro ano e, por fim, levada para a casa de um parente distante que nunca chegou a ser devidamente analisado e que, em dado momento, revelou ter problemas com a bebida. Enxergando Herrick como um passaporte para uma vida fácil, ele a manteve fora da escola enquanto ela trabalhava como chapeira em uma lanchonete.

Quando o serviço social tomou conhecimento, eles a levaram para um abrigo para menores, mas abrigos normalmente não são muito adequados para meninas bonitas e legais como Herrick, então, não surpreendentemente, ela fugiu de lá apenas um dia após chegar.

Poucos meses depois, Herrick foi presa em Savannah durante uma varredura de sem-teto. Eles a jogaram no reformatório, e, pelo que Mark pôde deduzir dos registros, o serviço social tentou tirá-la de lá, mas Herrick preferiu ficar. Quando disseram a ela que isso não seria possível, Herrick começou a fazer algumas coisinhas no reformatório para estender sua pena: roubou coisas do comissário, arranhou o nome dela na porta do diretor. É bem possível que ela tenha se dado conta de que ali era mais seguro do que um abrigo ou as ruas. Provavelmente ela estava certa. Quando completou dezesseis anos, Herrick cursou um supletivo e depois, durante os dois anos seguintes, tomou aulas profissionalizantes e fez cursos *online*. Ela até se formou em um curso *online* de técnica em contabilidade.

Mark observa as fotos de Herrick com o passar dos anos. A adolescente sardenta de expressão animada e um brilho ousado nos olhos se transformou em uma jovem mulher durona, com uma expressão impassível de ferocidade, encarando desafiadoramente a câmera na foto tirada três meses depois de ela ter deixado o reformatório. Herrick foi parar atrás das grades por um crime pelo qual ela nunca nem deveria ter sido presa: tentar ajudar outra garota sem-teto que, em uma situação sem nenhuma relação com Herrick, acabou morta.

Mark pensa em Shelly. Em Ben. Em seus pais e na casa em que cresceu com o irmão. Como deve ter sido solitário para essa menina ter ficado órfã aos catorze, perdendo sua família sem nem mesmo ter tido a chance de formar a própria!

Herrick passa seis meses na prisão, antes de um misericordioso juiz reduzir sua pena. Ela se muda para a Califórnia e tem andado na linha desde então. Marido, filho, emprego... o sonho americano. Até que o marido ferra com tudo, apostando o dinheiro do aluguel. Herrick pega o bebê, rouba o chefe e foge.

Mas e Torelli?

Esta é a parte em que Mark empaca todas as vezes, a parte que não faz sentido. Ao que tudo indica, Herrick é uma loba solitária. Tudo no registro dela aponta para uma total independência. Inclusive, foi esse o apontamento que um de seus conselheiros indicou repetidas vezes: os maiores obstáculos de Herrick eram seus problemas de confiança. Ela não gostava da ideia de pedir ajuda ou precisar confiar em outra pessoa.

Mark agora volta ao arquivo de Torelli. Comparado ao de Herrick, o dela é notavelmente fino. Trinta e oito anos, nascida e crescida em Los Angeles. A mãe de Skipper, Vanessa Valla, é sua única irmã, uma meia-irmã do segundo casamento do pai.

A mãe morreu quando Torelli estava na universidade. A única mancha em seu histórico perfeito é uma multa de trânsito recebida há doze anos por não parar em um local sinalizado com a placa de pare.

Torelli não é uma criminosa, o que significa que Herrick é a chave. A questão é: Herrick sabia que o dinheiro era sujo? Que os federais estavam atrás dele? Interferir em uma investigação federal e adulterar evidências são crimes federais e, junto do registro anterior dela, podem deixá-la atrás das grades por muito tempo.

Isso não parece certo. Herrick não é estúpida e tem se comportado nos últimos sete anos. Difícil imaginá-la colocando em risco a vida que construiu.

Mark pensa no bebê e no que ele mesmo teria feito para proteger seus filhos, em quão longe poderia ir por eles se a situação se tornasse desesperadora. Ela não deve ter percebido que os federais estavam investigando. Simplesmente imaginou que estava roubando o dinheiro sujo do chefe, dinheiro esse que não poderia ser reportado como roubado... o crime perfeito, contanto que ele jamais a encontrasse.

Então por que envolver a esposa do chefe? Talvez Herrick não soubesse onde o cofre estava ou não tinha a combinação?

Mark fecha o arquivo e recomeça, reabrindo a pasta do caso desde o início. *Duas mães. Três crianças. Qual é a conexão? O que estou deixando passar?*

De acordo com a enfermeira do pronto-socorro, Torelli relatou estar a caminho de levar Skipper para a irmã, que acabara de se casar. A história confere com o que Mark já sabe. A escola de Skipper confirmou que Torelli o tirou de lá, pois o garotinho estava voltando para Wichita para viver com a mãe. Além disso, um cartão de crédito mostrou que reservas foram feitas em hotéis da rede Hilton em Victorville, Lake Havasu e Albuquerque, todas as três cidades na rota rumo a Wichita.

Mark observa as anotações sobre a irmã de Torelli. Vanessa Valla, vinte e seis, mora em Wichita, Kansas. Profissão: atendente.

Então, Torelli pega o sobrinho e a filha com a pretensão de entregar o sobrinho à mãe e voltar nove dias depois, mas, em vez disso, rouba o marido em parceria com a assistente dele, e as duas fogem juntas. Elas vão até Barstow, o que faz sentido, mas então desaparecem. Não pegam a 40, a única rota para o Kansas. Para onde elas foram, afinal?

Ele desvia o olhar da tela, estica os braços sobre a cabeça e alonga o pescoço.

A irmã. Algo o incomoda. Voltando a olhar para a tela, ele clica no arquivo da irmã. Comum a ponto de ser entediante. Além do fato de Vanessa ter engravidado aos dezessete, a vida dela tem sido absolutamente normal.

Mark verifica o itinerário da lua de mel. Vanessa e o marido passarão três semanas em Belize. O voo de volta é na quarta-feira.

Um sorriso surge em seu rosto, e, se Mark fosse o tipo de cara que comemora com soquinhos no ar, ele estaria fazendo isso agora. Em vez disso, porém, ele apenas se dá um tapinha invisível nas costas e um *zoom* nas três letras brilhantes que passaram despercebidas antes.

OMA.

O fio que estava perdido… até agora. O puxão na linha do jeito certo e, possivelmente, a chave para desvendar todo esse maldito mistério.

A irmã mora em Wichita, e foi de lá que ela e o marido saíram para a lua de mel, mas na terça-feira eles voarão para Omaha, a cidade onde o marido dela mora.

Torelli conduziu todos em uma perseguição louca, fazendo-os acreditar que estava indo para Wichita, quando seu plano o tempo todo era ir para Omaha.

Então quem ela está tentando enganar? Frank? O FBI? E como Herrick se encaixa nessa história?

Mark abre o Google Maps, digita o novo destino e em seguida faz uma ligação.

– Fitz, preciso de você de volta ao escritório. Pode cancelar o bloqueio na rodovia e me coloque no próximo voo para Las Vegas.

Hadley

O tornozelo de Hadley a está matando, e ela está entediada e irritada. Até agora, a viagem não foi nada além de uma jornada tediosa e torturante de preocupação e dor.

Elas já estão na estrada há três horas, e Grace não abriu a boca, a não ser para fazer uma pergunta sobre onde Hadley preferiria comer, no McDonald's ou no Jack in the Box, à qual Hadley não respondeu, e então Grace revirou os olhos e acabou escolhendo o McDonald's, ingerindo milhares de calorias em questão de minutos, enquanto Hadley pedia uma salada sem molho e sem graça e amaldiçoava os genes de quadris largos da mãe.

O silêncio incomoda. Elas já estão ali naquele espaço pequeno e confinado mesmo. Então o que custa Grace manter um diálogo cortês ao menos para ajudar a passar o tempo? Mas todas as vezes que Hadley fala qualquer coisa, Grace dá uma resposta monossilábica e lança um olhar que deixa bastante claro o desinteresse dela na conversa.

Grace provavelmente está chateada por ter sido envolvida nisso, e Hadley se sente mal, mas o que ela deveria fazer? O FBI estava atrás dela.

Como ela deveria saber que eles a seguiriam até Barstow? Hadley imaginou que, assim que saíssem de Orange County, elas ficariam bem. Ela observa Mattie e Skipper. Skipper olha pela janela. Mattie está de olhos fechados, mas os abre ao sentir que Hadley está olhando para ela. Hadley dá um sorriso tranquilizador, e Mattie retribui com um sorriso fraco.

E então choca a mãe.

– Foi legal o jeito como você convenceu aquela senhora a emprestar o carro dela para nós. Não achei que daria certo.

– Não achou? – Um estranho balão infla no peito de Hadley, e demora um tempo até que ela reconheça aquele sentimento. Já faz tanto tempo que Hadley não tem nada do que se orgulhar.

Grace entra na conversa.

– Como você sabia que era melhor esperar por uma pessoa idosa?

E o orgulho de Hadley só aumenta. Grace não é o tipo de pessoa que se impressiona com facilidade.

– Não sei. Sempre gostei de pessoas mais velhas. São menos tensas com as coisas. Achei que minhas chances seriam maiores.

Grace balança a cabeça em aprovação, e um leve esboço de sorriso surge em seus lábios.

– Você tem razão. Minha avó teria amado ganhar dez mil para emprestar o carro dela para alguém. Teria falado nisso por anos e anos.

– Você era próxima dela? – Hadley pergunta.

– Vamos parar em Baker – Grace diz secamente, desfazendo o sorriso. – Menos chances de verem a gente lá do que em Las Vegas.

Hadley tenta não se sentir mal por aquela brusquidão.

– Não esquece de ligar pro papai – Mattie diz.

Ela se vira e olha para a filha.

– Ele vai suspeitar se você não ligar.

Hadley concorda e vira o rosto de volta, perturbada por Mattie estar pensando em Frank. A filha está certa em se preocupar, mas Frank é o pai dela, e Hadley não consegue deixar de pensar no dano que conspirar contra ele pode causar em Mattie.

– Você quer que eu pare? – Grace pergunta.

– Não. Liguei para ele de manhã lá do hotel, e vou ligar de novo quando a gente parar para jantar. Ele sabe que desligo meu telefone quando dirijo.

– O que você vai falar sobre seu telefone?

– Vou falar que deixei cair no vaso. Não seria a primeira vez.

– Você pode usar meu descartável – Grace oferece. – Assim ele não vai conseguir rastrear o código de área.

– Seu descartável?

– Comprei um quando paramos no Walmart.

– Ahh! – exclama Hadley, com o coração pesado, dando-se conta de que ela deveria ter pensado nisso e de que, não fosse por Grace ter tocado no assunto, ela teria cometido o erro catastrófico de ligar para Frank sem nem pensar no código de área. – Obrigada – Hadley diz, como se agradecesse apenas pela oferta do telefone, mas, no fundo, por muito mais que isso.

Grace responde com um breve aceno de cabeça, mas Hadley observa a mandíbula dela se contrair, e então a vê deslizar para a frente, para pará-la.

– Então, sua família é de onde? – Hadley pergunta. – Será que detectei um sotaque sulista mesmo?

Grace solta o ar pelas narinas.

– Olha só, senhora Torelli, estamos juntas nessa porque prometi ajudar, e eu farei isso, mas não somos amigas, sabe? Isto aqui não faz de nós amigas.

Hadley tenta não se abalar, mas é difícil. Ela sempre se incomodou quando as pessoas não iam com a cara dela, e ela gosta de Grace. Na noite anterior, enquanto contavam o dinheiro, ela achou mesmo que as duas tivessem começado um laço de amizade, ou, pelo menos, que fossem, a partir de então, mais amigáveis uma com a outra.

Ela vira o rosto para a janela e observa a mesma paisagem bege que tem passado por elas há horas: deserto bege, vegetação bege, montanhas bege ao longe...

– Será que dá para parar?

Hadley olha para Grace, depois para a própria perna, que vai para cima e para baixo, no ritmo da mão, batendo impacientemente na coxa. Forçando a perna a ficar parada e deslizando a mão por baixo da coxa para impedir a contração, ela chega à conclusão de que é algo bom ela e Grace não serem amigas, porque, se fossem, Hadley teria palavras um tanto hostis para dizer naquele momento.

Ela volta a olhar pela janela, bufando, mas rapidamente se endireita. Como culpar Grace por estar brava, especialmente depois do que aconteceu em Barstow? Os policiais chegaram logo depois de elas terem deixado o carro de Nancy no McDonald's. Elas chegaram a ver as viaturas do outro lado da rua, dezenas delas com as sirenes ligadas.

Hadley pensou que Grace fosse largá-los ali mesmo, mas ela não o fez. Em vez disso, gritou "Entrem aí", e todos se amontoaram na van que Grace comprara no Craiglist, quando ainda estavam em Orange County.

Quando Grace insistiu para que parassem no Walmart para ela poder comprar um carro *online*, Hadley achou que ela estava sendo ridícula e sugeriu que fossem a uma concessionária quando chegassem a Barstow e escolhessem o carro que quisessem.

Acontece que Grace estava sendo cautelosamente brilhante. Da loja, ela transferiu o dinheiro para o vendedor e o instruiu a deixar a van no Motel 6, em frente ao McDonald's, com a chave escondida atrás do para-choque. Parecia até que ela suspeitava do que aconteceria em Barstow, e, de novo, Hadley não consegue deixar de pensar em como Grace é tão boa nisso.

– Para.

Hadley vira o rosto, depois olha mais uma vez para a perna, percebendo que os movimentos voltaram. Em uma tentativa de conter o tremor, ela a dobra.

As duas já estavam na van antes mesmo de os policiais saírem de suas viaturas, e não houve nenhum sinal de problema desde então. Hadley apenas queria que Grace relaxasse. Todos estavam seguros. Elas conseguiram.

Mais uma vez, Hadley sente sua perna querendo pular.

GRACE

Grace para a van ao lado da recepção do Wills Fargo Motel, em Baker. Ela deixa os outros no carro e fica aliviada quando o garoto atrás do balcão aceita o dinheiro por dois quartos sem questionamento.

Grace volta para a van e estaciona fora de vista. Logo depois, todos seguem na direção da faixa de restaurantes que viram ao chegar. As opções são limitadas: Dairy Queen, Pizza Hut ou Denny's. Por fim, acabam escolhendo o Denny's, por ser o mais próximo.

O grupo espera em frente à recepcionista, que também parece ser a garçonete e a gerente do lugar. A placa na caixa registradora diz NÃO ACEITAMOS CHEQUES. Grace observa Mattie olhando para a placa com a testa franzida e se pergunta o que a garota achou de tão interessante naquilo.

– Por aqui – a recepcionista/garçonete/gerente diz.

A senhora Torelli vai na frente com o garoto, e Grace segue logo atrás, segurando Miles apertado contra o corpo e sentindo o cheiro dele. Como ele tem sido incrível! Quatro horas na estrada e nem um pio sequer. Ela se sente tão agradecida por isso que a sensação a preenche por completo. Grace tem dúvidas se teria conseguido lidar com mais estresse nesse momento.

Ela percebe o erro terrível que cometeu. No que quer que Frank esteja metido, certamente é algo maior do que apenas sonegar impostos. O coração dela está batendo mais forte desde que saíram de Barstow. Um verdadeiro batalhão de viaturas chegou ao McDonald's minutos depois de elas deixarem o carro da senhora. A polícia não mandaria tantas viaturas assim apenas por sonegação de imposto. Ela devia ter largado a senhora Torelli no hospital ou em Barstow mesmo, pulado na van com Miles e dado o fora. O que quer que isso seja, Grace não quer fazer parte. É preciso pensar em Miles. Ela cheira as dobras suaves da pele do bebê, incapaz de acreditar no perigo em que o colocou.

Grace decide que vai embora pela manhã. Já cumpriu o prometido: levar a senhora Torelli para fora de Orange County. Agora, eles ficarão por conta própria. Quem sabe o FBI até se esqueça dela? Grace olha por cima do ombro e percebe que Mattie não seguiu com o grupo. Ela ainda está na recepção, e um sorriso de satisfação se abre ao colocar uma caneta de volta no porta-canetas.

* * *

O jantar foi silencioso. Em vários momentos a senhora Torelli tentou puxar conversa, mas Grace se recusou a participar. Essa relação tem prazo para acabar, e ela não vê razão para tornar as coisas mais difíceis do que já são.

Ao passarem pela porta do restaurante, Grace olha de relance para o balcão da recepção e, apesar de tudo, sorri. A placa NÃO ACEITAMOS CHEQUES foi alterada, e agora, ao lado da mensagem original, lê-se entre parênteses *Mas checos são bem-vindos.*

Grace olha para Mattie, e as bochechas dela enrubescem, embora continue com cara de paisagem. Grace dá um pequeno aceno e se afasta. Ela curte Mattie. Muito mesmo. A garota é divertida e tem um quê rebelde com o qual Grace se identifica.

Ao chegarem ao quarto do hotel, Grace coloca pijama em Miles e se troca, atirando no lixo as roupas nojentas que ela vem usando nos últimos dois dias.

No Walmart, onde pararam para comprar a van, Grace fez mais compras para Miles e pegou também algumas coisas para si mesma, incluindo uma calça *jeans*, um moletom, duas camisas e um par novo de sapatos.

Ela sorri ao olhar para a sola do sapato antigo colada com supercola, agora na lixeira. *Um milhão*. Ela nunca mais vai precisar colar seus sapatos com supercola na vida.

Ao sair do quarto com Miles, Grace vê a senhora Torelli ao lado do que o hotel chama de piscina, praticamente um buraco com água de três metros de comprimento por dois e meio de largura. Mattie e o garoto estão dentro dela, com a água batendo na altura do quadril, conversando sobre beisebol, assunto que parece estar no topo da lista das conversas dos Torellis.

O clima desértico ainda retém um pouco do calor do dia, embora o frio vá chegar em breve.

A senhora Torelli estica os braços para Miles, Grace o entrega, colocando a bolsa com as coisas do bebê e o dinheiro no chão.

– Você está bem? – a senhora Torelli pergunta.

– Ainda com um pouco de fome. Você se importa de ficar com ele um minutinho? Vou ali na máquina ver se tem alguma coisa.

– Mas você acabou de comer.

Grace dá de ombros.

A senhora Torelli revira os olhos, como se algo estivesse errado com Grace, mas fome é fome, e Grace sempre demonstrou ter bastante apetite.

Grace vai na direção da máquina e olha para os itens disponíveis. Nenhum deles parece muito interessante. Para falar a verdade, agora que ela está encarando os pacotes de *chips* e *cookies*, seu estômago embrulha, e ela se sente um pouco nauseada.

– Você está bem?

Grace se vira e vê o recepcionista do hotel olhando para ela com preocupação. É então que ela se dá conta de que já está ali em frente à máquina por um bom tempo.

O cara é provavelmente uns poucos anos mais jovem que ela, com espinhas aparecendo sob uma barba rala que só cresce de verdade no queixo e em cima do lábio. Ele a lembra do Salsicha, de "Scooby-Doo", ou talvez do próprio Scooby-Doo.

– Você por acaso tem qualquer coisa aqui mais forte que refrigerante? – Grace pergunta, ao perceber o que realmente está desejando.

Ele dá um sorriso meio torto.

– Vem comigo.

Os dois passam pela senhora Torelli, que segura Miles. Ela olha para o bebê e murmura algo fazendo biquinho, enquanto Miles chupa sua mamadeira alegremente. Aquela mulher é uma encantadora de bebês, uma milagreira. Se fosse Grace quem o segurasse, ele estaria gritando e a mamadeira sendo arremessada para longe.

Grace já leu sobre pessoas com o dom de abrandar cólicas. Alguns especialistas levantam a hipótese de que isso tenha a ver com um cheiro particular que elas exalam. Já outros dizem ter relação com o som, com um tom particular de voz. O que quer que seja, a senhora Torelli tem de sobra. Grace jamais viu Miles tão feliz assim.

Mattie e o garoto agora estão fora da piscina, enrolados nas toalhas e brincando com aquele joguinho pelo qual são obcecados. Grace segue o recepcionista até o escritório. Eles passam pelo balcão e por uma porta que leva a um pequeno cômodo com uma escrivaninha, uma cadeira e uma cama. Ele aponta para a cadeira e então abre a última gaveta da escrivaninha, tirando de lá uma garrafa de Jack Daniel's Red e dois copos de papel. Depois de servir uma dose para cada um, ele entrega a de Grace.

– Por que você foi parar lá? – Grace pergunta, apontando a cabeça para a tatuagem tosca no antebraço dele, um X com uma linha o atravessando.

– Estupidez.

Grace sorri.

– Eu também.

– Você já foi para a prisão?

– Não exatamente. Seis meses na cadeia, mas o juiz comutou minha sentença.

– Que sortuda.

Grace dá de ombros. Na época, não pareceu sorte. Na época, pareceu que a vida dela tinha acabado ali.

Os dois erguem seus copos de papel e brindam. O uísque queima ao descer pela garganta de Grace, e ela tosse. Já faz um bom tempo que ela não toma nada mais forte que cerveja, e ultimamente conseguir separar algum dinheiro até para isso estava sendo difícil.

Ele levanta a garrafa, oferecendo outra dose, e Grace aceita. O copo dela é enchido novamente, mas dessa vez Grace bebe devagar.

– Dia difícil? – o rapaz pergunta.

– Pode-se dizer que sim.

– Prazer, Hunter.

– Grace.

O álcool faz efeito rápido, ondulando calorosamente por todo o corpo de Grace antes de se infiltrar em sua corrente sanguínea e envolver suavemente seu cérebro.

Hunter também se serve de outra dose, mas apenas segura o copo, encarando o líquido enquanto balança o copo. Ele mal aparenta ter idade para beber, e Grace se pergunta o que será que o levou para trás das grades tão jovem. O cara não parece ser do tipo perigoso. Drogas, provavelmente. O principal motivo que leva gente nova para lá. A tatuagem de Hunter é popular entre os presos. Significa força, algo muito necessário quando literalmente se contam os dias pela própria liberdade.

– Fui pego roubando um carro por causa de uma garota – Hunter diz, lendo os pensamentos de Grace.

– Você ia dar um carro roubado para uma garota?

Ele balança a cabeça.

– Não. Eu roubei o carro para poder me encontrar com ela.

– Uau, isso é estúpido mesmo.

Hunter brinda com Grace.

– E você?

Ela responde com uma versão resumida:

– Invadi uma igreja.

Grace deixa de fora as partes em que sua melhor amiga estava com ela, que as duas enfrentavam o pior frio que o estado da Geórgia já havia visto e que Virginia estava doente.

– Precisava rezar tanto assim?

– Precisava sair do frio tanto assim.

Grace nota um pequeno estremecimento passar pelo corpo de Hunter e reconhece que ele mesmo já passou algumas noites no frio.

– Nada de mais – ela continua. – Entrei. Saí. E agora aqui estou, vivendo o sonho.

Nada disso é tão simples assim, e Hunter ergue o copo para brindar mais uma vez.

– Às segundas chances.

– Às segundas chances.

Os dois bebem o que resta em seus copos e ficam um longo tempo em silêncio. Essa é a melhor coisa entre ex-detentos: eles sabem como permanecer em silêncio.

Grace raramente pensa em Virginia, naquela noite que se parece com um buraco negro, que suga toda a luz do presente a cada vez que vem à sua mente. Dizem que ela lutou com os policiais quando eles tentaram levar Virginia. Grace não se lembra dessa parte, mas ela foi incluída em seus registros: invasão de propriedade, dano ao patrimônio, homicídio negligente, resistência à prisão, agressão contra policial.

Ela deixa os pensamentos de lado e olha em volta do pequeno quarto. O lugar é estropiado, mas não desagradável. Há um violão no canto e, na escrivaninha, uma gaita. Grace logo imagina Hunter passando suas noites tocando músicas românticas e melancólicas para a garota por quem ele roubou o carro.

– E o que aconteceu com a menina? – Grace pergunta, apoiando o copo na escrivaninha e esticando os braços sobre a cabeça.

Os olhos de Hunter baixam, deixando transparecer quanto ele se importava com ela.

– Seguiu em frente. Um cara na prisão e sem dinheiro não era exatamente a combinação vitoriosa que ela esperava. Para completar, enquanto eu estava lá dentro, perdi alguns dentes. Ele puxa o lábio para trás, revelando um buraco no lado esquerdo e inferior da boca, talvez explicando o porquê de ele sempre sorrir para a direita. – Fui de apenas feio para muito feio bem rapidamente. – Hunter dá um meio-sorriso, escondendo a lacuna em seus dentes.

Na verdade, Grace não o acha feio de maneira alguma: um pouco malcuidado, é verdade, com o cabelo desgrenhado e aquilo que se pode chamar de barba um tanto desalinhada, mas Hunter tem olhos de bronze que emitem calor e um jeito descontraído muito atraente. Mais uma vez, ela se lembra de Jimmy.

– Você está bem?

Rapidamente, Grace balança a cabeça para afastar esse outro pensamento e comenta:

– Você deveria arrumar isso aí.

– Sim, estou cuidando disso. Devo ter economizado o bastante para colocar os implantes, sei lá, quando o resto dos meus dentes começar a cair de velhice.

O sorriso torto dele parte o coração de Grace. Ela gostou mesmo desse cara. Ele é o que a avó dela chamava de um cara de peito. Afinal, ele roubou um carro só para ver a namorada. Há algo de incrivelmente romântico nisso.

– A que horas você larga o serviço? – Grace pergunta, com uma ideia se formando em sua cabeça.

– Às oito.

– Perfeito. Então tenho uma proposta para fazer a você.

A sobrancelha esquerda de Hunter levanta em curiosidade, e a direita se aperta com desconfiança.

– Preciso sair daqui com meu bebê, mas sem os outros. – Grace para, espera pela reação dele, mas, na ausência de uma, continua. – A mulher com que estou não pode dirigir por causa do tornozelo machucado dela, então eu estava pensando se você não podia dar uma carona para ela. Eu te pago.

– Para onde vou precisar levar o pessoal?

– Isso vou deixar para ela decidir.

Grace coloca a mão no bolso, tira cinco notas de cem dólares do rolo de dinheiro que colocou lá de manhã e as entrega para Hunter.

– O início do seu fundo para um novo sorriso.

Ele dá outro sorriso torto ao pegar o dinheiro, e, ao fazer o caminho de volta para a piscina, Grace se pergunta que fim a vida de Hunter teria tido se ele não tivesse sido pego, se tivesse sido bem-sucedido em sua feliz escapada para ir ver a namorada. A vida dele poderia ter sido feliz para sempre? Ou caras como ele e garotas como ela estão destinados a uma vida que simplesmente não foi feita para dar certo?

– Aonde você foi? – a senhora Torelli pergunta. Grace se joga na cadeira ao lado dela.

Miles agora está no colo da senhora Torelli, embrulhado no casaco dela, que bate palmas na frente dele, uma brincadeira de que Miles parece gostar, e Grace se pergunta por que nunca pensou nisso antes.

Mattie sumiu, e o garoto está de volta na piscina. Ele agora se senta em um dos degraus de sunga e moletom, o rosto voltado para as estrelas e as mãos levantadas, como se tentasse pegá-las ou levantá-las.

– Ele é especial – Grace comenta.

– O que você quer dizer com isso? – a senhora Torelli fala bruscamente, fazendo Grace perceber que ela interpretou errado seu comentário.

– Não quis dizer isso. Quis dizer que ele vê as coisas de um jeito próprio dele. Caramba, que pavio curto o seu!

– Meu? Que hilário isso, vindo logo de você, Miss Simpatia.

– O que eu fiz?

– Nada! – a senhora Torelli bufa, batendo palmas com as mãos de Miles, mas com tanta força que ele já não ri mais.

Grace suspira profundamente e em seguida balança a cabeça, sem saber o que fez para irritar aquela mulher, a não ser para salvar o pescoço dela no dia anterior, naquela manhã e, de novo, nesta tarde.

Hunter sai do escritório e vai direto para o pátio tirar os guarda-sóis. Um por um, ele os carrega para o galpão ao lado do estacionamento.

– Você tem uma caneta aí? – Grace pergunta.

– No bolso da frente da sua bolsa. Por quê?

Grace a ignora. Da agora muito bem organizada bolsa maternidade, Grace pega a caneta e um dos maços de cem.

Ela hesita quando seus olhos desviam-se para a arma, cujo cano está espetado entre as fraldas. Grace então puxa a mochila da senhora Torelli para mais perto e passa a arma de sua bolsa para o bolso da frente da mochila.

– Para que isso?

– Não gosto de armas.

– Nem eu.

– Beleza, mas se você for pega com uma arma registrada no nome do seu marido, não vai ser grande coisa. Agora, se for comigo, vai ser, sim. Falando nisso, você ligou para ele?

– Sim. Ele está bem. Não tem ideia de que o dinheiro dele se foi. Jogou golfe o dia todo.

Grace assente. Faz sentido. O escritório só reabrirá na terça, e não há razão para Frank voltar lá antes disso. O FBI ainda não o prendeu, o que provavelmente significa que eles não podem fazer isso sem o dinheiro.

Grace se vira, escondendo algo da senhora Torelli.

– O que você está fazendo? – ela pergunta de novo, inclinando-se para tentar ver alguma coisa.

Grace muda de posição para bloquear ainda mais a visão dela.

– E eu que sou pavio curto – a senhora Torelli reclama.

– Você é mesmo, e nada disso é da sua conta.

Hadley

Hadley assiste a Grace entrar furtivamente como uma ladra no escritório do hotel com o maço de dinheiro. Ela desaparece e volta um tempo depois sem o dinheiro.

Realmente, não consegue entender essa garota. Não mesmo. No McDonald's, Grace pediu os itens mais baratos em vez de três combos, para economizar, e agora está dando dez mil para o funcionário do hotel, que parece um criminoso drogado.

Grace volta a se sentar.

– Por que você fez isso?

Grace dá de ombro.

– São dez mil dólares.

Grace balança a cabeça.

– É muito dinheiro.

– Na verdade, não. Não para uma segunda chance.

E isso é tudo o que ela diz, como se explicasse alguma coisa.

Hadley levanta o bebê em seu colo para que ele possa se abaixar e se levantar, o que ele faz com determinação, e ela sorri ao ver a força de vontade dele. *Muito parecido com a mamãe aqui*, ela pensa, olhando de relance para Grace.

Ela gostaria de poder perguntar para Grace quem lhe dera uma segunda chance e por que ela precisou dessa segunda chance, mas Grace virou o rosto e agora olha para a piscina, deixando claro, mais uma vez, que não quer falar. Mas então, um minuto depois, ela surpreende Hadley ao dizer:

– Por que aquela mulher de quem a gente pegou o carro emprestado disse "Espero que você chegue a tempo"?

Hadley sorri.

– Eu disse a ela que a unidade do seu marido estava passando por Barstow e que ele ainda não havia conhecido o filho. A gente a princípio iria com seu carro, mas ele quebrou, e não tínhamos como alugar um porque você não tinha crédito aprovado, e eu, habilitação.

– Você disse isso tudo para ela?

– Eu tinha de falar alguma coisa.

Grace concorda, e, de novo, Hadley se sente orgulhosa. Foi uma boa ideia, considerando o pouco tempo que ela tinha para pensar em algo.

– Então, você está indo para a casa de algum familiar? – Hadley pergunta.

– Sem família. Só ele. – Ela aponta para o bebê.

– E seus pais?

– Nunca cheguei a conhecer meu pai, e minha mãe morreu quando eu tinha dois anos.

– Nossa... – Hadley diz, sentindo-se mal por ela. Hadley sabe como é estar sozinha. Ela perdeu o pai e a mãe, mas, ao menos, esteve com eles até a vida adulta.

– E quem criou você?

– Eu vou para a cama – Grace diz, levantando-se e esticando os braços para pegar o filho.

– E o seu marido?

Grace praticamente puxa o bebê enquanto diz:

– Já não está mais no horizonte.

Há dor por trás das palavras, e Hadley sente raiva do homem que a causou. Ela não conhece Grace bem, mas o bastante para saber que ela merece um bom homem.

Grace para na beira da piscina.

– O que você estava fazendo? – ela pergunta para Skipper, que agora faz círculos na água com os dedos. – Mais cedo, esticando os braços para o céu?

Grace levanta seu braço livre e imita o gesto.

Skipper levanta o rosto para olhar para ela, a lua refletindo em sua pele, fazendo-a brilhar.

– Encontrando meus amigos. O Treinador diz que não importa onde a gente está, pois todo mundo dorme embaixo das mesmas estrelas. Aí então eu pensei que, se eu esticasse meus braços, e meus amigos também, ia ser quase como se a gente estivesse se encontrando.

– Hum? – Grace diz pensativamente, levantando o rosto e fechando os olhos, e Hadley se pergunta em quem ela está pensando.

– E quem é o Treinador? – ela pergunta, ao abrir os olhos.

– Frank Torelli. Ele não é meu pai de verdade, mas acho que sempre foi.

Hadley se assusta, com as palavras perfurando seu coração, enquanto se lembra do que deixou para trás. Nem tudo foi ruim.

MARK

O avião de Mark pousa às duas e meia da manhã. Ele chega a cogitar ir até a divisão local, mas dirigir até lá levará um tempo que receia não ter. As mulheres já escaparam duas vezes, e ele não pretende que uma terceira aconteça.

Fitz ligou alguns minutos atrás com boas notícias. O grupo foi visto em um restaurante em Baker, Califórnia, um pontinho no mapa a algumas horas de distância de Las Vegas.

Fitz pode não ter o perfil para o trabalho de campo, mas é excelente atrás de uma mesa. Assim que tudo isso acabar, Mark vai recomendá-lo para uma promoção. Enquanto voava para a Califórnia, o garoto ligou para todos os hotéis e restaurantes de Barstow até Las Vegas, deduzindo astutamente que, com crianças a bordo, o grupo teria de parar em algum momento. E ele estava certo. A gerente do Denny's em Baker atendeu o grupo no jantar; então ela entregou o ouro quando contou que, depois que terminaram, os viu caminhar para o hotel no fim da rua.

Esse caso ainda tem salvação. O dinheiro se foi havia pouco mais de um dia, e a cadeia de custódia ainda vale e deve ser mantida no tribunal.

Foi uma boa decisão voar até ali. Sem mais erros. Encontre as duas mulheres, recupere a grana, pegue as declarações juramentadas delas de que o dinheiro foi retirado do escritório da Aztec Parking e descubra se estão envolvidas de alguma forma no caso de Frank. Caso encerrado.

Ao sair da concessionária com o carro alugado, ele liga para a divisão de Las Vegas e pede reforços. Até a equipe se reunir e estar pronta, uma hora já deverá ter se passado.

Mark olha para o relógio. Isso não deve ser problema. Elas provavelmente estão dormindo. Ele vai ficar de olho até a equipe chegar, e então terminam com isso. É provável que no dia seguinte à tarde ele já esteja em um avião voltando para Washington.

Ele acelera, sentindo a adrenalina correr pelas veias. Ultimamente, a posição que Mark ocupa faz dele um estrategista na maior parte do tempo, um acadêmico que lida com as investigações atrás de uma mesa, quase como se resolvesse um quebra-cabeça, idealizando a estratégia mais eficiente para fazer justiça e, depois, organizando uma força-tarefa para executar seu plano de jogo. No entanto, antes de aceitar esse trabalho e se mudar para Washington, Mark era um agente de campo, e dos bons. E há momentos em que ele sente falta disso. Agora, sua pulsação aumenta quanto mais ele se aproxima de sua presa.

Se elas tentarem escapar antes de a equipe chegar, ele mesmo as pegará. Mark quase chega a desejar isso, já ouvindo os cumprimentos e sentindo os tapinhas nas costas ao apresentá-las. E é claro que ele vai agir como se não fosse nada de mais, como se fizesse esse tipo de coisa o tempo todo.

Ter um impulso moral desses seria ótimo. Os últimos meses foram difíceis. Mark pensa no cachorro que prometeu a Ben. Talvez ele até consiga uma promoção com o caso sendo resolvido, e aí terá grana suficiente para comprar uma casa própria, uma com quintal. Ele abre a janela para deixar entrar o ar fresco do deserto, a noite cheia de promessas e a velocidade eletrizante com a qual as coisas estavam prestes a mudar.

Hadley

Hadley está parada nas sombras, na esquina do hotel, com os braços enrolados no corpo para bloquear o frio. A fumaça de seu cigarro flutua na direção da luz que anuncia o amanhecer, e ela a observa se espiralar para longe.

Ela não conseguiu dormir, com a culpa e a preocupação perturbando seus pensamentos. Hadley está preocupada consigo e com Mattie, mas foi principalmente Grace a responsável por tirar seu sono. Cansada de rolar na cama sem conseguir dormir, saiu para fumar.

Que pessoa ajudaria outra que mal conhece? Colocaria seu futuro em risco por nenhuma razão além de bondade no coração? Hadley pensa em todas as pessoas que conhece, e a única que acreditaria ser capaz disso é sua amiga Melissa. Ela é bondosa nesse nível, mas a única.

E saber que Grace não pode contar com mais ninguém a faz se sentir ainda pior por colocá-la em perigo. Ela é tudo o que Miles tem, e nada disso se relaciona com ela. Hadley jamais deveria ter pedido ajuda.

Que droga, ela nem deveria ter pegado o dinheiro, para começo de conversa! Isso é o que ela ganha por tentar tomar as rédeas da vida: um belo de um tapa na cara.

Mas no dia seguinte ela vai consertar as coisas. Grace e Miles precisam pegar a van, dar o fora e se afastar o máximo possível dela e do que quer ou de quem quer que esteja atrás dela. Hadley vai achar um jeito de limpar essa bagunça – ou talvez não. De uma forma ou de outra, ela não vai continuar colocando Grace em perigo. Chega. Essa situação toda já saiu do controle.

Ela se pergunta se não deveria se entregar; quem sabe não contar com a misericórdia do FBI? Se houvesse alguma chance de eles colocarem ela e Mattie no programa de proteção à testemunha, caso Hadley depusesse contra Frank... O problema é que ela não sabe de nada. Ela nem sequer sabia que o dinheiro era sujo ou mesmo o que isso significava.

Hadley joga a guimba na terra, esmagando-a com a muleta, e, ao olhar para cima, avista um carro se aproximando do Denny's. Já faz uma hora que ela está ali fora, e aquele é o primeiro carro que vê. Ela olha para o relógio: 4h26. O carro anda devagar, quase parando, e Hadley pensa que talvez possa ser um viajante exausto procurando por um lugar para dormir. Mas então, a alguns metros do acesso ao estacionamento, os faróis se apagam, e ela observa o carro deslizar silenciosamente até parar em frente à recepção do hotel.

A pele de Hadley arrepia ao ver um homem sair do carro. Ele veste uma calça social básica e um *blazer* casual. A gravata está frouxa no pescoço, e ele não parece nem um pouco cansado. De estatura mediana e largo como um touro, passa pela porta com firmeza, como um homem no comando e em uma missão.

Pela janela, ela o observa tocar a campainha no balcão. Um instante depois, o garoto que cuida do hotel vem caminhando dos fundos, esfregando os olhos. O homem pega algo no bolso da frente da calça e exibe para ele. Os ombros do garoto caem, e ele balança a cabeça.

Hadley olha para as portas dos quartos. Sem chances de chegar a nenhum dos dois sem ser notada.

Com o coração disparado, ela olha para a mochila a seus pés.

O homem volta para o carro e agora estaciona ao lado da piscina, nas sombras, mas com uma visão direta dos quartos delas. Ele então abaixa o vidro do carro, reclina o banco e observa. Só esperando.

Grace

Grace dormiu feito uma pedra. Apesar de todo o estresse, seu cansaço era tamanho que seus olhos se fecharam antes mesmo de ela colocar a cabeça no travesseiro. Miles acordou apenas uma vez para mamar, mas felizmente voltou a dormir, e Grace fez o mesmo.

Esfregando os olhos para espantar o sono, Grace considera mais uma vez deixar um bilhete para a senhora Torelli e, de novo, desiste. Não há nada a dizer, na verdade. Além disso, Grace não quer deixar mais evidências para trás que possam incriminá-la. O FBI está perseguindo a senhora Torelli, não ela, e, com sorte, assim continuará.

Ela olha para o relógio e fica surpresa ao ver que são 4h32. Ela havia colocado o alarme para despertar às 5h00. Mas um segundo depois Grace percebe que o toque que a despertou não foi do alarme do celular, mas sim do telefone ao lado dela. Ela atende.

– Grace?

– Hunter?

– Um cara do FBI apareceu aqui – ele diz baixo. – Agora ele está lá fora, no carro dele. Sozinho, mas acho que tem mais gente vindo aí.

Um pânico instantâneo a congela, como se ela tivesse caído no gelo enquanto o atravessava e de repente se afogasse.

– Obrigada – ela consegue dizer antes de desligar, sabendo do risco que Hunter correu ao ligar.

Grace vai de fininho até a janela, cuidando para ficar fora de vista, e espia pela fenda nas cortinas, piscando uma vez antes de correr porta afora.

– Senhora Torelli, o que você está fazendo? – ela pergunta, parando próxima ao estacionamento, com as mãos levantadas, como se a arma que a senhora Torelli agora segura estivesse apontada para ela. Mas não. É para a janela do lado do motorista de um pequeno carro preto, que ela supõe ter um agente federal dentro.

– Grace, foge! – Hadley grita, com a arma balançando perigosamente, acompanhando suas palavras frenéticas. – Você e o Miles. Anda. Vai embora daqui!

– Está tudo bem, senhora Torelli. Tudo bem.

– Não está tudo bem – a senhora Torelli grita. – Você não deveria estar aqui, Grace. Isso não tem nada a ver com você. Você precisa ir.

A senhora Torelli está a uns seis metros de distância, mas Grace pode ver as lágrimas, o muco e o suor escorrendo-lhe pelo rosto.

Grace dá um passo hesitante na direção dela quando a voz de um homem de dentro do carro diz:

– Senhora Torelli…

– Cala a boca!

Grace congela.

No tom de voz mais calmo que Grace consegue reproduzir, com as palavras soando quase como se estivessem vindo de fora de seu corpo, ela diz:

– O que você acha de a gente colocar esse homem no porta-malas enquanto resolvemos o que fazer, hein?

É a única coisa que Grace consegue pensar no auge de seu pânico ao ver o corpo da senhora Torelli convulsionando e a arma chacoalhando com ele.

A senhora Torelli não exatamente acena, apenas pisca de leve, e Grace considera isso um consentimento. Lentamente, com as mãos ainda levantadas, ela se aproxima do carro.

Pequenas pedras cravam em seus pés descalços. Sua calça de moletom está larga e corre o risco de cair, pois o cordão desamarrou, mas seu foco está inteiramente em não fazer movimentos bruscos que possam levar o homem a atirar.

Pela janela, Grace havia conseguido distinguir a silhueta dele, uma sombra corpulenta, imóvel como uma estátua. Ao chegar à porta do passageiro, ela diz:

– Vou entrar e pegar as chaves dele.

A senhora Torelli balança a cabeça, e Grace abre a porta.

O homem continua com o rosto virado, os olhos na direção da senhora Torelli. O cabelo dele é claro, e, a julgar pelas linhas em volta de seu pescoço, Grace nota que ele não é um cara novo. Talvez de meia-idade. O que é bom. Significa que não é um novato e já está há muito tempo nas ruas para distinguir bem o que é o quê.

O coração de Grace parece querer sair do peito quando ela entra no carro. Ele fica tenso, e ela congela, desejando que o homem não seja estúpido e acabe levando um tiro. Ele deve ter chegado à mesma conclusão, já que relaxa logo depois. Ela estica o braço e puxa a arma do coldre preso ao cinto dele, depois tira as chaves da ignição e se afasta lentamente.

Após verificar a trava da arma, ela a libera, vai para a parte de trás do carro e abre o porta-malas. Uma porta atrás dela se abre, e Grace se vira. Mattie pergunta:

– Mãe? – Os olhos dela percorrem a cena e se arregalam.

Grace olha para trás, a senhora Torelli, para cima, e todo o resto acontece em um microssegundo: a porta do carro é aberta, jogando a senhora Torelli no chão. O homem sai do carro e avança para pegar sua arma. Grace atira.

A bala passa a uns trinta centímetros do homem. Ele congela. O tempo para enquanto Grace olha para o pedaço de asfalto que estourou e percebe o que fez: acabou de disparar uma arma contra um oficial federal, e sua vida como ela a conhece simplesmente acabou. O coração de Grace bate tão forte que a sensação agora é de que vai rasgar seu peito.

O agente se endireita devagar, com as mãos levantadas.

A senhora Torelli se levanta e aponta a arma para ele. O corpo dela continua a tremer violentamente, assim como a arma.

– Está tudo bem, Hadley – Grace diz, com todo o esforço do mundo para controlar o tremor na voz e usando o primeiro nome da senhora Torelli na esperança de acalmá-la. – Ele vai entrar no porta-malas agora. Ele não vai machucar você. Ele vai vir na minha direção.

O agente recua com cautela, seus movimentos são lentos e seus olhos estão fixos na senhora Torelli, que continua a ter espasmos e tremores.

– Entre – Grace diz, quando ele se aproxima dela.

Ele olha para ela, medindo-a.

– Lá dentro – ela diz outra vez, agora mais severamente, surpresa como sua voz soa controlada, apesar de seu cérebro estar em chamas.

Com um suspiro, mais de vergonha do que de medo, ele entra no pequeno porta-malas e se enrola em posição fetal para caber ali. Grace fecha o capô e quase cai no chão, de tanto que as pernas estão bambas.

Mattie corre na direção delas.

– Mãe, você está bem?

Grace firma o corpo e para em frente à garota.

– Mattie, pegue seu irmão e suas coisas lá no quarto e vá para a van.

Mattie hesita, com a atenção ainda voltada para a mãe, que treme e chora de soluçar, a arma ainda estendida na frente dela, apontando para o local onde o agente estava.

– Agora, Mattie.

A garota sai correndo, com o rosto pálido de medo.

– Senhora Torelli...

– Hadley – a senhora Torelli murmura, bufando em meio ao pânico. – Meu nome é Hadley.

– Certo. Hadley – Grace diz, aproximando-se calmamente dela e pegando a arma de sua mão trêmula. Ela aperta a trava de segurança e coloca a arma na cintura, fazendo o mesmo com a do agente e apertando o cordão da calça em volta delas. – Preciso que você fique calma. Você acha que consegue?

As pupilas da senhora Torelli estão pequenas como cabeças de alfinete, e as lágrimas ainda lhe escorrem pelo rosto.

– Hadley – Grace diz, segurando os ombros da senhora Torelli, a forçando a olhar para ela. – Preciso que você fique aqui e espere por mim. Vai ser rápido.

Um pequeno aceno com a cabeça.

– Vou pegar o Miles e já volto.

A cabeça dela inverte a direção.

– Senhora To... Hadley, eu prometo, vai levar só um minutinho.

A cabeça dela treme com mais força.

– Não – ela diz, com o lábio inferior acompanhando seus tremores. – Você tem de ir embora, Grace. Você e o Miles. Não é justo. Vocês nem deviam estar aqui.

Ao voltar para o quarto, Grace pensa que a senhora Torelli tem mesmo razão: ela precisa pegar Miles e cair fora.

Mark

Mark está no porta-malas de seu maldito carro alugado, sacudindo como um saco de batatas, o corpo se chocando contra o capô e descendo a cada vez que o carro dá um solavanco. Ele protege a cabeça com as mãos, xingando, pela dor que sente e pela estupidez que cometeu.

Roubado e sequestrado por uma mulher de muletas. Talvez teria sido até melhor se ela tivesse atirado nele mesmo. Se Mark sobreviver, esse momento irá persegui-lo até o túmulo.

Ela se aproximou de fininho, como uma ladra. Veio de algum lugar da lateral do carro e apareceu perto dele, apontando uma arma em sua cara antes que ele pudesse reagir. Ela estava pulando em um pé só, sem muletas, e Mark chegou à conclusão de que ela deve ter rastejado até lá.

Mas de onde? Ele não tem ideia. Dos quartos do hotel é que não foi. Elas deviam estar de guarda, trocando de turno. Essas mulheres são muito mais espertas do que ele imaginava.

"Mãos onde eu possa ver", ela disse, parecendo uma atriz ruim em um filme mal roteirizado.

E que outra escolha ele tinha? Ela ali, balançando a arma, enquanto a dele estava presa ao coldre e com a trava de segurança.

Levar um tiro? Pensando bem, teria sido uma opção melhor.

Ahhhhhh! Ele primeiro grita em pensamento, mas depois em alto e bom som quando seus joelhos batem com força na parte da frente do porta-malas.

O reforço estava a minutos do local. Ligaram meia hora antes avisando. O agente no comando havia mandado duas viaturas, cada uma com dois agentes. Reforço duplo. Ninguém queria ver um filme repetido do que aconteceu no hospital ou em Barstow. Cinco agentes para capturar duas mulheres em um hotel de beira de estrada no deserto era até um exagero, ou pelo menos assim eles pensavam.

Todas as luzes estavam apagadas, exceto a da recepção. De maneira tola, ele relaxou, zero de preocupação enquanto vigiava os quartos.

Mark mantém os braços bem apertados contra a cabeça, evitando pensar em quanto a situação toda que está vivendo é embaraçosa, concentrando-se, em vez disso, no fato de que, pelo menos, logo acabará. O reforço vai chegar, descobrir o que houve, bloquear a Rodovia 15, a única rota para Las Vegas. Mais alguns minutos chacoalhando no porta-malas, uma humilhação eterna, e é isso: as duas mulheres serão levadas sob custódia e fim.

O carro faz uma curva, e Mark é jogado de lado. Seu ombro machucado bate com força contra a caixa de roda. Ele grunhe com o impacto, e a dor irradia por toda a sua espinha. Ele se enrola mais forte, preparando-se para o próximo golpe, então, de repente, o carro reduz a velocidade, sai do asfalto e entra em uma estrada de terra ou cascalho, ele não consegue definir, e anda mais alguns metros antes de parar.

Por entre o vão dos bancos, ele ouve as mulheres discutindo, um bebê chorando e um menino berrando alguma coisa sobre não estar com seu uniforme.

– Ele está sendo jogado lá atrás como um pino de boliche – a voz parece ser de Torelli, rouca e profunda. – Você vai matar o homem desse jeito.

– Beleza, e o que você sugere?

– Sugiro não matar o homem.

– Ah, é mesmo? Nossa, você devia ter pensado nisso antes de resolver apontar uma arma para um agente do FBI.

– E o que eu deveria fazer? Deixar que ele prendesse a gente?

Uma porta é aberta e depois batida. O bebê ainda chora. O menino ainda berra.

– Campeão, vamos conseguir um uniforme novo para você. Eu prometo – Torelli diz.

– Eu deixei na piscina. A gente precisa voltar.

– Não, amigão. Sinto muito, mas não tem jeito.

O bebê grita.

– Eu preciso do meu uniforme – o garoto soluça.

– Mattie, me dá o bebê. Campeão, você vai ganhar um uniforme novo. Mattie, a mamadeira e a fórmula também.

– Eu quero voltar.

O carro começa a sacudir, e Mark imagina ser o garoto chutando o banco.

– Ei, Campeão – a garota diz. – O que você acha de ganhar um uniforme dos Rockies? Acho que a gente vai passar por Denver.

– Não! Não! Não!

As batidas continuam, o bebê chora mais alto, e Mark range os dentes.

– Preciso voltar lá. Eu deixei meu uniforme na piscina…

– E se a gente também for a um jogo? – Torelli sugere. – Mattie, veja aí se os Rockies vão jogar em casa esta semana.

Pausa. Sem batidas. Sem choro de bebê.

– Eles vão? – o garoto pergunta com a voz falhando.

– Sim! – a garota responde, animada, fazendo Mark se perguntar como ela conseguiu essa informação. Fitz rastreou os telefones das duas, além do *iPad* e do *notebook* de Torelli, e todos os aparelhos foram abandonados quando elas fugiram do hospital.

– Número quarenta e quatro? – o garoto pergunta.

Quarenta e quatro, número do grande Hank Aaron, um dos jogadores favoritos de Mark de todos os tempos.

– Vamos tentar – Torelli diz. – Mattie, uma toalhinha.

Outra porta se abre e se fecha, dessa vez do lado direito.

– Vamos ver a lista do time? – a garota sugere.

– Wolters. Eu gosto do Wolters – o garoto murmura, ainda parecendo um pouco chateado.

– É o receptor? – a garota pergunta, e Mark se impressiona que ela saiba disso.

– Aham. Ele é muito bom mesmo.

Uma discussão fora do carro faz Mark desviar a atenção da conversa das crianças. As vozes abafadas se parecem com as de Torelli e Herrick, mas as palavras são confusas demais para ele conseguir entender.

O porta-malas então se abre, e Mark pisca, vendo Herrick em sua frente, segurando a Glock dele na mão direita.

– Sai.

Mark desenrola o corpo, com seus músculos rangendo e seu ombro latejando.

– O que você está fazendo?

Torelli pergunta nas costas de Grace, com o bebê nos ombros e a perna machucada apoiada.

– Eu disse para sair! A não ser que você queira continuar aí no porta-malas.

Mark observa um leve sorriso se abrir no rosto de Torelli e percebe ser esse, afinal, o motivo da discussão: a preocupação de Torelli com ele batendo para um lado e outro ali dentro.

Ele desce, e, sabiamente, Herrick dá um passo para trás, mantendo-se fora de alcance.

Mark está impressionado com ela. Herrick não se irrita facilmente e sabe como lidar com uma arma. Não foi um tiro dado de qualquer jeito aquele do estacionamento. Seu marido é das Forças Especiais do Exército, divisão de atiradores de elite, e é óbvio que ele ensinou para ela como atirar.

Herrick é tão diferente do que Mark esperava. Embora seja bonita nas fotos, parece bastante comum. Pessoalmente, no entanto, ela pode ser qualquer outra coisa, menos comum. Seu cabelo é uma juba rubra de cachos selvagens cor de ferrugem que contornam os olhos castanhos hipnóticos. O cérebro dela tiquetaqueia analisando seu próximo movimento.

Já Torelli é exatamente como nas fotos: glamourosa, como se naturalmente se encaixasse nas passarelas de Paris ou em um iate na Grécia. Cabelo preto como tinta, olhos de gata e curvas projetadas para fazer qualquer um perder o juízo.

– Mattie – Herrick chama. – Preciso da sua ajuda.

A garota sai do carro. Ela é uma estranha combinação da mãe e do pai. O cabelo é descolorido, um loiro quase branco, mas tem ondulações como o do pai. Os olhos também são parecidos, do mesmo tom chocolate que o dele. Mas seus outros traços são todos da mãe, os mesmos lábios carnudos e nariz ligeiramente arrebitado. Enrolando-se na orelha esquerda dela há um tipo de *piercing* de prata.

– Tira a gravata – Herrick diz para Mark.

Ele faz o que ela manda, e a humilhação só aumenta ao perceber o que Herrick pretende fazer.

– Agora fica de joelhos e coloca as mãos para trás.

Ele franze a testa, e Torelli faz o mesmo.

– Anda – Herrick diz, abaixando a arma na altura do joelho dele, deixando claro onde exatamente pretende atirar se ele não fizer o que ela está mandando.

– Grace, isso é mesmo necessário?

Herrick a fulmina com o olhar.

– Não, não, Hadley, não é necessário. Só estou fazendo isso porque é assim que me divirto.

Torelli se vira e continua a acariciar o bebê, balançando para a frente e para trás e cheirando o pescoço dele. Ao contrário de Herrick, que parece saber exatamente o que está fazendo, Torelli é tão diferente de uma criminosa quanto o Ursinho Pooh de um urso-pardo.

Com a gravata na mão esquerda, Mark se ajoelha, e somente agora percebe aonde eles estão indo, com o carro estacionado próximo a uma barraca abandonada e o sol nascendo atrás. E as esperanças de que tudo aquilo logo teria um fim são destruídas. Baker fica na rota para Las Vegas e para o destino final delas, Omaha, mas Herrick dirigiu na direção oposta, de volta pelo caminho de onde vieram.

Simplesmente genial.

Ela deve ter percebido que a direção leste é um gargalo, enquanto a oeste oferece muitas opções para escapar dos bloqueios nas estradas.

– Mattie – Herrick a chama –, fica atrás dele, mas fora de alcance. Você sabe como dar um nó bem forte?

– Tive aulas de vela náutica no verão passado.

– Ótimo. Confere então para ver se o nó vai ficar na menor parte dos pulsos dele e também para não ficar frouxo.

A garota o circula mantendo distância e pega a gravata.

Mark até cogita se virar e tomá-la como refém, mas Herrick está com a arma apontada para o peito dele, e, embora não pareça tão violenta, ela parece, sim, protetora, e Mark sente a preocupação dela pela garota, o que o deixa relutante em arriscar.

A garota é surpreendentemente forte, e Mark sente a circulação sendo cortada enquanto ela amarra seus pulsos. Ao terminar, ela puxa a amarração para garantir que está segura.

– Levanta – Herrick ordena.

Mark se atrapalha, mas consegue se levantar. Herrick olha para ele de cima a baixo, e as engrenagens de seu cérebro rodam.

– Tire os sapatos dele – ela diz para a garota.

– Sério? – Torelli protesta. – Grace, por favor, tenha alguma decência.

– Mattie, tire! – Herrick ordena mais uma vez.

– Mas por que isso? – Torelli questiona.

– Para ele não sair correndo, caso essa ideia estúpida passe pela cabeça dele.

Grace encara Mark enquanto fala, deixando claro que ela sabe que, sim, ele está considerando isso, o que seria estúpido de fato.

Mark suspira e, para se poupar de maiores humilhações, tira ele mesmo os sapatos.

– Mattie, coloca os sapatos no porta-malas e tira as meias dele.

– As meias? – Torelli pergunta.

– Você atravessaria um deserto a quarenta graus descalça?

Mark gela por dentro, perguntando-se se é isso que Herrick pretende fazer: levá-lo para o meio do deserto e abandoná-lo.

Hadley

Mattie e Skipper agora dividem o banco da frente, e o agente senta atrás entre Hadley e o bebê. Os pés descalços dele estão na parte mais alta entre os assentos, e as mãos, amarradas atrás das costas, forçando-o a se curvar para a frente, com o peito praticamente sobre os joelhos. Parece tão desconfortável, e Hadley sente-se mal por ele.

Devido à sua posição inclinada, não havia como colocar o cinto de segurança nele, então Hadley deixou para lá. Ela sempre foi defensora do uso de cintos de segurança e espera mesmo que eles não se envolvam em nenhum acidente.

Ele não parece um cara mau. Deve ter meia-idade, talvez um pouco mais velho que ela. Seu rosto é largo, aberto; o cabelo é de um tom louro bem escuro, quase cor de canela, e os olhos azuis lembram os de Skipper.

O homem fica olhando para o lado, como se quisesse dizer algo, mas então reconsidera e vira o rosto.

Hadley quer assegurar-lhe que tudo ficará bem, mas, como nem mesmo ela tem ideia de que as coisas ficarão bem, permanece calada. Tudo é tão louco que ela nem sequer consegue entender. As coisas aconteceram tão rapidamente! Em um minuto, ela estava fumando um cigarro; no outro, rastejando em um estacionamento com uma arma na mão.

Até o dia anterior, ela nunca havia tocado em uma arma. Agora, já a apontou para duas pessoas em duas situações diferentes.

Hadley pensa em se desculpar, explicar o porquê de ela ter feito o que fez, mas, a cada vez que olha para Grace e imagina quanto isso a irritaria, ela não diz nada, apesar de sentir-se péssima ao pensar em quão desconfortável ele deve estar.

O agente olha para ela mais uma vez, preocupado, e é então que Hadley percebe que lágrimas estão escorrendo de seu rosto. Envergonhada, ela as enxuga e se vira para que ele não a veja.

Ele se inclina para a frente e se aproxima de Grace.

– Grace?

Ela o ignora.

Ele então se inclina mais um pouco e tenta outra vez.

– Grace?

O carro para tão abruptamente que todos são jogados para a frente. O cinto segura quem o usa, enquanto o agente bate no console central com um guincho de dor.

– Grace! – Hadley chama a atenção dela ao ajudá-lo a voltar para seu assento.

Grace a fuzila com o olhar pelo retrovisor, então acelera. O agente não fala mais nada. Ele permanece com a cabeça baixa e os ombros curvados, o esquerdo mais dobrado que o direito.

Após quase uma hora ter se passado, Hadley por fim pergunta:

– Grace, você tem um plano? O sol já nasceu, e as crianças deverão comer em breve, além de que todos precisam usar o banheiro.

– Estou procurando um sinal – Grace responde de maneira distraída.

Hadley engole em seco, sem saber exatamente o que Grace quis dizer com aquilo: *um sinal de Deus? Do além?* Hadley se pergunta se o estresse não fez Grace perder a cabeça e agora colocar o futuro delas nas mãos do Todo-Poderoso.

– Ali – Grace diz alguns minutos depois, e então sai bruscamente da rodovia, pegando uma estreita estrada de terra que vai direto para o deserto.

O sinal que ela procurava, uma placa, diz:

Sítio Arqueológico Calico Early Man:
Aberto de terça a sábado, das 9:00 às 16:30.
Bem-vindos
A 3 km

– Grace, essa não é uma boa ideia – Hadley diz.

– Você tem uma melhor?

– Sim – o agente entra na conversa. – Vocês se entregarem.

Ele vira o ombro ao falar. Se Grace pisar novamente no freio, o braço dele já estará posicionado para aguentar o impacto, em vez do peito e do rosto dessa vez.

Mas Grace não pisa no freio. Em vez disso, responde:

– Nossa, mas que ideia legal. E não é que eu estava mesmo pensando em tirar umas férias? Três refeições diárias durante os próximos dez a vinte anos. Hospedagem e alimentação grátis. Só tem dois probleminhas com esse plano: primeiro, sou exigente com relação ao número de fios dos meus lençóis. E, segundo, um mero detalhe, é que não vou poder ver meu filho crescer.

– Olha – o agente continua –, a esta altura vocês ainda nem seriam acusadas. Só seriam chamadas para um interrogatório.

– Então – Grace diz, como se estivesse seriamente levando em consideração o que ele está dizendo –, o que aconteceu de madrugada, aquele pequeno problema com as armas, o roubo do carro e o sequestro, se a gente se entregar, tudo isso será esquecido?

O agente hesita, e Hadley olha para ele com o coração acelerado, esperando-o dizer que, sim, o que aconteceu de madrugada não foi nada de mais, apenas um mal-entendido que poderia ser facilmente resolvido se elas se entregassem e explicassem o que aconteceu. Afinal de contas, ela estava apenas reagindo às circunstâncias. Estava assustada e preocupada com Grace.

Mattie estica o pescoço para olhar para ela, com seus olhos castanhos arregalados, e Hadley engole em seco ao se virar para Grace, depois de volta para o agente.

Com cuidado, como se medisse as palavras, ele diz:

– Não depende de mim, mas tenho certeza de que um promotor levará as circunstâncias em consideração...

O carro para com tanta violência que Hadley poderia jurar que os pneus traseiros saíram do chão.

O cinto de segurança de Hadley a sufoca, e Mattie e Skipper são jogados para a frente. O braço de Mattie instintivamente protege Skipper, enquanto o agente bate com força demais no console. O peito dele leva o golpe, deixando-o sem fôlego.

Hadley o ajuda a voltar para o assento e acaricia as costas dele, sem saber que outra coisa poderia fazer. As lágrimas mais uma vez lhe escapam e escorrem por suas faces. Miles dá gritinhos e balança as pernas, achando tudo aquilo divertido demais. O agente olha de relance para ele, depois baixa a cabeça.

O resto do trajeto acontece em silêncio, exceto por Mattie, que sussurra para Skipper, quase silenciosamente, dizendo-lhe que tudo ficará bem, enquanto ele balança para a frente e para trás com as mãos nos ouvidos.

Hadley olha para a estrada estreita serpenteando o deserto, pensando sem parar nas palavras *promotor* e *levar as circunstâncias em consideração*, e seu cérebro é incapaz de processar o que está acontecendo e que ela é a causadora de tudo aquilo, que, por causa do que fez, ela e Grace agora são criminosas.

O agente muda a perna de posição para tocar na dela, um pequeno conforto, mas o único que ele pode oferecer no momento. Um ato gentil, mas que pouco adianta para abrandar o pânico de Hadley. Ela gostaria de poder estalar os dedos e voltar no tempo, voltar para sua cama quentinha, com Skipper e Mattie seguros em seus quartos. Queria nunca ter decidido fugir, queria ter o poder de refazer ou desfazer as coisas, voltar a antes mesmo de ela e Grace se conhecerem. Mas isso, Hadley supõe, é uma lição de vida, uma na qual ela tropeça continuamente: o tempo não volta. Uma decisão leva à próxima, que leva à próxima, um tropeço contínuo para a frente em cada erro do passado, até você se encontrar em um lugar completamente diferente de onde começou ou aonde pretendia chegar.

O carro para. Ao lado, há um *trailer* que serve como posto de guarda do sítio arqueológico. Do outro lado, um buraco do tamanho de uma quadra de basquete com a profundidade de um prédio de dois andares.

Antes de Grace abrir a porta, Hadley deixa escapar:

– A gente não pode simplesmente deixá-lo aqui, Grace. Eles não voltam a abrir até terça. Não tem comida nem água.

– A gente não vai deixá-lo aqui – Grace responde, e Hadley suspira, aliviada. – Você vai ficar com ele.

Mark

O *trailer* é retangular, com uma porta no lado menor e duas janelas altas em cada um dos lados maiores. É quente, úmido e cheio de artefatos – mapas e fotos, pedras e fósseis, pontas de lança e ferramentas antigas e um crânio humano amarelado, sem a mandíbula inferior.

Mark está sentado no chão, em um carpete cinza com partes mais escuras e gastas próximas aos expositores. Há um corredor em frente à porta que leva a um banheiro, à casa de máquinas e ao depósito. A bandagem elástica que estava no tornozelo de Torelli agora prende a calça de Mark pelos passantes de sua calça à mesa do guarda florestal, através do buraco para os cabos do computador. E suas mãos ainda estão amarradas com a gravata, mas agora diante do peito.

Herrick e Torelli discutiram sobre onde amarrar as mãos dele, com Torelli argumentando quão terrivelmente desconfortável era ficar com as mãos nas costas, e Herrick respondendo rispidamente não se importar, que elas não estavam gerenciando um spa ali, e que a razão pela qual as mãos são amarradas atrás do corpo é para dificultar uma possível tentativa de fuga.

Herrick tinha razão, mas, felizmente, foi Torelli quem ganhou a discussão ao ameaçar que ela mesma o libertaria se as mãos dele fossem amarradas para trás.

As duas se encararam por um bom tempo, antes de Herrick finalmente ceder:

– Está bem, mas eu fico com as armas – e então murmura –, não que eu fosse me importar se ele se soltasse e desse um tiro em você.

As duas formam um par estranho, e Mark se pergunta mais uma vez por que elas se juntaram, afinal de contas. Como gêmeas separadas no nascimento e que depois de muito tempo voltam a se encontrar, elas se parecem com irmãs briguentas, sem nada em comum, exceto uma grande lealdade mútua.

Herrick é obstinada e esperta como uma gata de rua, maliciosa e na defensiva, com uma astúcia e uma força que remetem à sua difícil história. Já Torelli é o oposto. Parece destinada a figurar nas colunas sociais de alguma revista, não a estar sentada em um *trailer* no meio do deserto se escondendo da justiça.

– Hadley – Mark a chama.

Ela olha.

– Por favor, você precisa me ouvir.

O rosto dela volta a baixar. Hadley olha para suas mãos em cima do colo, a cabeça começa a tremer, e o cabelo a balançar.

Não desejando fazê-la chorar mais uma vez, Mark suaviza o tom de voz:

– Isso tudo aqui é um mal-entendido.

Concordando com as palavras dele, a cabeça dela agora muda de direção.

– Você não é uma criminosa.

Ela volta a balançar-se, e, embora esteja na casa dos quarenta, Hadley agora parece uma garotinha pega fazendo algo que não devia, e Mark sente-se mal. Ela obviamente está extremamente deslocada naquela situação toda.

É uma boa pessoa, cujo único crime foi fazer algumas escolhas erradas, e a pior delas, talvez, se casar com Frank Torelli, um bandido que não vale nada.

– E é por isso que você precisa se entregar. Antes que fique pior.

Uma lágrima cai do queixo de Hadley e pousa em seu colo, e o coração de Mark aperta ao perceber que falhou. Ele tem uma fraqueza debilitante quando se trata de mulheres e crianças chorando. Lágrimas o destroem. Ele tenta bloquear a visão e continua firme em sua tentativa de persuasão.

– Neste momento, ainda há como dizer que você não sabia que eu era um agente e pensou que eu trabalhasse para o seu marido.

Ela levanta o rosto úmido pelas lágrimas e pela culpa, com a confissão escancarada de que ela sabia muito bem quem ele era.

Mark desvia o olhar, incapaz de ver aqueles olhos verdes tristes.

Depois de um longo tempo, Hadley murmura:

– O que ele fez? O Frank.

– Você não sabe?

– Achava que ele tinha uma empresa de estacionamentos.

Ou ela é uma mentirosa das boas ou genuinamente não sabe no que Frank estava metido. Mark acredita na segunda alternativa. Ele suspira, sentindo-se frustrado. Como as mulheres podem depositar tanta confiança assim nos homens? E com raiva. Como homens como Frank Torelli tiram vantagem dessa confiança? Quando Shelly ficar mais velha, Mark vai deixar bem claro para a filha como um casamento deve ser: duas pessoas que cuidam uma da outra e respeitam uma à outra. Ele e Marcia podem até não ter sido dois amantes apaixonados, mas sempre respeitaram, e muito, um ao outro. Mark fica surpreso ao sentir uma pontada de apreço pela ex-mulher. Já faz tanto tempo que os sentimentos dele se limitam à raiva e à dor.

– Frank lavava dinheiro. Além de comandar uma operação de jogo ilegal e mexer com um pequeno esquema de tráfico.

– Drogas? – ela pergunta.

– Cocaína. *Ecstasy*.

Os olhos dela baixam de novo, e Hadley envolve a barriga com os braços, como se sentisse uma dor no estômago.

– O dinheiro que vocês pegaram era evidência. Então estamos tentando pegar de volta.

Um longo momento se passa enquanto Torelli reflete, e ela por fim pergunta:

– Lá no hospital, vocês iam me prender?

– Não. Só estava tentando impedir você de destruir nosso caso.

– Então, se eu tivesse apenas falado com vocês e entregado o dinheiro, seria isso e só? Vocês teriam pego o Frank, e eu estaria livre?

– Supondo que você realmente não soubesse nada do que ele fazia...

Torelli volta a balançar a cabeça e chora com ainda mais intensidade.

– Não! Eu odeio drogas. Frank sabe disso. Não consigo acreditar que ele...

Ela soluça, e sua voz é engolida pelas emoções.

– Está tudo bem – ele diz gentilmente. – Eu acredito em você. Então, sim, você estaria livre para ir.

Torelli aperta o abdome com mais força e se balança para a frente e para trás.

– Mas agora, por eu ter feito o que fiz, Grace e eu vamos para a cadeia?

Prisão, ele pensa, mas não a corrige. Sequestrar um oficial federal, disparar uma arma de fogo durante o ato e roubar o carro dele, mesmo em circunstâncias atenuantes, são acusações sérias que podem resultar em uma pena extensa. Mark pensa no bebê de Herrick sorrindo para ele no carro, no garotinho que ama Hank Aaron e ficou chateado por ter perdido seu uniforme de beisebol, na garota que teve aulas de vela no ano anterior, quando aprendeu a fazer nós, e a culpa o apunhala, sabendo que, se tivesse esperado pelo reforço ou ido à divisão do FBI primeiro, nada disso teria acontecido.

– Hadley? – Mark a chama.

Ela balança a cabeça como se não quisesse mais ouvi-lo.

– Quão bem você conhece a Grace? – ele pergunta com cuidado.

Ela não responde, mas ele percebe, pela quietude dela, que Hadley está ouvindo.

– Você sabia que ela tem ficha criminal?

A cabeça dela agora está tão inclinada para a frente que Mark não consegue ver seu rosto, mas ouve a pequena pausa em sua respiração. Ela não tinha ideia sobre o passado de Herrick. Mark se sente péssimo pelo que está fazendo, mas pode ser a única chance que ele tem de reverter a situação.

– Como vocês planejaram tudo?

Mais tremores e um tempo em silêncio, e Hadley finalmente responde:

– Não combinamos nada. Grace só apareceu no escritório justamente quando eu tentava encontrar o dinheiro. Eu não sabia a localização do cofre, mas ela, sim, e aí então eu propus dividir o dinheiro se ela me mostrasse onde.

– Numa sexta à noite?

– Ela era uma funcionária muito dedicada. E disse que o bebê não parava de chorar, e que passear com ele de carro o acalmava.

A expressão dela é tão sincera, mas Mark ainda não acredita.

– Então, você ofereceu *metade* a ela?

– Eu não tinha noção de que seria tanto.

– E quanto era? – Mark pergunta, como se não soubesse. Pela estimativa de Fitz, Frank estava ganhando algo em torno de cem mil por mês com seus negócios paralelos, que, até onde eles sabiam, já funcionavam há uns dois anos. Então Fitz calculou que haveria na casa de dois milhões.

Há uma brevíssima hesitação, e os olhos dela vão de um lado a outro antes de encontrar os dele:

– Por volta de novecentos mil.

Mark não muda a expressão e diz com uma voz firme:

– É bastante dinheiro.

Ela assente e olha de novo para as mãos.

– Você não ficou preocupada que Frank fosse procurar por você e pelas crianças?

– Mas é claro. Por isso saí correndo no hospital. Eu achei *mesmo* que aqueles caras trabalhassem para ele.

Ela agora parece pequena e derrotada, e Mark novamente sente um mal-estar terrível. Ele já viu coisas demais no trabalho, e, infelizmente, nada se compara à crueldade daqueles mais íntimos das vítimas.

Hadley dá uma fungada, enxuga as lágrimas e envolve mais ainda os braços no corpo, como se estivesse com frio, embora esteja terrivelmente quente dentro do *trailer*.

Ela tem razão em estar assustada. Mark acompanhou Frank Torelli por um ano. Aquele homem é cruel, instável e mesquinho. Ele não deixaria a esposa fugir com um milhão de dólares do dinheiro dele, junto da filha, e não ir atrás.

– Outra razão para você me deixar ajudá-la. Frank é perigoso, e você e Grace estão com problemas…

– Para – Hadley resmunga, claramente à beira de perder o controle.

Mark atende o pedido dela e se cala, não dizendo as palavras que se preparava para dizer, incapaz de suportar a angústia que está causando.

Por um longo tempo, eles permanecem em silêncio. O coração de Mark está pesado, e sua mente não para enquanto ele tenta achar uma solução, por ele e por elas. Finalmente, ele pergunta:

– E como você se machucou?

– Tropecei no vaso sanitário que escondia o cofre.

– O cofre estava dentro de um vaso?

– Da caixa dele.

Mark balança a cabeça. Ele já viu gente escondendo cofres em lugares muito criativos, mas em vasos sanitários é novidade.

– E Grace sabia onde ele ficava e tinha a combinação?

– Não. Eu tinha.

Ele acabou de detectar outra mentira? Impossível dizer. Mark pondera. Torelli vai ao escritório surrupiar o dinheiro para sua fuga. Procura, mas não encontra o cofre. Então, por alguma grande coincidência, Herrick simplesmente aparece e, por acaso, sabe onde o cofre fica, mas sem Torelli não há como abrir, pois Herrick não tem a combinação.

Sem chance. Coincidências assim simplesmente não acontecem no mundo real.

A bolsa. A imagem de Herrick entrando no escritório pisca na mente de Mark. Ela entrou carregando uma bolsa grande, a mesma que usava no hospital, mas tão mais lotada na segunda vez que era até difícil para Herrick se locomover. Por que ela precisaria de uma bolsa daquele tamanho apenas para checar um pedido de uniforme? Não, ela estava lá pelo dinheiro. Então a questão é: Torelli acredita mesmo na história que está contando ou isso é uma mentira?

– Eu não ia conseguir dirigir com o tornozelo torcido, então Grace abandonou o carro dela e me levou até o hotel onde minhas crianças estavam. A gente se separaria na manhã seguinte, só que em vez disso a Grace me levou para o hospital, quando seus homens chegaram, e o resto você já sabe.

Mark assente, como se tudo aquilo fizesse o mais completo sentido.

– Por que ela não deixou você no hospital?

Torelli balança a cabeça e solta um profundo suspiro.

– Não faço ideia. Ela devia mesmo ter feito isso. Nada disso tinha a ver com ela.

Papo furado, Mark pensa, e se pergunta: o que Herrick tem sobre Torelli que a faz criar essa história toda para protegê-la?

– Bom, mas agora tem.

A cabeça de Torelli treme com mais intensidade.

– Não tem! – Ela chora. – A Grace só tentou ajudar a gente.

– Hadley – Mark diz, com a voz agora firme –, você precisa me ouvir. Se você não se entregar, isso aqui não vai terminar bem. Pense na sua filha.

A mandíbula de Torelli se projeta para a frente, e ela não responde. Só depois de muito tempo diz:

– O que a Grace fez? Você disse que ela tem passagem pela polícia. Pelo quê?

– Por ter feito algumas escolhas ruins quando era jovem.

– Mas não é como se ela tivesse matado alguém, né?

Mark permanece em silêncio, com o coração palpitando pela culpa e odiando a si mesmo por usar o passado de Herrick contra ela, mas também sabendo que essa pode ser a única chance de convencer Torelli a se entregar.

Torelli olha para cima.

– Ela matou alguém?

Herrick não matou a garota de fato. Ela morreu de pneumonia, e a acusação foi por homicídio negligente, o que não deixa de ser homicídio. Mark então confirma.

Torelli engole em seco. E volta a olhar para as mãos e a balançar a cabeça, ou não acreditando nele ou optando por não deixar aquela revelação mudar as coisas.

– Hadley, com um bom advogado você poderia sair dessa.

Torelli torce as mãos por cima do colo, e Mark observa uma sombra de incerteza cruzar o rosto dela.

Ele tenta tirar proveito disso.

– Foi Grace quem atirou. Quem me colocou no porta-malas. Quem me trouxe até aqui.

Ela olha para cima com a testa franzida, sem compreender ao certo o que Mark está dizendo.

– Quem tem uma ficha criminal – Mark continua, mantendo os olhos firmes nos dela.

Mark observa o momento em que o significado de suas palavras lentamente se torna claro para Torelli. Os olhos dela se arregalam antes de seu olhar ficar sombrio e inflexível como uma rocha, e ele então percebe o erro cometido.

– Isso não é culpa da Grace! – ela sibila, um rosnado que revela uma tigresa escondida sob o exterior de gatinha. – Grace só está aqui por minha causa. Ela arriscou tudo para me ajudar.

E assim, num instante, a janela de possibilidade que Mark via se abrindo bate em sua cara.

Torelli volta a encarar as próprias mãos, e Mark volta a ponderar suas opções, agora sentindo-se infinitamente pior pelo que fez e desejando voltar no tempo. Ele apenas aguardaria a chegada do reforço, e nada disso teria acontecido.

Grace

Eles param no Walmart para comprar suprimentos. Grace enche o carrinho de fórmula para bebês e fraldas, além de mantimentos para o agente passar os próximos dias, até terça-feira: água, comida, cobertores, travesseiro, lanterna, várias revistas e abraçadeiras resistentes. A escolha de levar o homem consigo foi bem arriscada, além de adicionar sequestro à lista de crimes de Grace. Mas também dá a elas a melhor chance de conseguir escapar. E, verdade seja dita, com todas as outras acusações que ela já enfrentará, uma a mais na lista não fará tanta diferença. Se Grace for pega, ela passará muito tempo atrás das grades, tempo o bastante para que Miles esteja crescido quando ela sair, e aí, então, ser solta ou não já não importará mais.

Grace não consegue acreditar que faz parte disso, um pensamento que a deixa nauseada. É como se o pior pesadelo da vida dela se tornasse realidade, com o passado voltando para assombrá-la, como se ela estivesse destinada a ser uma criminosa, seja como for.

No momento em que disparou aquela arma, tudo mudou. Até ali, ela e Miles ainda tinham alguma chance de ter uma nova vida. Mas, agora, a única chance de Grace poder criar o próprio filho é fugindo, sempre olhando por cima do ombro, esperando jamais ser pega. E é por isso que, por mais que se sinta mal pelo agente, não havia outra escolha. Trazê-lo dá a elas uma mínima vantagem. O reforço apareceria no hotel, e os policiais primeiro ficariam confusos antes de o pânico se instalar. O agente e seu carro não estariam ali, e a van continuaria estacionada ao lado dos quartos dela e de Hadley.

Hunter pendurou uma placa na porta da recepção que dizia: VOLTO EM UMA HORA, desaparecendo logo em seguida para evitar se envolver no caso depois de ter ligado para Grace. O que significa que não houve testemunhas do acontecido. Ninguém a viu atirar ou o grupo sair no carro do agente. Com sorte, os policiais acharão que o plano ainda está de pé, que o agente saiu para descansar um pouco ou pegar algo para comer, e que ela e Hadley ainda estariam dormindo em seus respectivos quartos.

Apenas depois de um tempo precioso ter se passado é que eles se dariam conta de que algo estava errado, com o agente não ligando de volta e o hotel calmo demais.

– Você está bem? – Mattie pergunta.

– Hã? Ah, estou, sim – Grace responde, forçando um sorriso tranquilizador, enquanto joga um pacote de meias no carrinho de compras. Ela sente o estresse de Mattie, e Skipper passou a manhã toda à beira de um colapso.

Grace os leva até o departamento de informática, onde acessa a internet e pesquisa por hotéis que aceitem depósito em dinheiro, além de possíveis rotas para o Canadá. Grace ainda não tem passaporte, mas sabe que há outras formas de cruzar a fronteira.

Quando Grace termina, Skipper pergunta:

– Posso escolher meu uniforme agora?

– Eu levo ele lá – Mattie se oferece. – Eles devem ter calças de beisebol e camisas de times aqui, além de bonés.

– Vamos todos juntos – Grace diz. Ela pega um telefone descartável da gôndola ao final do corredor, já que Hadley tem usado o dela, e segue as crianças na direção do departamento de roupas infantis.

– Tem mais alguma coisa de que vocês precisem? – ela pergunta a Mattie.

– Você se importa se eu pegar um livro? – Mattie pede timidamente. O pedido surpreende Grace.

– Mas é claro que não.

Não há nada do Colorado Rockies na loja, mas eles encontram calças de beisebol cinza, meias azuis, uma camisa e um boné do Dodgers, traje que Skipper orgulhosamente chama de "uniforme de viagem".

Já no departamento de livros, Grace espera que Mattie escolha algo da seção juvenil ou da prateleira com a coleção de *Game of Thrones*. Mas, em vez disso, Mattie vai para a seção de clássicos e sorri ao ver a capa de um livro com um homem de peruca de cachos brancos, típica de aristocratas, e usando uma gravata plastrom. Ela o joga no carrinho.

Grace leva um instante para se lembrar por que aquele livro lhe parece familiar, e a resposta vem com um sentimento de confusão. Ela não consegue imaginar o que uma garota de catorze anos vivendo no século XXI poderia achar divertido sobre a história de *Cândido*, um livro que Grace não leu diretamente, mas conheceu por meio de um guia de estudo, para passar em inglês na escola.

Mattie sorri novamente ao colocar o livro na esteira da caixa, animada.

– Sério? – Grace pergunta. – Este livro é bom assim?

Do que Grace se lembra, a história é sobre uma série deprimente de desventuras.

– Tãããão bom! – Mattie responde, com o rosto iluminando-se. – O personagem principal, esse cara, o Cândido, é hilário. É como se ele não entendesse o que está rolando. A vida dele é completamente ferrada. E ele se ferra e se ferra e se ferra. Em todo lugar que ele vai e em tudo o que faz, algo dá errado, mas ele continua seguindo em frente, com um otimismo estúpido e ridículo, convencido de que tudo acontece por uma razão, quando, na verdade, apenas acontece mesmo porque a vida é uma droga. É completamente idiota, mas você acaba amando o Cândido por isso. Ele simplesmente não entende.

Mattie volta a colocar os outros produtos na esteira ainda sorrindo, e, embora Grace nunca tenha lido um livro por prazer na vida, ela acha que, em algum momento, poderá até ler aquele escolhido por Mattie.

Os três saem do Walmart e vão ao Peggy Sue's Diner para "lotar as bases", como Skipper costuma dizer.

A barriga de Grace fica estufada depois de mandar para dentro uma pilha de panquecas, dois ovos e um pedaço de *bacon*, e ela está tão exausta que fica até com medo de desmaiar. Faz mais de trinta e cinco graus, e a combinação do calor com o susto da madrugada a deixou enjoada.

Ela decide, então, dar uma breve pausa antes de eles continuarem, e estaciona na sombra, colocando Miles na frente para dar mais espaço para Mattie e Skipper.

O ar-condicionado deixa o ambiente quase confortável. Mattie abre o livro. Skipper brinca com o joguinho dele.

– Primeira base? – Skipper pergunta, enquanto os olhos de Grace ficam pesados.

– Hã?

– Você pode me ajudar a fazer uma troca no meu time de fantasia? Eu quero o Wolters, mas o Treinador está com ele.

– Claro. Ele vai jogar na terça?

– Acho que sim.

Os dois falam sem parar sobre o tal time fantasia de Skipper e as trocas que ele quer fazer antes da partida de terça. Os pensamentos de Grace voam, com o forte desejo de que, de alguma forma, eles consigam assistir ao jogo e que, de alguma forma, também, tudo dê certo no final.

Grace e Miles já não estarão com eles. O plano dela é trocar esse carro por outro e levá-los todos até Bakersfield. De lá, os Torellis ficarão por conta própria. Ela e Miles vão para o Canadá, e então, se Deus quiser, darão um jeito de seguir para um país sem extradição. Ela e Virginia chegaram a comentar sobre isso uma vez, hipoteticamente discutindo sobre a possibilidade de se tornarem ladras de joias e para onde escapariam com suas riquezas. Por fim, as duas se decidiram pelas Maldivas, embora Virginia tenha tentado convencer Grace de que Dubai seria um bom lugar, ou ainda um dos países próximos à África do Sul, já que quase todo mundo nesses lugares também fala inglês.

Quarenta minutos depois, ela acorda com Mattie inclinada para a frente, encarando-a.

– O quê? – Grace pergunta, autoconsciente de qual deve ter sido a aparência dela dormindo. Ela volta o banco para o lugar e enxuga a baba que lhe escorreu da boca.

– Você pode me ensinar a dirigir – Mattie solta.

– O quê?

– Pensa só. Faz todo sentido. Minha mãe não está conseguindo dirigir, e fica pesado só você ficar ao volante. Em nove meses, eu vou tirar minha licença mesmo...

Grace levanta a mão, interrompendo Mattie, que engole o que mais ia dizer e olha para Grace com a testa franzida.

Grace sente o estresse de Mattie. Ela se lembra muito bem do que é ter catorze anos e ver sua vida sendo tirada de você, sentindo-se apavorada com o que está por vir. Catorze anos, que idade estranha, um indivíduo quase formado, mas não totalmente, ainda jovem e dependente dos outros, mesmo esses outros não tendo necessariamente as melhores intenções do mundo.

Parece que uma artéria de Mattie está prestes a estourar, com os olhos dela esbugalhados, enquanto espera pela resposta.

– O que sua mãe ia achar disso?

– Ela não está aqui – Mattie responde, quase fazendo Grace sorrir. Seria algo que ela mesma teria dito.

Grace disfarça o sorriso e pensa no assunto. A ideia não é totalmente péssima. Se Mattie pudesse dirigir, isso definitivamente daria aos Torellis mais chances de escapar.

– Está bom – Grace responde. Mattie quase solta um grito e já se prepara para abrir a porta e trocar de lugar com Grace.

– Opa, não tão rápido, garotinha. Ouça e veja primeiro, e aí, se fizer isso direito, considero deixar você pegar no volante.

A boca de Mattie chega a se abrir para protestar, mas sabiamente se cala logo em seguida, e, de novo, Grace sorri por dentro. Ela gosta dessa garota. Muito.

Mattie coloca Miles no banco de trás, depois se senta no banco do passageiro.

– Pé no freio quando estiver parada – Grace aponta para o pé dela. – Pedal do meio. Dirigir é um lance de um pé só. Entendeu?

Mattie confirma.

– As duas mãos no volante. Dez para as duas horas, como os ponteiros de um relógio, é a posição das suas mãos. Retrovisores. Três. Use todos, duas vezes cada.

Mattie confirma mais uma vez com a cabeça, as sobrancelhas apertadas como se estivesse muito concentrada, e Grace se endireita, sentindo a grande responsabilidade do que está fazendo: ensinar algo a alguém, coisa que ela jamais havia feito na vida.

Hadley

Durante a primeira hora, Hadley ficou chateada. Na segunda, nervosa, com a energia agitada e o coração batendo forte a cada movimento do agente, que, por fim, desistiu de convencê-la a se entregar. Hadley não tinha dúvidas: ele tentaria escapar.

Depois da terceira hora, a adrenalina diminuiu, e seu tornozelo machucado, que até então estava latejando, ficou dormente, com uma nova sensação, de formigamento, quase tão desconfortável quanto a dor. Na quarta hora, Hadley sentiu fome. Seu estômago roncou, e suas têmporas latejaram de dor de cabeça.

Uma hora depois, o agente pegou no sono. Agora, ressona, com a cabeça encostada na parede, de um jeito um tanto desconfortável.

Hadley odeia o fato de ele ser tão legal. Isso a faz se sentir ainda pior pelo que estão fazendo. Ele parece mesmo preocupado com elas, como se realmente quisesse ajudar, mas Hadley não pode ir para a cadeia. Nem Grace. Isso simplesmente não é sequer imaginável.

Ela observa o crânio atrás da vitrine. Hadley o chamou de Fred, e agora inventa histórias sobre a vida de Fred, sua esposa e família, definindo-o como um cara de bom coração e muito engraçado. Afinal, ele parece estar sorrindo, mesmo restando apenas alguns dentes.

O agente se mexe, mudando de posição, e Hadley observa a cabeça dele pender para o outro lado. A aparência dele não é horrível. Um pouco rude, mas vigorosa – ombros largos e antebraços grossos como os do Popeye. A barba recém-crescida é dois tons mais escura do que seu cabelo cor de canela, e o nariz é aquilino e ligeiramente torto – talvez quebrado por ser um atleta, um lutador ou ambos. Já o cabelo é curto e espetado, estilo provavelmente herdado de seus dias de militar.

No geral, parece um bom homem – do tipo que cresceu chamando os pais de *senhor* e *senhora* e que sempre abre a porta para uma mulher e diz *Deus te abençoe* quando alguém espirra –, e ela gosta muito dele por tudo isso. É o tipo de homem que o pai de Hadley teria aprovado, e a mãe, amado. Um homem completamente diferente do que aquele que ela escolheu.

Hadley olha para o relógio em cima da porta. Já é quase meio-dia, e ela começa a se preocupar. Grace e as crianças já saíram há muito tempo. O agente se mexe mais uma vez, murmura uma palavra que soa como "cachorro", e continua a respirar pesadamente. Já Hadley volta a se preocupar e a olhar para o relógio.

Quando dá uma hora da tarde, a aflição de Hadley aumenta, assim como a pressão em sua bexiga. Ela precisa mesmo ir ao banheiro. Ao olhar para o agente, nota que os olhos dele ainda estão fechados, mas algo mudou: o ritmo de sua respiração.

– Preciso fazer xixi – ela diz.

Os olhos dele se abrem, e um sorriso de alívio surge.

– Eu também.

Mark

Os dois estão rindo. A cena é cômica. A apreensão de Torelli com uma possível tentativa de fuga de Mark foi tão grande que ela insistiu em amarrá-los juntos para irem ao banheiro.

Ela o soltou da mesa e amarrou-se a ele com a bandagem elástica, mas, ao tentarem andar, as muletas de Torelli causaram uma baita confusão, e Mark acabou carregando-a como uma noiva até o banheiro, com as mãos amarradas debaixo dela.

Ofegante, ele a coloca no chão com cuidado, preocupado com o tornozelo de Torelli, que se apoia pesadamente nele enquanto ele desfaz o emaranhado entre os dois.

Ela cheira a sabonete, a suor e a algo floral. Ao perceber que está fungando nela, Mark prende a respiração.

Ela se agarra aos ombros dele, enquanto passa pela bandagem com sua perna boa. Em seguida, levanta o tornozelo machucado para que Mark passe a bandagem por baixo da outra perna. Ele se agacha e se inclina, mas ela perde o equilíbrio e acaba caindo por cima de Mark. O ombro dele fica entre as pernas de Torelli, e os braços dela se agarram à cabeça dele.

– Para de me fazer rir – ela grita – ou juro que vou fazer xixi na calça.

– Nem se atreva. O dia já tem sido humilhante o bastante sem uma suspeita urinar em mim.

Ele consegue colocá-la de volta na perna boa e passar a bandagem pela perna machucada.

– Tecnicamente, sou sua sequestradora, não sua suspeita – Torelli diz, ao se inclinar sobre ele para recuperar o equilíbrio.

– Como eu disse, totalmente humilhante.

Os antebraços de Torelli estão apoiados no peito de Mark, e ele sente a respiração dela em seu pescoço. É o mais próximo que Mark esteve de uma mulher em meses e, antes de se dar conta, ele se viu cheirando-a mais uma vez.

Agora, seu foco muda para a bexiga cheia, na esperança de distrair um outro órgão seu que, traiçoeiramente, ganhou vida. Até esse momento, Mark tinha quase certeza de que a experiência mais humilhante de toda a sua carreira foi ter sido sequestrado por uma mulher de muletas e, depois, colocado no porta-malas de seu carro alugado, mas ter uma ereção enquanto ela o ajuda a ir ao banheiro definitivamente ganharia a primeira posição.

Ela pula em volta dele para desenrolar o emaranhado final e então diz:

– Pronto, agora vire-se para eu poder fazer xixi… e tape os ouvidos.

Mark faz o que ela pede, e um sorriso se abre em seu rosto, mas ele quer tirá-lo dali naquele mesmo momento, pois sabe que não deveria estar sorrindo. O que ele deveria estar fazendo é avaliando a situação e considerando sua fuga.

Mas o problema de Mark não é se ele pode ou não escapar. Mesmo de mãos atadas, agora que não está mais preso à mesa, ele poderia facilmente dominá-la. No entanto, todas as vezes que isso lhe passa pela cabeça, acaba desistindo. A melhor chance de resolver a situação sem ninguém se machucar é convencendo Torelli a se entregar. O que significa permanecer "refém" dela o máximo que puder.

E, claro, há também a questão não tão irrelevante assim de Herrick poder voltar a qualquer momento. Há mais de três quilômetros de deserto aberto entre ele e a rodovia, e, se for pego, ou ela o trará de volta e o amarrará ainda mais forte ou atirará nele, e, pensando bem, nenhuma das opções mostra-se particularmente atraente.

– Sua vez – Torelli diz, enquanto pula ao lado dele e se apoia na pia.

– Abre a torneira – Mark pede. – E tape os ouvidos.

– Uau, você deve ser barulhento.

– Sou homem.

Torelli dá uma gargalhada, como se estivesse realmente se divertindo muito, e abre a torneira em seguida. Mark a observa fechar os olhos com força e apertar as mãos contra os ouvidos. Ela se parece com uma garotinha brincando de esconde-esconde, até um pouco como Shelly, e Mark engole em seco quando sua culpa e preocupação aumentam.

Grace

A fralda de Miles precisa ser trocada.

– Faça uma curva aberta – Grace diz. – Depois, devagar, entre reto. – Ela usa o dedo indicador para desenhar no ar o que quer dizer.

Mattie balança a cabeça, assentindo, e então, hesitantemente, estaciona a caminhonete em uma vaga no final do estacionamento de um posto de beira de estrada.

Não é fácil dirigir aquela caminhonete. É uma Chevy Silverado de cabine estendida e pneus enormes. Elas a compraram de um homem chamado Wade, que estava estacionado ao lado delas na Starbucks, onde Grace parou para tomar um café.

Felizmente, Mattie é uma boa ouvinte e prestou total atenção em tudo o que Grace disse, o que a deixou impressionada.

– Você entrou colando demais na vaga do lado – Grace comenta. – O pneu da frente ficou em cima da faixa. Volte e manobre de novo.

Mattie verifica os retrovisores laterais, o traseiro, repete tudo, depois olha por cima do ombro, dá ré na caminhonete, endireita-a e a estaciona novamente.

Perfeito, mas Grace não diz. Seu único reconhecimento é descer da caminhonete. Como sua avó costumava dizer, "Elogios não devem vir facilmente. Assim, não significam grande coisa".

Skipper e Mattie seguem para as máquinas de salgadinhos e refrigerantes, e Grace vai com o filho para o banheiro.

Miles chuta e sorri enquanto Grace troca sua fralda e gargalha quando ela assopra a barriga dele. Ele estende a mão para agarrar um lenço que está com Grace, e, por um minuto, a mãe brinca com ele, balançando o lenço e pegando-o, sentindo-se culpada pelo pouco tempo que dedicou ao filho nos últimos dias.

Desde que começaram essa jornada insana, é Hadley quem tem desempenhado o papel de mãe-leoa: trocar fraldas, alimentar, dar carinho... coisas que parecem ser tão mais naturais para ela. Aquela mulher tem mesmo um dom quando o assunto é bebês, ou, pelo menos, com Miles. Ela simplesmente o pega e, num piscar de olhos, ele se acalma. Isso deixa Grace furiosa, mas, ao mesmo tempo, tão agradecida. Já faz dois dias que Miles não abriu o berreiro por mais de um minuto, com Hadley misticamente conseguindo tranquilizá-lo todas as vezes que ele esboça um choro.

Grace olha para o filho deitado ali, rindo e chutando, e fica maravilhada com a rapidez com que ele está mudando. Miles sorri o tempo todo e está cada vez mais ficando parecido com Jimmy. Ela também sorri ao olhar para a covinha na bochecha direita dele, que se contrai quando ele está determinado a fazer algo, característica que o faz se parecer um pouco com ela. Há cinco meses, esse carinha nem existia. Como pode o mundo inteiro dela agora girar em torno dele, esse pacotinho cheio de vida?

– Você e eu, rapazinho – ela diz, acariciando a pele macia da testa dele com as costas da mão. – A gente vai sair dessa, de um jeito ou de outro.

Ele a empurra e tenta pegar o lenço mais uma vez, fazendo-a sorrir. Ela o provoca, balançando o lenço para longe dele, que tem agora uma expressão feroz e agita as mãozinhas.

Grace ri e abaixa o lenço o suficiente para que ele consiga agarrá-lo, e o rosto de Miles se ilumina em triunfo quando ele finalmente consegue tirá-lo dela.

Ela sabe que não deveria demorar, mas não quer que esse momento acabe, relutante em encarar a incerteza do que está por vir. Finalmente, com um suspiro profundo, Grace o pega e sai do banheiro.

O sol está alto agora, e o calor, sufocante. Skipper e Mattie estão perto das máquinas. Na frente deles, há um garoto, talvez da idade de Mattie, e ao lado dele, outro, um ou dois anos mais novo.

O primeiro é alto, pesado e desajeitado; o segundo, baixo e magro.

– Devolve – Mattie diz.

É então que Grace percebe que o menino maior está com o boné de Skipper, balançando-o no ar. Skipper pula, tentando pegá-lo. Com facilidade, o menino balança o boné mais alto ainda, dizendo:

– Retardado.

Grace fica possessa.

– Já disse, devolve – Mattie diz, indo na direção do garoto.

Ele a encara, sem se mexer, a não ser pelo braço, que continua a balançar o boné.

Grace dá um passo na direção deles, mas reconsidera. Observando em volta, seus olhos se fixam nas salinas atrás dela, e ela então olha na lata de lixo ao lado, enquanto um plano se forma em sua mente.

Pegando uma garrafa vazia de Jack Daniel's do lixo, mais um copo de papel com Coca-Cola pela metade, ela os leva de volta por onde veio.

Instantes depois, ela retorna. Sem hesitar, Grace passa por trás do menino e arranca o boné da mão dele, antes que ele possa reagir. Ao passar pelo mais novo, ela diz:

– Não siga seu irmão – e os olhos dela então deslizam para as salinas e para a garrafa de Jack Daniel's, agora até a metade com a Coca diluída, cintilando alguns metros adiante.

Mattie e Skipper vão atrás de Grace, e a raiva de Mattie pulsa em ondas.

– Deixe que eu dirijo agora – Grace diz, ao se aproximarem da caminhonete.

– Como eu odeio idiotas daquele tipo ali – Mattie resmunga com os dentes cerrados, enquanto se senta abruptamente no banco do passageiro.

Grace prende o cinto de Miles na parte de trás, vai para o lado do motorista e, em seguida, dá ré. Ao olhar para trás pelo vidro traseiro, ela começa a sorrir e aponta.

Mattie segue o dedo dela e, juntos, os três assistem ao menino maior testar a crosta de lama da salina com o dedão do pé para ver se é seguro atravessá-la. Chegando à conclusão de que sim, ele dá um passo à frente, mas seu pé direito afunda até o tornozelo. Ele tenta puxá-lo para fora, mas a sucção o desequilibra, e ele cai para a frente, com o pé esquerdo agora também mergulhando na lama até o joelho.

Mattie sorri, e Skipper grita:

– Olha. Olha ele. Olha, olha, olha! – com o dedo apontando e pulando no banco.

O menino agita os braços, tentando manter o equilíbrio, depois grita algo para o mais novo, que ainda está de pé e em segurança na margem. O mais novo balança a cabeça, e o valentão continua a gritar com ele, perdendo o equilíbrio no meio de toda a confusão. Ele quase cai para trás, depois compensa o peso e cai para a frente, com os braços desaparecendo na fossa até os cotovelos.

Mattie gargalha, e Skipper agora pula tanto que o carro balança. Grace arranca o carro em direção à saída. Ela morou na Geórgia até os dezenove anos, e conhece um pântano de lama seca quando vê um, com sua superfície em crostas disfarçando toda a sujeira por baixo.

Enquanto passam, Mattie abaixa o vidro e grita:

– Olha, Skipper, um porco na lama!

O menino olha por cima do ombro, com uma expressão de tristeza no rosto, e as montanhas do deserto atrás de si... ahhh, uma visão verdadeiramente majestosa.

– *Home run!* – Skipper diz, animado. – Mandou bem, Trout.

– Ele está me chamando de truta? – Grace pergunta para Mattie, que ainda sorri de orelha a orelha.

– Trout, o jogador Mike Trout. Seu apelido agora é Trout. É uma honra. Skipper não dá apelidos para qualquer um e, definitivamente, não nomes como esses.

Hadley

Eles voltam mancando para o escritório e, mais uma vez, estão emaranhados, com a bandagem presa nas muletas de Hadley, forçando-a a se agarrar ao agente enquanto ele tenta desenroscá-los. Ele se esforça para ser um cavalheiro, mas Hadley está tornando isso impossível, com uma imprudência que ela não sentia havia anos borbulhando dentro de si.

De propósito, ela tropeça nele, aterrissando de tal modo que as mãos amarradas do agente são forçadas a segurá-la pela cintura. As palmas dele queimam contra a pele exposta entre a blusa e a saia dela, e ele rapidamente as afasta, fazendo Hadley rir do escoteiro que ele é: respeitoso quase ao extremo, o oposto de Frank.

Hadley não faz ideia do que deu nela. Ela se sente meio maluca. Talvez seja a fome. Poderia ser isso? Ou talvez a possibilidade de ser presa a tenha tirado dos trilhos? Ela realmente não faz ideia. Mas de uma coisa Hadley tem certeza: ela se cansou de bancar a boazinha, só jogando de acordo com as regras e esperando que, de alguma forma, fosse funcionar.

– Fique parada – ele pede, e ela obedece, permanecendo imóvel enquanto ele passa a bandagem para dentro e para fora, levantando os braços e movendo as pernas dela com o rosto franzido em intensa concentração.

Hadley se apoia nos ombros dele e pula de um pé só sobre a bandagem, movimentando-se de tal forma que seus seios acabam roçando no nariz do agente, sabendo que essa é uma parte de sua anatomia que ele tem se esforçado bastante para evitar, fixando-se neles e logo depois desviando os olhos, o que Hadley acha bem divertido.

Um amante de peitos. Hadley sempre curtiu caras assim… ou, pelo menos, costumava curtir. Normalmente, eles apreciam muitíssimo as curvas femininas e estão dispostos a passar bastante tempo admirando-as.

O agente se abaixa para desenrolar com cuidado a bandagem do tornozelo dela, e, nesse momento, Hadley enlaça o pescoço dele com as mãos, como se precisasse de apoio, com os seios agora pressionados contra a orelha dele.

– Sabe – ele diz –, eu poderia dominar você aqui mesmo.

Ela ri, uma risada alta e aguda.

– Está bom, eu o desafio.

– Para escapar – ele esclarece, ficando corado. – Dominar você para escapar.

Ela se inclina um pouco mais.

– E é claro que, se você fizesse isso e Grace voltasse daqui a pouco, ela poderia simplesmente atirar em você.

– Verdade, mas aí, pelo menos, eu teria um final glorioso.

Ele manobra ao redor dela, e ela manobra com ele, desfazendo todo o progresso que ele acabou de ter ao desembaraçar a bandagem.

– Fique parada – ele pede.

– Qual é o seu nome, senhor Glorioso?

Hadley o sente hesitar, sem saber se deve dar o primeiro nome ou o sobrenome.

– Mark – ele responde, e ela comemora silenciosamente.

Marcus? Markham? Ou apenas Mark mesmo?, Hadley se pergunta. *Com* c *ou* k*? Mark Wahlberg. Mark Twain. Mark Sloan de* Grey's Anatomy *– O Dr. Gostosão.* Ela sorri.

– Pronto – ele declara, afastando-se, a bandagem agora solta e enrolada como uma cobra entre eles. Mark sorri triunfante, acreditando ter terminado por ali e, portanto, agora em segurança.

Ela pula com um pé só na direção dele. Ele dá um passo para trás.

Ela pula com ele.

– Hadley – ele diz, ao se chocar contra a parede.

– Mark – ela o interrompe, com a imprudência ainda fervilhando dentro do corpo, fazendo-a se sentir embriagada.

Ele abre a boca para continuar a falar, mas os lábios de Hadley nos dele o impedem. É um beijo estranho, as mãos amarradas dele pressionadas contra o esterno dela, enquanto o pescoço de Hadley se estica para mantê-los juntos, a boca de Mark aberta e imóvel enquanto a dela a pressiona desajeitadamente.

Mark força um espaço entre eles.

– Hadley...

– Não – ela diz, balançando a cabeça.

– Mas...

– Não – Hadley diz mais uma vez, com lágrimas lhe enchendo os olhos e fazendo os de Mark baixarem, encarando o piso entre eles.

É então que algo extraordinário acontece. Hadley está a ponto de enlouquecer, suas emoções oscilando em algum lugar próximo ao desespero, quando as mãos dele sobem para segurar o queixo dela, e Mark se inclina e encosta os lábios suavemente nos dela. Hadley sabe que aquele gesto dele é apenas uma gentileza, um consolo para apaziguar o golpe da rejeição, mas, por baixo daquele toque, a vontade pulsa. Ela sente isso, uma dor e uma carência que compactuam com as dela, e, quando Hadley envolve as mãos no pescoço dele para puxá-lo para mais perto, Mark perde a batalha… com sua boca agora se moldando à dela.

Quando Mark se afasta, a vergonha cintila em seus olhos azuis.

– É só a gente – Hadley diz, colocando os dedos contra os lábios dele para lhe impedir de protestar. – E é só este momento.

Ela não tem ideia de onde essas palavras vieram, mas elas simplesmente parecem certas. Há tanto terror antes e depois desse momento para Hadley pensar que um vácuo no tempo e no espaço é criado, fazendo com que tudo o que exista agora sejam ele e ela.

Hadley coloca as mãos no peito dele e o beija novamente. E, quando desliza as mãos e começa a desabotoar a camisa de Mark, ele apenas deixa. Ela puxa a camisa dos ombros dele, que cai, parando nos cotovelos.

Mark olha para baixo, Hadley também, e os dois começam a rir.

Ele se contorce, pula e roda tentando se libertar, e Hadley gargalha, fazendo-o gargalhar ainda mais alto, até os dois estarem imersos em um ataque de risos.

– Já sei – ela diz. – É melhor você se inclinar.

Ele faz o que ela pede. Hadley agarra a parte de baixo da camisa de Mark, passando-a pela cabeça dele, virando-a pelo avesso e fazendo-a se enroscar nos pulsos dele.

– Brilhante – Mark comenta, mexendo os cotovelos como um pato para exibir sua liberdade.

Eles logo já estão se beijando de novo, mas dessa vez aproveitando mais o momento, com a camisa balançando entre eles e fazendo-os se lembrar do humor envolvido na cena. Desajeitadamente, eles tiram o resto de suas roupas como podem. Hadley tem noção de quanto eles devem estar parecendo ridículos agora: a camisa de Mark presa nas mãos dele; a camiseta e o sutiã dela pendurados na bandagem entre os dois; a calça e a cueca de Mark emboladas em seus tornozelos; a saia dela embolada na cintura. Mas a verdade é que Hadley não está nem aí. Por quinze anos, o único amor que vivenciou foi de um homem que a aterrorizou, e agora ela está ali, com outro que conhece há menos de um dia, mas é atencioso e gentil. Quando eles se unem, é estranhamente comum, mas ambos sabem quão notável isso é, como se fosse a coisa mais natural no mundo.

Acaba rápido demais, e Hadley sente quanto Mark está desapontado consigo mesmo, embora ela mesma não esteja nem um pouco. Ele estava faminto, ela também – duas pessoas há tanto tempo sedentas que se segurar era algo impossível. *Foi maravilhoso*, ela queria dizer, mas Hadley sabe quanto isso soaria piegas.

Mark rola e fica de costas, o peito arfando.

– Desculpe-me – ele diz –, acho que estou um pouco sem prática.

Hadley se mexe para encostar a cabeça no ombro dele.

– Mesmo? – ela pergunta, acariciando-lhe o peito. – Um pouco sem prática em fazer amor com uma mulher dentro de um *trailer* sufocante no meio do deserto com as mãos amarradas?

Mark ri e se inclina para beijar a cabeça dela, algo estranhamente familiar de fazer, e, mais uma vez, Hadley se surpreende com o conforto que sente, como se o conhecesse por toda a vida ou… mais como se, por toda a vida, estivesse destinada a conhecê-lo, mas o encontro de fato acontecesse apenas agora.

– Bom – ele diz –, algo que posso afirmar é que nunca fiz *isso* com nenhuma suspeita antes.

– Sequestradora – ela corrige.

– Sim. Sequestradora.

Era para ser engraçado, mas há algo na palavra que tira o clima do momento.

Hadley passa o dedo sobre a cicatriz no ombro esquerdo de Mark. A pele dele treme com o toque dela.

– Guerra? – ela pergunta.

– Futebol americano.

– Defesa?

– Mascote.

Hadley sorri, depois se apoia no cotovelo e se inclina para beijá-lo. Quando ela se deita de volta, Mark se contorce, aproximando-se e entrelaçando seus dedos nos dela.

– Então você mora em Las Vegas? – ela pergunta.

– Washington. Há dois anos me mudei para lá.

Mark conta a vida dele para ela; Hadley conta a vida dela para ele.

Ele cresceu em Boston, jogou futebol americano pela Notre Dame, serviu na Marinha e depois foi para o FBI. Mark irradia alegria ao contar sobre os filhos, Shelly e Ben, um amor tão grande que toma conta do lugar, e Hadley consegue sentir a dor dele ao falar sobre seu casamento, como se, de alguma forma, o fracasso da relação fosse um reflexo de seu caráter.

Ele comenta que deveria ver os filhos no dia seguinte, e que ele e o filho adotarão um cachorro. Hadley fala sobre Príncipe Charles e quão mal ela se sentiu por precisar deixá-lo. Ela sabe que não deveria ficar tão triste assim, mas Príncipe Charles esteve com ela durante a maior parte de seu casamento e a ajudou em seus piores momentos. Hadley simplesmente não consegue deixar de sentir que o abandonou depois de uma vida leal de serviços prestados.

Mark pergunta sobre Mattie e Skipper e um pouco sobre Frank, embora seja óbvio que ele já sabe bastante e tem uma opinião bem formada sobre o marido de Hadley.

– Por que você não se separou dele antes? – Mark pergunta, após Hadley relatar o incidente da pizza na noite em que saiu de casa para viajar, uma confissão que, para Hadley, pareceu tanto uma traição quanto um alívio. É a primeira vez que ela conta a alguém a verdade sobre seu casamento.

– Eu acreditava no amor – ela balbucia, sentindo-se idiota. – No casamento. Nós éramos uma família e... sei lá, acho que acreditei na ideia de que é preciso permanecer, sabe, nos bons e nos maus momentos... que o amor é permanente, mesmo com os defeitos e os problemas.

Mark fica tenso, e Hadley se pergunta qual parte o ofendeu: o fato de ela ter ficado tanto tempo com Frank ou ter sido tão ingênua.

– Hadley – ele finalmente diz após um longo tempo –, eu preciso que você me escute...

– Por favor, não. Eu só quero ficar aqui assim deste jeito.

Ela sente a relutância dele em deixar o assunto, mas, felizmente, ele fica em silêncio, e os dois voltam a se abraçar, quietos.

Hadley adormece, e, quando acorda, Mark está olhando para ela.

– É agora que a Grace vai mesmo atirar em mim.

Hadley ri, e um rubor de orgulho floresce dentro dela apenas ao imaginar Grace descobrindo o que ela fez, quase esperando que ela de fato descubra, sentindo-se um pouco como uma gladiadora após uma conquista na arena. Mas quando pensa em Mattie e Skipper, o pensamento instantaneamente se esvai.

De repente, tomada pelo pânico, Hadley se levanta e tenta pegar suas roupas. Sua camisa e seu sutiã estão emaranhados na bandagem, e ela não tem ideia de onde sua calcinha foi parar.

Mark consegue levantar as calças, mas está perdido em como passar a camisa de volta pela cabeça. Hadley coloca o sutiã correndo e começa a ajudá-lo a virar a camisa. Ela ainda está passando a camisa pelos ombros de Mark quando os dois ouvem o barulho de pneus no cascalho.

– Merda – ela diz, abandonando as roupas dele e se concentrando nas suas agora.

Ela está abotoando o último botão de sua camisa quando o carro para. Esquecendo-se completamente de que está amarrada a Mark e que seu tornozelo ainda não aguenta o peso de seu corpo, Hadley salta na direção da porta.

Mark mergulha, espatifando-se no chão com um grunhido. Antes de Hadley ter tempo para se endireitar, a porta se abre. Ela olha para cima e vê Grace, com as mãos cheias de sacolas.

Grace olha para baixo e fareja o ar, arregalando os olhos.

– Vocês estão de sacanagem comigo, né? Podem falar, vocês estão de sacanagem comigo.

– Sacanagem por quê? – Mattie pergunta, parando atrás de Grace com Miles nos braços.

– Mattie, espere lá fora – Hadley diz rapidamente, enquanto empurra Mark e fica de joelhos.

Grace fecha a porta e tranca Mattie do lado de fora.

– Você tem noção de que ele está tentando nos prender? – Grace questiona Hadley, enquanto coloca as sacolas no chão. – O trabalho dele é nos prender, nos colocar atrás das grades, nos encarcerar, entende?

Hadley se levanta, cambaleante, e Mark a ajuda da melhor forma que pode, com as mãos amarradas.

– Cela de dois metros e meio por três metros – Grace continua –, com uma companheira de cela chamada Bertha.

Ela praticamente derruba as garrafas de água no chão ao batê-las com força sobre a mesa.

– Uma mulher que arranca rabos de ratos e dá nome às unhas cortadas dela. Você por acaso tem noção do que é isso?

Hadley olha acanhada para ela, com as faces ainda quentes, e Grace parece querer bater na cabeça dela com a lanterna que está segurando. A expressão de Grace se fecha enquanto ela balança a cabeça e bufa, mas falta vigor ao seu *humfs*, e Hadley pensa que Grace pode realmente estar um pouco satisfeita pelo que ela acabou de fazer. Grace então bufa mais uma vez e volta a desempacotar as compras.

Hadley desamarra seu pulso ao de Mark, e, com um pedido de desculpas nos olhos, volta a prendê-lo à mesa, dando um nó duplo ou triplo.

Ele a encara, implorando-a para reconsiderar, mas Hadley rapidamente desvia o olhar.

Grace tira um sanduíche da Subway da sacola e estende a mão.

– Achei que você devia estar com fome. Peito de peru e queijo suíço no pão italiano, só com alface, sem maionese.

– Eu pareço tão entediante assim?

Os olhos de Grace desviam para Mark.

– Não mais.

Hadley sorri, e Grace lança um olhar irritado a ela, o que faz Hadley sorrir ainda mais, um sorriso que ela não consegue apagar, incapaz de acreditar no que fez.

Grace pega um segundo sanduíche e o leva para Mark. Ele abre a boca para dizer algo, mas ela o interrompe.

– Abra a boca por qualquer motivo que não seja para comer este sanduíche, e vou deixá-lo com nada além de água e barras de granola.

Ele fecha a boca, e Hadley diz:

– Desculpe.

Enquanto Hadley come, Grace volta a reforçar a amarração de Mark à mesa usando abraçadeiras, entrelaçando-as de tal forma que se pareçam com uma corda grossa, prendendo o pulso direito dele à mesa, mas deixando a mão esquerda livre. Depois, ela troca os suprimentos de lugar, para que fiquem ao alcance dele.

Grace comprou comida suficiente para uma semana, além de doze garrafas de água, revistas, um colchão, um saco de dormir, um travesseiro… e um balde. Hadley olha para o balde com curiosidade e, ao perceber para que fim ele servirá, ela se encolhe e vira o rosto, incapaz de encarar Mark, consciente de que também é responsável.

– Isso não vai acabar bem – Mark diz, quando elas se viram para sair.

Por um momento, Hadley fica preocupada, pensando que talvez Grace cumpra a ameaça e o deixe com nada mais do que as barras de granola. Mas, em vez disso, ainda de costas, Grace balança a cabeça e pergunta:

– Você tem filhos?

– Um menino e uma menina.

– Então você entende – ela diz ao passar pela porta.

Grace

A única estação de rádio que pega dentro do carro é uma de *country*, e Mattie sofre com as mãos nos ouvidos enquanto Grace e Hadley cantarolam "Save a Horse (Ride a cowboy)".

Hadley tem seguramente a pior voz que Grace já ouviu. A mulher é completamente desafinada e parece ter um *kazoo* implantado na laringe. E isso deixa Grace incrivelmente feliz. Hadley pode até parecer uma beldade, mas tem uma voz que afugentaria cães... *gatos*, *ratos*, *baratas*.

Miles balbucia junto. E não é que o garoto é fã de música *country*? E, mesmo essa sendo a hora em que as bruxas costumam estar à solta, quando seus ataques noturnos acontecem, ele está feliz, tagarelando e batendo os pezinhos.

A médica de Miles já havia dito a Grace que, uma hora ou outra, as cólicas deixariam de aparecer e ele pararia de ter aqueles ataques, mas era uma rotina que se estendia havia tanto tempo que Grace já não acreditava mais que um dia fosse ter fim. Ela não está certa se é simplesmente pelo crescimento dele ou se a mudança nas circunstâncias causou esse progresso. Seja o que for, Grace sente-se imensamente grata. É como se um peso gigante tivesse sido tirado de suas costas. Mesmo a médica garantindo que Grace não deveria se culpar pelo sofrimento do filho, parecia que ela deveria, sim, se culpar, e desde que se tornou mãe só se sente um fracasso. Mas agora é como se, de repente, ela estivesse passando no teste.

O plano de deixar os Torellis em Bakersfield não deu certo. Principalmente pelo fato de Grace ser uma idiota. Ela perdeu a saída e, quando foi se dar conta de que isso havia acontecido, já estava tão distante que simplesmente continuou, quase se convencendo de que fora por acidente.

O problema é que, no momento em que ela supostamente deveria pegar a saída para Bakersfield, todos os outros estavam apagados. Hadley dormia com a cabeça encostada no vidro, sem se contorcer ou falar. Miles ressonava na cadeirinha agarrando o boné de Skipper. E Skipper se enroscava no colo de Mattie, com Mattie inclinada em cima dele. Se algum deles estivesse acordado, Hadley, Skipper e Mattie provavelmente estariam agora em um trem a caminho de Omaha. Só que não. Os três dormiam pacificamente. E aí, então, a saída chegou e passou, e era tarde demais para Grace retornar, ou, pelo menos, foi o que ela disse a si mesma, por toda a culpa que agora a assola todas as vezes que olha para Miles e percebe de novo o perigo em que o está colocando.

Ela agora canta ainda mais alto, e Hadley a acompanha, enquanto Mattie grita:

– Isso é abuso infantil!

* * *

As costas de Grace doem. O assento da caminhonete não tem suporte para a lombar, e, durante todo o trajeto, ela ficou sentada com uma postura desleixada, o que lhe rendeu cãibras nos músculos e espasmos nas costas. O grupo agora passa pela cidade montanhosa de Mammoth, e a rádio estala com *rock* dos anos 1980.

Miles solta um "Bo, bo, bo, bo" em alto e bom som, e Grace o observa pelo retrovisor. Ele vem balbuciando tanto, e ela se impressiona com quão rápido isso aconteceu, como se Miles tivesse descoberto que sua voz poderia ser usada para outras coisas além de gritar. Skipper para o que está fazendo, inclina-se na frente de Miles e diz:

– Bola – mostrando a bola de beisebol que compraram no Walmart. – Bola – ele repete.

O rostinho de Miles se ilumina, e ele tenta alcançar a esfera.

– Bola, diz bola – Skipper o encoraja.

Skipper está bastante determinado que a primeira palavra dita por Miles seja *bola* e tem trabalhado nisso o dia todo, repetindo-a com tanta frequência que Grace tem certeza de que ele conseguirá o que quer. Já a determinação de Hadley está em fazer Miles dizer *mamãe*, palavra repetida por ela todas as vezes que Grace o pega.

– Mamãe. Esta é sua mamãe. Diz mamãe. – Grace finge não se importar, mas, no fundo, ela se importa.

Todos esses acontecimentos a fazem pensar em Jimmy, e em como queria ligar para ele, contando-lhe sobre o desenvolvimento do filho, mas cada vez que isso acontece, Grace precisa se lembrar de que o que ele fez tornou isso impossível. Ela diz para si, de novo e de novo, *Para de pensar nele*, mas é como se não funcionasse. Desde que pegou Hadley e o agente no flagra dentro do *trailer*, Jimmy tem ocupado os pensamentos dela e se recusa a sair.

Quando o grupo atravessa a cidade, Grace reduz a velocidade para sessenta quilômetros por hora, praticamente se arrastando ao passar pela estação de esqui deserta. Eles estão prestes a cruzá-la quando luzes azuis e vermelhas ocupam o espelho retrovisor de Grace.

– Hadley – Grace a chama, a voz saindo como um grasnido.

Hadley percebe o *show* de luzes refletindo-se no para-brisa, olha por cima do ombro e diz:

– Ai, merda. Você estava correndo?

– Não. Longe disso.

Sem hesitar, Hadley fala:

– Deixa comigo – e, antes mesmo que Grace possa responder, Hadley já está descendo da caminhonete com suas muletas.

Grace assiste pelo retrovisor a Hadley mancar na direção da viatura. O policial ainda está dentro dela e falando no rádio. Ao perceber a aproximação de Hadley, ele sai do carro e, parado ao lado da porta, diz algo que Grace não consegue entender. Ela abaixa o vidro.

– Senhora, preciso que volte para o seu veículo – ele repete.

– Grace, você e minha mãe vão ser presas? – Mattie pergunta com a voz embargada.

Grace balança a cabeça. Seu pé paira sobre o acelerador enquanto a ideia de acelerar e deixar Hadley para trás espirala em sua mente. Seu próximo pensamento é dar ré na caminhonete, acertando em cheio a viatura e, com sorte, dando perda total nela. Mas acontece que Hadley está no caminho. *Saia daí*, Grace encoraja, com a ideia reluzindo intensamente diante dela.

Ela também pensa na arma de Frank que está ali bem próxima, no bolso externo da mochila. Pensa em qualquer coisa que impeça o que está acontecendo de continuar, de ser presa e levada para a cadeia, onde aguardará julgamento por vários crimes federais, incluindo atirar em um policial federal, roubar o carro dele e sequestrá-lo. Tudo isso a afastará para sempre de sua vida como ela conhece hoje.

Miles balbucia – Ga, ga, ga, ga –, e os olhos de Grace se voltam para ele no espelho, a cabeça a mil, em pânico, e ela decide enfiar a mão na mochila e deslizar a arma para seu colo.

– O que você está fazendo? – Mattie pergunta em voz baixa.

Grace coloca a arma embaixo do moletom e ignora a pergunta. Seus olhos agora estão fixos em Hadley, observando-a continuar indo na direção do policial.

– Senhora, volte para seu veículo – ele agora diz firmemente. Hadley inclina a cabeça como se não estivesse entendendo.

– *Oui, veiculô* é *carrô*? – Hadley pergunta com um sotaque francês muito carregado e muito *fake*.

O policial, um homem careca de meia-idade, bigode grosso e rosto largo, começa a rir e se afasta da porta da viatura.

– Sim, senhora, veículo é carro.

Hadley manca para trás lentamente, até se encostar na traseira da caminhonete.

– *Agorra* você me *revistarrá*? – ela diz, fazendo os olhos de Grace saltarem do crânio.

– Não é possível! – Mattie solta, nada convencida, assim como Grace. Aquele ato não somente não é convincente como também é ridículo. Que indivíduo na face da Terra, francês ou não, pergunta a um policial se ele agora a revistará?

Grace volta a colocar o pé no acelerador, pronta para dar o fora, certa de que o policial vai apontar a arma para Hadley e questionar que tipo de droga ela está usando.

– Não, não, não – ele responde, com as mãos acenando na frente dele e um sorriso de orelha a orelha.

– Vocês não *fazer* isso? *Primerra* vez me pedem para empurrar.

– Encostar... encostar o veículo – ele corrige.

Hadley inclina a cabeça mais uma vez, e Grace não consegue ver a expressão dela nesse momento, embora consiga imaginá-la perfeitamente: olhos de gata arregalados e sobrancelhas arqueadas, como se olhasse inocentemente para o policial.

– Pedi para você encostar, não para empurrar – ele explica calmamente.

– Você não *dizer* empurrar?

Mattie e Grace gargalham.

– Fala sério! – Mattie comenta.

Miles responde:

– Da, da, da, da.

Skipper, parecendo tão imune àquela situação quanto o bebê, segura a bola e diz para Miles:

– *Bola*, diz *bola*.

– Campeão, agora não – Mattie pede.

Obedientemente, Skipper entrega a bola para Miles, que sorri e a coloca na boca, deixando-a cair logo em seguida. Skipper a devolve para ele.

Grace volta a atenção para o retrovisor. O policial agora está bem próximo de Hadley, com postura relaxada e sua enorme barriga balançando ao rir de algo mais que Hadley disse.

– *Entón* por que pediu *parra* empur… encostar? Minha amiga *dirrige* muito devagar? Ela *dirrige* como uma velha, *nón*? Minha tia de noventa *ãn dirrige* melhor. Como vocês *dizer* aqui? Melosa? Ela é melosa.

O aborrecimento de Grace aumenta com seu medo.

– Medrosa – o policial corrige. – Mas não, não foi por esse motivo que pedi para encostar. Luz traseira quebrada. – Ele aponta para o lado esquerdo da traseira da caminhonete.

Hadley manca para se aproximar dele, um pouco perto demais além do necessário, inclinando a cabeça enquanto olha para a luz defeituosa.

– Você me *darrá* multa *porrisso*?

– A multa vai para sua amiga, pois ela é quem está dirigindo.

– Mas *carrô* não é dela. É do meu *irmón.*

– Mas o procedimento é o seguinte: ela recebe a multa e depois repassa para o seu irmão, que não pode deixar de consertar o carro. Não é preciso pagar nada por essa multa. É o que chamamos de advertência – o policial explica em detalhes, como se fosse um professor ensinando um aluno com dificuldade de acompanhar a matéria. Hadley agora balança a cabeça, e sua expressão se torna séria.

– *Nón* pode dar *parra* meu *irmón*. Dar *parra* mim. Por qualquer *côsa*. *Nón* me importo. Mas *nón* pode dar *parra* meu *irmón*. Ele me mata.

Grace já quase se esqueceu de que Hadley está atuando, tocada pela difícil situação dessa pobre imigrante que prefere receber uma advertência a entregá-la para seu irmão ogro.

– Ei, fica calma. Está tudo bem – o policial diz, e Grace percebe que Hadley pode ter aberto o berreiro.

A cabeça de Hadley continua a balançar, e ela treme, com seu corpo inteiro convulsionando enquanto responde:

– *Nón* tudo bem. Você *nón conhecer* meu *irmón*.

O policial suspira, e Grace quase comemora, já sabendo o que virá.

– Então vamos fazer o seguinte – ele propõe –, o que acha de eu deixar essa passar?

Grace dá um soquinho no ar quando Hadley olha para o policial com uma expressão que é um cruzamento entre sedução e adoração.

– Você *farrá* isso?

– Sim, eu farei – ele diz, com um sorriso de autocongratulação. E então, como se segurasse a ponta de um chapéu imaginário na direção de Grace, ele volta para a viatura com os ombros heroicamente puxados para trás.

Ao passar pela caminhonete, ele acena, e Grace levanta a mão para acenar de volta.

Hadley entra no carro com um sorriso do tipo *sou foda* no rosto, enquanto enxuga a umidade das faces.

– Oito de nove – ela diz, levantando a mão para Grace dar um "toca aqui".

Grace deixa Hadley no vácuo. Seu coração bate forte contra o peito.

Mattie pergunta:

– Oito de nove o quê? – enquanto se estica para dar um tapa na mão da mãe.

Hadley responde, orgulhosa:

– Sua mãe aqui já foi parada nove vezes, e a única vez que ganhei uma multa foi quando tentei dar em cima de uma policial, e ela não gostou nada disso.

Grace está irracionalmente chateada. Seu sangue bombeia com o pânico residual e uma raiva inexplicável. Ela deveria estar feliz com o talento perverso de Hadley para flertar, atuar e inventar uma história convincente assim, de supetão, mas, em vez disso, está cega de raiva e com os nós dos dedos brancos de tanto apertar o volante.

– Mas que grande lição você ensina para sua filha desse jeito, hein?

Hadley olha para Grace, com a cabeça inclinada para o lado.

– Qual é o seu problema?

– O que vai vir a seguir? Ensinar a Mattie como fazer uma *lap dance* ou conseguir bebida de graça na balada? Ou quem sabe já não pula direto pra lição mais importante: como se casar por dinheiro?

Hadley pisca sem parar, e Grace liga o carro, para pegar a estrada novamente.

– Sério, Grace, qual é o seu problema?

Grace olha para Mattie novamente, e sua pele pega fogo, incerta de qual é o problema com ela, mas certa de sua raiva. Por fim, ela solta:

– Isso não é certo – e são as únicas palavras que ela consegue pensar para descrever o que sente. – Sexo não é instrumento de barganha, ou, pelo menos, não deveria ser, né? E, para a maioria de nós, esse lance de oito de nove não funciona. Está me ouvindo, Mattie? A não ser que você se pareça com sua mãe e domine a arte de desconcertar os homens enfiando os peitos na cara deles…

– Eu não *enfiei* meus peitos na cara dele.

– Você meio que fez isso, mãe.

Hadley, bastante irritada, bufa, suspira e cruza os braços sobre os peitos recém-mencionados.

– Eu impedi que a gente fosse presa, isso sim.

Grace gira o volante e vai em direção ao acostamento. Mal consegue abrir a porta a tempo de jogar todo o jantar para fora.

A arma cai no chão, ao lado do vômito, e ela a encara, respirando entre arfadas e suspiros.

Hadley fica ao lado de Grace, segurando o cabelo dela, enquanto Grace cospe aquele gosto repugnante de sua boca.

Mattie sai do carro e lhe oferece uma garrafa de água.

– Arruma um lenço para ela, Mattie – Hadley pede, e sua voz está cheia de preocupação, enquanto acaricia as costas de Grace.

Os olhos de Grace se enchem de lágrimas. *É demais*, ela pensa. Entre ontem e hoje, e o que quase aconteceu, é demais. Ela fecha os olhos com força e suga o ar pelo nariz.

– Sem mais flertes para fugir de multas. Estressante demais para a dona Grace aqui. Anotado – Hadley diz.

Grace esboça um sorriso fraco, inclinando-se para pegar a arma.

– Você ia atirar no policial? – Hadley pergunta e, voltando ao sotaque francês *fake*, acrescenta: – Flertar *ser* melhor, *nón*?

– Que seja, que seja – Grace responde, voltando para a caminhonete. E, no caminho, ela se imagina em frente a um juiz com Hadley ao lado... o juiz sorrindo para Hadley, enquanto a libera de todas as acusações, e em seguida seu martelo batendo com força ao sentenciar Grace à prisão perpétua.

Mark

Está frio, muito frio. O vento bate na janela, trazendo junto outros sons noturnos. O sol se pôs há uma hora, e o vento se intensificou, criando rangidos e uivos e atirando terra e folhas contra o *trailer*. Mark está longe demais do aquecedor para ligá-lo e, humilhantemente, longe demais também do banheiro para poder usá-lo. Herrick deixou um balde ao lado dele, e o fedor dos dejetos faz seu estômago revirar-se. Claro que se lembra de que já passou por coisa pior como fuzileiro naval, é verdade, mas isso foi há muito tempo, quando era bem mais jovem, bem mais idiota e bem mais resistente.

Os dedos de sua mão esquerda estão machucados pelo esforço em serrar as abraçadeiras nas últimas seis horas com o zíper do saco de dormir. Ele já conseguiu cortar dois dos três elos amarrados em seu pulso, a única parte não trançada daquela espécie de corda que Herrick criou. Mas as bordas do zíper agora se reduzem a uma pequena protuberância e quase não fazem progresso contra o plástico grosso.

Enquanto se empenha para se soltar, a mente de Mark vagueia, sem conseguir tirá-la da cabeça... o cheiro, o toque, o sorriso dela... principalmente o sorriso, os dois gargalhando feito adolescentes. Mark balança a cabeça para espantar os pensamentos, incapaz de acreditar que fez o que fez. Vinte anos de FBI, e ele jamais chegou perto de cruzar essa linha.

O que será que o possuiu?

Ela. Ela o possuiu com aqueles olhos felinos, aquela boca, aquelas mãos e aqueles seios... aquela pele sedosa fluindo através do cetim branco do sutiã. A pele de Mark se arrepia com a memória e com as sensações que ela reaviva, então, mais uma vez, ele balança a cabeça e pressiona as mãos contra os olhos para afugentar as lembranças.

Quando volta a abrir os olhos, Mark retoma sua tarefa e serra freneticamente, com sua frustração atingindo um ponto crítico. A lâmina desliza e corta a pele na região acima do pulso, criando um novo ferimento próximo dos vários já existentes. Ele larga o zíper, pressionando o tecido do saco de dormir contra o ferimento, e depois inclina a cabeça para trás, contra a parede. *Maldita.* Ela sabia exatamente o que estava fazendo, com aquele sorriso malicioso enquanto pulava na direção dele. Ela então o beijou, e ele quis dizer não. Ele tentou.

Mas, droga, ele é um ser humano, masculinamente humano.

Mark volta a apertar os olhos, desejando que aqueles pensamentos parem. Sua mente berra em um milhão de direções diferentes... preocupação, alarme, euforia, desespero... quase o fazendo explodir. E então eles estavam ali, rindo, as risadas dela passando por cima das dele, levando-o a acreditar que foi tudo apenas pela diversão.

Ele estava constrangido e distraído, preocupado com o tornozelo dela, e depois desejando um cobertor para colocar embaixo dela, ou, melhor ainda, uma cama. Alguma bebida para aliviar o constrangimento. Um ar-condicionado para que ele não ficasse tão ciente assim de seu odor como ficou.

Tudo espiralava em sua cabeça quando os dedos dela se aproximaram, e aí, então, ele já não pensava em mais nada, os pensamentos obliterados enquanto ela fazia coisas com ele há muito tempo não feitas.

A pele de Mark arde com a lembrança. Ele está atordoado, mortificado, e não consegue acreditar que permitiu que aquilo acontecesse. Terrível e surpreendente.

Mark olha para o corte mais recente. O sangramento parou. Ele pega o zíper e continua, serrando e tentando não se cortar novamente.

As mulheres têm o poder de fazer os homens de idiota. Prova disso é que Hadley dormiu com ele, mexeu com a cabeça dele e o deixou ali, amarrado a uma mesa com um balde ao lado como banheiro. E ainda são chamadas de sexo frágil.

Ele vai precisar ter uma conversa séria com Ben quando voltar para casa. O garoto tem apenas nove anos, mas nunca é cedo demais para ensinar o quão perigosas as mulheres podem ser, o poder que elas exercem sobre os homens, de deixá-los loucos, e o quão insensíveis também podem ser depois, deixando-os confusos e arrasados… e amarrados a uma droga de uma mesa. Mark não vai deixar essa parte de fora, não, sobre o quão implacáveis elas são. Ben precisa saber disso para estar preparado.

Ele muda a posição da mão para segurar a lâmina improvisada entre o polegar e o dedo médio em vez de usar o indicador, que agora está ensanguentado e em carne viva.

Mark ficou preocupado em não esmagar Hadley com seu corpo, e seus braços tremiam enquanto estava por cima dela, com o foco dividido entre seus músculos lutando para se manterem firmes e a tentativa de fazer aquele momento durar o máximo possível, imediatamente querendo repeti-lo quando terminaram, querendo uma chance de provar que poderia fazer melhor… com uma cama, uma bebida, sem tantas restrições… sem ter as mãos amarradas pela própria gravata.

A lâmina desliza novamente, quase lhe acertando a veia, e Mark fecha os olhos com força e respira fundo.

O pós foi tão incrível quanto o sexo, talvez até mais. A cabeça dela em seu ombro, as mãos acariciando-lhe o peito. Ele olhava para o teto. Uma das lâmpadas fluorescentes piscava, intensificando o estranho surrealismo daquele momento. Ele contou sobre a vida dele; ela, sobre a dela.

Eu acreditava no amor. No casamento. Nós éramos uma família e... sei lá, acho que eu meio que acreditei na ideia de que é preciso permanecer, sabe, nos bons e nos maus momentos... que o amor é permanente, mesmo com defeitos. Como aquelas palavras causaram impacto em Mark... É exatamente como ele se sentia... se sente. E é por isso que ele teria ficado com Marcia para sempre, simplesmente pela sua firme convicção de que é isso que o amor é, no final das contas.

Mark não conseguiu segurá-la como queria, mas conseguiu entrelaçar os dedos dela nos seus, com o desejo de ajudá-la crescendo a cada segundo, até sentir que estava prestes a enlouquecer. Ele tentou falar sensatamente com Hadley, mas ela não o ouvia, calando-o todas as vezes.

Maldita. Ele também contará isso para Ben, como as mulheres não ouvem e não têm um pingo de bom senso, como pensam com o coração, em vez de com a razão. Como ela acha que isso vai terminar? Com ela e Herrick cavalgando ao pôr do sol com os milhões sujos de Frank?

Frustrado, Mark puxa a abraçadeira com força, e ela finalmente se rompe.

Grace

O grupo está hospedado em um hotel nos arredores de Lake Tahoe. A exaustão de Grace pesa sobre ela como um denso manto, e cada fibra de seu corpo, até as unhas, está exaurida.

Grace olha para Miles esparramado na cama, com as mãos em cima da cabeça como um campeão e a boca aberta, e ela sorri, maravilhada como sempre fica em momentos como esses, quando os dois estão a sós, impressionada por ter criado algo tão incrivelmente maravilhoso e perfeito.

A outra parte de seus pensamentos atormentados vem do que aconteceu entre Hadley e o agente. Hadley passou o dia inteiro sorrindo, deleitando-se por dentro em um estado onírico de êxtase pós-sexo, causando em Grace um incômodo tão intenso que chegou a doer. Agora, deitada ali e olhando para o teto, a sensação se tornou particularmente aguda, e é impossível dormir.

Jimmy é um grude, uma criatura pegajosa, um ladrão de calor. E, sempre que os dois dormiam juntos, ele encontrava uma forma de tocá-la, com o pé se enfiando entre as panturrilhas dela, o braço envolvendo o ombro dela, os dedos entrelaçados aos dela…

E isso sempre a incomodou. "Meu lado, seu lado", era o que Grace dizia para ele, estabelecendo uma linha imaginária no meio da cama antes de se apossar do "lado dela". Jimmy fingia obedecer, com um sorriso maroto. Só que aí, no instante em que Grace pegava no sono, ele chegava... um dedo, um ombro, um quadril... qualquer tipo de toque, de conexão. O problema é que, com o passar do tempo, Grace se acostumou, e então, todas as vezes que ele precisava se ausentar, sentia a falta dele. E nesse dia, em especial, desde que se deitou ao lado de Miles havia duas horas, Grace rolou para um lado e para o outro da cama em busca disso.

Por fim, desistindo de dormir, ela vai para a varanda, onde encontra Hadley fumando e observando as silhuetas das montanhas ao longe. A noite está fria, e Grace começa a tremer, mas não volta para o quarto para buscar seu moletom.

– Por um acaso é aqui o encontro dos insones?

Hadley abre espaço no parapeito, e Grace se inclina sobre ele.

Na frente delas, velhos pinheiros alcançam o céu da meia-noite, criando sombras de dentes de serra contra a noite estrelada. De ombros colados, as duas olham para a vastidão, e o farfalhar suave do vento entre as árvores é o único som que se ouve.

– Arrasando com as peças da promoção relâmpago do Walmart, hein? – Grace diz, observando o *look* de Hadley: conjunto de moletom de veludo preto, tênis de corrida azul e blusa com estampa de chita.

– Estou me sentindo a própria Peggy Bundy com essa roupa. Sério, Grace? *Animal print* e veludo?

Grace dá de ombros e sorri de um jeito maroto. Pode ser que ela tenha comprado as peças mais feias que encontrou ao escolher novas roupas para Hadley. Embora, ainda assim, a mulher pareça ótima. Grace tem certeza de que Hadley poderia estar vestida com um saco de lixo que daria início a uma nova tendência de moda. E logo todos estariam usando sacos de lixo no tapete vermelho. Ela é uma daquelas mulheres... do tipo deixe-a sozinha com um agente do FBI em cativeiro que está tentando prendê-la e ela achará um jeito de seduzi-lo.

– Não acredito que você transou com ele.

– Nem eu.

E, mesmo na fraca luz, Grace consegue ver Hadley corando.

– Você não precisa ficar se gabando disso.

– Mas eu não estou.

– Ah, mas está demais. Triunfante.

O rubor de Hadley aumenta, fazendo Grace ter vontade de atirá-la da varanda. Ela é que queria estar se gabando. Queria tanto que Jimmy estivesse com ela, para que ela, também, pudesse se sentir triunfante.

Hadley dá uma tragada no cigarro. Joga a cabeça para trás e sopra a fumaça no ar, então fica observando a fumaça se afastar com um sorriso surgindo nos lábios.

– Uau. Percebi na hora que você tinha transado com ele, mas não que tivesse *gostado* tanto dele assim.

Hadley baixa a cabeça rapidamente.

– Eu não... Eu não ia...

Ela desvia o olhar, as palavras lhe faltam, e Grace se sente mal por provocá-la. Está óbvio que Hadley gosta mesmo do cara, o que torna o lance entre eles menos romântico do que trágico. Ele é um agente do FBI; ela, uma fugitiva. No melhor dos cenários, eles nunca mais tornarão a se ver.

Grace volta a olhar para as montanhas, observando as nuvens noturnas passando pela lua.

– E cadê seu marido? – Hadley pergunta.

– Afeganistão.

– Exército?

Grace confirma.

Há um momento de hesitação no ar, mas Grace sabe que não durará muito. Hadley não consegue se segurar. É tagarela e intrometida. Grace ainda está se preparando para a pergunta, quando Hadley deixa escapar:

– E por que você deixou seu marido? Ele é um idiota?

Grace inspira fundo o ar gelado, expirando-o lentamente.

– Não. Jimmy é o cara mais legal do mundo.

Ela observa a expressão de Hadley buscando por mais informações, mas se limita a dizer isso. Grace não acha correto falar mal de quem se ama.

– Isso não é justo. Você sabe tudo sobre mim – Hadley diz, fazendo bico.

– Porque você fala demais.

Hadley dá um sorriso sarcástico.

– Está bom, vai. O resumo é: Jimmy gosta de apostar. Isso arruinou nossas vidas duas vezes, e, na última, eu disse para ele que, se aquilo acontecesse mais uma vez, nos separaríamos.

A voz de Grace soa natural até a última palavra, e ela precisa fazer um grande esforço para não deixar transparecer como aquela confissão machuca. Fica surpresa com o quanto o fato de dizer aquelas palavras em alto e bom som a afetou. Foi como tirar a tampa de um refrigerante sacudido. Embora tudo o que ela tenha dito seja a mais pura verdade, parece uma imensa expulsão de toda a dor e toda a vergonha reprimidas dentro dela por anos.

Os olhos verdes de Hadley expressam simpatia, e Grace sente-se desconfortável. Odeia que sintam pena dela!

Hadley desvia o olhar, e, por um longo tempo, as duas ficam em silêncio, até Hadley finalmente dizer:

– Você já parou para pensar em como as coisas seriam diferentes se fossem os homens que ficassem cuidando dos filhos? Como os pinguins, dependendo das fêmeas para voltar ao ninho e alimentá-los, levar para casa o *bacon* ou o peixe ou o que quer que os pinguins comam, mesmo muito tempo depois de eles terem deixado de ser os pinguins mais gostosões da praia?

– *Iceberg*.

– *Iceberg*?

– Se fossem pinguins, estariam no gelo – Grace diz.

Hadley faz uma careta para ela, que dá de ombros.

– Só estou dizendo que não seria em uma praia. Seria em um *iceberg*.

– Nossa, o Jimmy deve ser mesmo o cara mais legal do mundo.

Grace mostra a língua para Hadley, e Hadley mostra o dedo para ela. Tudo muito adolescente, e Grace sente uma leveza repentina no peito, uma sensação particularmente desconfortável… familiar, mas distante, talvez uma vaga lembrança de um tempo anterior ao adoecimento da avó.

– Você está bem? – Hadley pergunta.

Grace assente, com os olhos piscando enquanto massageia o esterno com o nó dos dedos.

– Então, o que aconteceu hoje mais cedo com você e as crianças? Vocês ficaram tanto tempo fora.

Ombros encolhidos.

– Não vai me contar? O Skipper agora chama você de Trout, o nome mais reverenciado do beisebol, e minha filha, que basicamente odeia todo mundo, anda atrás de você feito um cachorrinho, prestando atenção em cada palavra que você diz.

– Acredito que sejam meu charme e minha personalidade irresistíveis.

Hadley zomba dela, e Grace ri, mas o momento é interrompido por um resmungo vindo do quarto. Grace congela e corre para dentro.

Ela pega o filho e o sacode para cima e para baixo, enquanto alcança a bolsa dele para pegar uma mamadeira. Miles começa a chorar.

– Para de balançar o Miles desse jeito, Grace – Hadley diz, e é quando Grace percebe que ela a seguiu até o quarto.

Grace troca de posição para embalá-lo no braço esquerdo, balançando-o para a frente e para trás, enquanto continua a vasculhar a bolsa. Miles grita mais alto.

– Pelo amor de Deus, Grace, você vai machucar o pescoço dele desse jeito. Vamos, me dê esse menino.

A mandíbula de Grace se contrai, e ela faz o que Hadley diz.

Hadley senta-se na cama e coloca Miles sobre o ombro, dando tapinhas nas costas dele enquanto conversa em um tom gentil e calmo, fazendo-o parar de chorar imediatamente.

Grace a encara.

– O que foi?

– Nada.

– Arrume a mamadeira dele.

Grace pega a fórmula e sai correndo para o banheiro para prepará-la, voltando logo em seguida e entregando-a para Hadley. Um segundo depois, Miles está no colo dela, tomando a mamadeira. Ele a agarra com suas mãozinhas ávidas, sugando-a vigorosamente.

– Está tudo bem – Hadley diz, ao notar a óbvia angústia de Grace. – Você vai pegar o jeito. Leva tempo mesmo.

Grace balança a cabeça.

– Eu sou uma droga nisso.

E Grace sabe que Hadley não teve a intenção, mas, antes que ela pudesse se conter, sua cabeça se move por uma fração de segundo para cima e para baixo, confirmando o que Grace já sabe: ela é totalmente incompetente no trabalho mais importante do mundo.

– Sente-se aqui. – Hadley faz um gesto com a mão, e Grace se estatela ao lado dela.

Miles continua a mamar, e seus olhos se reviram em uma quase exaltação.

– Aqui, pegue ele – Hadley diz, estendendo o garoto.

Grace se afasta e balança a cabeça.

– Ele já está feliz assim.

Hadley acomoda novamente Miles em seu colo e o acaricia. O bebê continua a mamar, sereno.

Depois de um tempo, um sorriso surge nos lábios de Hadley:

– Sabe o que eu estaria fazendo se estivesse em casa agora?

É uma noite de domingo, quase meia-noite. Grace não tem ideia do que Hadley estaria fazendo, mas ela, sim: em casa com Miles berrando até a cabeça dela quase explodir, e ela tentando acalmá-lo de todas as formas que conseguisse imaginar, enquanto rezava para ele cair no sono, para que ela pudesse fazer o mesmo.

– Exatamente isso aqui – Hadley diz. – Sem a parte do Miles, claro. Mas eu estaria sentada na minha cama, depois de ter fumado escondido. Só que eu não curtiria o momento. Em vez disso, ficaria pensando no quanto Frank odeia que eu fume, preocupada que ele fosse chegar em casa e sentir o cheiro em mim. Eu então ficaria neurótica, cheirando o ar e o meu próprio hálito, provavelmente andando de um lado pro outro ou limpando a casa. É o que faço quando fico nervosa. Limpo.

– Então, para você isso aqui é realmente uma melhoria? – Grace pergunta, firme.

– Um triste atestado sobre minha vida.

– Sua vida não acabou.

– Tenho quase quarenta.

– Sério? Achei que tivesse mais.

Hadley levanta a cabeça na mesma hora, e Grace sorri com uma expressão de "te peguei".

– Ha, ha, ha, muito engraçadinha. Espere só até suas primeiras rugas começarem a piscar para você no espelho. Vamos só ver o quanto você vai rir quando isso acontecer.

A essa hora, Miles já está apagado, com a fórmula escorrendo-lhe pela boca aberta e a mão ainda segurando a mamadeira.

– Toalhinha – Hadley pede, e Grace a entrega.

Hadley põe Miles sobre o ombro e o coloca para arrotar. Grace nunca teria feito isso. Ela só o teria deixado dormir.

Hadley percebe a expressão dela.

– Você precisa fazer o Miles soltar os gases dele, senão ele sente cólica.

Hadley olha em volta.

– Pegue uma toalha de banho para mim.

Grace pega uma toalha do banheiro.

– Agora, coloque a toalha na cama.

Hadley então coloca Miles diagonalmente na toalha e dobra a parte de baixo sobre seus pezinhos.

– Ele não gosta de ser enrolado.

– Mas é claro que gosta – Hadley diz, deixando Grace irritada.

Grace cruza os braços, só esperando Hadley terminar e Miles começar a gritar. Desde que nasceu, ele odeia ficar preso com uma manta restringindo seus movimentos.

Hadley termina e se endireita.

– Muito bem, garotão, pronto para passar a noite.

Ele não grita. Pelo contrário, dorme profundamente, aconchegado em seu casulo, exceto pelos braços, que estão para o alto, como um campeão.

– A maioria dos meninos gosta de ficar com as mãos livres – Hadley diz, como se não fosse nada de mais, como se todo mundo tivesse aquele tipo de informação. Mas Grace não tinha conhecimento daquilo. Ninguém jamais lhe havia dito isso. É um milagre, o truque mais notável e simples do mundo. Miles é pura alegria, e sua expressão em nada lembra o rosto contorcido que ele costuma ter ao dormir.

– Você vai pegar o jeito, Grace – Hadley repete, ao pegar as muletas. – Bom, então é isso. Boa noite. Mais um grande dia amanhã, que, espero, não seja nem de longe tão agitado quanto o de hoje.

– Obrigada – Grace agradece, e, mais uma vez, aquele sentimento desconfortável surge dentro dela.

Hadley balança a cabeça.

– Você sabe que na verdade é o contrário, né? Sou eu quem devo agradecer a você.

Hadley já está quase na porta quando Grace diz:

– Fico feliz por ter conhecido você.

Hadley se vira.

– Independentemente do que acontecer, eu só queria que você soubesse disso. Que... ai, isso vai soar tão bobo... mas os últimos dias, eles foram meio que divertidos.

Hadley sorri, inclina a cabeça e a endireita a seguir.

– Doeu para dizer isso?

– Uma dor excruciante.

Hadley ri alto e sai do quarto. Por um longo tempo, Grace continua com os olhos fixos no ponto onde ela estava, pensando no perigo que é começar a gostar de alguém.

Com firmeza, ela decide deixar aqueles pensamentos de lado. Miles é a única família que ela tem, a única coisa com que deve se preocupar. Hadley, Mattie e Skipper... são apenas pessoas que cruzaram o caminho dela por um acaso. Um dia, lá na frente, Grace olhará para o passado e recordará deles com carinho, mas amanhã será preciso deixar isso para trás.

Ela esfrega o nó dos dedos contra o esterno mais uma vez, sentindo novamente aquela leveza aterrorizante.

Hadley

A estrada serpenteia a Sierra Nevada, com fragmentos da luz do dia aparecendo por entre as copas das árvores. Em ambos os lados da estrada, pinheiros gigantes se elevam em direção ao céu, em uma imponente e gloriosa paisagem que faz Hadley se sentir pequena, e seus problemas, tão distantes. Ela se permite se perder ali… não há um mundo lá fora, preocupações ou arrependimentos… apenas a extrema beleza e a grandiosidade absoluta de tudo aquilo diante dela.

Mas, no momento em que voltam para a rodovia principal e Hadley vê a faixa de asfalto que se estende até o horizonte entre paisagens coloridas, suas lembranças do dia anterior e de tudo mais que aconteceu nos últimos três dias a acertam em cheio. Emoções crescem dentro dela: descrença seguida de espanto.

Sou uma fugitiva. Uma criminosa?

Eu dormi com o Mark! Um agente do FBI que eu tinha acabado de conhecer?

Hadley sabe que deveria se concentrar na primeira questão, mas acontece que sua cabeça não consegue deixar de pensar na segunda, no sorriso de Mark, no seu toque, tudo isso lhe preenchendo a mente e tornando impossível pensar em qualquer outra coisa.

Hadley jamais foi uma pessoa espontânea, sempre tão preocupada em fazer o que é certo que as chances de empreender algo notável inevitavelmente acabavam passando por ela sem ser aproveitadas. Mas ontem, ah, ontem, foi como se toda hesitação e suposição milagrosamente a tivessem deixado. E, pela primeira vez, Hadley estava completamente despreocupada em fazer algo errado ou do qual pudesse se arrepender: ousada e destemida como jamais fora.

Ela se lembra do quanto Mark se esforçara para ser bom, da maneira como ele se afastara quando ela se aproximou dele, levando as mãos amarradas à frente do corpo, a expressão de medo, como se ela fosse alguém para se temer, o diabo, que lhe roubaria a alma. E talvez ela devesse mesmo ser temida.

Ela ri, e Grace olha para trás, revira os olhos e depois liga o rádio, como se tentasse abafar a presença dela com o som.

Hadley vira o rosto e fixa o olhar na paisagem bege que passa por ela, enquanto relembra aqueles minutos inesquecíveis. *Vinte? Trinta? Talvez menos?* Tão breves e, ainda assim, tão transformadores. Ela olha para o lado e se pergunta se é possível que ao menos um pouquinho da incrível coragem de Grace tenha sido passada para ela.

Foram tantas as risadas enquanto tudo acontecia: o fiasco com as roupas, depois a tentativa de descobrir como aquilo poderia dar certo com as mãos dele amarradas e a bandagem dela enroscada entre eles. Hadley jamais se divertiu tanto assim durante o sexo. Normalmente, uma coisa tão séria, ou, pelo menos, era assim que ela encarava. Mas não tem que ser sério. Pode ser divertido. E engraçado.

Mas ainda há algo mais. Ela inclina a cabeça tentando descobrir o que é e definir o que está sentindo. *Fácil*, Hadley pensa, com a sensação de que acabou de tropeçar em uma grande revelação. O sexo com a pessoa certa é fácil, como encontrar a combinação perfeita em um quebra-cabeça de dez mil peças. *Simples assim! Olha só: nos encaixamos.* Tão fácil.

Mattie uma vez fez um trabalho sobre cavalos-marinhos, criaturas incríveis que se ligam pela eternidade. Eles escolhem um par para interligar suas caudas, e então flutuam para todo o sempre pelo oceano, unidos. Mas, antes de tomarem essa importante decisão, eles cortejam, dançam ao redor um do outro por dias, até ter certeza de que são compatíveis e de que seus sistemas estejam sincronizados... seus ritmos, suas pulsações, seus ciclos. E foi exatamente assim entre ela e Mark: como cavalos-marinhos em perfeita sincronia. E Hadley sorri ao se lembrar do quanto os dois estavam mesmo muito sincronizados.

– Fala sério! – Grace diz, e só então Hadley percebe ter sorrido de novo.

Ela tenta não pensar mais nisso, sabendo que não é hora para sentir tamanha felicidade. Mas é impossível evitar. Não importa o quanto tente, todas as vezes que afasta os pensamentos dele, Mark volta logo depois, sorrindo e gargalhando e fazendo coisas com ela... atrevidas, terríveis, maravilhosas... sem lhe pedir permissão.

Hadley se espanta por estar se sentindo assim, como uma adolescente caidinha pelo seu *crush*. Mas é exatamente como ela está: boba e sem fôlego... talvez até um pouco apaixonada.

Poderia ser? Amor? Depois de passar tão pouco tempo com alguém?

Ela não consegue se lembrar da última vez que se sentiu assim. Será que alguma vez já se sentiu dessa maneira? Talvez. Na escola? Uma paixonite pelo cantor de alguma *boy band* famosa. Mas não é a mesma coisa. Mark é real.

Na rádio, outra música começa a tocar, que fala sobre fazer melhor nos próximos trinta anos, e Hadley balança a cabeça acompanhando a letra.

Manteiga de amendoim e geleia. Presunto e queijo. Frango frito e *waffles*. Por quinze anos, Hadley sofreu, sem entender o que fazia de errado, as coisas sempre tão difíceis. E foi aí que, *bum!*, como uma cortina se abrindo, tudo de repente ficou tão claro. Química, o magnetismo único e simples de dois organismos em relação um ao outro. No dia anterior, ela e Mark estavam espumando, efervescendo e borbulhando, rindo, se divertindo e se abraçando, como se fosse a coisa mais natural do mundo.

Ela encosta a cabeça na janela e suspira.

O filho dele é o Ben. A filha, Shelly. Hadley imagina o cachorro que ele e Ben adotarão. Ela espera que seja um filhotinho ou, pelo menos, um cachorrinho jovem… o caos da adolescência canina é um momento impagável.

Como seria fazer parte disso? Ela e Mattie com Mark, Ben, Shelly e um novo cachorro. A ideia é exagerada e absurda, fantasiosa e delirante, ainda assim, deliciosa, de um jeito que apenas ideias absurdas podem ser. Cheia de charme e de possibilidades, ela passa pela cabeça de Hadley como uma borboleta, tremulando até brilhar com tanta intensidade que sua mente é tomada por ela.

Hadley pensa na probabilidade de algo envolto nessa espécie de magia voltar a acontecer em sua vida. Tem trinta e oito, e essa foi a primeira vez que sentiu algo do tipo… as chances são pequenas assim: uma em cem mil ou, talvez, em um milhão.

– Você está bem? – Grace pergunta.

– Estou – Hadley responde, mas, agora, nada bem.

* * *

O grupo faz um lanche à beira do rio Truckee, um piquenique com sanduíches e batatinhas comprados em um posto alguns quilômetros atrás. O rio é maravilhoso, e eles são os únicos ali. Miles está ao lado de

Hadley, deitado em uma toalha, praticando seu novo talento, o de rolar. Sua habilidade em rolar de bruços para de costas é muito melhor do que o contrário. Aquele é o Dia da Memória. Se estivesse em casa, estaria na praia.

Todos os anos, os moradores do bairro de Hadley se reúnem na enseada particular da comunidade para jogar vôlei e *boogie board*, fazer churrasco e, o programa favorito de Skipper, *wiffle ball*, uma variação do beisebol para ser jogada ao ar livre ou em áreas pequenas. Frank e Skipper adoram. Ela e Mattie odeiam.

Este ano seria melhor que o anterior. A economia está se restabelecendo, então seus vizinhos ricos estariam um pouco menos estressados. Os vinhos seriam mais caros, e as próximas eleições, o tema principal. Hadley suspira ao se lembrar, feliz por não precisar mais fazer parte disso, de não precisar mais acenar e sorrir e ter conversas triviais enquanto encolhe a barriga e conta os minutos até poder ir para casa.

Ela olha para o relógio. Frank deve estar lá agora. Hadley espera que sim. Ela não ligou mais desde que o grupo jantou no Denny's, em Baker, há dois dias. Isso significa que, mesmo ele ainda não sabendo do problema em que Hadley se meteu ou do dinheiro roubado, Frank sabe que ela não está seguindo com o planejado. O cérebro dela entra em parafuso, incerta do que a assusta mais: ser pega pelo FBI ou ser encontrada por Frank.

Hadley afasta esses pensamentos e concentra-se no agora, em si mesma deitada à beira de um rio em Nevada, vendo Miles se divertir sozinho e Mattie e Skipper com os pés na água do rio, PlayStations portáteis nas mãos e arremessando mirtilos para o alto, tentando pegá-los com a boca.

Mattie mostra a língua roxa dela, e Skipper tem uma crise de riso, o que faz Hadley rir também. Faz muito tempo que ela não vê os dois se divertindo tanto.

Já Grace está deitada em uma grande pedra, cochilando. Ela estava se sentindo um pouco indisposta de manhã, mas parece estar melhor agora.

Hadley está preocupada com Grace. Ela parece cansada demais e, apesar de não demonstrar, um pouco perdida, também.

O plano é Grace levá-los até Salt Lake City, e então, pela manhã, Hadley comprará um carro e seguirá viagem. O tornozelo dela está um pouco melhor. Até o dia seguinte, deve estar bom ao menos para aguentar a pressão no pedal do acelerador.

Pensar em Grace e Miles partindo deixa Hadley extremamente triste. Nos últimos três dias, criou-se um laço tão forte entre eles! Ela olha para Miles, com suas perninhas chutando o ar e mãozinhas balançando. Hadley vai sentir falta dele... dos dois.

Skipper solta um grito de comemoração, e Hadley olha para cima e sorri para Mattie, pois sabe que a filha o deixou ganhar, uma generosidade e uma gentileza que Mattie com certeza não teria demonstrado há uma semana. A garota melancólica e zangada de antes substituída por outra incrivelmente parecida com sua filha de um ano atrás. De manhã, durante o café, ela até puxou conversa com a mãe, perguntando sobre carros, mais especificamente sobre o primeiro de Hadley. Todos riram muito quando Hadley contou que foi o velho Bentley de seu pai repassado para ela, um monstro de ostentação do tamanho de um caminhão semirreboque, com interior de couro vermelho e aros cromados. Um mês depois, o carro já estava todo arruinado, mas Hadley jura que, na verdade, aquele era o plano de seu pai desde o início.

Depois de perguntar sobre o carro, Mattie veio com a ideia absurda de Grace ensiná-la a dirigir para que ela pudesse ajudar quando as duas estivessem por conta própria. Hadley sorri pensando nisso. Mas que ideia ridícula. Mattie tem apenas catorze anos.

Ela tenta movimentar o tornozelo mais uma vez e esconde seu estremecimento, com a preocupação agora eclipsando seu humor tranquilo.

O trajeto de Salt Lake City a Denver é de quase oito horas. Tempo demais para dirigir com um tornozelo que ainda se recusa a flexionar.

Mattie se levanta e se joga na toalha, ao lado de Miles, com as faces vermelhas pelo frio e os cabelos emaranhados pelo vento. Hadley sorri. Até a maquiagem dela está mais leve, e as claras sardas em seu nariz se mostram por baixo da camada de base.

Ela então deita de bruços para que seu rosto fique da mesma altura que o de Miles, que rola de um lado para o outro como uma tartaruga, tentando descobrir qual é o mistério para conseguir voltar a ficar de bruços. Mattie dá uma mãozinha para ele, que solta um gritinho de alegria, empurrando os bracinhos, orgulhoso como um pavão, imediatamente virando-se de costas e começando a se debater outra vez.

Mattie sorri, um som leve como sinos dos ventos e, de repente, volta a ser uma garotinha... aquela, de olhos arregalados e que segurava seu ursinho Pooh, enquanto subia no colo de Hadley para se aninhar no corpo da mãe. O tempo é mesmo um ladrão, Hadley pensa. Você acredita que terá uma quantidade infinita daquilo, mas então você pisca e tudo o que era foi substituído por algo totalmente diferente.

– Como você está, meu amor? – ela pergunta para a filha.

– Bem – Mattie responde, distraída, com a atenção ainda voltada para Miles.

Um tempo depois, ela pergunta:

– Mãe, o que vai acontecer se isso aqui não der certo?

Mattie está se esforçando muito para aquela pergunta parecer sem importância, como se, qualquer que seja a resposta, estivesse tudo bem e não fosse nada de mais, mas o tremor em sua voz a denuncia.

Do mesmo jeito, Hadley disfarça a própria incerteza, enquanto pega uma mecha de cabelo que cai no rosto da filha, colocando-a atrás da orelha dela.

– Bom, aí vou precisar que você seja mais forte do que nunca.

Mattie responde com um sorriso corajoso, e Hadley se enche de orgulho, impressionada com a força e a coragem da filha, feliz por ela ter herdado um pouco da dureza de Frank.

Mattie olha para Miles e o ajuda a rolar mais uma vez, com Miles vibrando assim como antes.

– Espero fazer melhor.

– Melhor?

– Sim, do que antes.

Hadley não diz nada. Ela acha que Mattie já estava indo bem. Talvez não fosse tão popular quanto gostaria, mas tirava boas notas, não se envolvia em confusão, recebia elogios dos professores. Ou talvez o que Mattie esteja pensando ao dizer isso esteja relacionado com o pai, desejando, assim como Hadley, ter sido mais forte ou capaz de mudar as coisas.

Desviando o olhar, Hadley pensa: que ela mesma consiga fazer melhor. Que as duas passem bem por isso e ela seja a mãe que sempre pretendeu ser. Os olhos dela se voltam para Grace, baixinha daquele jeito, mas com quem ninguém mexeria, com ela ou Miles. Ninguém, nem mesmo Frank. Ele até tentou, e olha só no que deu. Grace foi lá com sua bolsa listrada esfarrapada e pegou o que era dela.

Skipper se levanta, sentando-se ao lado de Mattie, e Hadley acha melhor mudar de assunto.

– E então, o que aconteceu ontem quando vocês saíram com a Grace?

– *Home run* – Skipper anuncia, antes de Mattie conseguir responder.

– Uau – Hadley comenta, olhando para Mattie em busca de tradução, mas a filha permanece calada.

– Com a bola na arquibancada – Skipper diz, para enfatizar seu ponto, e Mattie abre um largo sorriso.

– Você não vai mesmo me contar o que isso significa? – Hadley pergunta para Mattie.

– O que significa o quê? – Grace pergunta, aproximando-se delas para pegar Miles.

– O Campeão aqui disse que você marcou um *home run*.

– Com um *grand slam* – Skipper diz, e seu rosto se ilumina, enquanto Mattie e Grace trocam um olhar conspiratório.

– Alguém, *por favor*, pode me dizer o que isso significa? – Percebendo que nenhuma das duas fará isso, Hadley completa: – Sério?

Elas continuam rindo, e Hadley se levanta, bufando.

– Bom, daqui para a frente, sem mais *home runs*. Daqui para a frente, ficamos quietos e não chamamos atenção.

Ela então sai mancando com raiva, odiando e amando ter sido deixada de fora do que quer que seja que os quatro aprontaram juntos e que, obviamente, foi tão grandioso.

* * *

Eles percorrem quilômetros e quilômetros pelo deserto, passando por várias cidadezinhas. Vez ou outra, param para ir ao banheiro e esticar as pernas, mas, na maioria das vezes, apenas seguem em frente, todos exaustos e rabugentos por causa daquele longo dia na estrada, o terceiro consecutivo.

Perto das oito da noite, Grace para em uma churrascaria nos arredores de Salt Lake City, que diz ter visitado com o marido logo depois de eles se casarem. Uma música alta ressoa pelas portas abertas, e há pessoas espalhadas na entrada do lugar. O cheiro de carne e molho barbecue passa pelo nariz de Hadley, fazendo seu estômago roncar.

A dieta de Hadley foi praticamente reduzida a zero nos últimos três dias, mas, de maneira surpreendente, isso tem passado longe da angústia que ela achou que seria. É mais uma preocupação *blasé*. Uma sensação semelhante a como ela se sente sobre o uso do fio dental. Algo em que Hadley pensa todos os dias, sabendo que, se não passar o bendito fio dental, uma hora ou outra isso vai cobrar um preço e ela vai acabar com uma doença na gengiva, mas, no fundo, o futuro parece muito distante, e ela não se importa o bastante para ir lá e fazer.

O grupo se acomoda em uma mesa estilo piquenique forrada com uma toalha de plástico xadrez vermelho, e Hadley fica com Miles enquanto Grace e as crianças saem para pegar a comida. Os olhos de Miles estão arregalados de admiração ao perceber a música, as luzes e o zum-zum ao seu redor, e Hadley o entende.

O Pat's Barbeque é um legítimo bar caubói. Do outro lado do salão uma banda *country* toca sem parar, e, em frente a ela, homens, mulheres e crianças com botas de caubói, calças Wrangler e cinto com grandes fivelas prateadas.

Grace coloca um prato lotado de comida em frente a Hadley, com maminha de alcatra, milho na espiga, salada de repolho e pão de milho, junto de uma caneca de cerveja, e Hadley usa seu guardanapo para limpar a manteiga do milho e o barbecue da carne antes de mordiscar os dois. Enquanto isso, Grace espalha uma camada generosa de molho extra nas costelas do outro prato que pediu e rega as batatas com molho de carne, esbaldando-se logo em seguida.

Skipper corta seu bife. Miles balbucia e enfia um pedaço de pão de milho na boca, mais espalhando-o para todos os lados do que o comendo de fato. Mattie mastiga as costelas, parando a cada poucas mordidas para perguntar a Grace algo sobre motores ou carros, um tema que Grace parece entender muito bem e pelo qual Mattie criou uma fascinação repentina.

É estranha a normalidade em tudo isso. Os cinco jantando juntos, uma réplica de família que parece tão bizarramente certa, e Hadley não consegue se lembrar da última vez que desfrutou tanto de uma refeição.

– Uma dança?

O grupo olha para cima e vê um esguio caubói estendendo a mão para Grace. Ela cora, afastando-se da mesa, e todos assistem impressionados a quando ele a pega pela mão e a leva para a pista de dança, e Grace junta-se a uma dança em linha com chutes, batidas de pés, palmas e rodopios que parece levar anos para se dominar.

A roupa que Grace comprou combina com ela: *jeans* desbotados com a barra dobrada, uma camiseta branca com decote em V e tênis brancos imitando um Keds. Ela parece corajosa, jovem e cheia de vida, exatamente como uma mulher de vinte e seis anos deveria parecer. E, quanto mais Hadley a observa, mais sua culpa aumenta.

– Mãe, você está bem?

– Sim, estou, sim – responde para a filha, quase automaticamente. – Mattie, fica de olho no Miles e no Skipper. Já volto.

Ela sai mancando com suas muletas, inclina-se contra a grade da varanda na entrada e pega o celular descartável. No dia seguinte, Grace irá embora com Miles, o que significa que é hora de começar a pensar nos próximos passos que precisará dar sem ela.

Em frente, um grupo de motociclistas bebe cerveja e faz graça. Ela se afasta e leva o telefone ao ouvido.

– Vanessa.

– Meu Deus, Had, por onde você tem andado? Tipo, estou tentando ligar para você há dias. Seu celular ficou fora de serviço ou algo assim. Você sabia que o FBI está atrás de você?

A pulsação de Hadley dispara ao perceber que o FBI ligou para sua irmã. O que faz totalmente sentido. Mas, até Vanessa dizer isso, Hadley não tinha nem chegado a considerar essa possibilidade, e, de alguma forma, o fato de a irmã saber faz tudo parecer tão pior do que já é.

– Had, você está aí?

– Sim.

– Mas que merda está acontecendo? Eles ficaram ligando, tipo, a cada cinco minutos, e aí depois apareceram aqui no meu hotel...

– Apareceram? Em Belize?

– Não o FBI, mas alguns policiais daqui. Dois caras vieram para me dizer que o FBI estava atrás de você e que eu precisava ligar de volta para eles. Como se eu já não soubesse que eles tinham ligado sem parar. O Tom surtou.

– Está tudo bem...

– Óbvio que não está tudo bem! – Vanessa praticamente grita.

Hadley afasta o telefone do ouvido.

– Nessa, fica calma.

– Fica calma? Como assim? Realmente não tenho como ficar calma. O Tom está puto. Ficou tão chateado que até acabou com nossa lua de mel antecipadamente.

Hadley viu Tom apenas uma vez. Encontrou-se com ele para um almoço rápido, quando Tom fez uma escala em Los Angeles durante uma viagem de negócios. Hadley não se impressionou. É um cara que adora falar, a maior parte do tempo sobre si mesmo, e não pode dizer que ele é exatamente um sujeito cativante, com seus interesses se limitando a *mountain biking* e investimentos.

– Tom é um cara muito correto e não concorda com isso.

– Nessa... – Hadley diz, esforçando-se para manter-se calma. – Eu entendo que você esteja chateada, mas está tudo bem. O Skipper está bem.

Silêncio.

Hadley sente um arrepio na espinha. Ela olha para Skipper pela janela. Ele continua sentado no mesmo lugar, com seu boné de beisebol torto e os ombros caídos, enquanto olha as pessoas dançar, comer e conversar ao redor.

Após longo tempo, com Vanessa ainda calada, Hadley diz:

– Estou ligando porque vamos precisar mudar os planos. Não posso mais levar o Skipper para a casa do Tom, então você vai ter de se encontrar com a gente.

Nada.

– Nessa? Você está me ouvindo?

– Isso tem sido terrível – Vanessa murmura, e parece estar chorando. – O Tom está tão chateado que nem conversa mais comigo.

Agora é a vez de Hadley ficar em silêncio, com a pele pegando fogo enquanto espera o que está por vir, sabendo o que está por vir, mas não querendo aceitar até que sua irmã diga em voz alta.

– Não posso – Vanessa gagueja. – Sinto muito, Had... mas Tom... ele não quer isso... eu não posso.

Um segundo depois, a linha fica muda. Hadley tira o telefone do ouvido e o encara. Ela até cogita arremessá-lo no estacionamento, mas os motociclistas idiotas ainda estão ali perto, um deles tentando equilibrar uma cerveja na cabeça, e ela então desiste.

Hadley olha mais uma vez para Skipper, quando uma mulher passa por ele e sorri ao notá-lo. Ele retribui o sorriso, e o dela se abre ainda mais, incapaz de se conter. Skipper normalmente gera essa reação nas pessoas: um garotinho notável que nunca passa despercebido.

Lágrimas rolam pelo rosto de Hadley, e o coração dela dói. Sem ele, ela e Mattie até poderiam ter uma chance. Com ele, os três não têm nenhuma.

Grace

Burt é o nome do homem que tirou Grace para dançar. Alto como Jimmy, mas sem músculos protuberantes, ele rodopia e dá voltas como um Fred Astaire versão caubói, e Grace faz de tudo para acompanhá-lo. Ela logo relembra as velhas coreografias, com apenas alguns passos em falso, mas já na terceira música Grace encontra seu ritmo e está se divertindo loucamente.

Hadley sumiu por alguns minutos, mas já está de volta, sentada, com Miles no colo, tomando sua cerveja. Mattie está ao lado dela, parecendo entediada. Grace pega Burt pela mão.

– Vamos lá! – ela diz para Mattie, ao se aproximar da mesa.

Mattie entorta a cabeça e olha para Grace, como se ela tivesse perdido o juízo, com uma simples revirada de olho, mas como quem diz *Fala sério! Sem chance de eu fazer isso. Odeio música* country *e sou descolada demais e tenho medo demais de deixar de ser descolada só por me levantar daqui.*

Grace continua ali com a mão estendida, enquanto lança um olhar de retaliação para Mattie em resposta, como quem diz *Fala sério digo eu! Prefere ficar aí sentada de saco cheio ao lado da sua mãe?*

E é o olhar de Grace que leva a melhor. Abrindo um sorriso e resmungando, Mattie permite que Grace a leve para a pista de dança. Burt mostra os passos básicos, e, poucas danças depois, ela já pegou o jeito e sorri de orelha a orelha.

Mattie tem o corpo cheio de curvas, assim como a mãe, e os movimentos de quadril caem bem nela. Grace nota vários caras se aproximando e, ao mesmo tempo em que deseja dar um tapa na cara de cada um por olhar para uma garota de catorze anos daquele jeito, sente-se orgulhosa.

Ela olha para Hadley para ver se ela também percebeu o que está se passando ali, mas Hadley não olha para a pista de dança. Seu foco está todo na bebida na frente dela, uísque, pelo visto, a cerveja já acabada. Miles está na cadeirinha, e Skipper dorme no banco. Uma pontada de preocupação acerta Grace, mas ela se distrai quando um menino magricela se aproxima e pergunta a Mattie se ela gostaria de tomar uma Coca com ele.

Mattie olha para Grace em busca de permissão, deixando-a confusa, já que ela não está acostumada a ter qualquer tipo de autoridade sobre ninguém. Ao perceber que a situação está ficando um tanto constrangedora, ela se recompõe, acenando com a cabeça, e seu peito infla enquanto os observa ir em direção ao bar. No meio do caminho, Mattie olha para trás e sorri, e Grace responde com um joinha duplo, com o peito agora quase explodindo de tanto orgulho.

– Sua irmã? – Burt pergunta.

– Não, não somos parentes – Grace responde, embora não se sinta assim. Agora, é como se as duas estivessem ligadas pelo sangue.

– Dardos? – Burt convida.

Grace olha mais uma vez para Hadley, Skipper e Miles. Os três parecem bem, e ela então segue Burt até o salão de jogos.

Apenas dois passos depois, Mattie vem correndo na direção deles.

– A gente precisa ir embora – ela diz com os olhos arregalados e olha para o garoto que a havia convidado para tomar uma Coca. Ele está sentado em uma mesa ao lado do bar, sorrindo para a tela do celular.

– Ele sabe quem a gente é. O garoto é algum tipo de aficionado por crimes, sei lá, e viu a gente no site do FBI hoje de manhã. Ele me disse que queria uma *selfie*. E aí, depois que tirou a foto, ele ficou contando vantagem, tipo "Meus amigos vão pirar com isso. Eu e uma fora da lei". E então ele comentou sobre o *site*.

– Cacilda! – Grace exclama.

– O que foi? – Burt pergunta.

– Mattie, vá logo para o carro.

Grace entrega as chaves para ela.

– Tem algo errado?

– Não. – Grace finge um sorriso doce. – Tudo ótimo. Só drama adolescente, sabe como é. Obrigada pela dança.

Grace vai na direção do garoto, que ainda sorri para a tela do celular.

Ela o toma dele.

– Ei! – ele diz.

– Ahhh, quer dizer que você acha legal sair com fora da lei? – Grace diz, fulminando-o com os olhos. – Vou te dar uma dica, então: não mexa com uma mulher que tem uma arma e sabe muito bem como usá-la.

O garoto fica pálido.

Grace olha para o celular. *Post* no *Snapchat*. Ela deleta a publicação com a *selfie* dele e de Mattie e as *hashtags* #medandobemcomumaforadalei, #pegandofogo, #patsbarbeque. Ela então abre a foto na galeria do celular e também a apaga.

– Você postou em mais algum lugar?

Ainda sem cor, ele balança a cabeça.

– Olha só, se você estiver mentindo para mim, eu vou descobrir. Então, farei questão de voltar aqui e castrá-lo como se faz com um bezerro.

Grace usa sua expressão mais assustadora, a que parece extremamente calma e que Jimmy diz ser capaz de matar qualquer um de medo.

O garoto assente, ainda em choque. Satisfeita que ele esteja suficientemente aterrorizado, entrega o telefone de volta a ele, coloca uma nota de vinte no bolso do garoto e aponta para o balcão.

– Pelos refris – ela diz, afastando-se. *É sempre melhor que as pessoas gostem de você.*

Grace vai até Hadley:

– A gente precisa ir agora.

A cabeça de Hadley está tombada nos braços, com três copos vazios na frente. Ela olha para cima com os olhos vermelhos.

– Grace – ela balbucia. – Ei, Grace, você está se divertindo? Você é uma boa dançarina, hein? Olha, deveria dançar mais...

– Hadley, pare de falar...

Hadley para, com a boca entreaberta no meio de uma palavra.

– Vamos – Grace repete.

Hadley balança a cabeça.

– Você vai. Vá lá dançar. Eu vou continuar aqui descansando só um pouquinho.

– Caramba! Hadley, levanta agora!

– Que engraçado, você não fala palavrão – Hadley diz, olhando para cima com os olhos vidrados. – Superparece que você falaria um monte de palavrões porque combina tanto com seu jeitão, mas aí você não fala. Que engraçado.

Grace revira os olhos.

– Cadê a Mattie? – Hadley pergunta, olhando em volta, como se Grace estivesse escondendo a filha dela.

– Esperando a gente lá no carro.

– Ahhh, ok.

Hadley tenta ficar de pé, mas imediatamente se estatela de volta no banco, empurrando-o e fazendo Skipper cair no chão. Ele acorda assustado, debatendo-se, e depois se senta com os olhos indo de um lado para o outro, tentando se lembrar de onde está.

Grace o ajuda a se levantar, enquanto ele esfrega os olhos.

– Skipper, você acha que é forte o bastante para levar o Miles até o carro? Preciso ajudar sua mãe.

– Não preciso de ajuda. Deixa comigo – Hadley diz, e imediatamente se empurra para cima e se agarra às muletas. Uma delas cai de sua mão e fica pendurada no banco.

Grace entrega a cadeirinha para Skipper, e o garotinho usa toda a força que tem com grande determinação, arrastando-se na direção da porta.

– Cuidado com os carros – Hadley diz, embolando a língua.

Grace bufa, suspira, coloca a mochila no ombro e a bolsa maternidade de lado, pega a muleta que caiu com a mão direita e, com a esquerda, segura Hadley pela cintura. Depois de apenas um passo dado, a bolsa tomba, quase levando-as ao chão.

– Você vai precisar carregar a mochila, Hadley.

Deslizando por baixo do braço de Hadley, Grace enfia a mochila nos ombros dela, ajusta a bolsa para que fique pendurada atrás dela, em vez de na frente, e então pega a outra muleta, passando o braço em volta da cintura de Hadley. Desta vez, consegue arrastá-la.

Elas já estão quase do lado de fora quando Hadley para de modo abrupto.

– Você tem de ir embora.

– Nós vamos – Grace diz, irritada.

Hadley balança a cabeça, e todo o seu corpo balança junto.

– Não. Não daqui. – Ela usa a muleta para apontar para o salão. – De nós.

– Mas nós vamos – Grace responde rispidamente. – Amanhã, lembra?

Hadley balança a cabeça com mais firmeza.

– Não. Agora. Vocês têm de ir agora.

Ela começa a tirar a mochila do ombro.

– O casaquinho do Miles está comigo.

Grace a interrompe.

– Do que você está falando?

– Você precisa ir embora – Hadley repete, ainda lutando para puxar a alça de seu ombro, enquanto Grace a segura.

– Hadley, pare!

Hadley obedece, mas então seus ombros tombam para a frente e ela começa a chorar de soluçar.

– O que está acontecendo?

Hadley leva o queixo ao peito, e sua cabeça vai de um lado para o outro.

– Eles vão pegar a gente, Grace – ela murmura. – Eu vou para a cadeia, então você tem que ir. A minha irmã… – as palavras morrem ali, engolidas por soluços enquanto a cabeça de Hadley continua a balançar.

E tudo começa a fazer sentido. Hadley ligou para a irmã, e a irmã não quer mais ficar com Skipper.

– Está certo – Grace diz. – Agora vamos.

– Mas…

– Mas nada. O plano continua o mesmo. Miles e eu vamos embora, mas só amanhã. Hoje, ainda somos um time, entendido?

– Um time? Você e eu?

Grace revira os olhos.

– Como Bonnie e Clyde?

– Sim, como Bonnie e Clyde. Agora vamos.

– Eu posso ser a Bonnie?

– Você pode ser o Pinóquio, se quiser… só anda, Hadley.

Grace firma o braço em volta da cintura de Hadley, que manca para a frente o melhor que pode, ainda fungando, mas já não tão aflita.

Cada catástrofe de uma vez, Grace pensa. Uma das frases favoritas de sua avó. Ela vai lidar com a próxima calamidade assim que esta for resolvida.

O ar frio as acerta em cheio quando saem do bar, o que é um alívio, já que Grace sua em bicas pelo esforço ao arrastar Hadley. Ela aperta os olhos na escuridão e avista Skipper ao lado da caminhonete e Miles, em sua cadeirinha no chão ao lado dele.

Ela se pergunta por que será que ele não está dentro da caminhonete com a Mattie. Dúvida que dura apenas um segundo. Seus olhos seguem seus ouvidos e veem em meio à penumbra três homens encurralando Mattie no canto do estacionamento. Mattie sorri, desconfortável, e Grace conhece muito bem aquele sorriso: o mesmo que se dá ao tentar sair de uma situação difícil sem entrar em pânico.

Um dos homens está com o braço nos ombros de Mattie, enquanto o outro se aproxima ameaçadoramente.

Grace dá um passo em direção a eles, esquecendo completamente que está segurando Hadley, e por pouco as duas não rolam escada abaixo.

– Fique aqui – Grace diz, desenlaçando o braço de Hadley de seu ombro e entregando-lhe a segunda muleta.

Enquanto Grace vai na direção do grupo, a incredulidade e a raiva dentro dela fervilham ao perceber que os três idiotas cercando Mattie são, na verdade, os três motociclistas que furaram a fila no posto, três dias atrás. Há um quarto homem de lado, o mesmo que entrou na loja de conveniência e saiu com os *donuts*. Ele está encostado em sua moto, bebendo uma cerveja. Ao ver Grace, ele acena com um chapéu imaginário. Ela o ignora, os olhos fixos em Mattie.

Mattie a vê e se mexe, e o homem que a segura se vira. Ele aperta a mão contra o ombro de Mattie, e Grace para.

– Tira suas mãos da minha filha.

As palavras cortam o ar atrás de Grace. Ela se vira e vê Hadley bêbada pulando com as muletas escada abaixo.

– Opa, que é isso, mamãe – diz o homem que está segurando Mattie, puxando-a mais para perto, quase a estrangulando, com a dobra de seu braço em volta do pescoço dela, obrigando-a a se curvar. Mattie olha para Grace, apavorada. – Ei, eu te conheço – ele diz para Grace. – De onde eu te conheço?

Grace está prestes a dizer algo envolvendo calças de couro e doenças venéreas quando, atrás dela, um tiro explode no ar.

Ela se vira e vê Hadley apontando a arma de Frank para o alto, como se estivesse dando a largada em uma corrida.

– Eu já disse para tirar as mãos da minha filha.

– Hadley… – Grace começa, mas é o mais longe que consegue ir antes de outro disparo ser dado.

Grace se abaixa, e os motociclistas mergulham no chão. O que estava encostado na moto corre imediatamente para trás dela. Já os dois que estavam ao lado do que segurava Mattie rastejam em direção a um carro como se fossem soldados. E o que segurava Mattie agora se encolhe atrás de um tronco.

Mattie está congelada, olhando para a mãe. Grace agarra a mão dela e a puxa para a frente.

– Vá! – ela diz, empurrando-a em direção à caminhonete.

– Não fode comigo! – Hadley grita, balançando a arma no ar.

Com o coração quase pulando para fora do peito, Grace vai na direção dela e pega a arma.

– Vá para a caminhonete – ela diz, pegando as muletas do chão e entregando-as a Hadley.

Hadley sai mancando, ainda enrolando a língua e resmungando algo sobre não foderem com ela.

Grace a segue, caminhando de costas, com a arma empunhada, apontando-a de um lado para o outro. Ela não tem ideia se os caras estão armados e não vai pagar para ver. Os motociclistas atrás do carro e do tronco ficam escondidos. O que estava atrás da motocicleta agora está de pé com as mãos para o alto.

Ela sente as pessoas ao redor olhando, com um burburinho de empolgação, junto dos *flashes* das câmeras dos celulares, fazendo o coração dela falhar.

Grace joga a sua bolsa no banco e entra no carro. Depois esconde a arma no compartimento lateral, dá ré e sai da vaga.

Ela muda a marcha e está prestes a sair do estacionamento quando o motociclista que está de pé dá um passo em direção a elas. Ele sorri para Grace e então, para provocar, sacode o quadril e pisca para ela. Grace pisa fundo no acelerador e vira rapidamente o volante para a direita. Os pneus levantam o cascalho, e a caminhonete derrapa para o lado, depois para a frente. O motociclista pula para se desviar, embora seu movimento seja completamente desnecessário. Grace não está mirando nele. Primeiro, o quebra-mato da caminhonete acerta a moto dele, seguido pelo ruído satisfatório do metal sob os pneus, enquanto eles rolam sobre as outras três. A caminhonete dá um tranco final, e, um segundo depois, o grupo já está na estrada.

Hadley

Hadley tem quase certeza de que Grace acabou de derrubar um monte de motos e tem a impressão de que ela mesma acabou de disparar uma arma. Seu corpo inteiro estremece, com a adrenalina e o álcool girando em seu cérebro.

– Grace, ande mais devagar – ela pede, enquanto as árvores dos dois lados da rodovia passam chicoteando e a caminhonete balança de maneira perigosa.

– Por quê? – Grace cospe as palavras como se elas contivessem veneno. – Você está preocupada de a gente ser parada por excesso de velocidade? Ah, não precisa... você dá um jeito. Vai aumentar seu recorde para nove de dez. É claro que os policiais podem ver algum problema, mas uma coisinha de nada, com os tiros para o alto que você acabou de dar lá no estacionamento. Pode ser um pouquinho só mais difícil se livrar disso.

– Por favor, Grace. Eu não estou me sentindo bem. Você precisa mesmo pisar no freio. – As palavras saem da boca de Hadley muito rapidamente, e o estômago dela revira ao dizê-las.

– Pisar no freio! Pisar no freio! Você tem noção de que, neste exato momento, metade dos policiais em Utah deve estar indo para o restaurante?

No banco de trás, Mattie chora, e seus soluços suaves cortam o discurso de Grace.

Hadley se vira para confortá-la, mas rapidamente se volta de novo para Grace.

– Sério, Grace, acho que vou vomitar.

A caminhonete berra, depois dá uma guinada para a direita e quica violentamente sobre um meio-fio, depois sobre uma calçada, aterrissando com um baque no estacionamento de um shopping com um cinema *drive-in*. Ela derrapa bem ao lado de um *trailer* estacionado em um dos cantos e dá um solavanco final para parar.

Hadley abre a porta e sai cambaleando. Seu tornozelo dobra, e ela cai de joelhos, com tudo o que estava em seu estômago vindo junto, a carne, o milho, a cerveja e o uísque na calçada. Abaixo do chassi da caminhonete, ela vê dois pares de pés: os Converses pretos de Mattie e os Keds brancos falsificados de Grace.

– Você vai ficar bem – Grace diz, em tom tranquilizador. – Coloque tudo para fora.

E é então que Hadley percebe que Mattie está vomitando também.

Mattie em apuros. O rosto dela pálido de medo do outro lado do estacionamento com aquele cara, o braço dele em volta dela. E a arma na minha mão.

E… BANG!

Hadley ficou surpresa com o quão alto o barulho foi e a facilidade com que a arma disparou. O aperto de um dedo. Então, uma segunda vez, seu braço recuando com o choque.

Ela balança a cabeça, tentando endireitar os pensamentos, segura de que eles não podem estar certos.

As lágrimas rolam pelo seu rosto, misturando-se ao muco que lhe escorre pelo nariz. Hadley odeia armas. Sempre odiou. E aí está o motivo. É fácil demais fazer merda com elas, do tipo permanente. O homem riu, tirando uma com a cara dela como se ela não fosse nada, depois colocou o braço em volta do pescoço de Mattie. Vem então um estalo. *BANG!* E, simples assim, ela piorou as coisas… mais uma vez.

Hadley aperta os olhos de novo, e, ao abri-los, os tênis de Grace estão em frente ao nariz dela. Mattie está do lado, com os braços envolvendo seu corpo.

– Mãe, me desculpe – ela murmura.

– Você não tem que se desculpar por nada, minha filha. É minha culpa. Tudo minha culpa.

– Aonde você estava indo com eles? – Grace pergunta para Mattie.

– O cara perguntou se eu podia tirar uma foto dele – ela responde, batendo com o pé no chão. – Aí ele quis tirar uma comigo, e eu fiquei sem saber o que responder.

Ela aperta ainda mais os braços em volta do corpo e balança a cabeça.

– Ele não queria me deixar ir, e aí começou a falar umas coisas… – A voz dela falha, e Hadley chora ainda mais. Ela nem sabia que Mattie estava com problemas. Como pode isso?

Uma batida dentro do carro faz as três se virarem, e Hadley tenta se levantar para ir até Skipper acalmá-lo, mas seu equilíbrio está seriamente prejudicado, e tudo o que consegue fazer é cambalear para o lado e, em seguida, cair de joelhos.

Quando ela olha para cima, Mattie se foi.

– Está tudo bem, Campeão – Mattie diz de dentro da caminhonete. – Pare de bater. Está tudo bem. Está todo mundo bem.

A batida continua.

– *Então, no time do Saint Louis* – Mattie diz, mudando a voz –, *quem está na primeira?*

Batidas. Batidas. Batidas.

– *E na segunda?* – ela continua, recitando a esquete de Abbott & Costello que ela e Skipper apresentaram em seu *show* de talentos neste ano. – *Não sei quem está na terceira...*

– Minha irmã não vai mais pegar o Skipper – Hadley diz, olhando para Grace.

– Percebi.

– Vamos lá, Campeão, vamos lá! – Mattie o chama. – *Não sei quem está na terceira...*

Batidas. Batidas. Batidas.

– É por isso que falei para você ir. Acabou. Não tem como a gente não ser pego.

– Olha, Skipper, o Miles está rindo – Mattie diz.

O barulho para.

– Viu? Está todo mundo bem. O Miles nunca ouviu a gente cantar. Vamos cantar para ele? *Não sei quem está na terceira...*

E então, com a voz embargada de emoção, Skipper começa:

– *Isso é o que quero saber. Os jogadores do Saint Louis, você pode me dizer?*

Hadley suspira de alívio, e Grace, também.

As duas ouvem Mattie e Skipper continuarem a cantar. Após um tempo, Grace se volta para Hadley:

– Falamos tanto em ficarmos quietas e não chamarmos atenção, não é mesmo?

– Pois é. Tanto para acabar daquele jeito. – Hadley então olha para Grace. – Você passou mesmo por cima das motos daqueles caras?

Grace dá um sorrisinho ao responder:

– Acho que sim.

– Eu te amo – Hadley diz, voltando a chorar.

– Ah, meu pai – Grace diz, não compartilhando o sentimentalismo. Então, se vira e sai andando.

– Aonde você está indo?

– Tirar a gente dessa bagunça.

Mark

Mark está sentado sozinho em uma mesa minúscula, próxima à janela do Café Bean, uma imitação da Starbucks, nas redondezas de Las Vegas. Ele encara o jornal. A foto que ocupa meia página da capa mostra uma imagem borrada tirada da janela de um boteco em Salt Lake City chamado Pat's. Hadley aparece disparando uma arma. A foto mostra um clarão se destacando no escuro. No fundo, aparecem Grace, quatro homens e Mattie. Grace e um motociclista estão mais próximos, e os outros, atrás. É difícil enxergar os detalhes, mas um dos homens está segurando Mattie, provavelmente a razão pela qual Hadley atirou.

A manchete diz: *Thelma e Louise da vida real passam com tudo em Salt Lake City*.

Mark suspira, abaixa o jornal e esfrega os olhos.

Ao abri-los, toma um gole de café, e então lê o artigo pela quarta vez, impressionando-se todas as vezes com a quase precisão das palavras:

> *Assim como as personagens fictícias Thelma e Louise, duas mulheres abandonaram suas vidas suburbanas, pegaram a estrada e se*

viram no que parece ser uma sequência de crimes inadvertidos que as fez fugir da lei. No entanto, ao contrário do filme, as duas não viajam sozinhas. Acompanhando-as, estão seus três filhos, duas crianças, de catorze e oito anos, e um bebê, de quatro meses.

Hadley Torelli, trinta e oito anos, e Grace Herrick, vinte e seis, deixaram suas casas em Orange County, Califórnia, na sexta-feira. Ainda não está claro o que as levou à fuga, mas no sábado as duas escaparam de policiais que tentaram detê-las em um hospital em Mission Viejo, onde Torelli recebia tratamento por um tornozelo torcido, e, mais uma vez, em Barstow. O motivo da perseguição do FBI ainda é incerto, e a agência não comenta sobre o assunto.

As duas mulheres deixaram os maridos para trás. Torelli é casada há quinze anos com Frank Torelli, empresário proeminente de Orange County. Já Herrick, é casada há seis anos com o cabo do Exército dos Estados Unidos James Herrick, que atualmente serve no Afeganistão.

Na madrugada de sábado para domingo, o Agente Especial Sênior do FBI Mark Wilkes seguiu as mulheres até um hotel em Baker, uma pequena cidade nos arredores de Las Vegas, mas, antes de conseguir capturá-las, as mulheres o sequestraram sob a mira de uma arma, roubaram seu carro e o levaram a um sítio arqueológico, que estava fechado para o público, onde o prenderam, deixando-o, porém, com comida, água e outros suprimentos. O agente conseguiu escapar na noite de domingo e não se feriu.

Se esta história soa mais estranha que a ficção, ela de fato o é, e fica ainda mais. Na noite passada, as mulheres, que não haviam sido vistas desde que deixaram o agente no sítio arqueológico, apareceram no Pat's Barbeque, um restaurante em Salt Lake City, onde a noite acabou com tiros sendo disparados no estacionamento do restaurante, envolvendo um grupo de motociclistas, e com Herrick usando a caminhonete na qual estavam viajando para atropelar quatro motocicletas.

Testemunhas disseram que as mulheres pareciam levar consigo uma quantia alta em dinheiro, e todos os entrevistados as descreveram como mulheres amigáveis, educadas e generosas. Nancy Carron, uma senhora de oitenta e cinco anos, moradora de Mission Viejo e que emprestou às mulheres seu carro para que elas pudessem viajar até Barstow, comentou o seguinte sobre Torelli: "Ela foi adorável. Coitadinha. Pude ver o quanto ela estava sofrendo. E aquele garotinho dela é um amor, de olhinhos tão claros que me lembravam vidros marinhos".

A senhora emprestou o carro a elas em troca de dez mil dólares. "Elas deixaram o Pujols, é como chamo meu carro, exatamente onde combinaram comigo. Até me escreveram um lindo bilhete. Mas é claro que o FBI entrou no meio. Tomou o bilhete e o dinheiro. Ladrões."

Carron não é a única pessoa com quem Torelli e Herrick foram caridosas. As duas também deram dez mil dólares a Hunter Schwarz, de vinte e três anos, recepcionista do Wills Fargo, em Baker, que trabalhava no hotel na noite em que as mulheres se hospedaram lá. O bilhete escrito na nota de cima do maço de centenas de dólares que elas deixaram sob seu travesseiro dizia: "Arranje um novo sorriso e uma nova garota". Hunter explicou que tem juntado dinheiro para fazer implantes de dois dentes que ele perdeu em uma briga. Ele não tinha ideia de que as duas lhe deixaram esse dinheiro até o FBI revistar seu quarto no hotel.

Infelizmente, nem Carron nem Schwarz poderão ficar com seus presentes. O dinheiro foi recolhido como "evidência", e, mais uma vez, o FBI se recusou a comentar o caso.

Carron ameaçou processar a agência e, a menos que o FBI tenha uma explicação, pode até ser que ganhe o caso. Quando questionada sobre a situação, Carron disse: "Caramba, não houve crime. Fiz um acordo justo e honesto, e aqueles filhos da mãe pegaram meu dinheiro". Schwarz parece concordar. "Grace só estava tentando me ajudar. Conversamos sobre como é difícil se reerguer depois de tempos de má sorte. Ela foi legal, muito legal mesmo comigo, e vai ficar chateada quando descobrir que eles pegaram o dinheiro de mim. É uma droga, mesmo".

Ainda não se sabe ao certo o que motivou os tiros fora do restaurante. Testemunhas relataram que as mulheres e as crianças pareciam estar se divertindo quando algo aconteceu que fez o grupo deixar o lugar rapidamente. Ninguém se feriu durante o ocorrido, e não está claro se os tiros que Torelli disparou foram direcionados a alguém ou apenas tiros de advertência.

As duas mulheres e as crianças fugiram em uma caminhonete com placa da Califórnia.

Essas mulheres podem não ser Susan Sarandon e Geena Davis, e pode não haver um Thunderbird conversível de 1966 ou uma indicação ao Oscar dessa vez, mas não há dúvidas das semelhanças entre a história delas e o ficcional Thelma e Louise, *e esperamos, pelo bem delas e pelo bem das crianças que estão com elas, que o final na vida real seja mais feliz que o do filme.*

Mark abaixa o jornal, encosta os cotovelos na mesa e, por um longo tempo, fica ali em silêncio, massageando as têmporas com dois dedos de cada lado da cabeça. O *show* que a mídia fará a respeito dessa história será gigantesco. Mark já até consegue visualizar um filme baseado em fatos sendo rodado. Merda! O recepcionista do hotel, aquele magricela atrás do balcão, que ficou branco como as paredes ao redor dele quando Mark mostrou o distintivo, provavelmente já tem seis pedidos de casamento e uma dúzia de benfeitores querendo lhe pagar dentes novos a uma hora dessas. Cada maldita pessoa citada no artigo será uma celebridade e um herói, enquanto o FBI será pintado como o Lobo Mau perseguindo a Chapeuzinho Vermelho e tirando dinheiro de vovozinhas e rapazes que necessitam de tratamento dentário.

Ele se levanta e vai pegar mais um café. Uma garotinha por volta da idade de Shelly está na ponta dos pés servindo muito cuidadosamente creme na xícara de café da mãe, como se aquele fosse o trabalho mais importante do mundo. Ele suspira. Aquela seria a noite dele com os filhos. Marcia pareceu aliviada quando Mark ligou para avisar que não chegaria a tempo: um aborrecimento a menos para ela lidar.

Stan, o Cara dos Seguros, estará por lá, isso é certo. Ele está sempre por lá, desde que se tornou parte da vida de Marcia, menos de um mês depois de ela pedir o divórcio. Mark não acredita que Marcia já estivesse tendo um caso. Ela é correta demais. Mas suspeita de um flerte não tão inocente assim, que deu a ela confiança para pedir a Mark que saísse de casa.

O casal vai levar Ben para o jogo de beisebol dele, depois vão todos comer pizza no Artie's e, por fim, ir para casa assistir aos *Simpsons* no sofá, juntos, até o horário de colocar as crianças para dormir. E aí, quando elas tiverem pegado no sono, os dois vão subir as escadas e fazer sexo no quarto dele, na cama dele. A vida roubada de Mark e entregue a Stan, o Cara dos Seguros.

Mark espera a fúria costumeira se apossar dele, fazendo-o querer socar a parede ou a cara queixuda de Stan, o Cara dos Seguros. Mas, em vez disso, surpreendentemente, tudo o que ele sente agora é uma estranha resignação. Talvez esteja cansado. Ou quem sabe seja pelo que aconteceu entre ele e Hadley? Seja o que for, a raiva simplesmente não o pegou nesta manhã.

Ele passa a mão em seus cortes enfaixados no pulso direito. Mas que droga, mulher! O que a possuiu daquele jeito para atirar naqueles motociclistas? Ele sabe o que a possuiu, e o ódio que Mark sente por aquele desgraçado na foto é bruto.

A porta do café se abre, e Mark vê seu chefe, Garrett O'Toole. Ao avistar Mark, ele franze a testa, com uma expressão de desaprovação e impaciência, como se estivesse irritado, embora seja ele quem está quinze minutos atrasado.

Ele usa óculos escuros estilo aviador apoiados na cabeça calva, uma camisa bege que um dia possivelmente foi branca, e calça marrom, de cintura alta, presa com um cinto de couro gasto.

– Wilkes.

– O'Toole.

Nenhum dos dois estende a mão.

O'Toole senta-se e então se inclina, e o assento se estica com o peso dele. Um homem grande, tanto em altura quanto em circunferência, O'Toole faz bom uso dessa característica, intimidando as pessoas ao ocupar o espaço delas e fazendo com que todos com quem tenha contato se sintam desconfortáveis.

Colocando os cotovelos na mesa, ele se inclina um pouco mais, e seu hálito é surpreendentemente fresco.

– Um alerta geral, um bloqueio na estrada impedindo milhões de apostadores de chegarem a Las Vegas para passar seus finais de semana, a metade da força policial de lá e cada agente do FBI da Califórnia e de Nevada em alerta máximo e fazendo turnos ininterruptos... Olha, poucos agentes podem dizer que conseguiram incomodar tantas pessoas e gastar tanto o dinheiro dos contribuintes por terem sido burros o bastante para serem sequestrados por duas mulheres e jogados no porta-malas dos próprios carros.

Mark se mantém firme, com o rosto a poucos centímetros do de seu chefe.

– Não precisa se preocupar, viu, Garrett? Estou bem. Mesmo. Mas obrigado pela sua preocupação, de qualquer forma.

O'Toole esboça um sorriso irônico sem mostrar os dentes.

– Estou morrendo de preocupação por dentro. – Em seguida, inclina-se um pouco para trás, e Mark faz o mesmo.

Essa é a primeira vez que Mark recebe esse tipo de reação. Na noite anterior, quando chegou à agência, ele foi recepcionado com tapinhas nas costas e apertos de mãos calorosos, todos aliviados por ele ter conseguido escapar e voltar em segurança. A culpa estava estampada nos olhos dos outros agentes, uma confissão da falha em conseguirem quaisquer pistas de onde ele estava e um atestado da esperança cada vez menor de encontrá-lo vivo. A única gozação que fizeram foi algumas horas depois, quando uns caras disseram que não se importavam em ser feitos reféns por duas bandidas tão gostosas quanto Torelli e Herrick, e se perguntando em voz alta se Mark não teria resistido tanto assim quanto deveria.

Mas O'Toole não o parabeniza por ele ter sobrevivido ou por ter escapado, tampouco está enfeitiçado por Hadley e Grace.

– Wilkes, sabe o que eu odeio mais do que precisar arrastar meu rabo até Nevada?

Mark não diz nada.

– É ter de explicar para uma horda de chupadores de sangue da imprensa o porquê de o meu agente principal ter dado uma de Cavaleiro Solitário e tentado prender duas criminosas perigosas sem aguardar os reforços.

– Elas ainda não eram consideradas perigosas – Mark diz, imediatamente se arrependendo ao ver a cara de O'Toole se fechando.

– Ah, agora ficou ainda melhor para eu explicar a um bando de repórteres idiotas por que o meu agente principal, um veterano, experiente, que deveria saber das coisas melhor do que ninguém, foi atrás de duas mulheres escondidas em um hotel com seus três filhos, provocando um turbilhão de instintos de mãe-leoa nelas e de repente fazendo as duas se tornarem mulheres armadas e perigosas.

A pele de Mark começa a esquentar, seu vacilo é indefensável. Não há o que dizer.

– Você está na corda bamba, Wilkes – O'Toole diz, com os olhos brilhando, e Mark consegue sentir a alegria dentro dele. Desde que Mark começou a trabalhar com O'Toole, há dois anos, não existe camaradagem entre os dois. Inclinando-se para trás, ele sentencia: – Você está fora do caso.

Mark tenta se manter impassível, mas faz um péssimo trabalho.

– Isso é um erro. Conheço aquelas mulheres e também conheço o caso melhor do que ninguém. A Hadley e a Grace não são…

– Hadley e Grace? – O'Toole o interrompe, franzindo a sobrancelha, como se Mark tivesse dito algo tenebroso.

Mark expira lentamente pelo nariz.

– Certo. Torelli e Herrick. Essas mulheres não são criminosas típicas. São duas mães que acidentalmente se meteram em problemas e que agora estão tentando a todo custo evitar ser pegas e acabar na prisão.

– É mesmo? Minha mãe também não está muito interessada em acabar na prisão. Só que ela não roubou milhões de dólares, sequestrou um agente federal e fugiu de um estacionamento depois de dar uns tiros por lá. Sem contar ter destruído umas motos bem legais.

A pele de Mark formiga pela preocupação que só aumenta. O'Toole é o tipo de cara que sempre procura o caminho mais fácil, não importa o caso. Seu único objetivo é limpar a mesa fazendo o mínimo de esforço possível. E Mark sabe que isso, combinado à total falta de empatia, compaixão e bom senso, faz que seu chefe não veja problema algum em dar ordens de atirar para matar em Hadley e Grace, quer existam circunstâncias atenuantes, quer não.

Percebendo o quanto esse momento é importante, Mark reprime suas emoções e, com a voz mais calma que consegue, diz:

– Garrett, por favor, essas mulheres não são violentas, e eu posso conversar com elas. Já estive com as duas, e elas confiam em mim. Eu consigo trazer as duas em segurança. Tirar o caso da minha alçada é um erro.

O'Toole sorri, um sorriso fino, cheio de malícia, e Mark percebe o erro que cometeu. Agora, qualquer mínima chance que ele tinha foi destruída pelo rancor de longa data nutrido por O'Toole. O chefe de Mark sabe que ele se preocupa com os casos e tem esperado muito tempo por uma oportunidade como esta.

– Não há nada para conversar. Essas mulheres pensam que estão acima da lei, e elas não estão. Você teve a sua chance. Agora é a minha vez.

A gargalhada de Hadley e o sorriso maroto de Grace entram nos pensamentos de Mark, e seu coração para na garganta de medo. Com toda a humildade que consegue reunir dentro de si, ele faz um apelo final.

– Então coloque Fitz em campo. Ele conhece o caso e pode ajudar.

O'Toole aperta seus olhos já pequenos, e Mark baixa os dele, rezando para que sua completa submissão sirva de alguma coisa. Ele até ficaria de joelhos se achasse que isso faria algum bem.

Por um longo tempo, O'Toole o encara, antes de finalmente concordar, como um imperador atirando um osso para um pedinte. Silenciosamente, Mark solta o ar. Não é muito, mas, pelo menos, ele terá olhos e ouvidos em campo. Uma gota no oceano; ainda assim, alguma coisa.

O'Toole olha para o jornal em cima da mesa.

– Nosso próprio "*Thelma e Louise*" – ele diz, com uma risada. – Caramba, como gostei daquele filme. Aquela Geena Davis era demais.

– O filme não acabou bem.

– Não? – O'Toole responde, recostando-se e entrelaçando as mãos sobre a barriga protuberante. – Eu gostei do final – ele diz, encarando Mark, como quem diz que, para ele, tudo bem se Hadley e Grace acabassem dirigindo em direção a um penhasco. Caso fechado, pouca papelada, nada de pontas soltas.

Grace

A mostarda do cachorro-quente derramou. Um "Jimmyismo". Jimmy tem um ditado para tudo, a maioria deles envolvendo comida: *Bolo não cura todas as coisas. É preciso duas mãos para segurar um* Whopper. *Pense fora do pão.* Aquele cara realmente ama comida.

Grace coloca o braço em cima dos olhos para bloquear o sol da manhã que entra pelas cortinas que ela se esqueceu de fechar. Embora quase não tenha bebido na noite anterior, ela está de ressaca. Sua cabeça lateja, e seu estômago está embrulhado.

É até difícil acreditar como as coisas se desenrolaram tão rápido. Num minuto, ela estava dançando com Burt, rindo e se divertindo. No outro, se esquivando de balas e atropelando motos.

– A gente precisa ir – ela disse para Hadley, depois de voltar do cinema, onde roubou a bolsa de uma mulher distraída que assistia a um filme sobre alienígenas abduzindo *pets* para fazer deles hospedeiros.

Hadley continuava no mesmo lugar onde Grace a havia deixado, com a única diferença de que, antes, eram seus joelhos que estavam no chão, agora, seu traseiro.

– Deixe-me sozinha – Hadley respondeu, e Grace chegou mesmo a cogitar a possibilidade. As chaves da caminhonete estavam na ignição; e as chaves do carro da mulher cuja bolsa ela roubou, na sua mão. Uma decisão tão simples quanto pegar Miles e ir embora.

– Para onde a gente vai agora? – Mattie perguntou, saindo da caminhonete com as muletas de Hadley e batendo a porta, literal e figurativamente, para qualquer possibilidade que não fosse todos continuarem juntos.

Grace então se inclinou na caminhonete.

– Ei, Skipper, a gente precisa ir.

O garotinho permaneceu imóvel ao lado de Miles, pálido, com os olhos fixos no nada.

– Escuta, amigão, sei que é difícil...

Skipper levou as mãos aos ouvidos e balançou a cabeça para bloquear o som.

– Está bom, amigão, está tudo bem.

Grace olhou para Mattie.

– A gente precisa ir.

Como uma deixa, sons bem baixos de sirenes soaram de algum lugar à esquerda e foram aos poucos aumentando.

Mattie colocou as muletas perto da mãe e voltou para a caminhonete, sentando-se ao lado de Skipper.

– Espero que o Posey esteja de receptor amanhã.

Grace observou quando Skipper tirou as mãos dos ouvidos e virou-se para olhar para Mattie, seus olhos movendo-se para a esquerda e para a direita.

– Ele é o meu favorito, sabia? – Mattie continua. – Será que a gente vai conseguir ver ele?

Grace percebe Mattie pensando em suas próximas palavras.

– Sem contar que ele também consegue rebater. Posey é um belo de um rebatedor.

– O Posey não é receptor dos Rockies – Skipper responde, torcendo a boca.

Grace quase comemorou. Foi incrível o que Mattie fez.

– Ué, quem é o receptor, então? – Mattie pergunta, desafivelando o cinto de Skipper e pegando-o pela mão para tirá-lo do carro.

Grace a olhou com admiração, e Mattie deu de ombros, como se não fosse nada de mais.

– Ou o Iannetta ou o Wolters – Skipper responde.

– Você perguntou pro Treinador sobre a troca do Wolters? – Mattie indaga.

– Aham. Você está com meu PlayStation aí? Preciso olhar.

De repente, Skipper estava frenético de novo, mas não mais sobre o ocorrido no restaurante; sua preocupação agora está inteiramente voltada para seu time fantasia e a troca que queria fazer.

– Sim – Mattie responde. Ela então pega a mochila no banco da frente. – Está aqui, ó. A gente olha quando entrar no carro novo, pode ser?

Mattie o levou na direção do cinema. Já Grace pegou Miles e a bolsa dela, chutou as muletas de Hadley na direção dela e seguiu atrás deles.

Duas horas depois, o grupo estava fazendo check-in em um hotel com Hadley passando-se por Blaire Butz, o nome da dona do carro com o qual elas estão agora; uma mulher que se parece com Hadley o bastante para Hadley se passar por ela.

Mais dez minutos apenas, e Grace já estava apagada, em um sono profundo. E agora, oito horas depois, ela está acordada, e a realidade do que aconteceu recai sobre ela. Grace coloca o outro braço por cima dos olhos, desejando poder voltar ao seu estado anterior de inconsciência.

A porta do quarto ao lado se abre. Grace vira a cabeça e vê Hadley. Ela não está usando as muletas. Em vez disso, manca cautelosamente. Hadley está com olheiras, e Grace quase consegue ver a ressaca dela pulsando.

– Belo alojamento, hein? – Hadley diz, lentamente, como se qualquer movimento repentino fosse explodir seu cérebro.

– Sim. Pensei "por que não"?

Agora, com a grande probabilidade de que ela passe o resto da vida dormindo em um colchão de prisão, Grace decidiu fazer um *upgrade*, escolhendo dessa vez um Sheraton. Ao fazer as pesquisas de hotéis que aceitavam dinheiro em espécie, ela descobriu que os Sheratons estavam entre eles, desde que se apresentasse algum documento de identificação.

Com cuidado, Hadley se abaixa e se senta no colchão, ao lado de Miles. Ela passa a mão na coxa e diz:

– Eu tenho um plano.

– Eu também. A gente precisa se entregar.

Hadley se encolhe.

– Estou falando sério. É nossa única opção.

Grace pensou muito nisso. Devido à infeliz sequência de eventos da noite anterior, as chances de ela conseguir sair dessa se foram. Aquele moleque que fez o post dele e de Mattie no *Snapchat* as conhecia, o que significa que as fotos e a história delas já estão rodando por aí. E, para completar, dezenas de pessoas testemunharam o que aconteceu no restaurante, algumas até tiraram fotos. Sem chances de ela simplesmente cruzar a fronteira com Miles e começar uma nova vida. Inclusive, ela não ficaria surpresa se uma recompensa por informações que levem ao paradeiro delas já não estivesse sendo oferecida.

– Só que precisamos combinar muito bem nossa história.

– Do que você está falando?

– Sobre evitar danos maiores. Olha, Hadley, a noite passada foi um desastre total. Fomos de simples fugitivas a provavelmente duas na lista dos Mais Procurados do FBI, sem contar as notícias sobre nós estarmos armadas, sermos perigosas… e loucas.

Hadley olha para baixo, e Grace sente o arrependimento dela. Mas nada disso importa agora. Grace já passou da fase de sentir raiva. O que está feito, está feito, e tudo o que importa é o momento presente e como elas lidarão com o futuro.

– A questão é – Grace continua, com a voz embargada – que eu tenho ficha suja.

Ela espera por uma expressão de surpresa no rosto de Hadley e, na falta de uma, Grace pergunta:

– Você já sabia?

Hadley confirma, e Grace engole em seco, profundamente envergonhada, como sempre se sente sobre seu passado.

– Você, por outro lado, tem a ficha limpa. Então, o nosso trato é o seguinte: jogar tudo nas minhas costas.

A cabeça de Hadley já está fervilhando. Grace a ignora. Ela refletiu muito sobre isso. De um jeito ou de outro, ela vai se dar mal, mas, se as duas jogarem as cartas certas, pelo menos Hadley poderia se livrar de uma acusação.

– A gente vai falar para eles que fui eu quem bolou todo o plano para roubar o dinheiro e que eu chantageei você...

– Para – Hadley diz, cortando Grace. – A gente não vai se entregar, mas, se por um acaso formos pegas, eu vou contar a verdade...

– Não, Hadley, você precisa me escutar. Eu sei como essas coisas funcionam. O sistema, ele não é justo. Isso não tem nada a ver com o que é certo, e não é como se, caso você jogasse de acordo com as regras, eles fossem recompensá-la por isso. Quando você joga de acordo com as regras, você se ferra, é isso o que acontece. A única chance que nós... você... tem é se nós duas mentirmos. Você é uma boa mentirosa, que eu sei, e a gente pode inventar uma boa história. Podemos tentar negociar um acordo para redução de pena antes, se a gente se entregar. Prometemos devolver o dinheiro e explicamos como eu planejei tudo. Você vai alegar que agiu sob coação, que eu estava armada e com as suas crianças quando o agente apareceu...

– Não! – A palavra sai da boca de Hadley como um rugido. – Chega, Grace. A gente não vai se entregar. Já disse a você, eu tenho um plano.

Grace contrai a mandíbula e espera a explicação do plano *dela*, que, a julgar pelo que Grace conhece de Hadley, envolverá seduzir policiais na fronteira com um sotaque francês *fake* para elas poderem entrar no Canadá ou fretar um jatinho particular para a Espanha... enfim, alguma ideia ridícula com zero chance de dar certo. Mas deixe que ela fale. E aí, quando Hadley terminar, Grace continuará explicando o melhor jeito de resolver a situação. O melhor cenário é: Hadley se livra da acusação, e Grace consegue um acordo para reduzir sua sentença a um tempo razoável, dez anos ou menos. Com bom comportamento na prisão, é possível sair até em cinco. Ela olha para Miles e engole as lágrimas que enchem seus olhos só de pensar na ideia.

– Eu sei como tirar a gente... quer dizer, você... dessa – Hadley continua. – Liguei para Melissa hoje de manhã, e já combinamos tudo. Ela vai enviar o passaporte dela pelos correios para Omaha, e eu reservei passagens no nome dela para Londres. Você se parece com ela. Bom, não seu cabelo, mas todo o resto... a altura, o peso, a cor dos olhos. Ela é mais velha, mas não tanto a ponto de você não poder se passar por ela. E aí, de Londres, você pode seguir para onde quiser. O voo sai na quinta.

Grace pisca uma vez, depois mais três para processar aquelas palavras, chocada por achar a ideia não apenas *não* ridícula como de fato plausível.

Hadley dá um leve sorriso, orgulhoso.

– Viu? Eu não disse que tinha um plano?

– A Melissa pode ter um problemão com isso – Grace pondera. Hadley já havia lhe contado que ela lembrava a amiga, embora, quando Hadley disse isso, Grace pensou que se referisse apenas à personalidade das duas.

– Se eles descobrirem alguma coisa, ela vai dizer que eu roubei o passaporte e os dados do cartão de crédito dela antes de eu fugir. É por isso que você precisa pegar um voo lá em Omaha, para parecer que esse foi nosso plano desde o início.

Grace encara Hadley por um longo tempo, surpresa do quão bem ela planejou tudo isso. Pegar um voo saindo de Omaha é brilhante. Depois do ocorrido na noite anterior, é o último lugar que o FBI pensará que elas escolheram como destino.

– Fiquei pensando, sabe – Hadley continua –, depois que eu usei a habilitação daquela mulher para fazer o check-in aqui no hotel, que você poderia muito bem se passar pela Melissa. Então liguei para ela...

Grace se levanta de repente, assustando Hadley e fazendo-a parar de falar.

– A Melissa tem um lar adotivo, não tem? – Grace pergunta, lembrando-se disso por ter sido ela mesma uma criança que viveu em lares temporários assim, embora não uma das sortudas que acabou parando com uma mãe adotiva como Melissa. – E você disse que um deles é um garotinho um ano mais novo que o Skipper, e que os outros dois estão no Ensino Médio.

– Isso – Hadley responde e assente com um meneio de cabeça, imaginando aonde Grace quer chegar. – Eu não posso fingir ser a Melissa. Não me pareço nada com ela.

– Não você. Eu – Grace diz, com o coração disparado. – Eu levo os dois. Levo a Mattie e o Skipper comigo – as palavras saltam da boca antes mesmo de ela ter pensado direito na ideia, e somente após tê-las dito é que Grace se dá conta da magnitude do que está sugerindo.

A princípio, Hadley parece confusa, com as sobrancelhas franzidas como se estivesse calculando uma equação complexa. Elas então arqueiam quando o desafio é resolvido.

– Você levaria as crianças para Londres? Sem mim?

A cabeça de Hadley balança enquanto Grace confirma.

Mais sobrancelhas franzidas e mais cabeças balançantes, e Grace então olha para o colchão. Hadley tem razão. Mas que ideia estúpida. Hadley a conhece há menos de uma semana. Ela jamais confiaria em Grace para atravessar o mundo com seus filhos sem ela.

Mas então Hadley solta:

– E aí eu me juntaria a vocês depois? – Grace não consegue decifrar se foi um questionamento ou uma afirmação.

– Isso. Você tem o documento da Blaire. Tem dinheiro. E seria muito mais fácil com você sozinha. E, mesmo se for pega, você pode usar aquela história...

– Não – Hadley a corta. – Não vou mentir sobre o que aconteceu.

Grace engole em seco.

O semblante de Hadley se suaviza.

– Grace, se isso não der certo, eu vou contar a verdade. Você não vai para a cadeia.

Prisão, Grace pensa, mas não a corrige.

– Se me pegarem, vou contar exatamente o que aconteceu, só com algumas omissões e floreios que vão fazer você parecer a super-heroína que você realmente é.

Grace esboça um sorriso fraco, e, por um longo tempo, as duas permanecem em silêncio, enquanto a ideia continua a tomar forma, tornando-se maior e mais redonda, até preencher todo o quarto e assumir um brilho quente, perigoso, que lembra assustadoramente a esperança.

Hadley

Mattie está sentada na cama com uma toalha enrolada na cabeça. Seu rosto está contraído, e seus olhos estão inchados. Embora esteja com um livro, ela não parece estar lendo.

Skipper está na outra cama, olhando para o nada.

Aqueles acontecimentos foram demais para ele.

– Amor – Hadley chama Mattie.

Mattie olha para cima, e sua tristeza é evidente. Ela não consegue se perdoar por seu papel na cadeia de eventos da noite anterior. Uma vítima. Indefesa. Hadley tem familiaridade demais com esse sentimento e reza para que a filha não esteja destinada a seguir seus passos.

– Vai ficar tudo bem – ela diz, as palavras tão patéticas quanto soam, e Mattie volta a olhar para o livro.

A cabeça de Hadley lateja, como se uma granada tivesse explodido em seu crânio. Hesitante, ela passa os dedos no couro cabeludo, surpresa ao descobrir que ele ainda parece firme, não mole como um melão rachado.

Hadley ainda não consegue acreditar no quão bêbada ficou. Punhaladas de arrependimento perfuram seu cérebro, enquanto pensa no que poderia ter acontecido se ela e Grace não tivessem saído do restaurante no momento em que saíram. E sente mais uma pontada de dor ao pensar na arma e no fato de tê-la disparado.

Mattie se sairá melhor com Grace. Skipper também. Grace será um bom exemplo para Mattie. Ela é durona e corajosa e jamais deixaria algo de ruim acontecer com eles. O coração de Hadley dói quase tanto quanto sua cabeça. Ela se acomoda na beirada da cama, ao lado de Skipper, e põe a mão no joelho dele.

– Você está bem, Campeão?

Ele se vira lentamente.

– Não vou mais morar com a mamãe? – ele pergunta. De alguma forma, Skipper deve ter percebido isso durante os acontecimentos desconexos e as crises da noite anterior.

Hadley balança a cabeça, preocupada em como Skipper vai lidar com mais essa decepção vinda da mãe. Por toda a vida dele, Hadley fez seu melhor para protegê-lo da negligência e da falta de confiabilidade da irmã, não prometendo a ele coisas das quais não tinha certeza e amortecendo cada golpe recebido, dando desculpas e contando mentiras. E a maneira que Hadley encontrou para explicar que ele precisaria voltar a morar com a mãe foi usando referências do beisebol.

– Você foi o melhor jogador que escolhi na minha vida – ela começou dizendo, um tempo depois de Vanessa ter ligado com as notícias de que queria Skipper de volta. – Um novato que selecionei logo de cara.

– Foi quando eu era bebê?

– Isso mesmo, tinha acabado de sair do campo de treinamento. O time da sua mãe perdeu o técnico, então precisou ficar sem jogar até encontrar um novo, e aí eu fui para cima com tudo e te contratei.

Ele sorriu.

– Mas aí tinha uma coisa chamada "cláusula de contingência" no seu contrato, sabe? Ela dizia que, se sua mãe conseguisse um técnico novo e o time dela voltasse a jogar, ela teria a opção de te contratar de novo.

– Cláusula de contingência – ele repetiu. Skipper gosta de certas palavras. Ele nem sempre as entende, mas sua incrível memória se fixa nelas.

– E foi isso que aconteceu. O time dela está de volta para o jogo, e ela precisa da estrela do time.

Hadley sabia que Skipper não tinha compreendido a metáfora por completo, mas simplesmente a aceitou. Ele sabe que jogadores são negociados o tempo todo e que, mesmo não gostando disso às vezes, não cabe a eles a decisão; portanto, não há como interferir no que acontecerá.

Mas naquele momento ele diz:

– Isso é bom. Ela é minha mãe, mas não é minha família.

Skipper não diz isso por mal, mas, sim, com toda a naturalidade do mundo, afirmando as coisas de maneira direta, assim como faz quando se decide sobre algo.

Ele volta a olhar para a parede, e Hadley lhe acaricia a perna e, então, com um suspiro profundo, sai do quarto.

Enquanto espera pelo elevador para levá-la ao estacionamento, Hadley se pergunta como chegou a este ponto na vida. Pensa sobre a arma em sua mão e o sentimento ao dispará-la, uma ira tão crua que é como se tivesse sido possuída por ela. Hadley também pensa na expressão daquele homem quando o disparo foi dado: sem a petulância anterior, passou de chocado a aterrorizado, a boca aberta pelo pânico enquanto mergulhava no chão e cobria a cabeça com as mãos.

O elevador apita, e a imagem em sua mente muda. Hadley agora imagina seu alvo verdadeiro, que arregala os olhos enquanto olha para baixo e vê o buraco em seu peito. Quando olha para cima, o homem é Frank, e ela dispara de novo, e de novo e de novo… *bang*. *Bang*, *bang*, *bang*, os tiros rasgando-lhe o peito e dividindo seu corpo em dois.

Hadley pisca, com o coração acelerado, e então entra no elevador e aperta o botão para o estacionamento.

Grace

Miles está mamando, por assim dizer. Ele suga a mamadeira e mastiga o bico ao mesmo tempo, em um esforço meio desanimado, que torna o processo dolorosamente lento. Grace tenta não se sentir impaciente, mas é impossível. Sim, ele é fofo, mas esse é o tipo de coisa que não a deixa apaixonada assim como outras mães, e ela se segura para não gritar para ele acabar logo e, assim, poderem seguir fazendo o que têm de fazer.

Grace fecha os olhos e se concentra em sua respiração para desviar a atenção do estômago, que ainda revira. *Um pé na frente do outro*, ela ouve a voz de sua avó lhe dizendo. *Siga em frente, e uma hora você chegará ao seu destino.*

Na vida de Grace, a ideia funciona em teoria, mas nunca na prática. Um pé na frente do outro a colocou em apuros mais de uma vez. Ela aperta os olhos com mais força, todos os seus esforços agora concentrados em não vomitar.

– Por que está demorando tanto? – Hadley pergunta ao entrar, fazendo Grace abrir os olhos. Hadley olha para Miles e franze a testa. – O Miles está fazendo hora, Grace. Ele já terminou.

Grace olha para o filho, depois para Hadley e, por fim, de volta para Miles. Ela olha para Miles sorrindo, com o leite escorrendo de sua boca. Mas que manipuladorzinho. Um belo de um sedutor, assim como o pai. Sabe exatamente quando ela está ficando com raiva e exatamente como desarmá-la. Grace tira a mamadeira dele, e Miles começa a protestar, o que é rapidamente esquecido quando a mãe o coloca sobre o ombro e começa a dar tapinhas de brincadeira em seu bumbum acolchoado.

– Vamos, vamos – Hadley diz. – O dia está raiando lá fora. Faz ele arrotar e depois me encontra no banheiro.

– Por quê?

– Surpresa.

Grace balança a cabeça e olha desconfiada para Hadley. Ela não só odeia surpresas como também já teve o suficiente delas para uma vida inteira nos últimos quatro dias.

– Medrosa – Hadley dá bronca.

Grace assente, nem um pouco envergonhada em admitir que está morrendo de medo do que quer que Hadley tenha planejado. Como se concordasse, Miles arrota alto, e Hadley pega-o dos braços de Grace, levando-o como se fosse seu refém.

Grace considera não ir atrás, mas sabe que isso só adiaria o inevitável. Com um suspiro profundo, ela se levanta da cama e vai se arrastando atrás. Passa por Skipper, que está sentado em uma das camas com os olhos fixos na parede em frente. Grace segue a direção do olhar do garoto, para ver o que ele tanto olha, mas não enxerga nada, e continua.

Mattie já está no banheiro, sentada na beirada da banheira e enrolada em um roupão de banho, com os ombros dobrados para a frente e os olhos no chão. Seu cabelo loiro platinado foi tingido de castanho-médio, um tom quente, e cortado em estilo *bob* na altura do queixo. O rosto está limpo, sem maquiagem, e metade da dúzia de brincos que normalmente usa, incluindo a serpente, sua marca registrada, se foi. Ela parece pequena, jovem e arrasada, e o coração de Grace fica apertado ao vê-la assim.

– Mattie, segura o Miles – Hadley pede, entregando-o para a filha. Mattie o pega, e Miles imediatamente começa a agarrar o nariz dela, sua brincadeira favorita. Mattie então o vira para que ele não consiga mais alcançar seu nariz. Miles se contorce para sair dos braços dela, então Mattie o coloca no tapete.

– "Preto Couro" ou "Encanto da Meia-Noite"? – Hadley pergunta, segurando duas caixas de tinta para cabelo.

Grace balança a cabeça com força, e seu cérebro parece chacoalhar, enquanto seus olhos se fixam nas caixas. Ela não tem ilusões sobre sua aparência: não é nenhuma beldade. Sua única característica marcante está em seus cachos ruivos combinados com sua pele pálida e seus olhos cor de avelã, uma harmonização surpreendente que a faz ter uma aparência longe do comum. Um estranho uma vez a chamou de "quixotesca". Grace procurou a palavra no dicionário assim que chegou em casa: romântica, visionária. O cara podia até estar errado, mas ela gostou tanto da ideia que frequentemente dizia "quixotesca" em voz alta, quando estava em frente ao espelho.

– Está bom. Eu vou primeiro – Hadley diz e, sem maiores prelúdios, coloca as caixas no balcão, pega a tesoura ao lado delas e corta um pedaço de seu cabelo.

Hadley e Mattie se encolhem juntas. O cabelo de Hadley é fabuloso, uma elegante e reluzente placa preta que poderia ter saído das propagandas do renomado cabeleireiro Vidal Sassoon. Ela corta outro pedaço, e as mechas caem no chão. *Chop*, *chop*, *chop*: ela continua a cortar grandes mechas, até que tudo o que resta é um capacete preto e irregular. Hadley então entrega a tesoura a Mattie.

– O resto é com você.

Mattie olha para a tesoura, suspira e se levanta, de maneira relutante. Habilmente, a garota dá passos para lá e para cá ao redor de Hadley, como uma cabeleireira profissional, e, mais uma vez, Grace se surpreende com a infinidade de talentos que Mattie tem e que parece manter oculta. Quando Mattie finaliza o corte, o cabelo de Hadley está tão curto quanto o de Ellen DeGeneres, e igualmente elegante.

Grace olha impressionada para o que parecia ser impossível, mas o novo corte de Hadley conseguiu deixá-la ainda mais bonita, com o pescoço alongado e as maçãs do rosto proeminentes. Ela agora parece uma deusa grega, poderosa, ousada e destemida, como se ela devesse ser esculpida em mármore e sustentar um templo.

– E aí? – Hadley pergunta, com a sobrancelha arqueada em desafio. Grace balança a cabeça mais uma vez e recua.

– Sério, Grace, será que vou ter que te segurar? Você se parece com a Melissa, a não ser pelo cabelo.

Grace é salva pelo gongo, no caso, o inconfundível som de cocô a caminho, vindo do chão. O rosto de Miles se contorce enquanto ele empreende seu feito, e o cheiro invade o banheiro apertado.

Grace se abaixa para pegá-lo, mas Hadley chega primeiro.

– Deixa comigo. Quando eu voltar, quero você de robe e preparada para eu pintar seu cabelo.

Grace senta-se pesadamente no vaso e pega a caixa de "Encanto da Meia-Noite", encolhendo-se ao analisar as fotos do antes e depois. Ela balança a cabeça, coloca a caixa no chão, estende a mão e tranca a porta do banheiro.

Mattie tenta abrir um sorriso, mas não consegue.

Grace se aproxima dela, e seus ombros se tocam. Soltando um suspiro lento, ela pergunta:

– Quer conversar?

Mattie olha para o chão.

– Não foi sua culpa – Grace continua. Mattie não diz nada. – Mas acho que essa é a pior parte. Pelo menos, se fosse sua culpa, você teria algo para falar.

Mattie a olha, e a cor de seus olhos é tão parecida com a de Frank que Grace precisa se controlar para não reagir a isso.

– É como se acontecesse o tempo todo – Mattie murmura, voltando a olhar para os joelhos. – Como se esses merdas desses caras fossem os todo-poderosos do mundo porque... bem, porque são uns merdas.

Grace assente. É uma verdade dura que Mattie jamais deveria precisar aprender. Hadley bate à porta. Grace ignora.

Mattie envolve o próprio corpo com os braços, enquanto se inclina sobre as coxas, peito encostado nos joelhos.

Hadley bate mais uma vez e diz:

– Sério, Grace, abra a porta. Você está de sacanagem, né? Quantos anos você tem? Doze?

– Queria ter reagido melhor – Mattie diz tão sutilmente que Grace quase não a ouve. Grace acaricia as costas dela. – Como você – Mattie completa.

Grace balança a cabeça. Ela não quer que Mattie se pareça em nada com ela.

– Na noite passada, você nem assustada ficou.

Grace recua.

– Está brincando? Eu fiquei apavorada.

– Mesmo? – Mattie pergunta, olhando para o lado.

– Com toda certeza. A única diferença entre mim e você é que sou mais velha e sei que às vezes a gente não tem escolha mesmo. Mas não significa que eu não estivesse assustada. E, se eu fosse da sua idade, teria feito exatamente o que você fez: conversar gentilmente para me livrar daquilo.

Mattie vira o rosto, e Grace percebe vivamente a vergonha que a garota está sentindo. Ela não precisou dizer o que fez para Grace saber. E é exatamente o que ela teria feito naquela idade, se algum cara a estivesse segurando pelo pescoço.

– Você sabe que vai ter que sair uma hora ou outra, não é? – Hadley diz do outro lado da porta. – Estou com seu filho.

As duas a ignoram.

– Grace? – Mattie a chama.

– Sim?

Mattie hesita, e Grace espera, observando-a sugar o lábio inferior e, um tempo depois, soltá-lo. Ela então estica os pés e os balança para um lado e para o outro como limpadores de para-brisa. As unhas dos pés de Mattie estão pintadas de azul meia-noite, a maior parte do esmalte já lascado. Finalmente, Mattie puxa os pés de volta, envolve os joelhos com as mãos e diz:

– Você já sentiu como se existisse uma outra você?

Grace arqueia uma sobrancelha.

– Sabe, se escondendo aí dentro de você?

– Tipo, atrás do meu rim ou da minha vesícula biliar?

Mattie não sorri. Seus olhos estão fixos nos joelhos, e sua cabeça vai para a frente e para trás.

– Não, como se tivesse uma pessoa incrível enterrada bem lá no fundo de você, e ela quisesse muito sair, mas não conseguisse porque você já é essa outra pessoa, e, sei lá, essa outra pessoa tivesse criado uma barreira ou algo assim, bloqueando a outra versão de se libertar, sabe?

Grace não responde. Aquela pergunta se aproxima tanto dos próprios pensamentos que a assusta, embora ela sempre a faça de uma maneira um pouco diferente, por vezes pensando em si mesma como "a garota que poderia ter feito algo excepcional", questionando-se quem ela teria se tornado se sua avó não tivesse morrido e ela não tivesse cometido os erros que cometeu, se as coisas tivessem acontecido de maneira diferente e ela pudesse vir a se tornar algo mais do que é atualmente.

– Não uma outra pessoa – Mattie continua, se esforçando para traduzir os pensamentos em palavras –, mas uma versão melhor de si mesma, uma que seja mais forte e que faça as coisas direito, sabe?

– Minha avó costumava dizer: "Todos temos coluna vertebral. Cabe a cada um aprender como fortalecê-la".

Mattie dá um leve sorriso.

– Acho que eu teria gostado dela.

– Ela certamente teria gostado de você – Grace diz, dando uma batidinha no ombro de Mattie, então se inclina para a frente, com os cotovelos apoiados nos joelhos, e diz: – Vou contar uma coisa para você que nunca contei para ninguém.

Mattie a encara, e Grace a olha por um momento antes de voltar os olhos para as mãos. Com um suspiro profundo, confessa:

– Meu primeiro nome não é Grace.

Mattie agora vira a cabeça por completo para olhá-la.

– Meu primeiro nome é Savannah. Savannah Grace Swift.

Ela sente um aperto no peito. Aquele nome parece um fantasma, o espírito de sua mãe agora tão próximo que lhe tira o ar. Enquanto crescia, o nome de Grace era uma de suas coisas favoritas e uma das poucas que a mãe lhe havia deixado. *Savannah Swift*. Um nome lindo, lindo!

– Savannah? Que bonito.

Grace assente. Já fazia um bom tempo que ela não se recordava do nome ou da época a que ele remetia.

– Mas chegou a um ponto que precisei me desligar. Do nome e da garota dona dele.

Grace percebe que Mattie quer perguntar o porquê, mas ela não o faz, e Grace a agradece por isso, pois é algo sobre o qual ela não gosta mesmo de falar.

Em vez disso, Mattie pergunta:

– Então você se deu um novo nome?

– Mais como um novo começo. Eu me mudei para a Califórnia e recomecei a vida como Grace.

– E deu certo?

– Acho que sim. Quer dizer, eu ainda era a mesma pessoa, tinha todas as memórias do meu passado, assim como arrependimento por algumas coisas que fiz. Não é o tipo de coisa que simplesmente desaparece, sabe? Mas ninguém na Califórnia me conhecia, então consegui começar uma vida nova, superar o passado e decidir quem eu gostaria de ser dali para a frente.

Mattie escuta com toda atenção, apertando ligeiramente os olhos enquanto fita Grace.

– Então, você mentiu sobre quem você era?

– Na verdade, não. Eu só não falava sobre. Omitia as partes que eu não queria que as pessoas soubessem de mim. Olha, Mattie, você ficaria surpresa com o quão pouco as pessoas perguntam sobre seu passado e o quão pouco elas prestam atenção quando você responde. A maioria delas está tão interessada na própria vida que não presta muita atenção na sua.

As duas permanecem um tempo em silêncio, com Grace cabisbaixa, olhando para as mãos que um dia foram de Savannah... mesmas mãos, garota diferente.

– Você acha que consigo fazer isso?

Grace levanta o rosto.

– Não sei. Talvez. Assim, é que para você é um pouco diferente, né? Sua mãe e o Skipper ainda a conhecem. Mas ninguém mais. Não seria fácil. Você teria mesmo que mudar, e ninguém consegue fazer isso por você. Para mim, tudo teve a ver com perdão, com deixar para lá toda a raiva que eu guardava dentro de mim. Foi uma mudança difícil.

Mattie olha para longe, e Grace a observa enquanto repassa ela mesma a ideia em sua mente, mais uma vez sentindo que olhar para Mattie é um pouco como olhar para um reflexo do seu eu do passado.

– Então, eu precisaria trocar meu nome?

– Você não precisa. No meu caso, ajudou. Savannah é quem fui, Grace é quem eu sou. Como uma daquelas transformações de antes e depois, sabe? Existe uma quebra bem clara entre o antes e o agora, o passado e o futuro. – Grace faz uma pausa, e então acrescenta: – Qual é seu nome verdadeiro? Mattie é apelido para qual nome?

– Matilde – Mattie murmura, parecendo envergonhada. – Era o nome da avó do meu pai.

Grace pensa por um momento.

– Que tal Tillie? É bem legal.

Mattie não diz nada, mas Grace nota que ela está considerando a sugestão. *Tillie Torelli.* Grace achou esse nome demais.

Finalmente, Mattie pergunta:

– Você acha mesmo que eu poderia ser a Tillie?

– Acho, sim.

Mattie quase sorri, então se levanta da banheira.

– Lembra daquele garoto que postou a foto ontem? Ele estava com uma cueca do Super-Homem.

– Você viu a cueca dele?

– Ele esqueceu de fechar a braguilha da calça.

– Poxa, que pena que você não podia postar isso no *Snapchat.*

Mattie ri alto, e Grace faz o mesmo, pensando: #babacaocomcuecaodosuperhomem.

– Será que a gente deixa ela entrar? – Mattie pergunta.

Grace toca em seu cabelo e está prestes a dizer que não, mas Mattie já está em frente à porta.

Hadley

Hadley abre os olhos, mas imediatamente se arrepende. A ressaca bateu forte agora, e a luz que passa pelo para-brisa é extremamente incômoda. Ela aperta as laterais da cabeça, temendo que seu crânio se parta em dois pelo que quer que estejam esculpindo lá dentro. Hadley sonhava com a mãe, uma doce memória dissipada antes que ela pudesse agarrá-la… granola e frutas, talvez um sonho que envolvesse café da manhã. Ela está com fome. Já passa das quatro, e eles não comeram desde que tomaram café, mais tarde que de costume, seis horas atrás.

Grace para em um posto de combustível com uma lojinha de conveniência, parte de um pequeno afloramento de empresas, com mais um punhado de casas e vacas atrás. É impressionante por quantas cidadezinhas dessas eles já passaram, comunidades com poucos milhares de habitantes no meio do nada, que ganham a vida criando gado, cultivando, administrando um posto ou sabe-se lá o quê. Lugares tão pequenos cercados por tanta vastidão, o que faz Hadley pensar como o mundo pode estar tão apinhado de gente em outros lugares.

– Onde a gente está? – ela pergunta.

– Laramie.

– Estado?

– Wyoming.

Hadley se ajeita e leva os dedos aos cabelos, encontrando apenas o vazio. Ela vive se esquecendo de que eles se foram, suas madeixas sedosas agora aparadas em um *pixie cut*. Hadley olha de relance para Grace, e, assim como naquela manhã, a visão dela de cabelo preto e alisado por chapinha a faz sorrir, principalmente por ela saber o quanto Grace odeia isso, mas também pelo tanto que isso a faz parecer-se com Melissa. Embora, com um olhar mais atento, a expressão feroz e o olhar penetrante sejam cem por cento Grace.

– O que foi? – Grace pergunta, ao perceber o olhar de Hadley.

– Nada, não.

O semblante, que já era fechado, fica ainda mais, e ela se vira para o banco de trás.

– Mattie, leve o Skipper ao banheiro, mas fique de olho nele. Vou pagar a gasolina e comprar um lanche para nós.

As coisas pela manhã não foram nada bem com Skipper. Enquanto o resto delas concordou, mesmo relutantemente, em transformar seus visuais, Skipper se recusou a fazer qualquer mudança: sem corte de cabelo, sem troca de boné e, definitivamente, sem troca de uniforme. E agora, se por um lado as três já não se parecem mais com elas mesmas, por outro Skipper continua o mesmo: um garotinho no uniforme do Dodgers.

Tudo isso tem sido demais para ele. Skipper nunca lidou bem com eventos estressantes, e os quatro últimos dias foram excessivamente assim. Ele não entende tudo o que se passa, mas o bastante para saber que na noite anterior Mattie estava em perigo, que Hadley disparou uma arma, que Grace passou por cima de algumas motos com uma caminhonete e que, depois, Hadley estava vomitando e todos discutindo e chorando. Na hora de deixar o hotel, pela manhã, Skipper se recusou a ir. Com os olhos fixos na parede, comportamento com que ele permaneceu toda a manhã, ele cruzou os braços e simplesmente disse "Não".

E depois de novo e de novo. A única variação em sua contínua relutância era a adição ocasional das palavras "Quero ir para casa". Por fim, depois de vinte minutos de barganhas e súplicas, Hadley disse a Grace que ele precisaria ser carregado. Era o único jeito, e foi um suplício para todos. Skipper gritava e chutava enquanto Grace o agarrava. Mattie ia atrás tentando acalmá-lo. E Hadley, por último, pulando em suas muletas e rangendo os dentes de nervosismo.

Quando finalmente conseguiram chegar ao carro, já havia uma plateia de várias pessoas na varanda de seus quartos, assistindo à cena. Elas saíram de lá com Skipper ainda em uma crise nervosa, debatendo-se e chorando e chutando o banco, desgastando ainda mais os nervos já tensos de todos.

Agora, Mattie e Skipper voltam ao carro, com Mattie o escondendo o melhor que pode das janelas da loja de conveniência. Eles entram, e Hadley começa a conversar com ele:

– E aí, Campeão, como é que você está?

Ele levanta o rosto, e seus olhos azuis se arregalam.

– Quero ir para casa.

– Eu sei, amigão, eu sei.

Com o coração doendo, Hadley se vira.

Grace sai da loja, com o rosto pálido e os ombros levantados, como se escondesse o rosto. Nas suas mãos, algumas sacolas repletas de bebida e comida. Algo está errado, e Hadley já espera que ela pule atrás do volante e arranque com tudo, mas, em vez disso, Grace ajeita as sacolas no banco de trás com Mattie e depois vai até as bombas abastecer. Ao terminar, ela entra no carro e volta para a estrada, com os olhos grudados na pista dupla que se estende infinitamente.

– O que foi?

– Acabamos de aparecer no noticiário das 4 da Fox.

Grace

Renegadas, rebeldes, Robin Hoods dos tempos modernos... essas foram as palavras usadas pela repórter. Jovem, hispânica, linda. Ela estava em frente ao Pat's Barbeque, com o letreiro néon brilhando atrás. A manchete abaixo dela dizia: Fugitivas ainda foragidas. A televisão estava em cima da cabeça da caixa, e Grace a assistia enquanto a garota passava suas compras. Fotos foram mostradas, e até um vídeo. As imagens estavam escuras, mas foi possível ver a silhueta de Hadley, o clarão do disparo e sombras desfocadas se jogando no chão. Nada tão nítido, mas atraente o bastante para a televisão. A repórter fez um relato surpreendentemente preciso do que aconteceu nos últimos quatro dias, começando pela perseguição do FBI no hospital, passando pelas buscas em Barstow e pelo sequestro do agente do FBI em Baker, finalizando com os eventos da noite anterior em Salt Lake City. Eles até mostraram um mapa e uma linha do tempo.

– Tudo certo – a caixa diz, fazendo Grace desviar o olhar da televisão bem no momento em que a repórter apresentava Burt, o homem com quem ela dançou.

"Grace era uma dançarina e tanto...", Burt dizia, enquanto ela saía da loja.

Renegada, rebelde, Robin Hood dos tempos modernos... Grace não se sente nenhuma dessas coisas. Ela se sente mais como uma garotinha que, acidentalmente, quebrou o vidro de uma janela por estar brincando onde não deveria e que agora tenta desesperadamente não ser pega.

– Você está bem? – Hadley pergunta.

Grace olha de relance para ela, depois volta seu foco para a estrada.

– Já faz horas que você não abre a boca.

– O que você quer que eu diga?

– Sei lá, qualquer coisa.

– O cara do FBI escapou.

– Mark? Ele conseguiu? – Hadley pergunta, claramente animada. E, ao perceber que não deveria estar animada, ela se força a parar de sorrir.

– Está tudo bem – Grace diz. – Fico feliz que ele esteja bem.

A verdade é que Grace se sentiu péssima por tê-lo deixado. Foi uma coisa terrível de ter que fazer. Ela colocou a arma dele no porta-malas do carro alugado para que ele a pegasse de volta e tentou tornar o lugar o mais confortável possível.

– Esta é uma má ideia, Hadley – ela diz logo depois, em meio ao trânsito engarrafado que se estende abaixo, em direção ao estádio Coors Field.

– A gente precisa – Hadley responde com um olhar preocupado para Skipper, que está sentado com a postura ereta, olhos examinando tudo pela janela, observando a enxurrada de torcedores transitando por ali.

A cada pouco que Grace avança com o carro, seu coração palpita mais forte.

– Pensa só – Hadley diz –, é o último lugar para onde alguém esperaria que a gente viesse. Além disso, a gente pode se misturar no meio dessa multidão.

Ela está se referindo, claro, a Skipper e à insistência dele em vestir apenas uniformes de beisebol. O grupo parou em uma loja de artigos esportivos nos arredores de Denver, e a camisa do Dodgers que ele usava foi trocada por um uniforme do Rockies. Grace tem de admitir que agora ele se parece bastante com a maioria das outras crianças dali.

– Não gosto da ideia de deixar o dinheiro todo aqui – ela diz, ao seguir os gestos do manobrista, chegando a uma vaga na extremidade de um terreno do tamanho de dez campos de futebol americano.

Skipper pula no banco carregando seu PlayStation, que mantém seu time fantasia e todas as estatísticas em mãos.

– Anda, Primeira Base – ele fala com Mattie, assim que o carro para. – Vai, anda.

Mattie sai, e Skipper salta atrás dela.

– Você concorda comigo que não dá para entrarmos no estádio com dois milhões de dólares, né? – Hadley diz. – Pode chamar um pouquinho a atenção. – Ela dá um sorriso encorajador para Grace. – Vamos, Grace. Vai ficar tudo bem. A gente assiste ao jogo, come cachorros-quentes, aproveita um pouquinho de normalidade por algumas horas, e aí volta para a vida de fora da lei.

Grace, não conseguindo se segurar, acaba sorrindo.

– Isso aí, garota! – Hadley diz, descendo do carro e parecendo quase tão animada quanto Skipper.

Grace coloca Miles no novo canguru que comprou, um em que ele fica de frente e pode ver toda a ação. As pernas dele não param de chutar, tamanha a empolgação, e Grace não pode negar que Miles está fofíssimo com seu macacão do Rockies, com chapéu e meias combinando.

Com uma última olhada no porta-malas do pequeno carro de Blaire Butz, onde está guardada a bolsa maternidade com o dinheiro e a arma de Frank, Grace solta um suspiro profundo e caminha em direção ao ônibus que os levará ao estádio, seguindo Skipper, que puxa Hadley para a frente enquanto ela dá o seu melhor para acompanhá-lo sem as muletas.

Ao chegarem ao estádio, Grace deixa Hadley, Skipper e Mattie em frente ao portão principal para ir à bilheteria. O ar cheira a pipoca e cerveja, e Grace o inala profundamente e pensa no que vai comer quando entrar, a boca salivando ao pensar em uma Coors geladíssima e em amendoins.

Por pior que as coisas estejam, nesse momento eles se sentem um pouco menos desesperados do que estavam se sentindo pela manhã. Apesar dos acontecimentos calamitosos da noite anterior, já é possível visualizar a liberdade no horizonte. Mattie concordou em ir com Grace para Londres. Skipper só quis saber se lá eles têm beisebol. E, agora com um pouco mais de tempo para pensar nisso, o plano acabou ganhando um calor e um brilho surpreendentes, com a ideia de Mattie e Skipper junto dela, fazendo Grace sorrir todas as vezes que pensa nisso.

Ela beija Miles na cabeça.

– Ei, rapazinho, daqui a dois dias, você e eu estaremos em um avião rumo a Londres. O que acha disso, hein?

Ele balança as pernas e os braços.

Os olhos de Grace encontram seu reflexo no vidro das bilheterias, fazendo-a tomar um susto e, em seguida, sorrir. Sem chances de alguém saber quem ela é. Ela mesma mal se reconhece, uma percepção tanto consoladora quanto perturbadora. Sem seus cachos vermelho-fogo, ela é totalmente comum.

Miles solta gritinhos e balbucia enquanto os dois esperam a atendente imprimir os ingressos, animado com todo aquele alvoroço colorido ao redor, as calçadas repletas de torcedores, vendedores, risos e vozes.

O cheiro de cachorro-quente passa pelas narinas de Grace, e seu estômago ronca. Como ela adora cachorro-quente de estádio! Há algo de especial neles que os torna muito melhores do que os de qualquer outro lugar. Fechando os olhos, ela imagina a primeira mordida deliciosa que dará em um deles, seguida por um belo gole de cerveja.

Grace ainda está saboreando aquele pensamento quando os pelos de sua nuca se arrepiam, uma premonição ou seu sexto sentido disparando um alarme. Movendo-se lentamente para não chamar atenção, Grace abre os olhos e se vira.

A princípio, ela não vê nada e pensa que talvez tenha se enganado, mas então o homem atrás dela se mexe, enquanto o mundo ao redor de Grace para.

Ele está a uns trinta metros de distância, escondido sob a sombra de uma árvore, vestindo um *blazer* casual marrom e uma camisa branca, corpo largo e cabelo cor de canela.

O homem usa óculos escuros, mas, pela maneira como vira a cabeça, Grace pode afirmar que, por trás deles, aqueles olhos estão procurando por algo.

– Prontinho – a garota da bilheteria diz.

Grace olha para ela, depois de volta para o agente, então, o mais calmamente possível, pega os ingressos e caminha de volta para a entrada, com a pulsação martelando-lhe os ouvidos.

MARK

Mark deveria estar em um avião de volta a Washington. Deveria estar assumindo um novo caso envolvendo fraude de cartões de crédito. Deveria estar fazendo os preparativos para compensar o dia que não pôde passar com Shelly e Ben. Deveria ter deixado essa história para trás. Por pouco ele não a vê. Não fosse aquela mulher dizendo: "Olha, amor, que fofo. O torcedor mais pequerrucho de todos do Rockies", Mark não teria se virado e reconhecido o andar peculiar de Grace e Miles preso a seu peito. O cabelo dela estava diferente, preto e liso, mas Grace ainda tinha aquela postura inconfundível, com os ombros eretos e a cabeça erguida.

Mark anda rapidamente para alcançá-la, sem saber ao certo se ela o viu ali. A julgar pela rapidez com que Grace agora anda, ele acha que sim.

Seus instintos estavam certos. Esse jogo era importante para Skipper, e o estádio ficava no caminho do destino final delas, Omaha. Mark não contou nada do plano para O'Toole ou de seu palpite para ninguém e, se isso não der certo, ele não terá mais um trabalho, mas Mark está surpreso com quão pouco isso o preocupa no momento.

Grace olha por cima do ombro, e Mark se esconde. Quando ele se endireita para olhar, ela está dobrando a esquina em direção à entrada. A mão de Mark vai para o coldre sob sua jaqueta. Ele o abre e solta a trava de segurança da arma.

Mark dobra a esquina e para no meio do caminho. Grace também está parada, com uns três metros ainda os separando.

Ele olha mais à frente e vê Hadley, cujo cabelo agora está curto, cortado quase rente ao couro cabeludo. As muletas dela se foram, e ela agora se apoia com a maior parte do peso na perna boa. O braço direito dela envolve o ombro de Skipper, e Mattie está um pouco atrás.

De frente para os três, está Frank. Ao lado dele, seu irmão, Tony.

A mente de Mark vai a mil, avaliando a situação enquanto observa Frank dizer algo a Skipper, que deixa Hadley tensa. Ele então se inclina e sussurra algo no ouvido de Hadley, que começa a balançar a cabeça, estendendo o braço protetoramente na direção de Mattie.

O movimento dela é lento demais. E, rápido como uma cascavel, Frank agarra Mattie pelo braço e a puxa para a frente. Hadley estica o braço, mas o olhar ameaçador de Frank a detém. Ele então diz mais alguma coisa antes de sair puxando Mattie no meio da multidão, seguido pelo irmão.

Hadley grita:

– Não, Frank, por favor! – E Mattie olha para trás, com o rosto pálido.

Ela dá um passo em direção à filha, mas Grace avança e a impede.

– Não, Hadley, não.

Depois disso, tudo se move em hipervelocidade, mas, ao mesmo tempo, em câmera lenta: Grace agarra Hadley, o bebê entre elas, enquanto Mattie é puxada em meio à multidão e colocada no banco do passageiro de um carro preto com vidros fumê, parado ilegalmente em um estacionamento exclusivo para taxistas. Mark corre na direção deles, serpenteando a manada de pessoas que vai em direção à entrada do estádio, com a arma na mão.

– Frank Torelli! – ele grita. – FBI. Parado!

As pessoas ao redor estão apavoradas, e algumas gritam "Arma!", mas Mark percebe tarde demais que a arma a que elas se referem não é a dele, percebe tarde demais o cano da pistola de Frank balançando com o corpo dele, percebe tarde demais seu *timing* errado... ao disparar sua arma meio segundo depois.

Seu primeiro pensamento é em Shelly, em sua mãozinha acenando para ele enquanto se esquecia de cantar. Depois, em Ben e no cachorro que eles adotariam. O último, em Hadley, gritando quando a bala atinge seu peito.

Hadley

Grace grita, dizendo que elas têm de ir.

– Agora! – ela chama, enquanto puxa Hadley.

A multidão se move na direção contrária, curiosa para ver o que está acontecendo... como em um espetáculo. As telas dos celulares brilham e estão levantadas no alto, tentando capturar o que quer que seja, na esperança de fazer parte daquilo.

Hadley vira a cabeça para trás, enquanto Grace continua a empurrá-la para a frente. Mark está no chão com a cabeça virada e os olhos abertos, e as pessoas se agacham em volta dele.

Mattie se foi. No carro de Tony.

Ela tropeça, e Grace a pega pelo braço. Miles uiva por ser sacudido. Skipper segura a mão de Hadley e a puxa, com o rosto molhado pelas lágrimas e pálido pelo pânico.

Eles estavam se divertindo tanto, discutindo o que comeriam depois que entrassem no estádio. Skipper queria um cachorro-quente gigante, o mesmo pedido que faz todas as vezes que vão a um jogo. Com mostarda, apenas. E um refrigerante. Mattie queria experimentar um Helton Burger, aclamado como um dos melhores hambúrgueres nos estádios de beisebol, coberto com cebolas grelhadas, picles e molho especial.

– Hadley, por favor – Grace implora.

Frank. Ali. De repente. Ele surgiu como em um truque de mágica, do nada. Com Tony do lado. Frank estava dizendo algo sobre uma troca no time fantasia.

Mattie estava atrás dela, depois não mais, sendo puxada em direção ao carro de Tony.

Mas aí então Mark estava lá também, quase como se ela o tivesse conjurado. E, por um segundo, Hadley pensou que as coisas ficariam bem. Mas as coisas não ficaram bem. Frank tinha uma arma. *Bang.* Mas não soou como *bang.* Foi quase silencioso. *Pfff.* E Mark caiu com os olhos abertos, como se olhasse para ela.

Toda a cadeia de eventos ricocheteia na cabeça de Hadley, e a sensação é de que há bolas de gude soltas lá dentro. O corpo dela estremece, os joelhos dobram, e ela quase cai, mas suas pernas a firmam antes de isso acontecer.

– Anda, Blue, corre! – Skipper grita, puxando-a com todas as suas forças.

Hadley fixa os olhos no bóton redondo em cima do boné de Skipper e se deixa levar.

Grace

A respiração de Grace é ofegante, e o suor lhe escorre pelo rosto, apesar do frio do fim da tarde. Os três estão no pátio de uma igreja, a doze quarteirões do estádio.

Hadley desabou em um banco, respiração ofegante e as pupilas do tamanho de cabeças de alfinete. As lágrimas dela foram reduzidas a um gotejamento. Skipper está sentado ao lado dela, balançando para a frente e para trás, olhos fixos no nada.

Grace pega uma manta da mochila, coloca-a no chão, tira Miles do canguru e o coloca em cima dela. Então, se ajoelha na frente de Skipper.

– Está tudo bem – ela diz, pegando as mãos dele.

Skipper as afasta, colocando-as embaixo do braço, balançando-se com ainda mais força.

Grace então se vira para Hadley e coloca uma mão em cada um dos lados do rosto dela.

– Hadley, me escute. Você tem de aguentar. Eu preciso que você aguente firme.

A reação de Hadley é engolir em seco e abrir a boca, que permanece aberta, mas sem emitir uma palavra.

– Hadley – Grace a chama mais uma vez, com o trinar de sua voz denunciando o próprio medo. Percebe que ela pisca e insiste: – Vamos, Hadley, aguente firme. Por favor.

Outra piscada, e então Grace observa Hadley, com extraordinária determinação, apertar a mandíbula e acenar com a cabeça.

– Ótimo. É isso aí, garota.

Hadley se vira para Skipper e o vê balançando. Ela se aproxima dele, abraça-o forte e se volta para Grace.

– Grace...

– Só um minuto – Grace pede, invocando cada grama de força que ainda lhe resta para não desmoronar. Com foco em sua respiração, ela olha em volta. Eles estão em uma parte não muito receptiva da cidade, um bairro comercial degradado, e a luz do sol e o calor do dia vão embora rapidamente.

– Ele morreu, não morreu? – Hadley pergunta.

Grace se vira para olhar para ela, e gostaria de poder mentir, dizer a Hadley que não, mas a verdade é que ela não sabe. Ela o viu caindo, mas só percebeu que ele havia sido atingido quando todo mundo em volta começou a gritar.

– Ele estava tentando salvar a Mattie – Hadley diz.

Grace confirma. E estava mesmo. Era um bom homem tentando fazer a coisa certa. O nó em sua garganta cresce, e ela se vira para que Hadley não perceba sua angústia.

Recomponha-se, implora a si mesma, mas é como tentar conter um *tsunami*. É tudo tão terrível. *O agente. Mattie.* Grace respira fundo e fecha os olhos. Ao abri-los, olha em volta mais uma vez. As portas das lojas estão se fechando, os cadeados sendo colocados, e os alarmes, acionados. Ela treme de frio, coloca o casaco em Miles e enrola-o de volta na manta, pegando-o nos braços depois.

Miles alcança o nariz dela, e Grace o abaixa. Ele se debate, nada feliz por estar sendo ignorado.

Grace olha para a igreja, que não só está bem trancada como também tem uma corrente na porta, um edifício imponente em vez de um porto seguro de misericórdia, e uma onda de *déjà vu* a invade, tão forte que leva o ar de seus pulmões. Oito anos atrás. A igreja era menor e batista, não católica, mas o desespero de Grace era o mesmo. Aquele dia terminou tragicamente, e Grace se pergunta se o dia de hoje terá o mesmo fim, com sua vida mais uma vez sendo destruída por suas escolhas e, aqueles que ela mais ama, arruinados por seus erros.

Miles continua a se debater, tentando se desvencilhar. Hadley estende os braços.

– Grace, me dá ele aqui.

Ela entrega Miles a Hadley, que o coloca no colo, onde ele se agacha e se levanta, balança os braços e balbucia, satisfeito.

– Estou com frio – Skipper murmura, ainda se agarrando a Hadley, após passada sua crise.

Grace se dá conta de que Mattie estava com a bolsa que carregava os casacos de Hadley e Skipper. Ela então tira o próprio moletom da mochila e o entrega para o garotinho. A próxima coisa que Grace faz é um breve inventário do que eles têm no momento. Nenhum deles está vestido apropriadamente para passar a noite nos pés da montanha. Grace veste camisa e calça *jeans*. Miles está de macaquinho e casaco, e tem a manta. Hadley está de saia e camiseta. Skipper, com seu uniforme.

– Hadley, quanto dinheiro você tem?

– Não sei. A carteira está na minha bolsa.

Por "bolsa", ela se refere à sacola de compras que tem usado para esse fim. Grace a vasculha, passando por chicletes, cigarros, escova de cabelo, maquiagem e o PlayStation de Skipper, encontrando, enfim, a carteira de Hadley, que tem exatamente sessenta e dois dólares dentro.

Grace pega então o próprio maço de notas, que enfiou no bolso pela manhã, e se xinga por não ter pensado em levar mais dinheiro consigo. Cento e doze dólares.

Juntas, elas têm cento e setenta e quatro dólares para passar a noite e ir para Omaha. O coração de Grace afunda. Cento e setenta e quatro dólares não as tirarão nem de Denver.

Por um longo tempo, Grace encara o vitral da igreja, uma representação em vidros de tons rubi e esmeralda de Cristo em seu momento final de martírio, que a olha de volta.

– Talvez a gente devesse voltar lá no carro – Hadley sugere, tremendo de frio ao falar.

Grace balança a cabeça e continua a olhar para Jesus, imaginando o que Ele está pensando agora e se Ele está rindo, por acaso achando divertida a situação de vida ou morte em que elas agora se encontram.

– Grace?

– Não – ela responde, tirando os olhos do vitral. – Nesse momento, o estádio está lotado de policiais, e eu tenho certeza de que o Frank foi lá pegar o dinheiro antes de ir embora. Ele sabe que é evidência contra ele. Sem chance de simplesmente deixar o dinheiro para trás. Tenho certeza de que ele fez a Mattie contar onde estava e voltou para pegar.

Com a menção a Mattie, a feição de Hadley se altera.

– Fica aqui, eu já volto.

– Aonde você vai?

– Fazer uma ligação.

Sem esperar por uma resposta, Grace põe a mochila no ombro e vai para a parte da frente da igreja. O sinal de celular já era bom no lugar onde ela estava, mas no momento Grace precisa ir onde não possa ser ouvida por mais ninguém.

Hadley

Simplesmente se foram. Hadley pisca. *Mark. Mattie.*

Cada pensamento no ocorrido a atinge como um golpe, e sua mente não é capaz de aguentar a pressão.

Foi Skipper quem o viu primeiro:

– Treinador! – ele disse, sorrindo e apontando. Hadley o seguiu, seu cérebro atrasado um segundo com relação ao movimento de seus olhos.

Frank. Tony. Aqui. Em Denver. Tudo foi sendo processado de maneira muito lenta.

Skipper deu um passo na direção dele, mas Hadley o puxou de volta, envolvendo-o com o braço, enquanto Mattie deu um passo para trás.

Frank estava sorrindo.

– E aí, Campeão? – ele esticou a mão, bagunçando o cabelo de Skipper. – Recebi sua oferta de troca e vim aceitar pessoalmente. Wolters pode ser seu, mas quero o Posey em troca.

Skipper assentiu e esticou a mão para que Frank pudesse apertá-la, o que ele fez. O garotinho olhou para Mattie com um sorriso largo, como se tivesse mandado bem.

Frank tirou seus olhos de Skipper e os voltou para Hadley.

– Ei, meu amor. Ou eu deveria chamá-la de Thelma? Ou será que é a Louise? Olhe, preciso dizer, eu não esperava por essa. Você e a Grace? Parece que subestimei aquela garota.

A espinha de Hadley gelou, e ela abraçou Skipper mais forte.

– Você realmente achou que podia me roubar? – A pergunta foi feita quase como se ele estivesse se divertindo. – Pegar meu dinheiro, minha filha?

Hadley esticou o braço para trás, para proteger Mattie, um gesto inútil, mais por instinto que por efetividade.

Ele se inclinou, seus lábios contra o ouvido dela.

– Péssima jogada, amor. Você deveria saber melhor que ninguém que não é legal tentar ferrar comigo. Se chegar perto da Mattie de novo, ou respirar na direção dela, que seja, eu vou te caçar e te esmagar como a barata traidora que você é.

Hadley esticou o braço mais uma vez, mas era tarde demais. Mattie já tinha sido levada para longe. E então Grace a segurou, e Mark correu atrás deles.

E, agora, aqui estão eles, no pátio de uma igreja. Mattie se foi. Mark se foi. Ela e Skipper. Grace e Miles. Aqui.

Uma grade sendo abaixada em uma loja faz um barulho alto, e Hadley se assusta. Skipper se agita com ela, e seus braços a agarram.

– Está tudo bem, Campeão – ela mente.

Miles se agita. Está ficando frio demais para eles. Ela o enrola mais firme em seu cobertor, enquanto aperta Skipper com força contra o corpo e espanta os próprios calafrios. A uns cem metros de distância, Grace caminha pela calçada, e seu telefone não está mais próximo ao ouvido.

Grace

Grace segura forte o telefone. Ela acabou de conversar com o irmão de Jimmy, Brad. Ele estava tão calmo! Grace supõe que, para um ex-fuzileiro naval com estilhaços alojados no quadril e uma Estrela de Bronze, as façanhas da cunhada fugitiva não sejam nada de mais. Ele anotou o número dela, depois o repetiu e disse a Grace para aguentar firme e esperar.

Desde que desligou o telefone, ela caminha de um lado para outro, os pelos dos braços arrepiados de frio e pensando em como explicará para Jimmy tudo o que aconteceu. Até esse momento, nada disso parecia constrangedor. Por mais horrível que fosse, Grace não tinha realmente parado para pensar em como seria péssimo ter de confessar suas atitudes e admitir o desastre que fez com a própria vida, a vida dos dois e o futuro de Miles.

O telefone toca, e Grace dá um pulo.

– Jimmy?

– Grace?

E, com essa única fala de Jimmy, Grace perde o controle, todas as emoções que ela conteve nos últimos quatro dias escapando pelos seus olhos mais depressa do que ela consegue enxugar.

– Grace? Por favor… meu amor… me diz que vocês estão bem.

A voz dele está agitada, e Grace se sente mal pelo pânico que está causando a ele, mas não havia nada mais que pudesse ser feito. Grace está sem voz, engolida pelas arfadas que dá em um esforço desesperado para se acalmar.

– Grace? Onde você está? Me diz. – O nervosismo dele vibra através da linha telefônica. – Eu vou para onde você estiver.

– Não – Grace se esforça para falar, e sua resposta soa mais como um grunhido do que como uma palavra. Ela toma ar e usa o braço para secar as lágrimas, enquanto empurra de volta para dentro as emoções o mais fundo que pode, enterrando-as naquele lugar escuro onde todos os seus outros demônios estão fortemente trancados. Com a voz trêmula, ela finalmente consegue pedir: – Jimmy, preciso da sua ajuda.

– Amor, onde você está? – ele repete.

– Jimmy, por favor, só me ouça… e faça o que eu peço.

– Tudo.

– De quem é esse telefone que você está usando?

– Peguei emprestado de um caminhoneiro que está aqui na mesma lanchonete que eu.

Grace pisca várias vezes seguidas.

– Você não está no Afeganistão?

– Não, amor. Voltei para casa. Assim que o FBI ligou, pedi uma licença emergencial e voltei.

Grace fecha os olhos para processar o que Jimmy está lhe dizendo. Mas é claro que o FBI entraria em contato com ele, o que significa que ele sabe a maior parte da história, assim como o resto do mundo. Uma onda de alívio e humilhação a acerta em cheio. Pelo menos ela agora não precisa dar explicações.

– Sinto muito, meu amor. Muito mesmo. Eu ferrei com tudo.

– Jimmy, pare.

Ele faz o que ela pede, e é como se Grace pudesse ver a expressão de Jimmy nesse instante: a boca se fechando para as palavras que ele desesperadamente quer dizer, seus olhos dourados frenéticos indo de um lado para outro, esperando ter alguma ideia, alguma faísca de inspiração que vá mudar as coisas, consertar o que fez e tudo o que causou como consequência.

– O FBI está atrás de você? – Grace pergunta.

– Acho que não. Mas você foi esperta em não ligar para o meu telefone.

– Onde você está?

– Chicago.

Grace balança a cabeça. É para lá que muitos dos soldados vão logo que chegam.

– Preciso que você me mande algum dinheiro.

– Eu levo para você.

– Não. – A resposta sai seca da boca de Grace, com mais dureza do que ela pretendia. Então, ela suaviza a voz: – Jimmy, você precisa ficar fora disso. Pelo Miles. Está me ouvindo?

– Mas...

– Sem "mas". Por favor, só me arrume o dinheiro que você conseguir aí. Mande pela Western Union para Broadway, Denver. E use o nome Blaire Butz. B-U-T-Z. Entendeu?

– "*I got Blaire Butz and I cannot lie*"[1] – ele responde como em um *rap*, parodiando os versos de "Baby Got Back", mas o humor do momento falha miseravelmente, e o velho hábito de responder um ao outro com paródias é como sal jogado em uma ferida aberta.

Após uma longa pausa em silêncio, Grace pergunta:

– Você acha que vai conseguir alguma coisa?

Então, sem querer ser cruel com Jimmy, mas fazendo uma observação brutal, mesmo assim, ela acrescenta:

---

[1] "Gosto de traseiros grandes e não posso mentir." (N.E.)

– Não tem nada na nossa conta.

– Eu sei, meu amor, eu…

Grace o interrompe mais uma vez.

– Só preciso saber se tem como você conseguir o dinheiro e mandar para mim.

– Sim. Eu consigo. Eu vou. Vai estar aí assim que o posto da Western Union abrir.

– Está bom.

Pausa. Tanta coisa não dita, mas nada mais a dizer.

– Obrigada, Jimmy. Cuide-se.

– Grace…

Ela desliga e volta para onde os três a esperam, oca como um fantasma, como se o vento pudesse atravessá-la.

Hadley

Foi a pior noite de toda a vida de Hadley. A única que chegou perto foi aquela em que sua mãe morreu, mas aquele momento foi somente repleto de tristeza, enquanto a noite anterior foi repleta de todos os tipos de sentimentos terríveis.

Mattie. Mark. Mattie. Mattie. Mattie. Mark. Mark. Mark. Cada vez que Hadley fecha os olhos é tomada pelo horror daquele momento. Cada estampido a assusta, fazendo-a pensar ser um tiro. E, enquanto se agarra a Skipper e espera pelo amanhecer, Hadley se pergunta se esse será o novo ritmo de sua vida, um estado frágil de um medo inexorável interrompido por momentos extremos de arrependimento... e em todos os outros minutos lembrando-se, e esquecendo-se mais uma vez, porque a ficha simplesmente não cai... um ciclo sem fim de tortura que certamente a fará enlouquecer.

Hadley se levanta com cuidado para não acordar Skipper e esfrega os olhos inchados. Grace está a poucos metros, com Miles nos braços, dando mamadeira para ele.

Grace parece tão mal quanto Hadley se sente, com olheiras e o cabelo amassado. Ela parece uma sem-teto, como se estivesse vivendo nas ruas há meses. Todos estão assim. Os quatro vestidos com roupas que não combinam nada entre si e usando cobertores comprados de um Walgreens a dois quarteirões de distância, cheios de terra e folhagens pela noite que passaram amontoados no canto escuro do pátio da igreja.

O jantar dos três consistiu em sanduíches de geleia com manteiga de amendoim, e o café da manhã será o mesmo. Grace é estranhamente conhecedora de como sobreviver nas ruas, o que faz Hadley se perguntar novamente sobre o passado dela. Ela sabia exatamente qual canto seria o melhor para se abrigarem do frio e a melhor maneira de usar o dinheiro que tinham, gastando-o em comidas que renderiam e em peças que proveriam o máximo de calor que seu parco dinheiro poderia pagar. Hadley queria comprar creme dental e antisséptico para as mãos, mas Grace foi irredutível para que economizassem, no caso de Jimmy não conseguir enviar o dinheiro, o que Grace parece pensar que ele de fato não fará.

Hadley ficou surpresa quando Grace lhe contou que ligou para ele. Um sinal de quão desesperadoras as coisas se tornaram. Hadley quis perguntar a Grace se ela estava bem, mas Grace deixou bem claro que não queria tocar no assunto. Hadley então deixou para lá, embora tenha ficado óbvio que a conversa deixou Grace arrasada. Hadley nunca a viu tão próxima do desespero assim.

Os sinos da igreja tocam oito vezes.

– A gente precisa sair daqui – Grace diz.

Hadley balança Skipper para acordá-lo. A resposta dele é se aninhar ainda mais nela.

– Vamos lá, Campeão – Hadley o chama, com os olhos fixos no bóton de dinossauro pregado em seu boné. A mascote do Rockies foi um presente que Mattie insistiu em dar para ele quando o grupo parou na loja de artigos esportivos para lhe comprar um uniforme novo. Os olhos de Hadley se enchem de lágrimas, e é preciso todo o esforço do mundo para impedi-las de transbordar.

Skipper pisca e abre os olhos, grandes piscinas azuis olhando para ela, e Hadley força um sorriso enquanto diz:

– Ei, Campeão. Pronto para começar nosso dia? A Trout tem um plano.

– Ir atrás da Primeira Base? – ele pergunta, levantando-se ainda bastante sonolento.

Hadley tenta não reagir de maneira diferente do que ele esperaria e continua com o sorriso escancarado.

– Conseguir um lugar seguro pra gente, e aí então irmos atrás da Primeira Base.

Skipper franze a testa e acena com a cabeça, com sua fé em Hadley permanecendo notavelmente inabalável, ainda acreditando que ela de alguma forma os tirará dessa e que tudo dará certo, apesar de todas as evidências indicando o contrário.

Grace

Eles estão parados do lado de fora de uma loja de penhores que também é um posto da Western Union. É uma região degradada, mas Grace não está assustada. As manhãs são os horários mais seguros para se estar acordado em uma cidade grande, com os sem-teto dormindo depois do barato deles da noite anterior ou exaustos demais de fome e de frio para ser uma ameaça.

Grace gastou preciosos setenta e cinco centavos em um jornal pela manhã, desesperada para saber o que tinha acontecido no estádio depois de terem saído correndo de lá, ansiando por boas notícias sobre o agente e Mattie. A história ocupa a primeira página do jornal. A manchete principal, *Tiroteio em Coors Field deixa um morto*, já destruiu seu primeiro desejo, e a segunda, *Filha de Torelli é sequestrada pelo pai e permanece desaparecida*, o outro.

Ao lado da imagem borrada do agente caído na calçada, pequenas fotos de Grace, Hadley, Skipper e Mattie. As de Hadley e Grace foram tiradas de suas habilitações e pouco lembravam a aparência atual delas. Já as de Skipper e Mattie eram de seus retratos mais recentes da escola. Skipper parecia exatamente igual: o mesmo sorriso fora do eixo, e um pedaço do seu uniforme do Dodgers aparecendo. Mattie, contudo, não se parecia em nada com a Mattie que Grace conhece, deixando-a chocada pelo tanto que a garota mudou desde que a foto fora tirada, no início do ano letivo. Cabelos compridos e castanhos, dentes com aparelhos. Parecia tão mais jovem e tinha um sorriso constrangido e inseguro.

É difícil se acostumar com a ideia de que Mattie se foi. Como se sentisse a falta de um membro amputado, Grace continua achando que ela está ali, e só então se dá conta de que não, como um grande buraco no centro de tudo. Desesperadamente, ela deseja consertar isso, e sua cabeça está a mil tentando achar uma forma de encontrar Mattie e pegá-la de volta, e, em todas as vezes, chegando à conclusão de que isso será impossível.

Grace leu o artigo duas vezes, depois jogou o jornal fora antes que Hadley o visse. Ela está preocupada que a verdade, somada ao estado atual de fragilidade de Hadley, seja demais para ela suportar.

Mark Wilkes, esse era o nome do agente, deixa uma filha e um filho, de seis e nove anos, respectivamente. Também tinha uma esposa. Grace tentou não se sentir ressentida por isso. Os pais vivem em Boston, e ele tem um irmão na Califórnia. Mark era um veterano condecorado, um ex-fuzileiro naval que servira em duas operações na Tempestade do Deserto.

Grace olha através da janela da loja para ver o horário. Os minutos passam lentos como horas à medida que se aproximam das nove, e a fé de Grace em Jimmy oscila a cada segundo, com o momento da verdade finalmente chegando. Ele pode pegar um dinheiro com o irmão, embora Brad não tenha muito para emprestar. Uma pontada de vergonha a atinge ao pensar nisso, em mais uma vez pedir a ajuda de Brad, sendo que ainda nem lhe pagaram pelo empréstimo feito para os dois saírem de Los Angeles e alugarem seu apartamento em Orange County.

Culpada, Grace se pergunta quanto será que Jimmy conseguirá mandar, com sua preocupação sobre o futuro e a limitação de seus fundos aumentando a cada momento. Os planos ainda são para que ela vá para Londres com Miles e Skipper, e para Hadley encontrar um jeito de se juntar a eles depois.

A ideia era tão mais promissora quando Grace tinha um milhão no bolso e Mattie para ajudá-la. Agora ela se pergunta como sobreviverá, uma fugitiva usando um pseudônimo em um país estrangeiro, sem carteira de trabalho e com duas crianças para criar, uma das quais ela não tem certeza de como lidar quando as coisas ficarem difíceis.

Às 8h57, um homem entra pelos fundos na loja, acende as luzes, vira a placa de "fechado" para "aberto" e caminha em direção à porta para destrancá-la.

– Grace.

Ela olha tão fixamente para o homem que está tirando o cadeado da porta que não percebe imediatamente que alguém a está chamando. O relógio marca 8h59.

– Grace – ele diz mais uma vez.

Ela se vira, e seus olhos piscam repetidamente enquanto seu cérebro acompanha seus ouvidos, finalmente vendo Jimmy vindo em sua direção, com seus longos passos diminuindo rapidamente a distância entre os dois. Ele usa um uniforme desbotado, seu cabelo dourado está bagunçado, e seu rosto, marcado pela exaustão e pela preocupação.

Os olhos de Grace se enchem de lágrimas, e ela também vai na direção dele. Só então, ao perceber o que está fazendo, Grace recua, balançando a cabeça.

– Eu falei para não vir – ela diz, com a raiva e o pânico crescendo por dentro.

Suas mãos envolvem Miles protetivamente, como se a presença de Jimmy pudesse machucá-lo. O que uma hora acontecerá… não exatamente agora, mas em outro dia, semana, ano, vida.

– Eu falei, Jimmy. Você precisa ficar longe disso.

O meio-sorriso dele se transforma em dor, e seu olhar parece apagado quando ele diz:

– Eu não podia deixar de vir.

De perto, Jimmy parece ainda pior que à primeira vista. Mesmo em seus piores dias, ele ainda é um cara bonito, mas ali, naquela manhã, está acabado, os ombros curvados, a pele ressecada e a barba por fazer. Ainda assim, como sempre, são seus olhos que a atraem, dourados como um dia de verão e olhando para ela como se não existisse mais ninguém no mundo.

– Por favor, Grace, me ouça...

– A gente precisa ir – Grace diz, cortando-o e saindo às pressas ao notar que o cara da Western Union os observa pelo vidro. Os olhos dele vão de Grace e Miles para Hadley, depois se fixam em Skipper.

Jimmy parece confuso.

– Agora! – ela praticamente grita. O homem se aproximou de sua mesa e está pegando no telefone.

Nesse momento, Hadley já havia se levantado e está de mãos dadas com Skipper.

– Hadley – ela se apresenta, enquanto caminha depressa, passando Jimmy para acompanhar Grace.

– Jimmy – ele responde, pegando Skipper nos braços como se ele não pesasse mais do que um saco de arroz. – E aí, garotão, que tal uma corrida?

Jimmy alcança Grace e a direciona para um Nissan prata. Ele desativa o alarme do carro, coloca Skipper no chão e abre a porta. Skipper entra de um lado, e Hadley do outro. Grace, com Miles ainda preso ao seu peito, pula no banco do passageiro.

Os olhos de Jimmy se fixam em Miles, mas Grace os tira de lá.

– Vamos – ela pede, e um segundo depois eles já estão de saída.

Hadley

Jimmy dirige com uma mão só no volante, enquanto a outra se apoia na janela aberta. Mas que cara bonito! Do nível super-herói, um Flash Gordon ou Capitão América da vida. De ossatura longa, seus cabelos são da cor de favos de mel e combinam com seus olhos dourados, arrematados por um sorriso charmoso de canto de boca que ele usa com facilidade… e frequência.

Ele está com seu uniforme do exército "para dar credibilidade" – foi o que ele disse com uma piscadinha para Grace, que ainda está brava demais. Embora, por trás de toda aquela fúria, o amor ainda pulse.

Hadley está no banco de trás do pequeno carro ao lado de Skipper, que caiu no sono uma hora atrás. Ela olha pela janela, mas nada vê, incapaz de compreender tudo o que aconteceu ou a rapidez com que aconteceu.

Ao contrário do dia anterior, já não é mais chocante. *Mark. Está. Morto.* De alguma forma, esse terrível fato simplesmente se acomodou em sua cabeça, embora seja doloroso demais pensar nele. Então, em vez disso, Hadley está obcecada em Mattie, perguntando-se onde ela está, aonde

Frank teria ido e o que ela precisará fazer para ter a filha de volta. Hadley já chorou tanto que tem certeza de que está seca por dentro. Lenços e mais lenços de papel ensopados e amassados transbordam do compartimento da porta ao lado dela, e sua pele está ferida e ressecada.

É quarta-feira, o dia em que supostamente ela deveria deixar Skipper com Vanessa antes de seguir com Mattie para, juntas, começarem uma nova vida, uma ideia agora nebulosa e vaga, como um sonho de uma vida passada.

Tudo parece tão surreal! Frank é um assassino. Mattie se foi. Hadley não tem uma casa para onde ir ou para onde voltar e, em certos momentos, ela se vê tão completamente perdida que a impressão é de que está vivendo em um universo paralelo, flutuando em algum lugar lá fora.

Os planos ainda são de Skipper voar com Grace para Londres e Hadley encontrar uma forma de se juntar a eles depois. Mas como? Ela não tem mais dinheiro, nem para onde ir. E Mattie ainda está aqui, em algum lugar. Como ela poderia ir para Londres sem Mattie?

Pelo menos Skipper está melhor. Em grande parte, graças a Jimmy. Depois de carregá-lo até o carro, algo em Skipper mudou. Como um patinho órfão do pai, é como se Skipper tivesse se moldado ao formato do primeiro macho alfa que encontrou, e Jimmy entrou na onda.

Tudo começou com conversas sobre beisebol, um esporte que, felizmente, Jimmy conhece muito bem. Depois de um tempo, porém, o tema passou a ser o exército. Jimmy contou a Skipper sobre o trabalho dele no Afeganistão, deixando de lado as partes ruins, falando principalmente de seus colegas na unidade. Jimmy contou sobre cada um, de seus apelidos e a origem deles, um assunto muito caro a Skipper. Certa hora, a conversa mudou para o uniforme de Jimmy, que pacientemente explicou os diferentes "times" que há no exército e o porquê dos diferentes uniformes. Ele até chegou a tirar sua jaqueta, colocando-a no banco de trás para que

Skipper pudesse ver os diferentes *patches* e broches, enquanto ele explicava o significado de cada um.

Grace fingia não escutar, mas Hadley sabia que ela estava, sim, escutando. Parte da mudança no comportamento de Skipper também tem relação com o que aconteceu com Frank. Levou algum tempo para o garotinho processar tudo, mas, quando o fez, Hadley sabia que ele formara uma opinião bastante firme. Skipper tem um senso bem definido de certo e errado e, embora tenha uma habilidade incrível de superar as coisas e seja a pessoa mais imparcial que Hadley conhece, ele nunca se esquece. O que é errado é errado e ponto, e, nesses casos, Skipper raramente perdoa. É assim que ele é.

No caminho para a loja de penhores, Hadley perguntara como ele se sentia com relação ao que havia acontecido, e a resposta foi:

– O Treinador atirou no homem que andou com a gente no carro, depois que eu deixei meu uniforme na piscina, e levou a Primeira Base embora. E é só isso que tenho para dizer. – Depois disso, Skipper se afastou, deixando claro que não queria mais tocar no assunto.

A franqueza de Skipper é a razão pela qual ele ainda precisa ir com Grace. Se Skipper um dia for questionado, ele descreverá exata e detalhadamente o que aconteceu, através de suas lentes cristalinas, sem deixar nada de fora, e todos acreditarão nele. Skipper jamais mente, e sua memória é extraordinária, um estranho dom de se lembrar de lugares, pessoas e eventos. E, sem querer, ele acabaria comprometendo Hadley, o que comprometeria Grace por tabela. Talvez até Melissa e, definitivamente, Jimmy. Um efeito dominó criado por sua memória perfeita e natural derrubando toda aquela farsa.

O carro diminui a velocidade quando Jimmy pega a saída para North Platte, e, logo depois, eles param no estacionamento de um shopping.

– Já volto – Grace diz, saindo do carro com o filho.

Miles começou a se incomodar minutos antes, farto de estar preso ao peito de Grace e provavelmente precisando de uma troca de fraldas. Como uma *expert*, Grace o tira do canguru e o coloca sobre o ombro, acomodando-o como se não fosse nada de mais, e, ao lado dela, Jimmy sorri como se ela fosse a melhor mãe do planeta. Grace fecha a cara, mas Hadley sabe que, por dentro, ela está se sentindo orgulhosa, com o corpo levemente mais endireitado enquanto segue para a entrada do shopping.

Jimmy estaciona na sombra, depois se vira para olhar para os dois no carro, e, de novo, Hadley está encantada. Seu senso de lealdade é abalado, sabendo ser uma traição gostar desse homem que causou a Grace tanto sofrimento. Mas tentar não gostar dele é como tentar não gostar do Super-Homem. Jimmy é todo músculos e belos dentes, e há alguma coisa em homens fardados que faz você querer acreditar que eles são bons, mesmo eles não tendo feito nada que prove isso. É como se ele estivesse envolto pelo manto da verdade e da justiça, e isso faz Hadley querer se levantar e saudá-lo ou aplaudi-lo ou tricotar meias para ele, em gratidão pela coragem, pelos serviços prestados e pela abnegação desse homem.

Ela sabe que ele errou. E feio. É culpa dele que Grace e Miles estejam nessa situação. Mas, agora que ele está ali, sorrindo para ela, com seu uniforme do exército desfeito e suas placas de identificação penduradas no pescoço, francamente, ela está com muita dificuldade em guardar rancor.

– E aí, carinha – ele puxa conversa com Skipper –, o que você me diz de ter a própria farda? Fazer de você um verdadeiro recruta.

Hadley até já espera a próxima cena: Skipper balançando a cabeça e respondendo automaticamente um "Não", a sua resposta-padrão sempre que alguém sugere a ele vestir roupas diferentes de uniformes de beisebol. Só que, em vez disso, ele a choca ao responder:

– É tipo um soldado que está começando?

– Isso mesmo – Jimmy responde. – Um recruta começa com uma farda mais simples, e aí depois vai conquistando os outros itens.

– E eu já posso ter uma farda de um recruta? – Skipper pergunta devagar, com uma expressão admirada.

– Bom, aí eu já não sei – Jimmy responde, como se estivesse pensando, esfregando o queixo. – Primeiro, você vai precisar responder a algumas perguntas.

Skipper arregala os olhos, e seu semblante agora é sério.

– Você nasceu nos Estados Unidos?

Ele olha para Hadley, que confirma.

– Sim.

– Você já cometeu algum crime?

Skipper balança a cabeça para os lados.

Jimmy acena em aprovação.

– Você promete ser corajoso, servir ao seu país e proteger aqueles que ama?

Skipper balança a cabeça mais uma vez, agora para cima e para baixo.

– Bom, então não vejo nenhuma razão para que você não possa usar a farda de recruta.

O rosto do garotinho se ilumina.

– Quando?

Hadley está impressionada. Em menos de trinta segundos, Jimmy conseguiu um feito que ela e Grace estão tentando há dias.

– A gente só precisa encontrar uma loja que venda esses uniformes – Jimmy responde e depois pisca para Hadley, mostrando para ela como isso foi planejado, e a admiração por ele só aumenta.

Ele sai com o carro, estaciona na entrada do shopping e em seguida sai para ajudar Grace com a nova cadeirinha que ela comprou. Jimmy a amarra ao lado de Skipper.

– Recruta, certifique-se de que está bem preso – ele pede.

– Sim, senhor – Skipper diz, respondendo exatamente como Jimmy disse que ele deveria responder quando um oficial falasse com ele.

Grace entrega Miles para Jimmy, que leva um segundo para segurá-lo na altura do rosto e acariciar o nariz do filho. Miles se contorce e dá gritinhos, e Jimmy repete a brincadeira de novo e de novo, com o rosto radiante de amor, e a resistência que Hadley ainda tinha vai por água abaixo. Ele pode ter errado feio, pode até ser um fracassado, mas é difícil não gostar de alguém que demonstre tanta devoção pelo filho e pela esposa.

Grace

Grace está parada do lado de fora do restaurante, em frente à loja de excedentes militares, observando a árida pradaria diante de seus olhos. Já se foram os altos pinheiros e as montanhas, agora substituídos pela paisagem queimada pelo sol que se estende até o horizonte.

A cabeça de Grace dói; seu coração também. Ela não queria que Jimmy viesse, mas, agora que ele está ali... sólido, real, certo... é tão tentador baixar a guarda e cair em seus velhos hábitos. Perdoá-lo, abdicar do controle sobre as coisas e confiar quando ele diz que sente muito e que aquilo jamais acontecerá de novo. São as melhores e piores partes de Jimmy: quão bom ele é e quão facilmente você deposita toda a confiança do mundo nele, acreditando erroneamente que ele nunca decepcionará você, e essa confiança é quebrada todas as vezes. Porque, apesar de suas falhas – *falha*, ela se corrige, no *singular*: *uma fraqueza única, debilitante* –, o amor de Jimmy é real. E, cada vez que seus olhos dourados a encontram, o coração de Grace derrete-se um pouco mais.

No dia anterior, ela ainda acreditava que eles tinham uma chance, pequena, mas possível. Agora, porém, embora ainda continuem fazendo os movimentos planejados, dirigindo até Omaha para que ela pegue um avião com Skipper e Miles, Grace sabe que as possibilidades de que ela vá para qualquer lugar que não seja a prisão são praticamente nulas.

Mesmo estando no meio do nada, ela tem certeza de que alguém a reconhecerá mais cedo ou mais tarde. A história tem sido divulgada de costa a costa, e todo o país assiste ao desenrolar da trama, como se tudo aquilo fosse um grande entretenimento, uma produção televisiva emocionante, mas sem as altas produções ou o *hype* que normalmente as acompanham: duas mães renegadas fugindo da lei com seus filhos a reboque; agentes do FBI levando tiros em frente a estádios de beisebol; adolescentes sendo sequestradas pelos seus pais enlouquecidos. Tudo interessante e irresistível demais. Inacreditável, ela diria, se isso de fato não estivesse acontecendo com elas.

Ter Jimmy junto delas agora as torna um pouco menos visíveis, de fato. Ninguém sabe que ele se juntou ao grupo, e, ao olhar para eles, com Jimmy confiante em sua farda, o que se parecem é mais com uma família aproveitando a estada de seu soldado em casa do que fugitivas famosas na estrada. Mas, uma hora ou outra, alguém vai descobrir, e estará tudo acabado.

Hadley, Skipper e Jimmy saem da loja, com Jimmy balançando Miles em um dos braços, enquanto o bebê sorri, uma grande gargalhada que parece ficar mais barulhenta a cada dia. Skipper desfila ao lado deles com sua nova "farda", orgulhoso como um pavão exibindo novas plumas. Ele usa calças camufladas, jaqueta camuflada, boné camuflado e botas marrons. Um tanto exagerado, estilo super-Rambo, mas o sorriso torto e o jeito de Skipper caminhar diminuem a seriedade daquilo, e é difícil interpretar de outra forma que não seja a adoração de um garotinho por um soldado.

Os olhos de Grace marejam ao pensar em quão lindamente Jimmy orquestrou essa mudança. Ele sempre teve esse dom de se dar bem com as pessoas… velhas, novas. Não importa. Ele leva o tempo que for preciso com elas, demonstra uma gentileza e uma paciência extraordinárias, e, quando você se dá conta, ele já se tornou o melhor amigo delas.

Hadley caminha ao lado dele, sorrindo de algo que ele está dizendo.

Traidora, Grace pensa, ao mesmo tempo que se sente grata. É a primeira vez que ela vê Hadley sorrir desde que Mark foi baleado e Mattie, levada. Nas últimas horas, Grace assistiu a Hadley alternando o estado de choque, ora maníaca, ora melancólica, atordoada em um minuto e fumando um cigarro atrás do outro e chorando no próximo.

Quase como se tivesse se dado conta de que sorriu, e imediatamente se sentindo mal por isso, Hadley para, e os olhos dela vão de um lado a outro para ver se alguém notou. Grace desvia o olhar.

Ela gostaria de dizer a Hadley que está tudo bem. Sorrir não significa não se importar. É só um sintoma da vida que segue, o que inevitavelmente acontece. Não importa quão cataclísmicos os eventos em nossa vida sejam, mesmo diante das piores tragédias, o coração continua a bater, os pulmões continuam a sugar o ar e, algumas vezes e simples assim, certas coisas continuam a nos divertir.

Algumas dores mudam você, alteram permanentemente quem você é e tatuam sua alma. "Dor eterna", a avó de Grace costumava dizer, mas, incrivelmente, você supera. E mais cedo ou mais tarde, mesmo a dor eterna abranda. Você acorda um dia e descobre que ela já não preenche mais cada canto da sua mente. Ela ainda está ali, mas em segundo plano, menos presente e pronunciada, apenas uma pulsação dentro de você que quase necessita de foco para ser notada.

Jimmy para em frente a ela, enquanto Hadley e Skipper continuam andando para entrar no restaurante. Ela se afasta dele. Jimmy para de balançar Miles, olha para baixo e depois para a esposa:

– Grace.

Ela balança a cabeça e cruza os braços, o coração batendo forte contra o peito: amor e dor reunidos.

Jimmy suspira, olha para a pradaria, depois para suas botas.

– Sinto muito.

As palavras de Jimmy fazem a balança pender mais para um lado do que para outro, e o sangue de Grace corre para seu rosto como mercúrio mergulhado em um vulcão. Ele rapidamente recua.

– Eu sei que não é o que eu deveria dizer, só que tenho pensado tanto no que mais eu deveria dizer, mas me faltam palavras. Eu fiz merda. Das grandes.

Grace o encara, e suas narinas inflam, e há tanta raiva, tanta dor dentro de si, que ela teme o que sairá de sua boca se por acaso decidisse abri-la.

Miles levanta os braços, tentando alcançar o nariz de Jimmy, que o afasta, mas quando o filho protesta, contorcendo-se, então Jimmy se abaixa para deixá-lo agarrar e apertar seu nariz.

– Bip, bip – ele diz, com voz anasalada e os olhos suplicantes ainda em Grace.

Ela olha para longe, e as lágrimas ameaçam cair. Jimmy tem razão: ela não quer ouvir o que ele tem a dizer. Não adianta mais... as desculpas, as promessas, os votos... tão sem valor quanto partículas de poeira... sem sentido, sem substância, vazias. Partículas de poeira radiativas... prejudiciais, tóxicas, imperdoáveis.

Ele se endireita e passa a mão pelos cabelos com tanta força que parece querer puxá-los pela raiz.

– Se houvesse algo que eu pudesse fazer para provar isso, quanto sinto muito e estou arrependido, eu faria. – Ele dá outro passo hesitante na direção dela, que novamente se afasta. – Por favor, olhe para mim, Grace.

Grace balança a cabeça. Olhar para ele não ajudará em nada. Apenas deixará as coisas piores: a tristeza genuína em seus olhos, a promessa convincente em sua voz de que não fará aquilo de novo, fazendo-a acreditar, uma convicção que já se provou falsa três vezes antes.

Miles tenta se soltar dos braços de Jimmy para ir para os de Grace. Ela o pega, e, nesse momento, seus olhares se cruzam.

– Grace, eu vou achar um jeito de consertar isso, fazer a coisa certa.

Ela passa por ele e entra no restaurante, desejando acreditar, mas sem fé.

Hadley

Grace se senta primeiro, parecendo acabrunhada de uma maneira que Hadley jamais a viu, e Jimmy se junta a eles logo depois. Aparentemente, ele chorou, seus olhos estão vermelhos, e os lábios, contraídos, uma expressão que em nada combina com as feições alegres e despreocupadas de seu belo rosto.

Ele finge estar bem, mas Hadley sente o esforço que isso é para Jimmy, o que a deixa profundamente triste. Enquanto o grupo espera pela garçonete para fazer o pedido, Jimmy mostra para Skipper os diferentes bolsos em sua farda e para que serve cada um.

– Como você conseguiu o dinheiro? – Grace pergunta inesperadamente, interrompendo a explicação e fazendo tudo ao redor parar.

A mão de Jimmy ainda está no bolso esquerdo, ao lado do quadril, quando ele diz:

– Achei que tinha chegado a hora de me livrar da Harley.

Grace se contrai, visivelmente chocada.

– Você vendeu sua Harley?

Ele dá de ombros como se não fosse grande coisa, embora obviamente seja, com um grande balão de "grande coisa" colocado bem ali no meio da mesa.

– Então, este aqui – ele diz, fechando o bolso ao lado do quadril e levando a mão ao bolso do lado esquerdo do peito – é o mais importante de todos.

Skipper imita Jimmy, também colocando a mão no bolso do lado esquerdo de seu peito, com um semblante muito sério.

– Neste bolso não se coloca qualquer coisa.

– O que a gente coloca? – Skipper pergunta, e Hadley se inclina, igualmente curiosa.

– Ele é o que fica mais próximo do coração. Então, o que você tem de colocar aí são as coisas mais queridas para você.

– O que você tem no seu? – Skipper pergunta.

Hadley se inclina um pouco mais, enquanto Jimmy abre a aba.

A primeira coisa que ele tira de lá é uma foto de Grace na maternidade segurando o recém-nascido Miles, com um sorriso de orelha a orelha. Depois Jimmy coloca uma folha de papel dobrada ao lado da foto e, por fim, tira uma pequena pena cor de ferrugem e a põe em cima do papel.

Skipper passa a mão na pena, acariciando-a gentilmente.

– Essa pena salvou a vida do meu irmão, quer dizer, a galinha a que ela pertencia. Meu irmão diz que foi Deus. Eu digo que foi apenas uma galinha mesmo. Seja o que for, eles tiveram sorte naquele dia, quando o jipe deles parou para deixar a galinha atravessar, e, num instante, a galinha explodiu, por uma bomba colocada no canto da estrada. Poderia ter sido eles. Cada soldado naquele jipe e no que ia atrás pegou uma pena, e, quando me alistei, o meu irmão me deu a dele.

Skipper afasta a mão, olhando fixamente para aquele símbolo místico... galinhas morrendo e homens sendo salvos, conceitos completamente desconhecidos para ele.

Jimmy pega a pena, o papel e a foto e os coloca de volta no bolso.

Hadley queria perguntar o que diz o bilhete, mas ela sabe, pela expressão de Grace, que é algo muito pessoal: as palavras de despedida de um amor para o outro que está partindo para a guerra.

Tudo isso é mais do que Hadley consegue suportar, e ela quer gritar para Grace perdoá-lo. *Ele errou. Todos erramos. Dê ao cara outra chance, poxa.*

A atendente chega.

Jimmy pede um cheesebúrguer, e Skipper, que nunca come cheesebúrgueres, faz o mesmo. O pedido de Grace é um espaguete, o de Hadley uma salada, sem queijo, molho à parte.

– Sério, Hadley? – Grace pergunta, aborrecida. – Não, você só pode estar de brincadeira.

– Que foi?

– Já faz dois dias que a gente não come uma refeição decente. E, mais cedo ou mais tarde, provavelmente nós duas aqui vamos encarar uma vida inteira de comida de presídio. E você aí fazendo dieta.

Hadley sente as faces queimar. Ela está sempre fazendo dieta. Desde os doze anos. E nem pensou nisso enquanto fazia o pedido.

– Quem é que você está querendo impressionar?

Hadley pisca uma vez, depois outra, sem saber ao certo a resposta para a pergunta de Grace. *Ninguém? Todo mundo?* Ela não tem ideia. Ser magra é como cuidar bem da saúde bucal. É naturalmente o que se espera.

Sem graça, ela retruca:

– Nem todo mundo é abençoado com um metabolismo que lhe permite ingerir calorias infinitas e nenhuma delas se acumular no seu corpo.

Grace revira os olhos, e Hadley gostaria muito de mostrar a língua para ela agora, mas o sorriso de Jimmy a impede.

Hadley olha para ele, para Grace, depois para ele de novo e, por fim, para ela.

– O que foi? – Grace pergunta.

– Minha nossa. É isso! A razão para você ingerir calorias infinitas e nenhuma delas se acumular no seu corpo.

Grace inclina a cabeça.

– Você está grávida.

Os olhos de Grace se arregalam, e a cabeça dela começa a balançar.

– Não acredito que não percebi isso antes – Hadley comenta, enquanto repassa os últimos cinco dias na cabeça. – Explica tudo: os enjoos, o buraco sem fundo na barriga, o mau humor constante… embora possa ser apenas da sua personalidade mesmo…

O rosto de Grace perde a cor, enquanto o de Jimmy se ilumina, e ele agora exibe um largo sorriso de contentamento.

– É sério? – ele pergunta, interrompendo Hadley e encarando Grace com os olhos cheios de lágrimas.

Os olhos de Hadley também marejam, e ela se dá um tapinha imaginário nas costas pela descoberta, enquanto Grace se levanta no mesmo instante e sai correndo porta afora.

Grace

A respiração de Grace vem em arfadas curtas, que não alcançam seus pulmões, e sua mente gira, calculando a possibilidade e o momento. Seus joelhos bambeiam, e ela agarra o corrimão enquanto diz a si mesma que não pode ser verdade.

Mesmo que possa.

Ela engole em seco, balança a cabeça. Uma vez. Quando Jimmy voltou para o funeral da mãe, e ela estava cansada demais para colocar o diafragma. *Uma única vez.* Grace olha para o céu, imaginando que Deus deve ter um lugarzinho especial no Seu coração sádico reservado especialmente para ela. Grace O imagina olhando para baixo e gargalhando. *Ha, ha, ha, ha. Bem quando você achou que não poderia ficar pior, olha o que Eu fiz. Eu não sou magnificente?*

Grace leva a mão direita à barriga, imediatamente percebendo quão esticada ela está. Como ela não percebeu isso? Hadley tem razão: é óbvio… a fome, o mal-estar, o cansaço.

O vento ficou mais forte, as rajadas geladas agora invadem seu corpo e arrepiam sua pele. No chão, as folhas rodopiam, e Grace observa os ciclones dançantes, brava consigo mesma, com Jimmy e com Deus. Uma coisa é Ele permitir a ela trazer uma criança ao mundo quando Ele não tinha noção de quão inapta ela seria como mãe, mas permitir-lhe trazer uma segunda, sabendo quanto ela falhou miseravelmente, é errado e completamente irresponsável.

A porta se abre atrás dela. Quando se vira, Grace vê Hadley mancando em sua direção.

– Parabéns! – ela diz, mais como uma pergunta do que como uma afirmação.

Grace vira o rosto e volta a olhar para as folhas dançantes.

Hadley para ao lado dela, dando uma batidinha em seu ombro.

– Deixa disso. É incrível. Miles vai ter um irmão ou uma irmã.

Grace balança a cabeça.

– Ok, pode ser que o *timing* não seja o ideal...

O olhar fulminante de Grace a impede de continuar.

Hadley suspira, endireita-se e diz:

– Bom, de qualquer jeito, seu espaguete está pronto.

Ela dá um passo, para e, incapaz de resistir, completa:

– E é melhor você comer. Afinal de contas, está fazendo isso por dois.

HADLEY

Hadley observa Grace voltar para seu assento. Jimmy chega a levantar a mão para abraçá-la, mas reconsidera. Ele, então, baixa os olhos timidamente, tudo uma encenação. Orgulho e alegria irradiam dele como o brilho do sol.

– Campeão, larga isso e vai comer. – Hadley fala olhando para Skipper, que está com seu PlayStation nas mãos.

– Mas a Primeira Base está conversando comigo – ele responde, sem levantar os olhos.

O garfo de Hadley congela a meio caminho da boca.

– Quem é Primeira Base? – Jimmy pergunta.

Hadley pega o videogame das mãos de Skipper, e Grace salta de seu banco, inclinando-se ao lado de Hadley para ver a tela também.

campeão preciso falar com a blue

– Como é que eu respondo? – Hadley pergunta, virando o aparelho de um lado para outro como se procurasse por um teclado oculto.

Jimmy o pega e faz uma demonstração de como acessar o teclado *touchscreen.*

mattie to aqui onde vc ta, Hadley digita.

vim parar numa cidade chamada mccook, Mattie responde.

Hadley digita, *como*, com o coração acelerado e as mãos trêmulas.

peguei o carro do tio tony quando a gente parou pra abastecer e o papai e o tio foram na lanchonete

vc dirigiu

sim

Grace dá um soquinho no ar, e Hadley olha para ela, confusa, e então volta para a pequena tela.

onde em mccook

estacionada do lado dos silos gigantes

nao sai dai to a caminho te amo

te amo tb

– Onde fica McCook? – Hadley pergunta, com os olhos ainda fixos na tela e nas palavras de Mattie.

Jimmy gesticula, chamando a atendente, e pergunta para ela:

– Você conhece uma cidade chamada McCook?

– Claro. Fica a umas três horas e meia ao sul.

– Você pode embalar nossa comida para viagem? – ele pede.

Hadley olha para Jimmy, e lágrimas de gratidão inundam seus olhos. Ela então olha para Grace, que assente, fazendo-a desmoronar e as lágrimas desabarem.

– Obrigada – Hadley diz, com a voz falhando.

– Eu a amo também – Grace responde, enquanto leva a mão distraidamente à barriga, denunciando seu medo, apesar das palavras corajosas.

– A gente vai buscar a Primeira Base? – Skipper pergunta, empolgado, sentindo-se um verdadeiro herói por ter tido participação nisso, e parecendo-se de fato com um, com seu uniforme.

– Isso mesmo, Recruta – Jimmy responde. – Hora de partir.

Skipper praticamente pula do banco.

– O Recruta e eu vamos buscar suprimentos – Jimmy diz, piscando para Grace. – E depois encontraremos vocês, soldadas, no carro.

– Aonde vocês vão? – Grace pergunta, com a voz hesitante.

Os olhos de Jimmy correm para a loja de artigos militares no outro lado da rua.

– Preciso de umas coisas. Não quero encontrar o marido da Hadley e o cunhado de mãos vazias.

Grace balança a cabeça.

– Amor, confia em mim.

Grace não diz nada, e Jimmy sai.

A pele de Hadley se arrepia.

– Jimmy, espera – ela pede.

Ele se vira.

– Grace, o que é que você não está dizendo?

É estranho ver Grace ao lado de Jimmy. Por mais forte que seja, ela se deixa levar por ele de um jeito com o qual Hadley não consegue se acostumar, as raízes sulistas dela aparecendo como em uma tintura malfeita.

– Desembucha – Hadley continua. – Sei que você tem todo esse lance de *ele-é-o-homem-e-ele-é-o-meu-marido*, mas tem algo aí nessa sua cabecinha, e, sendo você muito mais inteligente que o seu marido… – ela para e olha para Jimmy – sem ofensa, Jimmy, mas ela é – Jimmy concorda –, você precisa parar de agir como "a boa esposa" e contar para nós o que é.

Grace dá uma risadinha de escárnio, como se Hadley a tivesse acertado com uma boa piada, mas suas faces ficam coradas, ou com vergonha por ter sido desafiada, ou com raiva. Hadley não tem certeza e, sinceramente, não está nem aí. Mattie está a três horas e meia deles, e não há tempo para preocupações com egos feridos.

– Tem alguma coisa aí que não está batendo – Grace diz, com os lábios se esticando em uma fina linha.

– O quê?

– Como a gente pode saber se é a Mattie mesmo falando?

– É um bom ponto – Jimmy pondera, esticando a mão para pegar o PlayStation. – Tem alguma coisa que só a Mattie saberia?

Hadley olha para Skipper, e a resposta vem até ela.

– O que o Skipper pegou embaixo da cama da Mattie?

– Uma aranha – Skipper contribui, animado.

– Bom trabalho – Jimmy diz com os polegares mexendo rapidamente sobre a tela enquanto digita "Dá azar matar aranhas".

E a palavra *aranha*, no singular, surge na tela quase instantaneamente, fazendo Hadley soltar um berro.

– É ela, é ela.

Grace ainda parece incerta.

– Ai, Grace, o que foi agora? – Hadley pergunta, irritada e impaciente. – É ela. Ela acabou de provar.

– Continuo desconfiando.

Hadley se pergunta se Grace ainda desconfia por estar assustada e querer recuar, com a balança agora pesando para o lado da nova vida crescendo dentro dela.

– O negócio é o seguinte – Grace profere lentamente as palavras, como se ainda estivesse analisando a situação à medida que as diz. – McCook provavelmente é do tamanho de uma ervilha, não é?

Todos concordam, até Skipper. Todas as cidades pelas quais eles passaram desde que saíram de Denver não eram maiores do que algumas quadras.

– E a Mattie está tentando falar com a gente há horas, parada em um carro preto enorme com placas de outro estado ao lado de silos gigantes.

– Está, e daí?

Jimmy é quem responde:

– Por que é que ninguém ainda foi lá falar com ela, perguntar o que ela está fazendo ali?

– Exatamente – Grace diz. – Eu cresci numa cidade pequena. E sem chances de nenhum encarregado nos silos ou um segurança ou um vizinho intrometido não ter ligado para o xerife, contando ao bom e velho Bob, Joe ou Hank, sei lá quem, que tem algum carro estilo mafioso rondando por aquelas bandas.

– E o que você quer dizer com isso?

– Que eu não confio. Eles sabem que a Mattie está ali.

– Quem?

– A polícia? O FBI? Não sei.

– Então por que eles não pegaram a Mattie ainda?

– Aí é que está.

– Porque eles estão esperando – Jimmy diz.

– Pelo quê?

– Por nós.

GRACE

Foi uma viagem tão excruciante, com a tensão aumentando a cada quilômetro, que, quando chegaram à saída para McCook, Grace sentia como se sua cabeça fosse explodir. O sol se pôs, as nuvens foram se juntando, e agora um céu de lã de aço esconde as estrelas, com a chuva ameaçando cair. Jimmy dirige cuidadosamente pela avenida principal, enquanto Grace examina a cidade, suspeitando que cada carro e van esteja escondendo agentes em seu interior.

Jimmy segura a mão dela. Ele a pegou quando saíram da rodovia. Grace estava tão distraída que nem parou para pensar nisso, e agora já é tarde demais para afastar a mão. Os longos dedos dele já envolvem os dela, algo ao mesmo tempo reconfortante e perturbador. As coisas parecem tão promissoras quando Jimmy está por perto, ainda que jamais pareçam dar certo no final.

Todos estão calados, incluindo Miles, enquanto seguem no limite da velocidade permitida de quarenta quilômetros por hora.

A cidade é minúscula, e tudo é típico de uma cidade pequena – restaurantes *fast-food*, pequenos comércios familiares, um posto de combustível e um Walmart –, a maioria das lojas já fechada, embora tenha acabado de passar das nove da noite.

– Vire aqui – Grace diz, indicando para Jimmy parar em um hotel chamado Chief Inn. Ela olha para o outro hotel no outro lado da rua, depois novamente para os lados, checando se há algum problema. – Estacione nos fundos.

Jimmy faz o que ela pede, e Hadley sai do carro para fazer o check-in deles com a habilitação de Blaire Butz. Grace a observa tentando não mancar, embora fique óbvio o esforço que isso exige.

Poucos minutos depois, Hadley volta com duas chaves na mão, e Grace sente a preocupação de Jimmy com seus recursos cada vez menores. Ele teria preferido que o grupo tivesse dividido um quarto, mas não diz nada.

Jimmy pensa que o dinheiro da venda da Harley é tudo o que eles têm para começar uma nova vida. Grace sabe que não. O videogame de Mattie estava na bolsa dela com todo o dinheiro no porta-malas do carro de Blaire Butz, o que significa que Mattie está com o dinheiro. Mas a última coisa que ela quer agora é que Jimmy saiba disso, então guarda a informação para si.

Hadley entrega uma chave a Jimmy, depois toma das mãos dele a cadeirinha com Miles dentro.

– Vocês dois precisam de um tempo a sós – ela diz com uma piscadinha, e sem esperar por uma resposta sai andando.

Grace encara as costas intrometidas e irritantes de Hadley. Desde que o grupo saiu do restaurante, Grace praticamente conseguia ouvir os pensamentos dela: *Ele é um bom homem, Grace. Olha só o que ele está fazendo pela Mattie. Por mim. Sem falar em quanto ele é gato. O que é só a cereja do bolo; ainda assim, uma bela de uma cereja, você tem de admitir. E ele a ama. Tanto. E o Miles. Veja a adoração dele pelo filho. Pelo amor de Deus, Grace, o que você quer? Ele fez merda, mas agora está tentando compensar. Nós também fizemos merda. Você precisa perdoá-lo. Caramba, supere isso, e apenas perdoe o Jimmy. O cara merece uma chance.*

Skipper olha para trás e dá um sorriso torto, levantando o polegar, e Jimmy faz um sinal de positivo de volta.

Mas olha só que conspiração, os dois se unindo contra ela. Três, se for contar com Miles, tão apaixonado pelo pai quanto Skipper e Hadley estão. O sorriso de Jimmy do tipo *não-tive-nada-a-ver-com-isso* é enfurecedor, e Grace abre a boca para lhe dizer exatamente o que ele é e que, apesar do charme irresistível dele com todo mundo ao redor, isso não muda as coisas. Acontece que, antes mesmo de as palavras saírem de sua boca, Jimmy diminui a distância entre os dois, e seus lábios estão tocando os dela.

* * *

É quase meia-noite quando eles voltam para o hotel. O grupo já está há horas rodando por toda McCook, memorizando e rememorando cada rua e rota possível. A cidade tem uma disposição típica do Meio-Oeste, com as vias nomeadas por letras e números. Elas são de mão dupla, e becos dividem as ruas com nomes de letras.

Grace esfrega os olhos cansados, enquanto Jimmy abre a porta do quarto. Eles entram trôpegos, e ela cai nos braços dele, enfiando os polegares nos bolsos de trás da calça de Jimmy e encostando a cabeça em seu peito. Ele se inclina e beija a cabeça dela, com seus braços fortes envolvendo-a. Sob o ouvido de Grace, o coração de Jimmy marca o tempo, e ela ouve suas batidas reconfortantes.

Os planos mudaram, e o medo pelo que estão prestes a fazer eliminou todas as preocupações de Grace sobre os problemas de Jimmy com apostas e apagou a raiva sobre o passado. Tudo o que eles têm de certo é o agora, e ela não vai desperdiçar esse momento. Jimmy é dela, falho, mas perfeito, e ela jamais se esquecerá disso de novo se eles conseguirem sair dessa.

Jimmy a leva para a cama, deitando-se ao lado dela, e, quando abre a boca, Grace coloca os dedos nos lábios para interrompê-lo.

Durante toda a noite, eles se agarram um ao outro, fazendo amor freneticamente e desesperadamente, e então gentil e lentamente. Ela o cala a cada pedido de desculpas, e ele enxuga as lágrimas dela com um beijo quando ela desaba e chora. Por horas, Jimmy repousa a cabeça na barriga de Grace. Os dois conversam sobre a nova vida que cresce dentro dela e sobre qual deveria ser o nome dele ou dela. Jimmy concorda com Mark se for um menino, mas está com sérios problemas em aceitar Virginia se for uma menina.

– Você tem noção de quanto ela vai sofrer no ensino médio?

Grace levanta a sobrancelha como se dissesse "Fala sério!".

– Virginia, a Virgem. Virgem Virginia. A gente está armando para ela se tornar uma pegadora só para refutar o nome.

Grace sorri.

– Você realmente acha que ela vai se incomodar com o fato de o nome dela lembrar a palavra *virgem*?

– Posso garantir.

– Está bom. Vamos chamá-la de Ginny, então.

– Excelente, ela vai acabar virando uma alcoólatra.

– Não vou deixar isso acontecer – Grace responde, com uma pontada de tristeza na voz.

Hadley

É a noite mais longa de toda a vida de Hadley. Os minutos passam lentos como horas ao saber que Mattie está muito perto, mas que ela não pode ir até a filha. O plano de Grace é arriscado, mas, se conseguirem executá-lo, brilhante. Só que há tantas variáveis que podem dar errado que Hadley se apavora só de pensar.

Ela se acomoda na beira da cama, acariciando a curva suave do queixo de Skipper. Miles dorme ao lado dele, enrolado com firmeza, e os braços para cima, parecendo um cacto. *Seus meninos.* Engraçado como, tão rapidamente, ela tenha passado a pensar em Miles e Grace como família, mas sem dúvida é isso o que eles são: parte dela, pessoas pelas quais ela daria a vida.

Uma dor cresce em seu peito ao pensar no perigo em que os colocou, e continua colocando; uma dívida tão grande que Hadley sabe ser impossível pagar. Com um suspiro, ela se levanta e vai na direção da janela. Abrindo as cortinas, olha para a marquise brilhante do hotel do outro lado da rua, e sua visão fica turva ao pensar sobre o amanhã e o que precisarão fazer.

Quando a manhã finalmente chega, clara o suficiente para iluminar o quarto com um brilho acinzentado, Hadley acorda os meninos e os leva para o salão de café da manhã. Skipper come aveia com canela, enquanto Hadley dá pequenas porções na boca de Miles. O bebê balbucia e cospe de alegria, e aquela visão é quase o bastante para afrouxar o pânico que agora estrangula seu coração.

Grace e Jimmy chegam poucos minutos depois. Grace tensa, Jimmy relaxado. Grace se abaixa e beija Miles na cabeça, com os lábios se curvando. Jimmy coloca a mão nas costas dela. A dor entre os dois se foi, transformada em uma nova perspectiva que já não abre mais espaço para velhas feridas, e olhar para eles é como olhar diretamente para o sol: ardente, ofuscante e doloroso.

Pela milionésima vez, Hadley tenta pensar em uma alternativa para sair dessa.

– A hora chegou – Grace diz, com a voz rouca pela noite de pura emoção.

Jimmy tira Miles da cadeirinha e brinca com ele, fazendo aviãozinho, antes de colocá-lo no canguru que Hadley já prendeu ao peito. Hadley também segura a mão de Skipper. Jimmy carrega a cadeirinha vazia. Grace não carrega nada.

Depois de beijar carinhosamente a cabeça de Miles, e apaixonadamente a boca de Grace, Jimmy se afasta, com a cabeça erguida e o andar seguro de um verdadeiro herói, não pela ilusão provocada por uma farda, mas, sim, pelo caráter do homem que a veste.

Grace o observa ir.

– Vamos lá – ela murmura, tentando aparentar confiança, mas falhando.

Hadley segue Grace pela entrada do hotel, mancando o mais rápido que seu tornozelo lhe permite, e Skipper se apressa ao seu lado, ciente de quão importante é acompanhar os passos delas.

O grupo sai... O céu está encoberto por uma neblina que pesa o ar e escurece a manhã.

Eles chegam à rua, esperam o tráfego diminuir e então atravessam para o hotel do outro lado.

– Depressa, Campeão – Hadley o encoraja. – Mais rápido.

– Recruta – ele a corrige, enquanto aperta o passo, e agora todos praticamente correm.

Os olhos de Hadley percorrem o estacionamento do Economy Suítes. O carro de Tony está estacionado na terceira vaga, exatamente onde Mattie disse que estaria. Quatro vagas à frente há um Fiat verde sem ninguém dentro. Fora isso, o estacionamento está vazio. Será que Grace estava errada?, ela pensa, correndo na direção do carro de Tony. Será que eles não estão aqui?

Pontadas de dor lhe atingem o tornozelo, mas ela não diminui a velocidade dos passos, com o carro agora a apenas seis metros. Hadley olha de relance para a janela do segundo quarto do andar de baixo. No canto inferior esquerdo há um pequeno quadrado amarelo de uns cinco centímetros – um *post-it* colocado ali por Mattie, sinalizando que está pronta para a execução do plano.

Hadley se lança na porta traseira do carro no exato momento em que a porta do quarto de Mattie se abre, e as lágrimas transbordam pelos olhos de Hadley ao ver sua bebê correndo na direção dela.

Hadley coloca Skipper consigo no banco de trás, enquanto Mattie abre a porta do passageiro.

– Primeira Base! – Skipper grita para Mattie, quando ela joga a bolsa listrada no assoalho do carro e pula para dentro.

– Ei, Campeão! – Ela se vira para olhar para ele. O carro já arrancou antes mesmo de ela fechar a porta.

Miles grita e chuta o canguru contra o peito de Hadley ao passarem pelo meio-fio para chegar à estrada. Segundos depois, Hadley inclina o corpo para protegê-lo e estica o braço para segurar Skipper ao serem jogados de lado quando Grace faz a próxima curva.

Endireitando-se, Hadley olha para trás, e seu coração falha quando vê um sedã cinza a toda velocidade atrás deles.

– Você tinha razão, Grace – ela diz sem acreditar, olhando para o giroflex azul no para-brisa do carro.

Grace não diz nada, seus olhos estão fixos no asfalto, enquanto ela continua a dirigir em disparada pelas ruas.

Hadley não consegue acreditar. Até segundos atrás, ela não achava que alguém fosse capaz de prever tanto com base em tão pouco. Mas Grace foi. Ela disse que os federais estariam esperando, e eles estavam.

O carro derrapa em um beco e depois vira bruscamente, entrando em uma rua lateral.

– Cintos de segurança! – Hadley grita no momento em que Skipper também grita:

– Vermelho!

Hadley olha para cima e os vê avançando na direção de um cruzamento com carros indo de um lado a outro.

– Grace! – ela grita.

Grace não pisa no freio. Ela nem mesmo diminui a velocidade. O carro voa rumo ao cruzamento, e Hadley aperta os olhos com força, puxando Skipper contra si e se curvando sobre Miles.

O carro dá uma guinada, e buzinas soam, mas milagrosamente, quando Hadley se levanta, eles já passaram.

Ela olha para trás e vê o sedã, estimando os segundos entre eles. Quatro. Grace calculou que precisariam de pelo menos seis para o plano funcionar.

O grupo segue para o norte, contornando a cidade em um padrão que parece aleatório, mas que Hadley sabe ter sido cuidadosamente planejado.

Eles já saíram do centro e passam por uma área residencial, alcançando o outro lado, repleto de fazendas e com campos recentemente cultivados, deixando nada além de quilômetros de feno dourado para trás: nenhum lugar para correr ou se esconder.

Grace desce a estrada, e, logo depois, os silos aparecem, seis tambores gigantes de concreto esticando-se na direção do céu.

– Tirando os cintos de segurança – Grace diz.

Hadley desafivela o dela. Pega Skipper com uma das mãos e, com a outra, segura a maçaneta.

– Pronto? – ela pergunta para Skipper.

Ele confirma, um soldado preparado para a batalha. Eles praticaram na noite anterior, fazendo da cama do hotel o banco de trás do carro de Tony.

Parece levar uma eternidade para os silos se aproximarem. É então que, de repente, como em um túnel do tempo, eles já estão lá. O coração de Hadley fica preso na garganta, enquanto o carro salta da estrada para o cascalho. Os pneus levantam poeira, criando uma nuvem, e, quando Hadley olha para trás, ela já não consegue mais ver o sedã.

Grace gira o volante para a direita, fazendo-os derrapar para trás do prédio, em seguida vira para a esquerda, deslizando para o outro lado, com o carro agora apontando para o espaço estreito entre os silos. A toda velocidade, Grace dispara, e, um segundo depois, as sombras dos tambores os engolem, e, mais um segundo, o carro para.

Hadley abre a porta e puxa Skipper, enquanto mergulha em direção à doca de carregamento à esquerda. Uma forte dor atinge seu tornozelo no momento da queda, mas ela consegue se arrastar para um canto e se esconde ali, enquanto segura firme os meninos contra o corpo.

Ela levanta a cabeça, mal a tempo de ver Jimmy pulando no banco do motorista e tomando o lugar de Grace.

Ele sai em disparada, e, três segundos depois, o sedã passa correndo. Hadley assiste incrédula à cena, sem acreditar que o plano realmente funcionou.

Ela não se mexe. Nem Mattie, que está agachada nas sombras ao lado dela. Nem Grace, que está deitada no chão sob a rampa lateral.

Somente quando a poeira baixa e as luzes traseiras do carro desaparecem é que Hadley sai correndo e abraça forte Mattie, com as lágrimas irrompendo, embora ela esteja sorrindo; emoções intensas demais para represar, o corpo inteiro tremendo de alívio.

Grace

Grace encara a nuvem de poeira que diminui até ter assentado por completo. Lágrimas brotam de seus olhos, e sua mão vai à barriga, a pele esticada como se ela tivesse feito uma grande refeição, embora Grace não tenha colocado nada no estômago desde a massa que comeu no dia anterior. *Seu pai é mesmo o cara*, ela diz silenciosamente. *E ele te ama. Um dia, eu vou te contar quanto ele te ama.*

– A gente precisa ir – Hadley diz, soando como Grace geralmente soa.

Grace olha pela última vez para o horizonte e então se vira, incapaz de acreditar que o plano funcionou, aliviada e com o coração partido ao mesmo tempo. Ela sabia que a única vantagem que tinham era o elemento-surpresa, fazer algo tão ousado e inesperado que pegaria os federais completamente desprevenidos.

Grace gastou um bom tempo repassando tudo em sua cabeça. No instante em que Frank atirou em Mark, um alerta deve ter sido emitido para o carro de Tony. A polícia local deve ter avistado o carro nos silos e chamado o FBI, e a única razão pela qual eles ainda não haviam parado Mattie é por ela ser menor de idade.

Caso contrário, eles a teriam levado e a coagido a cooperar. Mas, por ela ser apenas uma adolescente, no momento em que a pegassem, eles teriam de chamar o serviço social. E, como Grace sabe por experiência própria, o serviço social é bastante rigoroso com a forma como as crianças são tratadas, e sem chances de deixarem uma menina de catorze anos ser usada como isca. Então, em vez disso, os federais apenas deixaram rolar, usando Mattie como uma cenoura sem precisar envolver a agência mamãe-ursa.

– Uau – Mattie diz, parando ao lado dela. – Os caras estavam mesmo de olho em mim. O que ia acontecer se eu me metesse num problemão, hein?

Grace envolve o braço ao redor dos ombros de Mattie e acaricia a cabeça dela com o queixo, com um grande alívio por ela estar a salvo e a seu lado.

– Olha, talvez se você estivesse se sufocando, sei lá, aí eles poderiam ter interferido.

Ela a acaricia mais uma vez.

– Você mandou muito bem.

– Eu mandei bem, também – Skipper diz. – Rápido como uma bala. Abaixe-se e cubra-se. – Ele põe as mãos sobre a cabeça para demonstrar o conhecido movimento.

– Mandou mesmo, Campeão – Mattie responde. – Bem demais.

Ela levanta a mão para tocar na dele, e ele diz:

– Meu nome é Recruta agora.

Mattie balança a cabeça em sinal de aprovação, enquanto o olha de cima a baixo, observando seu novo traje.

– Eu gostei, hein? Bem heroico. E meu nome agora é Tillie, mas você pode continuar me chamando de Primeira Base.

Hadley se levanta e para ao lado das duas.

– Onde você aprendeu a dirigir?

Grace pisca para Mattie, que pisca de volta, e Hadley fecha a cara, como se estivesse chateada, mas não conseguindo esconder, nem por um segundo, todo o alívio por ter Mattie de volta, destruindo completamente sua encenação.

Em grupo, eles seguem em direção à extremidade do estacionamento, onde Jimmy deixou o Nissan, ao lado do galpão de manutenção e fora da vista da estrada.

Originalmente, seria Hadley a pegar o carro de Tony, deixando Grace e as crianças para que continuassem até Omaha, e depois Londres. Foi então que, na noite anterior, Jimmy mudou o plano, sugerindo ele mesmo fazer isso. Ele foi inflexível e não quis aceitar um não como resposta.

– Meu jeito de acertar as coisas. Por favor, Grace, me deixe fazer isso.

E ela deixou. E agora aqui está ela, com Hadley e as crianças, enquanto Jimmy está levando o carro de Tony em uma rodovia que se estende por Nebraska, Dakota do Sul, Dakota do Norte e depois por todo o caminho até o Canadá.

Ele não vai chegar tão longe. O combustível do carro vai acabar já em Dakota do Sul, mas, se tudo der certo, será tempo suficiente para Grace e as crianças pegarem o avião para Londres e para Hadley se distanciar bastante de McCook.

O *insulfilm* ilegal nos vidros do carro de Tony, tão escuro a ponto de tornar impossível de se ver o que tem dentro, além da previsão de chuva para logo mais, devem dificultar a visão de ser um homem atrás do volante, e sozinho. Grace está contando com isso, assim como que todo o burburinho da mídia faça o FBI ter o melhor comportamento que puder. Se acharem que há a menor chance de haver crianças no carro, eles serão cuidadosos. Jimmy dirigirá bem calmamente. O objetivo dele é fazer essa perseguição durar o máximo possível. "Uma bela e longa viagem pelo país", ele disse.

* * *

Quinze minutos depois de saírem dos silos, eles estão de volta à cidade e estacionados em frente à estação. Tudo foi planejado minuciosamente. O trem para Omaha já se prepara para partir em dez minutos.

Hadley dá um abraço forte em Mattie.

– Eu te amo – ela diz, com a voz embargada.

Mattie se afasta.

– A gente vai ficar bem.

Hadley confirma com a cabeça.

Mattie bate o pé no chão e olha de volta para a mãe. Grace a observa lutando para conter as lágrimas, quando diz:

– Obrigada... sabe... pelo que você fez... por tudo isso. Você é incrível, mãe.

É perceptível quanto aquelas palavras mexem com Hadley. Seus olhos marejam ao olhar longamente para a filha, essa que pode ser a última vez em muito tempo. Ela coloca a mão nas faces de Mattie:

– Comporte-se.

– Não tanto assim – ela responde, com um sorriso irônico, e então corajosamente se vira para o trem, e Skipper, sem perceber o significado do momento, sai pulando atrás dela.

– Quer que eu pegue o Skipper? – Grace oferece.

Hadley balança a cabeça.

– Pode deixar. Enquanto a Mattie estiver com ele, ele vai ficar bem.

– Tem certeza? – Grace pergunta, seguindo os dois com os olhos.

Em vez de responder à pergunta de Grace, Hadley diz:

– Ouça a Mattie quando o assunto for o Skipper. Ela sabe das necessidades dele, das questões médicas, das alergias, do problema no coraçãozinho dele. Ela pode ajudar você, mas ainda vai precisar levar o Skipper ao médico quando se ajeitarem por lá. Mattie é uma boa menina, uma boa irmã mais velha, mas não a deixe ficar toda maternal pra cima de você. Ela faz isso, sabe? Pensa que é a mãe dele às vezes e usa isso como desculpa para não fazer amigos.

Miles empurra o peito de Grace como se quisesse se soltar.

– Pressionar a Mattie não dá certo, mas, se você encorajá-la, ela vai surpreendê-la.

– Vou me lembrar disso – Grace responde, com um nó na garganta. Miles chuta mais forte. Hadley pega em uma das mãozinhas dele, depois se abaixa para dar um beijo demorado em sua cabeça. Afastando-se, ela levanta os olhos e os fixa em Grace:

– Você consegue, Grace. Vocês vão ficar bem.

Grace olha para Miles, depois para Hadley de novo e solta um suspiro forte.

– Claro que vou conseguir. Moleza.

Os lábios de Hadley quase se curvam.

– Menos, né?

– Três crianças e eu, fugitivos internacionais vivendo com identidades falsas em Londres? Imagina, está tranquilo. Deixa comigo.

– E, não se esqueça, com mais um a caminho. – Hadley balança a cabeça na direção da barriga de Grace.

– Isso aí. E um a caminho.

Moleza.

Hadley

Hadley observa o trem desaparecer na névoa cinzenta e, por um longo tempo, permanece ali em silêncio, enquanto uma chuva fina cai sobre ela. Apenas quando o sinal sonoro avisando a chegada de um novo trem toca é que ela volta rastejando para o carro, com os olhos secos e estranhamente em paz. A família dela está unida e segura, e ela agora sente uma tranquilidade que jamais havia experimentado.

Saindo da cidade, ela para nos correios. Ao despachar o envelope, Hadley reflete e espera que a esposa de Mark respeite a vontade dela e mantenha isso confidencial. Mas, se ela não o fizer, tudo bem. Que seja. De novo, aquela estranha apatia... despreocupada ou descuidada, como se nada mais importasse. Um apagão ou uma libertação, não importa, Hadley apenas não tem mais energia para se importar, suas emoções completamente desgastadas, e ela, exaurida.

A chuva bate no para-brisa, enquanto Hadley dirige, e ela faz uma oração silenciosa, pedindo que a camuflagem de Jimmy o mantenha seguro. Os limpadores vão de um lado para outro, e o ritmo das palhetas é hipnotizante. Em transe, Hadley sente-se grata a Grace por planejar o que ela precisa fazer, deixando seus movimentos no piloto automático.

O tornozelo dói ao pisar no acelerador, mas Hadley não se importa. Os olhos dela vão da estrada para o velocímetro e do velocímetro para o marcador de combustível, enquanto calcula. Jimmy vai na direção norte. Ela, na leste. Ela já deverá estar a meio caminho de seu destino, e as crianças e Grace em segurança no avião, quando o combustível dele acabar.

O rádio está ligado, e Hadley ouve as notícias sobre o andamento da perseguição. Os repórteres usam seus primeiros nomes – Hadley, Grace, Skipper, Matilde e Miles –, como se os conhecessem, e falam sobre eles como se estivessem realmente angustiados, as vozes carregadas de preocupação, enquanto discutem quão traumático isso deve ser para as crianças.

Hadley se pega igualmente envolvida, preocupando-se com eles, e só então se lembra de que aquilo ali não é real, que eles estão falando sobre ela e Grace, Miles, Skipper e Mattie, mas nenhum deles está lá no carro. Jimmy está.

E assim eles seguem, entrevistando vizinhos, amigos e especialistas, todos que tenham algo a acrescentar à história: a professora de Skipper, uma vizinha de Grace, um dos gerentes da empresa de Frank, um advogado, um psicólogo infantil. A maioria diz coisas legais. Mesmo pessoas aleatórias, que são entrevistadas e perguntadas sobre suas opiniões, são legais. Quase todas culpam o FBI e dizem que foram eles que bagunçaram as coisas. A expressão "instinto materno" tem sido bastante usada, junto de "encurraladas" e "reação de luta ou fuga".

Todos pedem pelo bem deles e esperam que a resolução seja pacífica, uma em que ninguém saia machucado, especialmente as crianças.

A história é repassada de novo e de novo, dissecada sob todos os ângulos: não apenas o que está acontecendo agora, mas tudo o que levou a esse momento, os últimos seis dias analisados interminavelmente. E é impressionante como são precisos nos detalhes. As únicas partes em que se enganam é não perceber que Grace e Hadley jamais planejaram tudo juntas, e que Jimmy agora faz parte da história.

A psicóloga infantil discute os efeitos de longo prazo que o episódio pode causar nas crianças, o que aflige Hadley, especialmente quando a profissional fala sobre confiança e abandono.

Um monte de advogados debate as questões jurídicas envolvidas no caso, e todos concordam que Grace, com seu histórico, está com sérios problemas. O registro policial dela e seu papel mais significativo nos crimes acabam por colocá-la em um risco muito maior de receber uma longa sentença do que Hadley, sobre a qual nenhum deles parece concordar em termos de que tipo de punição ela enfrentará.

A certa altura, um especialista em carros aparece para discutir o processo de fabricação e o modelo do veículo de Tony, prevendo em quanto tempo ele ficará sem combustível. A estimativa dele é bem próxima à de Grace. Se Jimmy mantiver a velocidade em que está e a fuga tendo começado com o tanque cheio, ele conseguirá dirigir durante aproximadamente sete horas e meia.

Um ex-agente do FBI tem feito várias participações nos programas, e em todas elas reafirma aos jornalistas e ao público que a perseguição continuará exatamente como tem sido: a polícia seguindo o carro a uma distância segura e agindo com extrema cautela. O objetivo principal é deter as duas mulheres sem que ninguém se machuque.

Os repórteres vão e voltam no porquê de Hadley e Grace ainda não terem se rendido, e o consenso é de que elas estão apenas prolongando o inevitável para passar o máximo de tempo possível com as crianças. Todos exaltam a nobreza disso, fazendo-as parecer heroicas.

E falam de novo e de novo sobre o que fariam com aquele precioso tempo se estivessem na mesma posição que elas, o que falariam e a sabedoria que transmitiriam pela experiência vivida. Os repórteres pedem, então, que os ouvintes liguem e deem suas opiniões, o que eles prontamente fazem.

Tudo é dramático demais, trágico demais, e Hadley se pega pensando nas coisas que ela mesma gostaria de dizer a Mattie e que ainda quer compartilhar com Skipper.

Um advogado de família discute o que acontecerá com as crianças depois da prisão das duas mulheres. Mattie e Skipper provavelmente acabarão indo morar com Vanessa, a única parente viva de Hadley, embora haja a possibilidade de os pais de Frank reclamarem a guarda de Mattie. Pensar nisso é perturbador demais. Os pais de Frank não são boas pessoas, e Mattie odeia os dois.

Miles, claro, ficará com o pai, o cabo James Herrick, que atualmente serve no Afeganistão. Muito se fala sobre Jimmy, com demonstrações efusivas de apoio ao heroico soldado cuja vida foi virada de cabeça para baixo pela imprudência da esposa. É estranho quanto apoio existe para Hadley e as crianças e quão pouco para Grace.

Hadley já escutou duas ouvintes ligar e se oferecer para se casar com Jimmy, caso Grace não consiga sair dessa ou ele peça o divórcio pelo que ela fez, e, pela maneira como falam, é exatamente o que pensam que ele deveria fazer.

Ela sente-se mal pela forma como Grace tem sido retratada, com toda a culpa por qualquer ato criminoso ou inescrupuloso sendo jogada nas costas dela devido ao seu passado e por não gostarem de sua aparência. Por várias vezes, a expressão carrancuda, sobre ela, é mencionada, e uma das repórteres até comenta sobre o jeito de ela andar: "Como se fosse arrogante ou como se tivesse algo para provar". Hadley odiou aquela mulher no mesmo instante. Nenhuma dessas pessoas tem ideia do que está falando. O jeito como falam da própria Hadley também é cômico. Melissa cometeu o erro de dizer que Hadley é do tipo que tem fé nas pessoas, e a imprensa pegou isso e logo pintou toda uma história, fazendo de Hadley uma vítima que confia demais nos outros, envolvida no esquema desmiolado de Grace por ser ingênua e estar desesperada para escapar de seu casamento abusivo.

E, claro, Frank é o verdadeiro vilão, o monstro pavoroso que perseguiu a esposa, sequestrou a filha e assassinou um agente do FBI a sangue-frio em meio a um sem-número de famílias. Um abusador, um espancador de esposas, um diabo sem alma, ele não é nada além de mau e merece ser amarrado e chicoteado. Hadley espera que Mattie não esteja ouvindo tudo aquilo. De algum modo, todos acreditamos ser extensões dos nossos pais, e ninguém gostaria de ser parte da pessoa que eles estão descrevendo.

Hadley aguarda ansiosamente por atualizações sobre Frank e Tony, sabendo que eles ainda estão por aí. Os jornalistas levantam a hipótese de que, depois da fuga de Mattie, os dois agora estejam tentando ir para o México, o que seria mesmo uma possibilidade. Mas Hadley sabe que Frank não está indo para o México. Por mais cruel que Frank seja com Mattie, ela ainda é filha dele, e ele não iria embora sem ela.

Ela olha mais uma vez para o marcador de combustível, que está pela metade. Grace e as crianças já devem estar em Omaha e a caminho dos correios para pegar os passaportes, e, em mais três horas, estarão nos céus a caminho de Londres, longe do FBI, longe de Frank.

O coração de Hadley continua compassado com as palhetas do para-brisa, as mãos firmes no volante e os olhos fixos na estrada. Ao longe, relâmpagos brilham. Ela dirige em direção a eles, mal prestando atenção agora no rádio, que continua a tagarelar sobre sua família, o som longe demais, como um sonho distante que ela persegue, mas do qual continua se afastando e se afastando, para cada vez mais fora de alcance.

Grace

Grace está no aeroporto com Miles, Mattie e Skipper, e os olhos grudados na televisão dentro do bar do restaurante, ao lado do portão de embarque. A cobertura à perseguição tem sido ininterrupta. Por duas horas, Grace está como os outros, vendo Jimmy dirigir, primeiro passando por Nebraska e agora por Dakota do Sul, com um batalhão de viaturas o acompanhando. É tão estranho de assistir. A fascinação. Como se a história deles fosse a coisa mais importante do mundo. E Grace pensa que há tantas outras coisas mais para se preocupar. Em algum lugar do mundo, pessoas estão passando fome, crianças estão sendo abusadas, nações estão sitiadas por desastres nacionais.

Ainda assim, durante todo o dia, tudo o que os canais de notícia fazem é exibir uma filmagem feita de um helicóptero, que mostra um carro preto seguindo em frente pelas estradas, sob a chuva.

Dos dois lados, há plantações. Parecem ser de milho, mas poderia ser de trigo ou de cevada. É difícil dizer com a luz fraca e os borrões da chuva. Os faróis estão acesos, embora sejam apenas três da tarde. A tempestade obscurece o sol e torna o mundo escuro.

Atrás da dúzia de viaturas que segue Jimmy, dezenas de outros carros acompanham, esparsos, como uma espécie de desfile aleatório. Há vans da imprensa, daquelas com antenas no teto, além de veículos de cidadãos comuns. Grace não tem certeza de como chamá-los. *Fãs* soa tão estranho, mas é mais ou menos o que eles são: espectadores tão envolvidos no espetáculo que desejam vê-lo de perto e fazer parte dele.

Quando Jimmy passou pela cidade de North Platte, havia pessoas aglomeradas nos acostamentos, segurando guarda-chuvas debaixo de uma forte tempestade, apenas para vê-lo passar. Alguns levantaram cartazes de apoio em que se viam escritas coisas como SEJAM LIVRES e VÃO COM TUDO, MAMÃES-URSAS! Grace pensa em que Jimmy estará achando de tudo aquilo. Ela o imaginou sorrindo e acenando para as pessoas, embora seja improvável que alguém o tenha visto nesse dia escuro e chuvoso através do vidro fumê.

Houve até algumas especulações de que um homem estaria dirigindo o carro, mas o FBI descartou a possibilidade, reafirmando várias vezes que os agentes viram Grace e Hadley, além das três crianças, entrarem no carro em McCook, e que eles os têm seguido desde então.

O FBI parece estar um tanto irritado com toda a comoção envolvendo o caso, e Grace não os culpa. As pessoas não têm visto o FBI com bons olhos, e o circo que se formou em torno da perseguição é a receita para o desastre. Reiteradamente, eles têm pedido para as pessoas se manterem afastadas para que possam fazer seu trabalho, mas os apelos têm sido em sua maior parte ignorados, com a nação cativada pelo drama.

Grace tira os olhos da televisão e os volta para a pista através das janelas e para os aviões taxiando. Skipper está ajoelhado com o nariz pressionado contra o vidro e as mãos nas faces. Mattie, agora Tillie, está sentada no banco ao lado dela. E Miles dorme nos braços de Grace, que se inclina para beijar a pele macia da bochecha do filho, cálida e úmida como orvalho.

Ela mal pode acreditar que eles estão ali. Os três passaportes esperavam nos correios, assim como Melissa prometeu, e ninguém demonstrou nenhuma hesitação quando eles fizeram check-in ou passaram pela segurança.

Uma mulher a alguns assentos de distância aponta para a televisão, empolgada, e Grace volta a atenção para a perseguição. Um apresentador asiático preenche a tela, e o letreiro embaixo diz *URGENTE!* A cena muda da redação do jornal para uma visão do helicóptero.

O carro está parado, e seus faróis brilham na chuva. As viaturas atrás também param, e Grace vê as pessoas saindo de seus carros enquanto a polícia se apressa em formar uma barreira de contenção. Como um enxame, elas se empurram, tentando ver qualquer coisa, e Grace se sente inclinando-se também, praticamente se levantando do banco.

O voo deles finalmente é anunciado, e Skipper, que ouvia atento, levanta-se rapidamente.

– É o nosso. Um, um, cinco, nove. A gente tem de ir.

Grace permanece imóvel, a respiração quase suspensa, com os olhos grudados na cena acima dela. Na televisão, um homem alto, vestido com uma camisa branca e calça marrom de cintura alta caminha sem guarda-chuva, pisando firme, em direção ao carro de Tony. Vários policiais, com armas em punho, o seguem.

Skipper puxa Grace pela mão.

– Trout, a gente tem de ir.

Mattie o afasta.

– Espere só um pouquinho, Recruta.

– Mas eles chamaram. Um, um, cinco, nove. É a gente.

A porta do motorista do carro de Tony se abre, e, um segundo depois, Jimmy sai com as mãos para o alto. A circulação de Grace parece parar enquanto ela observa os holofotes indo na direção de Jimmy, e seu corpo se ilumina contra a tempestade vespertina.

Miles se contorce, e Grace percebe que o está apertando com força demais. Ela afrouxa a pegada, enquanto franze o nariz e range os dentes.

– Trout, *vamos*! – Skipper a chama quando o alto-falante anuncia que o voo deles está embarcando.

O homem grande com calças de cós altos demais passa por Jimmy, curva-se para olhar dentro do carro, endireita-se e dá um soco no teto.

Skipper se desvencilha de Mattie, pega na mão de Grace mais uma vez e a puxa.

– Anda, Trout.

Com os olhos ainda na tela, Grace permite ser levada para o portão. Seu último olhar é em Jimmy sendo conduzido em direção às viaturas, aos repórteres e à multidão que o aguarda. Ele vira o rosto para a câmera, e um leve sorriso se forma enquanto olha para dentro dos olhos dela.

HADLEY

Apesar da chuva que caiu mais cedo, a noite está relativamente quente. Algumas nuvens errantes flutuam no céu da meia-noite, e as estrelas além delas brilham. O banco de Hadley está reclinado, em um ângulo que tudo o que ela vê é o céu. Por um longo tempo, ela olha para Órion, a única constelação que conhece. Hadley aprendeu sobre o guerreiro estelar em uma excursão que fez com a escola de Skipper há um ano, surpresa ao saber que as três estrelas brilhantes em fileira que ela sempre acreditou fazerem parte da Ursa Maior pertencem, na verdade, a outra constelação, e que ela passou a vida inteira enganada.

O silêncio que a envolve só é quebrado pelo som das carretas que ocasionalmente passam pela rodovia para o oeste ou pelo crocitar de alguma ave noturna, uma coruja ou talvez um morcego. Entre a consciência e a inconsciência, Hadley fica à deriva, embora na maior parte do tempo esteja desperta, com os pensamentos vacilantes entre ódio e amor, e como ambos a levaram até ali. Ela pensa no tanto que odeia Frank e em quanto passou a amar Grace, Miles e Jimmy.

Você foi incrível, mãe. As palavras de Mattie reverberam em sua cabeça, e, cada vez que pensa nisso, uma profunda tristeza a sufoca, e fica difícil respirar. Como ela se permitiu ficar tão perdida ou deixar as coisas se arrastarem daquele jeito?

Pfff. Frank nem mesmo reagiu ao apertar o gatilho, sem expressão, como se Mark não fosse nada além de um incômodo, um pernilongo zumbindo em seu ouvido. Esse é o cara com quem ela se casou, quem ela permitiu que criasse suas crianças.

Hadley acende o terceiro cigarro da noite e abaixa o vidro para a fumaça não se alastrar dentro do carro. Ao terminar, liga o rádio, que grasna mais notícias sobre Jimmy. Eles não se cansam dele: seu sacrifício, seu retorno do Afeganistão para salvar a esposa, o filho nascido... e o que ainda não nasceu. Ela sorriu ao descobrir que esse novo petisco suculento havia sido revelado, sabendo que, apesar de tudo, Jimmy não conseguiria evitar de se gabar sobre sua família.

Quando as pálpebras de Hadley já não conseguem mais ficar abertas, ela desliga o rádio, fecha o vidro e tenta descansar, mas o tempo passa devagar, até que, finalmente, o sol nasce e o tornozelo dela parece fortalecido o bastante para continuar.

A tempestade do dia anterior é só uma lembrança, e o céu da manhã está limpo. Hadley se pergunta como eles estarão... Grace, Mattie, Skipper e Miles. Ela os imagina em Londres, Mattie puxando Skipper, enquanto ele se arrasta, olhos arregalados de admiração, e Miles animado com todo o alvoroço.

Os quilômetros avançam, e o foco de Hadley está na estrada e em se manter acordada. A sensação é de que ela já não dorme há um ano, a exaustão embalando-a perigosamente na direção do sono, o som dos pneus como uma canção de ninar. Várias foram as vezes que suas pálpebras se fecharam, e ela as abriu um instante antes de sair da estrada.

Por volta da hora do jantar, uma placa lhe dá as boas-vindas à Reserva Indígena Grand Portage. Seu estômago está vazio, mas Hadley o ignora e vai direto para a hospedaria. Chegando lá, pede para falar com Dennis Hull, o nome do homem que, segundo Grace, a ajudaria a atravessar a fronteira.

– Senhora Torelli?

Ela se vira. O homem que fala com ela está na casa dos vinte e não é um nativo americano. Tem a pele clara, os olhos cinza. Calça sapatos confortáveis e um terno que parece novo em folha. Hadley suspira. Aliviada, decepcionada. Ela se sente tão cansada.

Ela confessará, protegerá Grace o melhor que puder, pagará qualquer sentença que lhe derem e seguirá com sua vida.

– Meu nome é Kevin Fitzpatrick.

– Fitz – ela murmura, instantaneamente sentindo um sorriso se formar em seus lábios, feliz que seja o amigo de Mark a prendê-la.

No instante seguinte, ela cambaleia para o lado, e ele a pega pelo braço para firmá-la.

– Opa! Zonza?

Hadley balança a cabeça.

– Então, o que você me diz de a gente arranjar algo para você comer? – ele pergunta, em um sotaque que é puro Brooklyn.

Hadley bota para fora:

– Quero confessar.

– Certo, mas que tal comer primeiro para não desmaiar durante sua confissão?

Hadley o deixa conduzi-la pelo braço na direção do salão de jantar.

Ele não é muito alto, talvez do tamanho dela, e é magro. Seu terno está largo, como se não houvesse enchimento suficiente.

– Você é um agente de campo agora? Mark ficaria tão feliz por você.

– Foi ele que me recomendou – Fitz responde, com orgulho na voz, mas também tristeza.

Mark lhe contou sobre Fitz, como foi ele quem as viu nas filmagens na noite em que levaram o dinheiro. "Garoto esperto. Cabeça boa, mas coração mole", Mark disse. "E isso não dá certo para o trabalho em campo." Hadley sentiu a preocupação de Mark, quanto ele gostava do garoto e como queria protegê-lo. No dia, ela não entendeu o porquê; naquele momento, sim. Fitz está mais preocupado com o risco de ela desmaiar do que em conseguir uma confissão.

Enquanto a recepcionista os leva à mesa, Hadley olha ao redor, procurando por mais agentes.

– Cadê os outros?

– Sou só eu, mesmo. Na verdade, eu deveria estar indo para Dakota do Sul, mas, em vez disso, cá estou.

Hadley desaba na cadeira, e Fitz senta-se diante dela.

Ele empurra um copo com água na direção de Hadley.

Ela toma um gole, e seu corpo responde com uma explosão de sede. Hadley toma a água avidamente, percebendo que não colocara nada na boca desde que saíra de McCook.

Fitz pede uma xícara de café e uma tigela de sopa, e Hadley faz o mesmo.

– Como você descobriu onde eu estava?

– Digamos que sou um detetive um pouquinho *nerd*. Já faz um ano que trabalho nesse caso. Minha função era juntar informações e passar para o Mark, além de fazer atualizações do caso. Não é o trabalho mais empolgante do mundo, mas dá uma perspectiva maior das coisas, que ficaram interessantes quando você e a Herrick pegaram o dinheiro.

– Bom, é um jeito diferente de ver a situação – Hadley responde, sobre aquela noite que parece fazer parte de outra vida.

– Vocês planejaram isso juntas?

Hadley balança a cabeça, indicando que não.

– Eu não achei mesmo. – Ele parece quase empolgado. – Era aleatório demais. Extraordinário.

Hadley não diz nada. Dificilmente ela descreveria qualquer coisa que aconteceu na última semana como extraordinário. Trágico, péssimo, lastimável... todas palavras mais adequadas ao que aconteceu.

– Herrick é genial – Fitz continua.

Hadley concorda.

– Ela só cometeu um erro.

Hadley levanta a sobrancelha.

– O descartável.

– O celular dela?

– Percebi que ela tinha um quando Jimmy apareceu. E descobri que o irmão foi o intermediário; então chequei os registros telefônicos e rastreei a chamada até o Walmart de Barstow. – Fitz se anima enquanto fala, empolgado com sua brilhante detecção. – E aí então eu verifiquei as fitas de vigilância, vi que Grace usou os computadores de lá, fiz uma pesquisa no histórico de buscas pelo horário e, *bam!*, lá estava: formas de entrar escondido no Canadá.

– Uau – Hadley diz. Mark tinha razão. Fitz é realmente ótimo.

Ela olha para a mesa, encarando um arranhão no formato de *S* e pensando em como aquela marca foi feita, assim como em quanto Grace ficaria chateada ao descobrir o erro dela.

– Por que você veio sozinho? – Hadley pergunta, por fim.

– Não tinha certeza se eu estava certo, e O'Toole, o meu chefe... então... ele é... sabe....

– Um otário – Hadley completa. – O Mark me contou.

– Exatamente. E eu não queria perder minha promoção caso eu estivesse errado.

Ela assente mais uma vez.

– E, pelo visto, eu estava apenas meio certo.

Hadley não diz nada.

– Herrick levou as crianças?

Hadley passa o dedo sobre a marca, esfregando-a como se pudesse apagá-la.

– Nada disso é culpa da Grace. Eu vou contar a você como tudo aconteceu, mas gostaria de começar dizendo que estou disposta a cooperar, mas não incriminar a Grace. Porque nada disso, e quando eu digo é nada mesmo, é culpa dela. Ela só foi ao escritório naquela noite para verificar um pedido de uniformes...

A garçonete coloca os cafés e as sopas na frente deles.

– Ela me pegou procurando pelo cofre...

– Pare. Coma.

Hadley olha para a tigela fumegante de sopa de milho, tirando os olhos dela logo depois.

– Mas eu preciso contar a você exatamente o que aconteceu.

– Coma – Fitz repete. – Por favor. Você não parece muito bem... digo, você parece ótima... uma bela mulher... quer dizer... droga. Por favor, senhora Torelli, só tome a sua sopa.

Ele fica corado, o constrangimento evidente em seu jovem rosto, e Hadley pensa que Mark tinha razão em gostar desse garoto e se preocupar com ele. Ele é um pouco como ela imagina que Skipper seria, se a placenta que o alimentava não tivesse se descolado antes da hora.

Hadley toma uma colherada e, apesar do seu estado atual, fecha os olhos quando a sopa encontra sua língua e o calor se espalha pelo seu corpo. Nenhum dos dois diz uma palavra até ela terminar.

Por fim, ela coloca a tigela de lado e olha para Fitz.

– Melhor agora? – ele pergunta.

– Sim, obrigada.

E, então, com um suspiro profundo, Hadley volta a falar, relatando uma fabulosa história em que manteve Grace sob a mira de uma arma e ordenou que ela cooperasse, tomando Miles como refém para forçar Grace a levá-los ao hospital e então a Barstow.

– Senhora Torelli – Fitz a interrompe.

Ela olha para ele.

– Vimos vocês em vários vídeos. No escritório, no hospital, no bar, no shopping.

– Ah – ela diz, com um rubor crescente, e, soando quase desesperada, acrescenta: – Mas você tem de acreditar em mim. A Grace não tem nada a ver com isso.

– Ok. Bom, então que tal você começar a história do zero, mas dessa vez me contando a verdade?

Hadley olha para o guardanapo desfiado e balança a cabeça.

– Porque aí a Grace iria para a cadeia.

– Prisão – Fitz corrige, e Hadley se encolhe. – Desculpe – ele diz, entregando-lhe o próprio guardanapo para Hadley enxugar as lágrimas. – Não queria aborrecê-la.

Ela balança a cabeça, já não desejando mais confessar, com medo de que qualquer coisa que disser possa ser usada contra Grace.

– Vamos começar pelo dinheiro. Você sabia que era dinheiro sujo?

Hadley balança a cabeça de um lado para outro.

– Eu só queria fugir. Eu não tinha ideia de que o Frank tinha tanto dinheiro assim guardado.

– E com quem o dinheiro está agora? – Fitz pergunta, e Hadley sente seu sangue gelar, perguntando-se se esse é o real motivo de ele estar ali. No entanto, ao levantar os olhos, ela imediatamente percebe que só há sinceridade no semblante do rapaz.

– Com a Grace.

– Faz sentido – Fitz diz, inclinando-se para trás e refletindo sobre essa nova informação. Os olhos dele vão de um lado para outro enquanto desvenda a cadeia de eventos. – A troca de carros aconteceu em algum lugar em McCook, provavelmente nos silos. E aí você e a Herrick se separaram. Ela pega o dinheiro e as crianças, e você acelera na direção da fronteira. – Ele arregala os olhos. – Ela foi embora! E as crianças foram parte do disfarce: três em vez de apenas Grace e o bebê. – Fitz parece entusiasmado, e Hadley percebe que ele está torcendo por eles. – Brilhante. Uma mente engenhosa. – O sorriso dele agora vai de orelha a orelha, como se tivesse uma queda por celebridades, e Hadley se pergunta se isso é uma coisa que existe por aí, admiradores de criminosos.

– Nada disso é culpa dela – Hadley repete.

– Talvez, mas é provável que ela tivesse muita dificuldade em convencer o júri. Afinal de contas, ela atirou em um agente federal.

– Ela não atirou *nele*. Era só um aviso para ele não tentar pegar a arma que eu deixei cair.

Fitz franze a testa, e Hadley se dá conta de que acabou de fazer o que jurou para si que não faria: incriminar Grace. Ela baixa os olhos e volta a desfiar o guardanapo.

– Foi bom ela ter ido embora – Fitz diz. – Para bem longe, tomara... muito, muito longe, como um país sem extradição. Por acaso é para onde ela foi?

Hadley não diz nada, embora esse fosse o plano. Uma vez que chegasse a Londres, Grace decidiria para onde ir em seguida. Ela estava pensando em Dubai ou em um país próximo à África do Sul. E aí, ao chegar ao destino, entraria em contato com Melissa, que repassaria a informação para Hadley.

– Com o passado dela – Fitz continua –, as coisas não irão nada bem se ela for pega.

Hadley assente, parecendo não conseguir simplesmente parar de confirmar as teorias dele e tornar as coisas piores do que já estão.

– Para você, é diferente. Você tem menos a perder e a arriscar.

Hadley inclina a cabeça.

– Você não tem ficha. Então, contanto que deixe bem claro que não tinha ideia de que o Mark era um agente quando apontou a arma para ele, as acusações contra você não vão ser tão ruins assim.

Hadley não diz nada. Ela sabia perfeitamente que Mark era um agente, e Fitz sabe que ela sabe.

– Algumas vezes, tudo se resume a como os fatos são apresentados – ele diz, soando bastante como Grace ao tentar convencer Hadley de que as duas precisavam se entregar.

– Por que você está ajudando a gente?

O rosto de Fitz enrubesce, e ele parece desconfortável.

– Apenas não quero ver vocês envolvidos em mais problemas do que o necessário.

– Mas por quê?

Ele olha para a mesa, depois de volta para Hadley.

– Ironicamente, pelo mesmo motivo que Mark estava sempre me chamando a atenção.

Ele dá um sorriso triste, e Hadley percebe mais uma vez quanto Mark significava para ele.

– O Mark sempre me dizia que eu me importava demais.

Hadley concorda. É exatamente o que ele contou para ela sobre Fitz.

– E acho que por causa do bilhete.

– Que bilhete?

– O que deixaram para aquela senhora que emprestou o carro.

– A Nancy?

– Isso. Nancy.

Hadley se lembra claramente do bilhete, um cartão de agradecimento que ela comprou no Walmart e deixou no painel do carro para Nancy.

– O Mark ficou irado comigo quando eu disse que a atitude de vocês foi legal.

– Ele não achou legal?

– Ele não gostou foi que chamei vocês de Hadley e Grace em vez de Torelli e Herrick, quando disse que foi legal.

Hadley começa a sorrir; impossível não achar engraçada a cena de Mark dando uma bronca nesse jovem por chamá-la pelo primeiro nome.

– Ele sempre me dizia que eu precisava endurecer e me desapegar das coisas.

Fitz puxa os ombros para trás imitando a bravata de Mark, então relaxa o corpo e se inclina para a frente em seu terno alguns números maior.

– Mas foi aí que aconteceu. Depois de escapar lá do sítio arqueológico, o Mark ligou para o escritório e, enquanto me contava o que tinha acontecido, ele acabou cometendo um deslize e chamando você de Hadley.

Hadley solta uma risada abafada, mas que faz Fitz sorrir também.

– Ele nem percebeu o que havia falado. Mas me marcou, porque ele nunca tinha feito algo parecido. E aí, depois que ele morreu, senti que devia isso a ele, tentar descobrir o que tinha acontecido antes de O'Toole se envolver. Assim, mesmo eu sabendo tudo o que aconteceu, agora também entendo o porquê. E acho que o Mark entendeu também. E é por isso que ele foi ao estádio tentar parar vocês antes de as coisas piorarem. Não era para ele estar lá.

– Não era?

Fitz balança a cabeça.

– O'Toole tinha tirado o Mark do caso.

– Nossa... – Hadley deixa escapar, e de repente é tomada por diversas emoções ao ser lembrada de que Mark morreu por causa dela... *por* ela. Ela morde o lábio para conter a enxurrada que ameaça levá-la.

– Vamos ser honestos, senhora Torelli, a senhora não é exatamente uma criminosa inveterada. Apenas pegou um dinheiro que acreditava ser seu. E correu de caras que pensou trabalhar para o seu marido. Atirou para o alto porque algum idiota assediou sua filha. A maioria dos juízes simpatizará com você. Se convencer a justiça de que não sabia que apontava a arma para um agente federal, acho que sua pena será bem leve, provavelmente em liberdade condicional.

– E vou perder anos das vidas dos meus filhos.

Todas as vezes que Hadley pensou nesse momento, essa era a parte mais difícil, quanto perderia. Ela deseja poder ver os primeiros passos de Miles, acompanhar Mattie quando ela fosse tirar a habilitação, ver Skipper aprender a andar de bicicleta, ver o primeiro aniversário do bebê que está a caminho, e a ideia de perder todos esses marcos a destrói.

Fitz desvia o olhar, e a compaixão que sente fica evidente.

– Está tudo bem – Hadley diz, sentindo-se mal por ele. – Sei que você tem um trabalho a fazer e mereço o que tiver de vir. E agradeço por você tentar me ajudar. De coração.

Ele assente, mas Hadley percebe sua dificuldade.

– Pelo menos, se cumprir sua sentença, você não vai precisar abandonar sua casa e a empresa.

Hadley baixa os olhos e balança a cabeça.

– Mas foi por isso que peguei o dinheiro. Frank nunca me deixaria ter nenhuma parte dessas coisas. Ele preferiria ver tudo sendo queimado a me dar um centavo.

– Você não sabe?

Ela olha para cima.

– O Frank morreu.

As palavras parecem flutuar. Hadley as ouviu... *O. Frank. Morreu...* mas não consegue processá-las.

– A polícia encontrou o Frank escondido em um hotel em Red Willow, uma cidade que fica a leste de McCook. Ele já saiu do quarto atirando e foi baleado.

– Foi você que matou o Frank?

– Eu não estava lá – Fitz responde cuidadosamente.

Ela o encara.

Frank. Morto.

Como o Mark.

– Ele morreu? – ela pergunta, e as palavras saem de seus lábios como um fino assobio.

– Senhora Torelli?

O tremor começa no queixo, um pequeno estremecimento que cresce e se espalha, descendo pelo pescoço e pela coluna antes de passar para os braços, para as pernas, para os dedos das mãos e dos pés.

Fitz se levanta e senta-se ao lado dela.

– Senhora Torelli, eu sinto muito. Achei que já soubesse.

Hadley envolve os braços em volta do estômago enquanto as lágrimas caem entre soluços e suspiros. Ela sente a mão de Fitz em suas costas e o ouve dizer palavras que não chegam a seu cérebro.

Há uma semana, ela estava inteira; sua família, inteira. Frank estava vivo. Comprando cartões de beisebol para Skipper e falando sobre escalações. Ela não conhecia Mark ou Grace. Mark estava a milhares de quilômetros de distância, era o pai do Ben e da Shelly. Grace, construindo uma nova vida, com seu passado para trás. E então, de repente, como uma jogada equivocada no *Jenga*, ela retirou a peça errada... fazendo um único e terrível movimento que fez três mundos desabarem.

– Shhh, fica calma, vai ficar tudo bem, senhora Torelli. Ele se foi e nunca mais vai machucá-la de novo. Você está segura agora.

Ele entendeu errado. Fitz acha que ela está chorando de soluçar por alívio. Ele não poderia estar mais errado. Hadley não quer que Frank esteja morto. Ela o quer em casa, preocupando-se com o barulho estranho no Mercedes, gabando-se do seu forno de pizza para os vizinhos, rindo com ela sobre o cachorro do vizinho e conjecturando se ele por acaso não seria metade ovelha por causa daquele latido tão estranho. Hadley odeia Frank pelo que ele fez, por quem foi em certos momentos e por quão difícil ele tornou a vida deles. Por quinze anos, ela o amou. E então fez o que fez, levando todos a passar de seus limites.

Ela se lamenta tanto por isso, desejando ter o poder de voltar no tempo.

– Senhora Torelli, o que posso fazer por você?

Ciente de que as pessoas em volta estão olhando e de quão desconfortável Fitz está se sentindo, com dificuldade Hadley pede:

– Por favor... será que eu... tudo bem se eu for ao banheiro? Vou deixar a chave aqui.

Ela tira a chave do Nissan do bolso, coloca-a na mesa e sai se arrastando. O tornozelo quase cede, mas ela consegue chegar ao banheiro feminino, trancar-se em uma das cabines e deixar a cabeça repousar sobre os joelhos, enquanto continua a chorar convulsivamente.

Um minuto ou uma hora depois, ela não tem ideia, mas suas lágrimas finalmente secam, deixando-a oca. Tremendo, Hadley consegue se levantar para voltar a Fitz e encarar o que quer que esteja por vir.

Ela chega ao restaurante, mas Fitz já não está mais lá, e tudo o que Hadley encontra são três dólares enfiados debaixo do saleiro sobre a mesa para uma gorjeta e a chave do Nissan em cima de um guardanapo. A nota rabiscada nele diz: *A caminho de Bismarck. Mande meus cumprimentos para Grace. F.*

Hadley encara o bilhete por um longo tempo.

– Senhora, me disseram que está procurando por Dennis Hull.

Hadley se vira e vê um homem velho, com um rabo de cavalo preto, falando com ela.

Epílogo

Grace

A bola vai para a frente e para trás, com os olhos de Skipper a acompanhando e um sorriso esculpido em seu rosto. Ele está vestindo seu traje favorito de futebol: uma camisa listrada de vermelho e dourado, *short* branco e uma bandana vermelha da Nike.

Deon Hotto é seu jogador preferido, embora Benson Shilongo esteja em segundo lugar. Skipper também se tornou um grande fã de críquete, rúgbi e golfe, e seus uniformes variam conforme as temporadas.

Os ingressos para a final da Copa Africana de Nações custaram uma pequena fortuna, mas Jimmy insistiu que valia a pena. Valia a pena celebrar o aniversário da família, ele disse. É assim que ele chama. Dia 2 de junho, o dia em que aquela família especial foi formada. Grace sempre o lembra de que, naquele dia, eles todos ficaram juntos por não mais que três segundos, e que Jimmy e Tillie não se conheceram de fato até meses depois, mas esse tipo de argumentação de nada serve para desencorajar Jimmy ou seus pensamentos românticos. O dia 2 de junho foi o início, o dia em que, em sua cabeça, tudo deu certo.

Ele segura o bebê encostado em seu ombro, fazendo-o arrotar depois da mamadeira. Mark James Herrick, nascido cinco meses atrás. O garoto é uma cenourinha, seu cabelo é tão alaranjado que quase chega a brilhar ao sol. Skipper o nomeou Novato, e o apelido pegou, exceto por Hadley, que insiste em chamá-lo de Mark.

Hadley faz um rebuliço em torno de Miles, que tem dado um trabalhão. Desde que começou a andar, aos onze meses, não parou de arranjar confusão. No momento, ele tenta escalar a grade de proteção e entrar no campo, certamente para pegar a "bola", que, para o deleite de Skipper, foi a primeira palavra que o menino disse.

A cada dia, ele se parece mais com Jimmy, seu corpo fofo e cheio de dobrinhas ganhando mais firmeza, e o sorriso, cada vez mais maroto. Hadley diz que, embora fisicamente se pareça com o pai, a personalidade de Miles é idêntica à da mãe, e os alerta dizendo que eles estão com sérios problemas, que Miles ou será o próximo grande herói ou vilão, dependendo apenas de como eles o criarem. Uma grande responsabilidade.

Hadley mastiga seu chiclete com voracidade. Ela chegou a fumar um maço de cigarros por dia, mas imediatamente tentou se desfazer do hábito usando adesivos, meditação e até hipnose gravada. Quando nada disso funcionou, ela entrou em uma abstinência completa e repentina, e tem ficado entre idas e vindas desde então.

Ela estava um tanto deprimida quando chegou. Grace pensava ser impossível para Hadley não ser bonita, mas a mulher que apareceu na entrada de sua casa um mês depois de eles chegarem à Namíbia não foi a mesma que deixaram nos Estados Unidos. Ela estava abatida e esquelética, a pele, amarelada e pálida, e havia nela um vazio absurdamente assustador.

Trauma de guerra, Jimmy disse. Ele já havia visto isso. Soldados que eram o tempo todo tomados pela adrenalina em batalha e então, quando tudo acabava, quebravam, como se sofressem uma resposta atrasada aos eventos traumáticos que vivenciaram. Não tanto um estresse pós-traumático, porém, mais como um apagão, um estado quase comatoso de morosidade debilitante, como se tivessem sido anestesiados.

Aos poucos, Hadley foi melhorando, com as crianças parecendo ser exatamente o antídoto do qual ela precisava. Ainda assim, vez ou outra, Grace ainda a pega olhando para o nada, distraída, como se pensasse em algo ou tentasse desvendar algo; um semblante indecifrável, que, não importa quanto tente, Grace não consegue entender.

– Eles ganharam! – Skipper exclama, quando o apito encerra o jogo. Ele dá um soquinho nas mãos de cada um, e até dá a volta para socar a mãozinha de Mark, que ainda se apoia no ombro de Jimmy.

Grace se levanta e começa a pegar suas bolsas. Ela ainda usa a mesma bolsa listrada que carregou o destino deles um ano atrás, como uma lembrança de tudo o que aconteceu e aonde os levou. Hadley revirou os olhos quando Grace organizou a bolsa para levar à maternidade. Estava velha e manchada, com as alças puídas e o bolso frontal rasgado.

Grace tem certeza de que Hadley estava de olho em uma bolsa da nova linha maternidade da Gucci. Sim, eles poderiam tê-la comprado. Os negócios vão indo muito bem. Windhoek, na Namíbia, é uma das metrópoles que mais têm crescido em todo o mundo, e fornecer estacionamentos em uma cidade congestionada acabou se tornando um negócio lucrativo. Eles começaram sublocando terrenos de outras empresas, e prosperaram tanto que agora já têm dois próprios e estão em processo de compra de mais dois.

Grace controla a parte administrativa do negócio, enquanto Jimmy, a operacional. Já Hadley revira os olhos com frequência, dá opiniões demais e cuida dos assuntos domésticos. Uma parceria tripla que funciona muitíssimo bem.

Enquanto deixam seus assentos, Jimmy conversa com Tillie sobre a corrida da Stock Car que acontecerá em Killarney.

– Vou colocar meu dinheiro no Frikke – ele comenta.

– Isso porque você é um grande bobo. Não tenho dúvida de que McGrath é quem vai levar este ano.

Tillie se tornou uma grande fã de automobilismo. Ela ama carros e corridas e tudo o que tenha a ver com carros e corridas. Seu sonho é se tornar a próxima Danica Patrick, embora queira correr pela Fórmula 1, não pela Nascar.

– Você não pode escolher um vencedor com base em quão fofo ele é – Jimmy protesta.

– Pare de falar e comece a agir.

– Está bom, está bom. Cem mil.

Grace sorri.

– Duzentos mil – Tillie retruca.

Jimmy balança a cabeça.

– Muita grana. Ainda estou quebrado por causa da última corrida.

– Está bom, vai. Cem mil também. Mas, se você perder, vai ter de me levar ao Mundial de Rallycross.

Jimmy cospe na mão e a estica. Tillie faz o mesmo, e os dois se dão as mãos.

Grace faz uma nota mental para pegar um pouco mais de dinheiro do Monopoly. Jimmy vai perder e vai precisar de um empréstimo do banco. Ela até já vê isso acontecendo.

Jimmy se adaptou incrivelmente bem fora do exército. Grace comemorou ao saber que a sentença do marido foi de apenas seis meses. As acusações foram enganar a força policial em três estados, além de auxiliar e encorajar criminosas. Ele recebeu clemência pelos serviços prestados no exército, mas também pelo trabalho brilhante de seu advogado ao justificar seus crimes como um ato heroico de paixão pela esposa grávida e pelo filho.

Uma semana depois de ser liberado, Jimmy embarcou em um avião para a África, usando o passaporte de seu irmão, aterrissando uma semana antes de Mark chegar ao mundo. Grace escolheu a Namíbia por ser um dos países sem extradição mais estáveis e porque a língua principal do país é o inglês. E eles descobriram que viver ali é quase como viver nos Estados Unidos, exceto pelo fato de serem uma minoria, e, vez ou outra, avistarem uma zebra, uma girafa ou um rinoceronte nas estradas.

Mesmo antes de Jimmy desfazer suas malas, Hadley já o havia inscrito nos Jogadores Anônimos. Esse programa não existe em Windhoek, então ele participa de encontros *online*, e Hadley fica em cima para que ele não perca nenhum.

Jimmy rapidamente aprendeu que aguentar uma reunião de uma hora é preferível a ser criticado durante o mês seguinte inteiro por não cumprir sua parte no trato. Grace finge estar do lado de Jimmy quando ele reclama, mas secretamente é grata a Hadley, sabendo que o motivo de ela estar em cima dele o tempo todo é por causa da própria Grace.

Agora, as únicas apostas que Jimmy faz são com Skipper e Tillie, usando dinheiro de jogos de tabuleiro. Tillie está na frente, com quase seis milhões no banco. Skipper está em um distante segundo lugar, com dois milhões, recusando-se a apostar em qualquer um que não seja um de seus favoritos. E Jimmy está sempre quebrado, um lembrete de quão péssimo ele é como jogador.

Enquanto caminham, Grace os observa... sua família, tão perfeita e frágil que chega a aterrorizá-la. Jimmy diz que as coisas vão ficar bem, mas a sensação é de que tudo é tão tênue quanto a vida de uma borboleta. É preciso convencê-la constantemente a acreditar nele, com o otimismo de Jimmy guerreando contra a paranoia de Grace de que algo tão perfeito assim não pode durar muito tempo.

– Grace, você está de férias ou vai me dar uma mãozinha aqui? – Hadley a chama, tirando Grace de seus pensamentos.

Grace pega Miles, que imediatamente se contorce e tenta ir para o chão. Ela faz cosquinhas na barriga dele, fazendo-o dar gritinhos e distraindo-o por tempo suficiente até Hadley montar o carrinho.

– *Caínho* não. Não, não, não – ele protesta.

Hadley então empurra o carrinho vazio enquanto Miles sai se esquivando e tropeçando no meio da multidão. Tillie o segue, curvando-se sobre ele e protegendo-o com os braços como um para-choque humano. Ela murmura desculpas às pessoas que passam enquanto corre atrás dele.

Tillie tem ficado cada vez mais parecida com Hadley, ganhando altura e refinamento nos traços; uma réplica mais baixa e mais jovem da mãe, exceto pelos olhos, que são totalmente do pai.

Grace não está certa de como ela se sente sobre Frank estar morto. Hadley está bastante abalada, mas, sempre que Grace pensa que ele se foi, ela não consegue deixar de sentir um grande alívio. Ela tem certeza de que Frank não teria parado até encontrar e acabar com Hadley, e parte dela é grata por eles não terem essa preocupação.

Miles cai de cara no chão e solta um grito. Tillie o levanta. Ele está bem e se afasta antes mesmo de Grace poder verificar se há um arranhão.

Mark sorri para ela do colo de Jimmy. Ele é tão diferente de Miles quando tinha a mesma idade, ou talvez quem esteja diferente seja Grace como mãe. O início da vida de Mark se diferencia tanto do de seu irmão, pois chegou ao mundo envolto por adoração e cercado de amor.

Uma família estranha, os sete, todos usando o sobrenome Jenkins, de Melissa. Os documentos falsos de Hadley acrescentaram três anos à sua idade, uma quarentona com tudo em cima, e Grace não perde uma oportunidade de provocá-la. Hadley faz as expressões apropriadas de aborrecimento, como se parecesse ofendida, mas Grace sabe que não passa de uma encenação; sua vaidade agora nem de perto é tão importante como já foi. Durante aquela semana, algo foi perdido em Hadley e jamais inteiramente recuperado. Em seu lugar, uma espécie de fastio, de aborrecimento, que Grace teme ser permanente.

Uma semana após a fuga, a ex-esposa de Mark concedeu uma entrevista ao *60 Minutes*, como parte de uma série que fizeram sobre a grande aventura de Hadley e Grace. O nome dela é Marcia, uma mulher loira, muito bonita e bem constituída.

Ela contou sobre Mark e o dia de sua morte, além do pacote que recebeu alguns dias depois. Nele, duas cartas, para cada um de seus filhos, a ser aberta quando cada um completar dezoito anos. Também continha cem mil dólares e um bilhete que dizia: *Para a faculdade das crianças.* E um *post-it*: *Por favor, dê a seu filho um cachorro.* E Marcia fez todos se derreterem quando um filhote de *beagle* de orelhinhas caídas entrou no *set*.

Boa parte da entrevista se concentrou na ligação que Mark fez na manhã de sua morte. Marcia não foi logo direto ao ponto e disse que era como se ele soubesse que ia morrer, mas contou também que, olhando para trás, parecia que ele sabia que as coisas não seriam mais as mesmas. Ela começou a chorar, e Lesley Stahl lhe entregou um lenço. E então Marcia explicou quão difícil a separação dos dois foi, a resistência de Mark ao divórcio, mas como, na manhã em que morreu, ele parecia estar em paz com isso.

Nesse momento, Marcia desabou completamente, e foi preciso um minuto antes de ela conseguir continuar, explicando que isso aconteceu, na opinião dela, por ele ter encontrado alguém.

A suposição geral era de que esse alguém fosse Hadley, um petisco suculento alimentando a fogueira já intensa de fascinação com a história das duas.

Desde que o episódio foi ao ar, tem havido rumores sobre um possível filme a ser rodado sobre a história. Grace se contorce só de pensar na ideia, certa de que alguém como Angelina Jolie será escalada para o papel de Hadley, enquanto, para o dela, uma atriz parecida com a Nanny McPhee.

Jimmy desmonta o carrinho duplo de bebê e o coloca na minivan, enquanto Hadley põe Miles em sua cadeirinha. Tillie e Skipper se sentam ao lado dele, e Grace acaricia o nariz de Mark antes de também colocá-lo em sua cadeirinha. Ela então entra no lado do passageiro, e Jimmy no do motorista. Grace ainda tem dificuldades para se acostumar com o lado esquerdo como o do passageiro, e Jimmy acha divertidíssimos os sustos que ela leva todas as vezes que ele faz uma curva.

– Eu escolho a música – Tillie diz, esticando-se na direção do console central para mudar o rádio para uma estação *grunge* da Namíbia, que só toca músicas que parecem latas de lixo sendo atropeladas por trens de carga.

– Isso não é música – Grace protesta.

– Ah, tá! Isso vindo da mulher que ganharia a medalha de ouro na categoria pior *playlist* do mundo.

– Bruce Springsteen é o Patrão.

– De quem? Dos músicos desafinados?

Guitarras estridentes explodem nos alto-falantes, e Grace revira os olhos, mas com um sorriso oculto. O trânsito está congestionado para sair do estádio, e Grace olha para trás, para a minivan quase cheia. Resta um único assento, na última fileira, entre Hadley e Mark. *Talvez mais um?*, ela se pergunta. *Ou isso seria pedir demais?*

Ela volta a se virar para a frente, observando o céu azul etéreo e eterno através do para-brisa, e seus pensamentos voltam ao momento em que tudo começou, maravilhada como ela frequentemente se sente com a probabilidade de duas mulheres estarem no mesmo lugar e na mesma hora para cometer exatamente o mesmo crime.

Coincidência não é algo em que Grace acredite, e as chances de coisas parecidas acontecerem como naquela noite são infinitesimalmente pequenas para ela simplesmente considerar um acaso. Não. Para ela, alguma conexão oculta aconteceu naquele momento, influenciando profundamente a vida das duas, entrelaçando seus destinos e trazendo-as para aquele lugar e aqueles tempos extraordinários.

Seus olhos ardem ao olhar para o azul intenso do céu. *Talvez uma menina*, ela pensa, *para nivelar as coisas*? Annabelle? O nome de sua avó.

Pode ser que até já tenha acontecido. Grace tem se sentido um pouco enjoada nos últimos tempos.

Todos a chamarão de Annie, exceto Hadley, que insistirá em chamá-la de Annabelle. E Skipper. Afinal, quem sabe como ele a chamará?

Ela sorri, sentindo-se triunfante.

Nota da Autora

Caro leitor,

Frequentemente, perguntam-me de onde vêm as ideias para as minhas histórias. A resposta é: nunca do mesmo lugar. No caso de *Hadley & Grace*, a ideia veio do meu grande carinho pelo filme *Thelma e Louise*. Eu queria escrever algo com a mesma pegada de uma viagem de carro cheia de aventuras, empolgante, e que também tivesse um tema subjacente de autodescoberta e empoderamento.

Eu não poderia recontar a história originalmente concebida pela talentosa Callie Khouri. Felizmente, para nós, os tempos mudaram, e mandar um grande "dane-se" para todos os homens misóginos do mundo, por serem idiotas opressores que intimidam as mulheres, enquanto elas ficam paradas e apenas aceitam isso, não funciona mais. Percorremos um longo caminho desde caminhoneiros com olhar malicioso, estupradores de bar e policiais bons samaritanos e condescendentes como estereótipos masculinos típicos. Sendo assim, embora o enredo tenha semelhanças com

Thelma e Louise – duas mulheres em fuga que, acidentalmente, se tornam fora da lei –, a história precisou ser mudada.

Eu já sabia que queria ter crianças na história e que Skipper seria uma delas. Eu acabara de ler a biografia de Skipper Carrillo, *Have a Home Run Day!*, escrita por sua irmã, Alicia Rowe, e a visão de mundo de Skipper, tão cristalina e de coração puro, foi uma inspiração para mim. Então, foi por onde comecei, com Skipper, e dali continuei.

Grace é uma personagem muito querida por mim e tem um lugar especial no meu coração. Mesmo ela não sendo um retrato meu, é o mais próximo que já cheguei disso. Outro dia disse ao meu filho que, se eu pudesse dar apenas um conselho para o meu eu mais jovem, seria: a mesma energia que você coloca nas coisas é a que você recebe de volta. Se estiver sempre na defensiva e fechado, a vida será mais difícil do que precisa ser. Pode até haver boas razões para que seja assim, como foi o caso de Grace, mas, no instante em que ela se abriu para Hadley, Mattie e Skipper, o mundo dela mudou. Durante aquela fatídica semana, enquanto Hadley se tornou mais forte, Grace, na verdade, amoleceu, e seu coração se abriu, uma evolução tanto bela quanto aterrorizante de testemunhar. A princípio, não tinha me dado conta de que essa seria a jornada dela, e foi uma descoberta linda, que refletiu em mim pessoalmente. Espero que tenham gostado de ler essa intensa aventura tanto quanto gostei de escrevê-la.

Suzanne

AGRADECIMENTOS

Gostaria de agradecer imensamente às pessoas a seguir, sem as quais este livro não teria sido possível.

A Skipper Carrillo. A história começou com você, e eu não poderia ter criado o personagem sem o homem por trás dele. A coisa mais rara neste mundo é encontrar uma pessoa com uma luz tão intensa e especial que faz você mudar o seu jeito de enxergar o mundo.

A Alicia Rowe e a toda a família Rowe/Carillo, por me permitir usar o espírito indelével do Skipper da vida real, assim como seu amor pelo beisebol, como inspirações para o Skipper fictício desta história. Mesmo o Skipper verdadeiro tendo inspirado o personagem, gostaria de esclarecer que trata-se de uma obra de ficção e que quaisquer eventos retratados na vida do personagem e de sua família são inteiramente produtos da minha imaginação. A mãe e o pai de Skipper foram pais devotos e pessoas adoráveis que em nada se assemelham a nenhum dos personagens desta história.

A minha família.

A Kevan Lyon, meu incrível agente.

A Alicia Clancy, minha editora, por sua visão e seu *feedback* inestimáveis. A todo o time da *Lake Union*, incluindo Bill Siever, Laura Barrett, Riam Griswold, Ashley Vanicek e Kathleen Lynch, por, mais uma vez, transformarem este humilde manuscrito na bela obra acabada que se tornou.

A Sally Eastwood e Lisa Hughes Anderson, por terem lido a história quando ela ainda era apenas um esboço.